한국문학의 중심과 주변의 사상

이 저서는 2007년 정부(교육과학기술부)의 재원으로 한국연구재단의 지원을 받아 수행된 연구임(NRF-2007-361-AM0059).

한국문학의 중심과 주변의 사상

장성규·이종호·박대현·김성환

역락

중심의 논리와 주변부의 조건들

문학을 성립시키는 요건은 역사의 내용과 일치한다. 언어와 사상, 그리고 근대적 삶의 기저들과 호응하는 생산과 소비의 기제는 문학의 내용과 형식을 이루는 핵심적인 요건들이다. 문학 연구는 당연히 모든 요건들을 검토하여 그것이 텍스트에 작동하는 구조를 분석하고 텍스트 외부와 상호간 영향을 미치는 양상에 대해 해명해야 한다. 우리는 흔히 텍스트 내부와 외부를 구분 짓고, 이를 각기 다른 기점으로 삼아 텍스트를 설명하지만, 두 기점이 결국 문학이라는 하나의 대상으로 향한다는 점은 부인할 수 없다. 따라서 문학 연구는 내부와 외부의 경계를 넘어 합리적 소통을 지향해야 한다. 특히 문학이 고유의 상상과 사상을 발휘하고 통합적 사유를 지향하기 위한 공간을 마련하기 위해서 문학 연구는 문학 앞에 놓인 내부와 외부의 경계를 넘는 데 초점을 맞춰야 할 것이다. 그것이 인문학으로서의 문학이 가진 사명이라 믿는다.

그러나 이러한 전망에도 불구하고 한국문학 연구에서 내부와 외부의 경계는 견고했다. 내부의 논리가 중심적 지위를 누리며 내부의 논리에 따라 외부를 규정하는 시선은 오랫동안 당연한 것으로 여겨졌다. 한국문학에서 특권적인 내부의 관점은 흔히 '문학성'으로 표현된다. 문학은 예술의 한 장르로서 외부의 어떤 조건과도 분리된 고유한 가치를 지니고 있다는 관념이 문학성을 구축했던 것이다. 문학성에 강조점이 놓일 경우, 문학 연구의 방향은 문학성을 보수하는 데 초점이 맞춰진다. 이때 경계를 건너는 소통은 일방적이며 시야는 좁아진다. 내부의 논리가 다양한 문학적 조건들로부터 단절될 때 연구의 시야는 한계에 봉착한다. 즉 고착된 중심의 논리에서 외부를 재단함으로써 내부에서 고립되는 오류가 발생한다.

한국문학이라는 중심의 논리에서 자유롭지 않다면 한국문학의 다양한 양상과 문학적 조건들을 놓칠 수 있다는 것이 필자들의 공통된 인식이다. 그리하여 문학성이라는 중심을 재검토하고 문학성의 기준을 갱신하기 위한 연구의 필요성에 동의한다. 이런 입장에서 새로운 연구의 시각이 요구된다. 한 사례로 문화연구의 접근 방식을 들 수 있다. 문화연구는 문학을 문화의 일부로 규정하고 문화적 대중성을 확인함으로써 문학의 공간을 확대하려 했다. 그러나 확대된 공간 속에서 고유한 생산 방식을 검증하지 못하고 대중성과 문학성의 격차만을 확인할 경우 대중성이라는 유력한 주제는 중심의 논리 속에 용해되고 문학과 문화는 단절되기 쉽다.

중요한 것은 문학성이라는 중심의 논리에 의문을 제기하고 새로운 지평들을 제시하는 일이다. 현재의 문학성 중심의 논리가 대개 생산(≒창작)과 관련된 비평담론에 의해 형성된 만큼 문학성의 기원을 수용과 소비의 장으로 옮기는 방식이 필요하다. 이 맥락에서 문학성을 탐구하기 위해 욕망, 정동, 감정 등의 문화적 키워드가 제출된다. 이들 키워드는 중심의 논리에서 벗어나 내·외부를 아우르는 문학의 가능성을 시사한다. 문학은 고유한 양식을 갖춘 창조적 예술이라는 협의에서 벗어나 주체(화)의 산물인 동시에 기원으로 이해될 수 있다. 달리 말해 문학은 폐쇄적인 텍스트의 산물이 아니라 텍스트를 둘러싼 여러 조건들과 호응하며 사회적 맥락과 문화적 맥락에 의해 중층적으로 형성된 사건임을 의미한다.

한 시대를 구분 짓는 문학적 사건은 여럿이다. 모든 역사적 순간마다 문학은 위기와 변화에 대응하여 문학 양식을 시험하고 갱신했다. 한국의 근대문학은 근대성의 위기에 맞서 새로운 문학적 가능성을 타진했으며, 전쟁과 혁명의 소용돌이 속에서 문학적 상상력으로 전망의 유효성을 검증했다. 예컨대 1960년대 산업화에 따른 사회변동 속에서 문학은 그 주변의 양식들과 호응하며 시대의 위기를 문학적 상상과 사상으로 극복하려 했다. 이때 산업화의 현실과 문학은 인과관계로 연결되는 대신 상호영향을 미치며 변화해가는, 동일한 사건을 구성하는 복수의 지평으로 관계를 맺는다. 이 관계에 우열이나 선후는 존재하지 않으며, 폐쇄적이지 않음으로 인해 다양한 문학적, 문화적 양식이 상호관계에 매개로서 개입한다. 이에 따라 다양한 장르의 글쓰기들이 문학의 범주와 습합하고, 문학적 현상과 사회적 현상들이 예술화, 문학화, 혹은 정전화라는 장벽 없이 동일한 텍스트 속에서 논의될 수 있다. 중심의 논리를 벗어나기 위한 문학 연구의 방향은 여기에 있다고 믿는다.

이 책은 한국문학이 오랫동안 누려온 중심의 논리에 대해 의문을 제기하고, 문학의 주변부에서 새로운 문학 연구의 가능성을 확인하려는 기획에서 시작되었다. 주변부는 낯설고 열악한 현상, 혹은 중심의 반대말이 아니다. 오히려 중심이 아님으로 인해 복수의 중심의 가능성을 타진하는 근거가 되는 공간이 주변부이다. 주변부는 은폐와 억압의 장소가 아니라 평등한 사유의 발원지가 되며, 창조적 정신이 발휘되는 공간이 될 것이다. 이를 위해 필자들은 문학의 주변부, 혹은 주변부의 문학에 주목한다. 근대 문학이라는 중심을 상상할 때 한국문학의 주변부성은 뚜렷해 보인다. 근대 세계체제의 변두리라는 지정학적 시야에서 한국의 문학은 식민지에서든, 냉전체제에서든 모두 주변부일 수밖에 없다.

그러나 한국문학의 주변부성은 중심의 문학에 미달하게 만드는 원인이나 미미한 영향을 미친 부수적인 현상이 아니라 문학의 양식과 사상을 성립시키는 핵심적인 요건으로 평가되어야 한다는 데 동의를 구한다. 이를 위해 우리는 한국문학의 중요한 지점들에 시선을 돌린다. 식민지 문학의 근대성에 대응하는 주변부성을 확인했으며, 전후 한국문학이 제도로서 성립하기까지 세계문학과 관계 맺으며 문화적 기획이 유효하게 작동한 방식에 주목했다. 그리고 냉전체제와 '두 혁명'의 열망이 교차하던 1960년대 정치-경제라는 문학성 외부의 물질적 조건에도 관심을 기울였다. 정치-경제는 오랫동안 문학의 외부로 떨어져 있었지만 역사적 현실과 문학적 양식이 교차할 때 문학적 외부는 문학의 주제와 폭발적으로 결합하는 장면을 목격할 수 있기 때문이다. 이러한 관점에서 한국문학은 오로지 중심의 논리에 따른 결과물이 아니라 중심과 동일한 힘으로 길항하는 주변부적 조건들과 더불어 구축된 역동적인 벡터임을 확신한다. 이 책을 통해 우리는 식민지 후반에서 1970년대에 이르는 한국 문학사의 중요한 지점에서 이 힘들의 크기와 방향을 가늠하려 한다.

1장「조선 근대 문학의 주변부성과 소수자 문학의 기획」은 '조선'과 '근대'와 '문학'이라는 세 개의 강고한 틀에 의해 독점적으로 해석되어온 '조선문학'의 주변부성을 탐색한다. 이를 위해 이 글은 구체적으로 언어, 공간, 세계 인식의 층위에서 텍스트에 잠재된 주변부성을 찾았다. 언어의 측면에서는 '문학이란 읽고 쓰는 능력을 지닌 집단의 전유물'이라는 편견에 대해 비문해자들의 목소리를 복원하고자 했다. 비문해자들의 존재는 문학사 연구에서 거의 주목받지 못했다. 문학 자체가 읽고 쓰는 능력을 담지한 지적·문화적 엘리트층을 중심으로 구성되었기 때문이다. 그러나「문예구락부」,『인간문제』,『고향』,『호외시대』등의 작품은 지적·문화적 엘리트들의 전유물로 간주되어온 문학 개념을 비문해자들의 관점에서 재구성함으로써 편견을 교정할 필요성을 제기한다.

공간의 측면에서는 식민지 모더니티의 표상인 경성의 화려함 속에 숨겨진 '이면'의 양상을 추적했다. 유진오와 박태원, 현덕 등의 소설은 전시체제 하의 공간배치와 도시 주변부의 일상, 그리고 '식민지 회색지대'로서의 경성의 확장을 간파하고 있다는 점에서 흥미롭다. 이들 작품은 모더니티의 구현 공간으로서의 경성을 넘어, 그 모더니티 이면의 다채로운 공간적 중첩과 투쟁을 보여준다는 점에서 주목된다.

세계 인식의 측면에서는 외국문학 수용을 통해 식민지 조선 문학이 꿈꾸던 대안적인 '세계'의 상의 일단을 복원하고자 했다. 조선 근대 문학이 서구를 중심의 외국문학을 수용하며 형성, 발전되었다는 점은 부정하기 어렵다. 그러나 그 수용에는 일정한 선택과 배제가 작동하며, 나름의 독특한 수용의 전략 또한 작동했다. 이효석의 아일랜드 문학 수용과 김남천의 헨리 제임스 수용은 조선 근대 문학의 외국문학 수용이 지니는 문제성, 즉 세계의 '주변부' 문학 간의 '연대'의 단초를 보여준다는 점에서 주목된다.

이 글은 이와 같이 언어, 공간, 세계 인식의 측면에서 조선 근대 문학의 '주변부'를 복원하려는 문제의식의 소산이다. 이는 문화적 엘리트층에 국한된 '문학' 개념을 상대화하는 것이며, 식민지 모더니티 '이면'의 중첩성을 고찰하려는 것이고, 나아가 주변부 조선 문학의 소수자 문학으로서의 자기 인식과 이에 기반을 둔 세계 문학의 기획의 단초를 찾아보려는 것이기도 하다. 이와 같은 작업을 통해서 자명한 것으로 간주된 '조선' '근대' '문학'을 다른 각도에서 조망하는 것이 가능할 것이다.

2장 「1960년대 <세계전후문학전집>의 발간과 전위적 독서주체의 탄생」은 해방 이후, 한국의 문학제가 독서라는 핵심적 기제 속에서 어떻게 형성되어가고 있는지, 그리고 그 형성 조건은 근대성의 위기와 혼란 속에서 어떻게 작동하고 있는지를 검토하는 글이다. 이를 위해 이 글은 '문학전집'에 논의의 초점을 맞추었다. 한국의 독서문화사에서 신구문화사 <세계전후문학전집>의 역할은 지대했다. 이러한 점에 착안하여 신구문화사 <세계전후문학전집>이 4·19라는 역사적 사건과 더불어 출판시장에 등장하게 되는 일련의 과정을 추적하는 한편, 한국적 맥락에서 특수성을 지닐 수밖에 없었던 '전후'의 감각이-비록 내재적으로 '미달' 혹은 '부족'의 차원에서 한국의 전후문학이 재현/소비된다 할지라도-신구문화사 <전집>의 기획 속에서 보편적 시대경험으로서 서구의 '전후'와 조우하게 되는 상황을 분석했다. 특히 문화생산과 수용의 중간과정(편집과 기획, 번역과 저술 활동 등)에 참여하는 '문화매개자'들의 실천과 흔적들을 추적함으로써, 1960년대 남한사회에서 '전후'의 '세계문학'이 갖는 존재론적 특수성을 밝히고자 하였다. 예컨대 이어령과 신동문은 종합교양지 『새벽』의 편집위원으로 활동하며, '한국적' 전후문학에 대한 역사적 고찰과 주체적 인식을 형성하는 데 중요한 역할을 맡은 당대의 문화매개자들이었다.

새로운 읽을거리에 의해 촉발된 '정동'을 강력한 저항적 에너지로 분출시키고자 했던 전위적 독서주체(저항적 청년주체) 만들기는 『새벽』이 종간된 이후에도 문화매개자 이어령과 신동문의 지속적인 실천을 통해 신구문화사의 출판기획들로 이어졌다. 신구문화사 <전집>의 편집주체들은 비록 '전후'라는 시대적 감각 속에 한정된 것이기는 하나, 식민지 시기 제국 일본을 통해 세계문학을 상상했던 것과는 완전히 다른 차원에서 세계문학과 한국문학, 그리고 일본문학의 관계를 재구축하고자 시도했다. 『새벽』의 편집진들이 '전후문학'의 외연을 의도적으로 축소시켜 전후 청년작가들의 저항적 문학 텍스트를 특화시키고자 했다면, 4·19 이후 발간된 신구문화사 <세계전후문학전집>은 청년주체의 '저항성' 보다는 서구유럽의 '전후'라는 보편적 시대감각에 더 방점을 두었다. 그 결과 한국문학은 '전후'의 세계문학이라는 구도 속에 놓이게 됨으로써, 2차 세계대전 이후라는 보편적 감각이 아닌 일종의 해석되지 않은 6·25의 기록으로서 읽혀지게 된다.

이어 이 글은 신구문화사 <전집>이 급변하는 사회적, 정치적 현실 속에서 점차 정치적 저항성을 상실한 채 미학적 차원에서 당대의 청년 독자들에게 소비되기 시작한 상황과, 전후세계문학의 '고쳐 읽기'와 '다시 쓰기'를 통해 잉태된 반항적 창조 주체들의 문학적 실천이 새로운 문학의 출현을 가능케 한 상황을 확인한다.

3장 「1960년대 경제민주주의 담론과 노동자 정치 언어의 파국」은 민주사회주의 담론의 관점에서 1960년대를 읽어낸다. 이 글은 4월혁명의 과제로서 '정치적' 민주화뿐만 아니라 '경제적' 민주화라는 시대적 요구를 확인한다. 경제 민주화는 민주사회주의(사회민주주의) 담론의 핵심적인 사안이다. 4월혁명을 전후로 급증한 노동 담론 역시 당연히 경제민주화를 지향하고 있으며, 이들의 요구를 아우를 수 있는 정치이념이 바로 민주사회주의라는 사실은 1960년대를 바라보는 시각을 새롭게 한다. 당시의 지식인들은 노동대중의 빈곤 문제를 해결하지 않고는 진정한 민주주의는 실현 불가능한 것으로 파악하고 있었다. 민주사회주의는 곧 4월혁명이 실현하고자 했던 경제적 민주주의의 진정한 성취를 위한 중요한 방편이었으며, 경제적 민주주의 추구 방법으로서의 사회주의를 어떻게 받아들이며 흡수할 것인가의 문제와도 직결되었다. 민주사회주의를 통한 '사회주의' 정치이념의 요청은 4월혁명 직후 해결해야할 시급한 과제가 바로 경제문제였으며, 이는 단순히 경제발전 혹은 산업화로 귀결되지 않고 경제민주화를 향하고 있었다는 점을 말해준다.

이 글은 이와 같은 현상을 1960년대 시에서도 발견한다. 4월혁명 전후로 발표된 시들을 분석하며 민주주의와 자유뿐만 아니라 '경제균등'에 대한 정동을 읽어내려 한 것이다. 특히 『민족일보』를 비롯한 현실참여적인 여러 매체에서 빈곤, 노동, 경제균등에 대한 문제의식을 드러내는 시들을 확인한다. 이러한 흐름은 4월혁명 직후 활발히 논의된 경제민주주의 담론과 동궤(同軌)에 있는 것이다. 4월혁명은 일반적으로 자유와 민주주의의 쟁취를 위한 것으로 알려져 있지만, 그 이면에 작용하고 있었던 하층민의 경제적 불만을 주목하지 않을 수 없다. 4월혁명 직후의 경제민주주의 담론이 그 방증이다. 1960년대 초반의 참여시가 이러한 경제균등의 정동을 표출하고 있었다는 사실은 60년대 참여시의 알려지지 않은 이면을 확인한다. 4월혁명을 전후로 경제균등의 열망을 드러냈던 참여시의 양상은 당대의 경제민주주의 담론, 나아가 민주사회주의 담론과 무관하지 않은 것이다. 이러한 사실은 1970년대에 본격화되는 민중시, 노동시, 농민시의 기원을 암시하는 1960년대의 증례라고 할 수 있다.

4장 「1960년대 정치-경제의 구조와 식민지 역사 쓰기」는 경제와 문학의 관점에서 한국문학 연구의 새로운 시야를 제안한다. 경제는 국가 정체성의 문제를 넘어서 주체화의 근거로 작동했기에 너무나 문제적이다. 국민과 국가가 자본주의로 재편되는 사이, 한국문학은 이 상황을 인식하고 주체성의 문제에 대해 반성했다. 최인훈의 경우는 지식인 특유의 관념으로서 이에 접근해간 사례로 꼽을 수 있을 것이다. 1960년대의 작가 최인훈이 1970년대를 거쳐 오면서 경제로 매개된 한국의 현실과 세계와의 관계를 인식한 까닭은 그것이 전후와 1960년의 상상력을 폐기하고 새로운 주체를 요구했기 때문이다. 관념적인 언설 속에 등장한 지식인 주체의 역할은 제한적이었다. 체제의 속성을 이해하고 이에 적실히 부합하는 주체의 가능성은 소설노동자 구보씨를 통해 역설적으로 부각될 수 있었다. 최인훈의 소설은 '차관(借款)'과 '매판(買辦)'과 같은 세계체제의 주변부성이 어떻게 문학적·문화적 주체화의 기원으로 작동하는지 보여준 사례로 꼽을 만하다.

그리고 경제의 문제와 더불어 일본이라는 역사, 혹은 식민성의 문제가 1960년대 혁명적 변화의 매개로 등장한 상황에 주목했다. 일본은 양가적 감정의 대상이었다. 선험적인 적대감정의 대상이었지만, 이를 통하지 않고서는 근대성에 다다르기 어려운 결정적인 경로로서 다가왔기 때문이다. 미래를 향한 길목에서 일본은 식민지 과거 역사를 상기시키며 식민 이후의 전망에 무거운 질문을 던진 셈이었다. 이에 가장 적극적으로 답한 문학적 해답으로 이병주의 『관부연락선』을 든다. 『관부연락선』은 1960년대 한국이 감당해야 했던 식민성에 관한 문학적 해법이었던 셈이다. 이 글은 『관부연락선』이 상기시킨 식민성의 양상을 검토하고, 이를 드러내는 이병주의 글쓰기의 지향점을 평가한다. 이병주가 증명한 식민지의 지식들은 서구 보편성에 이끌린 한 식민지 지식인의 내면을 채웠으며 역사 쓰기의 양식으로 표출되었다. 이 과정을 확인함으로써 지난 세기의 한국 역사의 단락들이 1960년대의 역사성과 긴밀하게 조우하는 장면들을 포착할 수 있었다. 이를 통해 이병주의 글쓰기란 작가의 욕망이든, 권력의 욕망이든 결국 1960년대 주체성의 양식이라는 결론에 이른다.

　네 명의 필자는 연구영역이 각기 다르지만 중심의 논리에 대응한 주변부의 문학과 문학연구의 가능성이라는 지향을 공유했기에 이 책은 기획될 수 있었다. 공통의 목표에 이르기 위해 기왕의 발표원고를 재검토하며, 책의 주제에 더욱 집중할 수 있도록 가다듬는 데 공을 들였다. 이 책의 연구 성과를 통해 한국문학의 근대성을 재검토하고, 문학이라는 강고한 관념에 틈을 벌려 주변부에 내재한 능동성과 생산성을 문학연구의 새로운 동력으로 삼을 수 있기를 바란다.

2017년 8월
필자 일동

● 차례 ●

머리말 / 5

제1장 조선 근대 문학의 주변부성과 소수자 문학의 기획 _ 장성규 / 17

    1. 서론: 조선/근대/문학의 중층성 ·· 17

    2. 언어: 비문해자들의 문학사 구성의 (불)가능성 ·················· 20

    3. 공간: 식민지의 회색지대를 둘러싼 문학적 재현 ··············· 37

    4. 세계: 외국문학 수용을 통한 상호텍스트성의 기획 ············· 57

    5. 결론: 소수자 문학으로서의 조선 근대 문학 ····················· 81

제2장 1960년대 〈세계전후문학전집〉의 발간과 전위적 독서주체의 탄생 _ 이종호 / 87

    1. 서론 ··· 87

    2. 문화매개자 '이어령'과 '신동문'의 흔적을 따라가기 ··········· 92

    3. 종합교양지 『새벽』과 전위적 독서 주체의 기획 ··············· 98

    4. '전위'문학에서 한국적 '전후'문학으로 ·························· 106

    5. 4·19와 『일본전후문제작품집』 ··································· 110

    6. 일본번역문학 수용론에 대한 비판 ································ 122

    7. 결론을 대신하며 ·· 127

제3장 1960년대 경제민주주의 담론과 노동자 정치 언어의 파국_ 박대현 / 133

　　1. 혁명이념의 실패와 복기(復棋) ·· 133

　　2. 1960년대 빈곤의 정치학과 경제민주주의 담론 ···················· 139

　　3. 1960년대 초반의 참여시와 하층민의 경제 문제 ··················· 149

　　4. 1960년대 경제민주화 담론과 민주사회주의 ························· 169

　　5. 4월혁명의 완수와 경제민주주의의 방향 ······························· 183

　　6. '민주사회주의'라는 유령을 위하여 ·· 196

제4장 1960년대 정치-경제의 구조와 식민지 역사 쓰기_ 김성환 / 205

　　1. 두 혁명이 남긴 과제 ·· 205

　　2. 도약이론과 한국 경제의 주체성 ··· 210

　　3. 빌려온 자본과 한국의 운명 ··· 216

　　4. 윤리로서의 자본과 문학 ·· 223

　　5. 일본이라는 타자, 혹은 경로 ·· 233

　　6. 식민지 경험과 『관부연락선』 글쓰기의 기원 ······················· 253

　　7. 맺음말 ·· 272

찾아보기 / 279

제1장

조선 근대 문학의 주변부성과 소수자 문학의 기획*

장성규

1 서론: 조선/근대/문학의 중층성

기실 흔히 사용하는 식민지 시대 문학, 즉 조선 근대 문학이라는 개념은 매우 중층적인 용어이다. 정확히 말하자면 '조선'과 '근대'와 '문학'이라는 세 개의 개념어 중 어떤 것에 초점을 맞추는지에 따라 그 내포는 확연히 달라진다. '조선'에 초점을 맞춘다면 이 시기 문학은 국권이 상실된 시기, 나름의 문화적 민족주의의 발현으로서의 위상이 강조되기 마련이다. 당연하게도 이때 문학의 평가기준은 제국주의에 대한 저항의 강도로 설정되며, 이러한 문학사적 인식은 현재까지도 거의 절대적인 영향력을 매우

---

* 이 글은 이 책의 전체 주제에 맞추어 식민지 시대 조선 근대 문학의 주변부성을 소수자 문학이라는 틀을 통해 적극적으로 의미화하고자 하는 일종의 시론에 해당한다. 새로운 연구 작업을 통해 시론적 문제제기가 아닌 대안적인 해답을 제시해야 하겠으나, 필자의 부족함과 게으름으로 인해 이에 다다르지 못했다. 다만 최근 몇 년간 이와 관련된 성근 작업을 해 왔던 것을 모아 다듬었을 따름이다. 성근 작업들은 다음과 같다. 「전형기 '조선' '근대' '문학'을 둘러싼 세 겹의 위기와 대응」(『현대문학의 연구』 51, 2013.2), 「식민지 시대 소설과 비문해자들의 문학사」(『현대소설연구』 56, 2014.8), 「신체제기 소설의 경성 형상화와 주변부 인식」(『현대소설연구』 52, 2013.4), 「일제 말기 소설의 영문학 작품 수용과 상호텍스트성의 기획」(『민족문학사연구』 47, 2011.12), 「식민지 디아스포라와 국제연대의 기억」(『한민족문화연구』 50, 2015.6).

광범위하게 행사하고 있다. '근대'에 초점을 맞춘다면 이 시기 문학은 고 전문학과는 변별되는 '근대성'을 담지한 예술 양식으로서의 위상이 강조될 것이다. 이 경우라면 넓은 의미에서의 모더니티에 대한 인식과 그것에 대 한 미적 형상화의 근대적 성격이 주목될 것이다. 이에 근거한 문학사적 인식 역시 1990년대 이후 거대담론이 붕괴된 자리를 대체하며 활발히 생 산-유통되고 있다. '문학'에 초점을 맞춘다면 아마도 식민지 시기의 문학 은 '비문학적인 것'과는 변별되는 모종의 것으로서의 위상이 강조될 것이 다. 현재 우리가 자명하게 사유하고 있는 문학의 '상'들, 예컨대 시, 소설, 희곡, 비평 등등의 장르 구분이나, 이에 따른 특정한 미적 규율 등등의 구 현 여부가 문학을 평가하는 중요한 기준이 될 것이다. 이러한 관점에서의 문학사적 인식은 다양한 ISA(이데올로기적 국가장치)를 통해 사회구성원들에 게 체현되고 있음은 주지하는 바와 같다.

그러나 이와 같은 조선 근대 문학이라는 개념은 각기 하나의 '중심'을 설정하며 당대 문학의 다양한 '주변'의 가능성을 봉쇄하고 있다는 점에서 위험하다. 예컨대 다음과 같은 질문이 필요하다. '조선'에 초점을 맞추는 경우: 식민지 시기 문학을 제국주의와 민족주의의 프레임으로 평가하는 것이 '식민지의 회색지대'를 단순화하는 결과를 낳는 것은 아닌가? 젠더나 지적 격차, 생태 등의 다양한 문학의 현실 대응 양상을 손쉽게 환원시키 는 것은 아닌가? 문학 언어로서의 '조선어'에 대한 부당전제된 특권화 경 향이 존재하는 것은 아닌가? 등등. '근대'에 초점을 맞추는 경우: 식민지 모더니티라는 혼종적 성격을 서구적 기준으로 평가할 수 있는가? 같은 맥 락에서 사회적 근대성의 발현으로서의 리얼리즘과 미적 근대성의 발현으 로서의 모더니즘이 수용되며 생성되는 특수한 성격은 어떻게 규명될 수 있는가? 등등. '문학'에 초점을 맞추는 경우: 문학 개념 자체가 역사적으로 형성되고 변화하는 것이라면 문학적인 것과 비문학적인 것의 구분은 어떻 게 가능한가? 일본 유학생 출신 문화적 엘리트층을 중심으로 형성된 문학장과 '예술의 규칙'으로부터 추방된 텍스트들은 어떻게 복원 가능한가? 특히 문해력을 지니지 못한 집단의 목소리는 문학의 영역에서 어떻게 간주되어야 하는가? 등등.

이 글은 이와 같은 문제의식에서 출발한다. 조선 근대 문학이라는 강고한 세 개의 '중심' 속에서 간과되어온 '주변'의 가능성을 구체적인 텍스트로부터 타진해보는 것이 이 글의 목적이다. 이를 위해 편의상 언어, 공간, 세계 인식이라는 세 개의 층위에서 텍스트에 새겨진 '주변'의 흔적을 읽어보고자 한다. 언어의 층위에서는 문학의 영역에서 완전히 배제되어온 존재인 비문해자들의 목소리를 텍스트의 주변에서 찾아보고자 한다. 문학은 읽고 쓰는 능력을 가진 집단의 전유물이라는 '편견'에 대해 문제제기 하려는 의도이다. 공간의 층위에서는 식민지 모더니티의 표상인 '경성'의 이면에 대한 재현을 찾아보고자 한다. 모더니티에 대한 논의가 외현적인 '화려함'에 집중되는 과정에서, 정작 그 그늘에 대한 천착은 절대적으로 부족하다는 판단 때문이다. 세계 인식의 층위에서는 외국문학 수용 과정에서 수행되는 독특한 긴장을 분석해보고자 한다. 세계의 '주변'에 놓인 조선에서의 문학이 꿈꾸던 나름의 '다른' 세계를 복원할 필요가 있다는 생각 때문이다.

미리 밝혀두지만 서론에서 제기한 문제들에 대해 명료하고도 간결한 '해답'을 제시하는 것은 이 글의 목적도 아니고, 더더욱 필자의 능력을 벗어나는 일이다. 다만 강고한 중심에 의해 가려진 조선 근대 문학의 주변부적인 해석 가능성의 일단을 제시해 볼 따름이다. 그러니 이 글은 일종의 '막대 구부리기'에 해당하는 것이며, 동시에 지난 몇 년 간 필자의 능력 부족으로 인해 해명하지 못한 문제들을 정리하는 것일 따름이다.

2 \ 언어: 비문해자들의 문학사 구성의 (불)가능성

혼히 한국 최초의 근대소설로 평가되는 이광수의 『무정』은 형식이 선
형에게 '영문(英文)'을 가르치는 것으로 시작한다. 더불어 『무정』의 마지막
은 형식은 물론 선형, 영채, 병욱 등이 모두 '네이티브'가 되기 위해 유학
을 떠나는 것으로 종결된다. 따라서 형식을 비롯한 이들이 기실 미국으로
유학을 간 이후 어떠한 학문을 전공할 것인가에 대해 극히 피상적인 발화
만을 보이는 것은 필연적이다.

> 「나는교육가가될납니다 그리고전문으로는 싱물학(生物學)을 연구홀
> 납니다」 그러나 듯는사룸중에는 싱물학의뜻을 아는자가업섯다 이렇게
> 말ᄒᆞ는형식도 무론싱물학이란 참뜻은 알지못ᄒᆞ얏다 다만자연과학(自然
> 科學)을중히여기는수상과 싱물학이가장 ᄌᆞ긔의성미에마즐듯ᄒᆞ야 그러
> 케 작뎡ᄒᆞᆫ것이라싱물학이무엇인지도모르면서 식문명을건설ᄒᆞ겟다고 ᄌᆞ
> 담ᄒᆞᄂᆞᆫ 그네의신세도불상ᄒᆞ고 그네를 밋는시디도불상ᄒᆞ다[1]

형식이 정확히 그 뜻이 무엇인지도 모르는 "생물학"을 전공하기 위해서
유학을 떠날 수 있는 것은, 근본적으로 이들에게 중요한 것은 '무엇을 배
울 것인가'의 여부가 아니기 때문이다. 다만 그 매개로서의 '문해' 능력이
중시될 뿐이다. 이 문해 능력은 언어 체계에 따라 위계서열화되어 존재한
다. 형식이 선형을 가르칠 수 있는 것은 일차적으로 그가 "영어를 아는 사
람"[2]이기 때문에, 즉 그가 다름 아닌 '영문'을 읽고 쓸 수 있는 문해 능력
을 지녔기 때문이며, 영채가 선형을 대체할 수 없는 것은 그녀가 여전히
'언문'의 문해 단계에 머물러 있기 때문[3]이다. 그런 의미에서 이 작품이

---

1) 이광수, 「무정」 125회, 『매일신보』, 1917.6.13.
2) 이광수, 「무정」 2회, 『매일신보』, 1917.1.3.
3) 「무정」 51회(『매일신보』, 1917.3.6)에는 형식이 열세살, 영채가 여덟살이던 시절에 영채가

강박적일 정도의 사제 모티프의 반복 구조를 지니고 있다는 사실4)은 의미심장하다. 언어를 가르치고 배우는 것은 동등한 주체 간의 지식의 나눔이 아니다. 특정 언어를 가르치는 자는 곧 자신이 보다 높은 지적·문화적 지위를 확보하고 있음을 확인하게 되며, 이를 배우는 자는 자신이 가르치는 자의 문법에 동화되어야 함을 확인하게 된다. 바꾸어 말하자면, 한국 근대소설은 언어를 읽고 쓸 수 있는 자가 그렇지 못한 자를 타자화하며 자신의 지적·문화적 지위를 확인하는 문제적인 장면에서 시작하는 셈이다. 더욱 문제적인 것은 형식으로 표상되는 조선의 엘리트 역시 미지의 존재에 의해 끊임없이 타자화된다는 사실이다. 그가 유학 후 '무엇을 배울 것인가?'에 대해 뚜렷한 답을 지니지 못한 채, 선형과의 결혼을 담보로해서 미국으로 건너가는 것은 이러한 사실을 단적으로 보여준다.

반면 『무정』이 발표된 지 17년 후 발표된 강경애의 『인간문제』에는 매우 흥미로운 장면이 등장한다.

> 선비? 그가 참말 선비인가? 그러면 내가 날마다 전해주는 그 종이도 보겠지. 그가 글을 아는가? 아마 모르기 쉽지! 참, 공장에는 야학이 잇다지. 그러면 국문이나는 배웠을지도 모르겠구먼…… 하엿다. 이러케 생각하고 나니 자기 역시 국문이라도 배워야만 될 것 같았다. 어데서 배울 곳이 잇어야지! 신철이보고 가릇쳐 달랄까? 그는 빙긋이 웃었다. 삼십에 가차워오는 그가 이제야 국문을 배우겟다고 신철의 앞에서 가갸거겨 할 생각을 하니 웃어웠던 것이다. 보다도 필요와 여유도 없엇던 것이다.5)

언문을 배우며 형식에게 도움을 청하는 에피소드가 서술된다. 그리고 그 에피소드에 대한 형식의 기억은 영채가 형식에게 이별을 고하기 위해 보낸 '언문체'의 편지와 이어지며, 형식에게 어린 시절 영채와 함께 지내던 과거의 기억을 회상하게 만든다. 영채가 형식에게 보낸 언문으로 된 편지에 쓰여있는 "그글즈가 제각금과거의 리약이롤흐눈듯이 안주에서 지나던일과 즈긔의그후에지나던일과 영치의리약이와 편지와 즈긔의상상과로본 영치의일성이 번기모양으로 형식의머리로 지나"가게 한다. 여기서 영채의 '언문체' 편지에 쓰여있는 글자는 형식과 영채가 과거에 공유했던 기억을 떠올리게 하는 매개인 동시에, 영채와 형식의 현재를 구별짓기 위한 표지로 기능한다.

4) 김윤식, 『이광수와 그의 시대』 1권, 솔출판사, 1999, 576–581면.

인천에서 노동운동에 투신한 '첫째'는 매일 '삐라'를 돌리지만, 실상 그는 "국문"을 읽을 줄 모르는 비문해자이다. 그러니, 그는 매일 자신이 읽지도 못하는 문자가 담긴 '삐라'를 '목숨을 걸고' 배포하는 셈이다. 그럼에도 '첫째'는 군이 자신이 문자를 배워야 할 "필요"를 느끼지 못한다.『무정』에서 이미 일단락된 것으로 보이는 문자 가르치기와 배우기의 정당성이 『인간문제』에서는 가볍게 부정된다. 무엇이 이토록 기묘한 상황을 낳았을까? 아니, 이 상황이 기묘하게 느껴지는 이유는 무엇일까?

일반적으로 문학은 문자로 구성된 언어적 질서체로 인식된다. 따라서 능숙하게 문자를 읽고 쓰는 '형식'의 목소리는 텍스트에 깊게 각인되는 반면, 비문해자인 '첫째'의 목소리는 위와 같이 텍스트의 잉여로서 남겨져 있을 뿐이다. 이는『인간문제』에 대한 기존의 평가가 일률적일만큼 '식민지 시대 농촌 현실과 노동 문제의 리얼리즘적 재현'이라는 클리쉐로 수렴되는 것에서 방증된다. 여기에서 '첫째'의 목소리는 철저히 배제되어 있다. 중요한 것은 식민지 자본주의의 모순을 읽어내는 작가의 세계관과 문자적 재현 능력의 여부이지, 애초부터 문학 영역으로 진입할 자격을 획득하지 못한 '첫째'의 자리는 문학사에는 존재하지 않는다. 따라서 그가 '삐라'를 돌리지만, 정작 거기에 적힌 문자를 읽지 못한다는 사실은 중요치 않은 것으로 간주된다.

하지만 위의 인용문에서 '첫째'가 문자를 읽지 못함에도 불구하고 군이 읽을 "필요"를 느끼지 못한다는 사실은 문제가 간단치 않음을 보여준다. '첫째'의 입장에서 자신이 비문해자라는 사실은 아무런 문제가 되지 않는다. 이는 일반적인 문학사가들이『인간문제』에서 읽어내는 식민지 자본주의의 모순과는 다른 무언가를 그가 이미 인식하고 있음을 의미한다. '첫째'는 문자로 만들어진 세계와는 '다른' 세계를 스스로 체득하고 있기 때문이

---

5) 강경애, 「인간문제」 100회, 『동아일보』, 1934.11.30.

다. 기실 문학사가들이 읽어내는 제국과 식민, 자본과 노동의 모순관계는 '형식'의 세계와 맞닿아 있는 추상의 세계에 다름 아니다. 반면 '첫째'의 세계는 구체적인 일상에서 끊임없이 현실의 모순을 인식하는 실감의 세계에 가깝다. 그 실감으로 인해 '첫째'는 자신이 배포하는 삐라를 설령 그녀가 문자를 모를지라도 '선비'가 읽어주기를 바란다. 비문해자인 첫째와 선비의 관계는 예컨대 형식과 선형의 관계와 같은 위계 질서를 지니지 않는다. 단지 '삐라'가 지니는 불온한 물질성만으로도 그들 간의 교감이 가능하기 때문이다. 그러니, '첫째'는 '형식'이 읽어낸 것과는 '다른' 현실을 이미 읽은 셈인지도 모른다. 교감과 연대의 가능성을 실감하고 있다는 점에서 말이다.

『무정』으로부터 100여년이 지난 지금까지, 여전히 문학은 문해자들만의 것으로 간주되고 있다. 이러한 인식은 결과적으로 문해자와 비문해자간의 위계서열화를 공고히 한다. 이는 지적 격차와 앎의 불평등한 분배에 대한 문제를 문화적 '교양'의 습득 문제로 바꿔치기하는 효과를 낳는다. 그렇게 여전히 '첫째'의 목소리는 문학의 '외부'로 추방되어 있다.

여전히 한국 사회에서 비문해자의 문제는 존재한다. 물론 한글 자모를 읽는 능력은 대다수의 성인이 지니고 있지만[6], 자신이 읽은 문자의 의미를 이해하고 이를 비판적으로 인식할 수 있는 능력, 나아가 이에 대한 자신의 견해를 논리적으로 표현할 수 있는 능력을 지니지 못한다는 의미에서의 '비문해자'는 아직도 상당수 남아있는 것으로 추산된다.[7] 여기에 전

---

6) 해방 당시 한국인의 비문해율은 약 78% 정도로 추정된다. 이 수치는 해방 이후 5차에 걸친 전국적 문맹퇴치 사업에 의해 10여년만에 약 4.1%로 낮아진 것으로 보고된다. 그러나 이러한 수치는 조사의 기준 자체를 단순한 기초문자 문해 수준으로 설정했다는 점에서 나온 것으로 추정된다. (최운실, 『한국의 문해 실태와 문해 교육』, 한국교육개발원, 1990, 39-40면)

7) 2003년에 이루어진, 국제성인문해조사(IALS)에서 사용한 조사도구를 바탕으로 한국의 16-65세 성인 1200명을 대상으로 하여 시행된 한 문해능력조사 결과에 의하면 논설, 기사, 시, 소설 등의 기본적인 텍스트 정보를 이해하고 사용할 수 있는 산문문해 능력에 있어 응답자의 51.7%는 일상생활에 적합한 최소 수준인 3단계에 해당하는 점수를 획득하지 못했다. 이 중 21.8%는 매우 취약한 문해 능력을 의미하는 1단계에 해당하는 점수를 획득했다. (이희수, 박현정, 이세정, 「OECD조사도구로 본 한국성인의 문해실태와 과제」, 『한국교

문적인 어휘나 신조어, 외래어 등에 대한 비문해자를 포함할 경우 그 존재는 더욱 클 것으로 추정된다. 이러한 경향은 식민지 시대의 경우 더욱 크다. 대략 80% 가량의 사람들이 초보적인 일문은 물론[8] 조선어조차 읽을 수 없던 당시의 문해 상황[9]을 고려한다면 우리가 자명한 것으로 간주하는 언어적 구성물로서의 문학 텍스트라는 개념 자체는 극히 소수에게 국한된 개념에 지나지 않을 수도 있다.

이런 맥락에서 보자면, 기존의 한국 근대문학 연구는 문해자를 '정상적인' 상황으로 설정하고 진행된 경향이 매우 크다. 비문해자의 경우는 '예외적인' 상황이기 때문에 문학 연구에서 고려될 대상이 아니었다. 한국 근대문학이 형성·전개된 식민지 시대 절대 다수의 사람들이 비문해자였다는 사실은 손쉽게 간과된다. 그렇다면 기실 기존 연구는 극히 소수에 해당하는 문해자의 목소리만을 복원하는데 초점을 맞추었던 셈이다. 이는 당연하게도 읽고 쓸 수 있는 능력을 갖춘 문해자만이 문학 장에 진입할 수 있는 문화자본을 획득했기 때문이다. 더욱이 'literature'의 역어로서 근대문학의 '상'이 정립되며[10] '읽고 쓰는 능력'은 단순히 문해의 영역에 국한되는 것이 아니라, 서구 및 일본의 근대문학적 규범을 습득하는 지적·문화적 상징자본으로 그 의미가 확장되었다. 따라서 한국 근대소설에서 비문해자는 오직 문해자에 의해 '계몽'되어야 할 객체로서만 형상화될 수 있었다. 이는 앞서 살펴본 이광수의 『무정』은 물론, 이후 심훈의 『상록수』까지 이어지는 강력한 민족주의적 계몽의 의지로 발현된다.

그렇다면 다음과 같은 질문이 가능하다. 지금까지 한국 근대문학의 전

육』 30권 3호, 2003, 238면)

8) 천정환은 1930년 현재 일본어와 한글을 모두 읽을 줄 아는 사람들의 비율을 전체 인구의 6.78% 정도로 추산한다. (천정환, 『근대의 책읽기』, 푸른역사, 2004)

9) 노영택, 「일제시기의 문맹률 추이」, 국사편찬위원회, 『국사관논총』51호, 1994; 윤복남, 「해방전 우리나라의 문해교육운동」, 김종서 편, 『한국 문해교육 연구』, 교육과학사, 2001.

10) 황종연, 「문학이라는 역어」, 『한국어문학연구』 32, 1997.12, 459면.

형적 캐릭터로 기능하는 『무정』의 '형식'은 그의 문해 능력을 활용하여 어떠한 글을 읽고 썼으며, 비문해자의 목소리를 텍스트에 흔적처럼 기입한 『인간문제』의 '첫째'는 '글'을 모르는 상황에서 그가 돌리는 '삐라'의 내용을 어떻게 인식할 수 있었는가? 흥미롭게도 『무정』에는 형식이 읽고 쓰는 글의 내용에 대해 뚜렷한 징표가 등장하지 않는다.11) 형식은 국문은 물론 일문과 영문까지 읽고 쓸 수 있는 능력을 확보하고 있으나 그의 문해 능력은 구체적인 조선의 현실 앞에서 무력하다. 그에게 중요한 것은 문해 능력 그 자체로 국한되며, 이는 앞에서 보았듯이 『무정』의 결말에서 스스로가 어떠한 공부를 수행할 것인지에 대한 고민이 부재한 상황에서도 미국 유학을 떠나는 장면에서 극적으로 나타난다.12) 반면 '첫째'는 그가 목숨을 걸고 배포하는 '삐라'에 적힌 내용을 읽을 수 있는 능력을 지니고 있지 못함에도 불구하고 '삐라'를 배포하는 행위 자체로부터 그 불온한 물질성을 감지한다. 이러한 상황은 일반적인 'literacy'의 질서로는 해명될 수 없는 모종의 잉여가 텍스트에 흔적으로 기입되어 있음을 방증한다. 이는 비단 『인간문제』(강경애)의 '첫째'뿐 아니라 『호외시대』(최서해)의 '두환', 『고향』(이기영)의 '인동', 「달밤」(이태준)의 '수건', 그리고 「문예구락부」(김남천)와 『동천홍』(이기영), 「마작철학」(이효석), 「솜틀거리에서 나온 소식」(송영) 등에 등장하는 노동자들에게도 적용된다.

기존의 조선 근대 문학 연구는 지나치게 많은 '형식'의 목소리를 분석하는 것에 치중했다. 이 과정에서 정작 당대 절대 다수를 점하던 비문해자인 '첫째'의 목소리를 복원하려는 연구는 거의 없었던 것이 사실이다. 그러나 문해 능력을 기반으로 구성된 근대문학이 기실 극히 소수의 일본 유

---

11) 「무정」 25회(『매일신보』, 1917.2.2)에는 책을 써서 영채의 몸값 천원을 마련하겠다는 형식의 공상이 짧게 서술된다. 그러나 이때 강조되는 것은 "이제부터 영문으로 글짓기를 공부하여 가지고" 책을 쓴다는 것 뿐이며, 형식이 쓸 수 있는, 혹은 쓰려고 하는 글의 성격에 대해서는 전혀 언급되지 않는다.

12) 이광수, 「무정」 125회, 『매일신보』, 1917.6.13.

학을 거친 지적·문화적 엘리트 층에 국한된 것이었다면, 이를 자명한 개념으로 미리 승인할 이유는 없다. 오히려 지적·문화적 층위에서 소외되고 배제된 수많은 '첫째'의 목소리를 텍스트의 '흔적'들로부터 복권시키기 위한 연구가 필요하다. 문해자들의 온전한 언어 체계인 문학에 미달하는 것으로 간주되어온 '삐라'(『인간문제』)와 '노래가사 바꿔 쓰기'(「문예구락부」)[13], 뜻도 제대로 알지 못하는 '불온한 단어들'을 뇌는 행위(「마작철학」)[14] 등의 실증적 복원을 통해 비로소 우리는 '노래의 첫 구절만을 반복해서 부를 수밖에 없으며'[15](「달밤」) 이러한 사정을 넘어서기 위해 "발악을 하는것처럼"[16] 글을 읽는(『상록수』) 비문해자들의 문학사를 재구할 수 있을 것이기 때문이다. 그리고 이러한 비문해자들의 문학사는 곧 특정 계층의 소유가 아닌 인류 공통의 자산인 문자의 공공성과 문학의 민주주의를 복원하는 중요한 참조점으로 작동할 수 있을 것이기 때문이다.

1) 근대소설의 형성과 언어의 위계서열화

근대문학장이 형성되는 과정은 특정한 문자 체계의 특권화와 배제를 수반했다. 특히 한국의 경우 일본을 매개로 하여 서구의 'literature'가 수용되는 과정을 통해 근대문학이 형성되었으며, 이로 인해 영어 등 서구 언어와 이를 매개하는 일본어에 대한 문해 능력이 문학장 진입의 기본 조건으로 설정되었다. 그 결과 근대문학장이 형성되는 시기에 발표된 소설 텍스트에는 문자의 위계서열화가 필연적으로 등장한다.

앞에서 잠시 언급한 것처럼 일반적으로 한국 최초의 근대소설로 평가되는 이광수의 『무정』에서는 문자의 위계서열이 매우 뚜렷하게 각인되어

---

13) 김남천, 「문예구락부」 1회, 『조선중앙일보』, 1934.1.25.
14) 이효석, 「마작철학」 6회, 『조선일보』, 1930.8.14.
15) 이태준, 「달밤」, 『중앙』, 1933.11, 144면.
16) 심훈, 「상록수」 48회, 『동아일보』, 1935.11.7.

있다. 형식이 국문과 일문을 넘어 '영문'을 읽고 쓸 수 있는 인물로 형상화되는 반면, 그 대척점에 위치한 영채는 일문과 영문에 대한 문해 능력을 갖추지 못한 인물로 형상화된다. 그런데 작품 내에서 최고의 문해 능력을 갖춘 형식 역시 미국 유학을 위해 선형과 결혼한다. 즉, 『무정』의 기본 구조로 작동하는 사제 관계는 영문 -> 일문 -> 국문의 위계질서를 통해 구축된 셈이다. 이는 고아인 형식이 상당한 부를 축적한 집안의 딸인 선형과 결혼할 수 있는 계기가 다름 아닌 그녀에게 '영문'을 가르치는 것이라는 점에서도 단적으로 나타난다.

이러한 문자의 위계서열화는 근대문학장의 형성기에 일종의 근대소설의 '전범(典範)'으로 기능한 김동인이나 염상섭, 현진건 등의 1920년대 초반 소설 텍스트에서 빈번히 나타난다. 이들은 기존의 언어공동체와는 분리된 '자기의 창조한 세계'(김동인)로서의 문학장의 새로운 언어 체계를 구상한다. 예컨대 다음과 같은 회고가 대표적이다.

> 『창조』에서 비로소 소설용어의 純口語體가 실행되었다.
> 「口語體化」와 동시에 「過去詞」를 소설용어로 채택한 것도 『창조』였다. 모든 사물의 형용에 있어서 이를 독자의 머리에 실감적으로 부어넣기 위해서는 「現在詞」보다 「過去詞」가 더 유효하고 힘있다. 「김서방은 일어서다. 일어서서 밖으로 나간다」하는 것보다 「김서방은 일어섰다. 일어서서 밖으로 나갔다」하는 편이 더 실감적이요 더 유효하다 하여, 온갖 사물의 동작을 형용함에 過去詞를 채택한 것이었다.
> 『창조』를 중축으로 『창조』이전의 소설을 보자면 그 옛날 한문소설은 물론이요, 李人稙이며 李光洙의 것도 모두 「현재사」를 사용하였지 「과거사」를 쓰지는 않았다. 『창조』 창간호에 게재된 나의 처녀작 「약한 자의 슬픔」에서 비로소 철저한 口語體 過去詞가 사용된 것이었다.
> 또한 우리말에는 없는 바의 He며 She가 큰 난관이었다. 소설을 쓰는데, 소설에 나오는 인물을 매번 김 아무개면 김 아무개, 최 아무개면 최 아무개라고 이름을 쓰는 것이 귀찮기도 하고 성가시기도 하여서, 무슨

적당한 어휘가 있으면 쓰고 싶지만 불행히 우리말에는 He며 She에 맞을만한 적당한 어휘가 없었다. He와 She를 몰몰아(性的 구별은 없애고) 「그」라는 어휘로 대용한 것-「그」가 보편화되고 상식화한 오늘에 앉아서 따지자면 아무 신통하고 신기한 것이 없지만, 이를 처음 쓸 때도 막대한 주저와 용단과 고심이 있었던 것이다.[17]

한국근대소설 문법의 창시자로 평가되는 김동인의 회고의 일부이다. 그는 위의 회고에서 소설의 "口語體 過去詞" 사용과 "그"라는 문자의 '번역'에 대해 강한 자부심을 표출한다. 그런데 이는 곧 기존의 전통적인 문자체계와 구술적 문학 양식에 익숙한 이들을 표기법을 통해 타자화하여 만들어지는 자의식이기도 하다. 왜냐하면 '그'라는 호칭을 이해하기 위해서는 영문 He/She는 물론 이의 일본식 변용인 彼/彼女의 표기에 대한 이해가 선행되어야 하기 때문이다. 결국 김동인은 영문 -> 일문 -> 국문의 위계질서를 언어 표기의 층위에서 구조화시킨 셈이다. 나아가 염상섭이 He를 '彼'로, She를 '彼女'로 표기하는 순간 위의 언어적 위계질서는 더욱 공고해진다. 결국 "소설용어"의 창조는 "口語體 過去詞"와 "그"의 번역을 통해 구술적 문학 전통과의 단절을 가져온 셈이다. 그리고 이 과정은 새로운 문자의 위계서열화를 수반할 수밖에 없었는데, 이는 이들의 "소설용어"가 영문 -> 일문 -> 국문의 구조 속에서 '번역'된 것이기 때문이었다.

한 편 현진건은 추상적 개념어의 도입 과정에서 만들어지는 새로운 위계질서를 구체적으로 형상화하고 있다는 점에서 주목된다. 특히 「술 권하는 사회」는 이와 관련하여 매우 흥미로운 장면을 보여준다.

『흥 또 못알아 듯는군. 뭇는 내가 그르지, 마누라야 그런 말을 알 수 잇겟소. 내가 說明을 해들리지. 仔細히 들어요. 내게 술을 勸하는 것은, 화중도 아니고, 하이칼라도 아니요. 이 社會란 것이, 내게, 술을 勸한다

17) 김동인, 「文壇三十年史」, 『김동인문학전집』 12권, 대중서관, 1982, 257면.

오. 이 朝鮮社會란 것이, 내게 술을 勸한다오. 알앗소? 八字가 조하서, 朝
鮮에, 태어낫지, 딴 나라에 낫더면, 술이나, 어더먹을 수 잇나...』
　社會란 것이, 무엇인가? 안해는 또 알 수가 업섯다. 어찌 하엿든, 딴
나라에는 업고, 朝鮮에만 잇는 料理집 이름이어니 한다.
　『朝鮮에 잇서도, 아니 단이면, 그만이지요.』18)

　작품의 초점화자인 '아내'는 영어 'society'의 역어인 '사회'라는 개념어를
이해하지 못한다. 개념어는 개별적인 현상 이면에 놓인 구조에 대한 고도
의 추상적 인식을 통해서만 사용 가능하다. 문제는 남편이 '사회'라는 개
념어를 아내와 공유하기 위한 어떠한 시도도 보이지 않는다는 사실이다.
따라서 남편이 논하는 "우리 朝鮮사람으로 成立된 이 社會"19)는 결국 '사
회'라는 개념어를 이해할 수 있는 지적 능력을 확보한 이들만의 것으로
국한될 수밖에 없다. 그 공간에 아내의 자리가 존재하지 않음은 물론이다.
　이와 같이 근대문학 형성기의 소설 텍스트들은 새로운 '문법'을 구조화
하며 문자의 위계서열화를 구축한다. 새롭게 구성된 문자의 위계서열은
곧 문학장의 진입 조건으로 기능했다. 읽고 쓰는 능력이 문학장 진입의
기본 조건으로 제시되며 비문해자들은 문학장으로부터 체계적으로 추방
되었다. 이러한 '예술의 규칙'은 이후 지금까지도 다양한 방식으로 변용되
어 유지되고 있다는 점에서 중요한 분석 과제로 판단된다.

2) 비문해자들의 담화 특성과 발화 전략

　그렇다면 문자의 위계서열의 최하층에 위치한 비문해자들의 목소리는
텍스트를 통해 어떻게 복원될 수 있는가? 이와 관련하여 포스트 콜로니얼
리즘적 방법론은 상당한 시사점을 제공해준다. 2000년대 이후 인문학 연
구에 활발히 수용된 이론 중 하나가 포스트 콜로니얼리즘이라는 사실은

---

18) 憑虛生, 「술 권하는 사회」, 『개벽』, 1921.11, 142-143면.
19) 위의 작품, 143면.

주지하는 바와 같다. 그리고 그 문제설정이 스피박(G. Spivak)의 다음과 같은 유명한 질문으로부터 파생되었다는 점 역시 주지하는 바와 같다. "서발턴은 말할 수 있는가(Can the subaltern speak?)?" 그러나 정작 이들이 지배적인 담화 구조와는 '다른' 방식으로 자기 재현을 시도했다는 구하(Guha) 등의 논의는 기이하리만큼 인문학 연구자들에게 수용되지 않았다. 이는 국문학 연구의 영역에도 적용되는 바, 포스트 콜로니얼리즘이 주로 제국과 민족 국가 사이의 '낀 존재(in between)'로서의 지식인의 정체성을 추적하는 방법론으로 사용되며, 정작 비문해자를 포함하는 서발턴의 발화 가능성에 대한 탐색은 거의 없었다는 점이 이를 방증한다. 그렇다면 위의 질문을 다음과 같이 바꾸어 문제설정 자체를 전도시키는 연구가 필요할 것이다. "서발턴/비문해자들은 '어떻게' 말할 수 있는가?"

김남천의 「문예구락부」는 그 중요성에 비해 김남천 문학 연구에서 충분히 논의되지 못한 작품이다. 이 작품은 공장의 문예반에서의 창작 활동을 소재로 삼고 있다. 흥미로운 것은 어떤 이야기를 글로 써야할지 모르겠다는 화부(火夫) 일룡에게 인호가 "벌서 근십년을 화부로 늙어온이가 화부이야기를쓰면 좀좃켓소"[20]라고 말하는 장면이다. 일룡이 "사랑소리"를 '소설'로 인지하는 반면, 인호는 노동자 자신의 자기 재현이 바로 '소설'임을 주장하는 셈이다. 더욱 주목되는 것은 이들이 당시 노래가사를 바꾸어 쓰는 활동을 수행한다는 사실이다.

> 그의 노래는 그럼으로 류행가를 그대로옴긴다니보자는 마음대로 곳처서 불느는 것이 대부분이다.
> (중략)
>
> XXX의 배땍이는

---

20) 김남천, 「문예구락부」(4회), 『조선중앙일보』, 1934.1.29.

웨저리두 부를가
아마도 우리들X가
그속안에 가득찻네[21]

위에서 나타난 것처럼 이른바 '노가바(노래 가사 바꿔 부르기)'라는 이름으로 1970-80년대 활발히 진행된 노동자 글쓰기가 이미 1934년 발표된 이 작품에 등장하고 있다. 즉, 이 작품에 등장하는 노동자들은 근대문학장에 진입하는 대신, 지배적인 담화 양식을 전유하여 자신들의 발화 전략으로 재구성하는 셈이다. 이러한 양상은 비문해자들이 구상한 '다른' 문학을 보여주는 구체적인 실례라는 점에서 그 의의가 매우 크다고 할 수 있다. 나아가 김남천이 작품의 말미에 부기의 형식으로 기록해 둔 다음과 같은 언급 역시 주목된다.

附記-이것은 文藝俱樂部라는 題目으로든지 또 딴 일흠으로든지 엇젯든인호와동무들의 인물에依하야 더욱발전될이야기다[22]

김남천은 나아가 근대문학의 '외부'로 추방된 이들의 목소리를 '재현'하는 것을 넘어, 근대문학의 위계화된 지적·문화적 엘리트로서의 작가 개념 자체를 폐기하고 비문해자들 스스로에 의해 "더욱발전될" 문학 개념을 제기한다. 이와 같은 인식은 일반적인 프로문학이 지니는 계몽주의적 엘리티즘 문학관과는 구별되는 것으로, 하위주체에 대한 재현을 넘어 하위주체 스스로의 글쓰기를 구상하고 있다는 점에서 주목된다. 이는 글쓰기의 민주주의가 쓰는 주체와 읽는 대상간의 위계화된 구도를 전도시킬 때 비로소 구현 가능하다는 점에서 지금도 여전히 유효한 문제의식이기도 하다.
이기영의 『고향』은 주로 그 리얼리즘적 성취를 기준으로 고평되어온

---

21) 위의 작품(1회, 2회), 1934.1.25; 1934.1.26.
22) 위의 작품(8회), 1934.2.2.

작품이다. 하지만 이 작품은 다양한 비문해자들의 발화 전략을 보여주는 텍스트이기도 하다. 예컨대 인동과 방개의 발화는 유사한 관계를 지닌 희준과 갑숙의 발화와는 차별화된다. 이들은 속담과 같은 전통적인 담화 형식을 차용하거나, 당시 지배담화를 패러디하여 사용하는 발화 전략을 보여준다. 더불어 조첨지나 김선달의 경우 한학적 소양을 바탕으로 새롭게 대두한 국문 및 일본어와는 구별되는 담화를 수행한다는 점 역시 주목된다. 이러한 사례들은 전통적인 담화 형식의 차용과 지배담화의 패러디 등의 발화 전략을 보여준다는 점에서 흥미롭다. 나아가『고향』을 관통하는 담화가 희준을 비롯한 엘리트층의 그것이 아니라 비문해자들의 '소문'이라는 점 역시 주목되는데, 소문이 종종 비문해자들의 집단적 발화 전략으로 사용된다는 점을 고려할 때 이 점은 충분히 강조될 필요가 있다.23) 특히 다음과 같은 장면은 이 시기 비문해자들의 발화 전략을 단적으로 보여주는 사례라는 점에서 주목된다.

> 인순이의 실심한 생각은 부지중「여공의노래」를 시름없이 부르게 하
> 였다.
> X   X
> 벼짜고 실켜는 여직공들아
> 너희들 청춘이 아깝고나
> 일년은 열두달 삼백은 예순날
> 누구를 위하는 길삼이 드냐?……
> ……
> 어머니 아버지 날보고 싶거든
> 인조견 왜삼팔 날대신 보소!
> ……
> 공장의 굴둑엔 연기만 솟고

---

23)『고향』에 나타나는 소문의 기능에 대해서는 김종욱,「구술문화와 저항담론으로서의 소문
  -이기영의『고향』론」,『한국현대문학연구』16, 2004.12 참조.

이내의 가슴엔 한만 쌓이네?……

　X　　X

인순이의 군소리는 어떤때는 드리고 어떤때는 잘 안들렸다. 잠착이 들고있던 갑숙이가 발딱 이러나 앉으며

『그게 너이들이 부르는 노래냐? 크게 좀 해봐라!』

『애- 싫다!』

인순이는 깜작 놀래서 노래를 그친다. 그는 어느덧 자기도 모르게 눈물이 글성 글성 하였다.

(술이란 눈물인가 한숨이런가?)

갑성이는 유행가를 마주 부르며 잔디밭에 배를 깔고 엎드렸다.

『저애도 벌서부터 난봉이 났서 노래를 해도 카페에서 부르는 노래만 부르고!』

『이왕 나랴면 일즉암치 나야지』

『그는 그렇지!』

『그런데 뭐…… 사-게와 나미다까 다메 이끼까?』

『눈물이고 한숨이고 얘 그만 가자!』

『아니 누이! 이 노래가 좋지 않수? 술이라고 하지말고 이렇게 하면 엇대?』

(연기란 눈물인가 한숨이런가? 요내몸! 불태우는 용광로 런가?)

『어때여? 아- 이만하면 훌늉한 공장가가 되지 않았수?』[24]

위의 장면에서는 두 개의 노래가 나타난다. 하나는 인순이 부르는 「여공의 노래」이다. 특정 작가에 의해 창작된 것이 아닌 구술로 이어지는 일종의 집단창작이라는 점과 형식적으로 3음보에 가까운 노동요의 리듬을 사용하고 있다는 점에서 이 노래는 민요조에 가까운 특성을 지닌다.[25] 이

---

24) 이기영, 『고향』(상), 한성도서주식회사, 1936, 141-142면.

25) 당시 이와 같은 일종의 노동요는 구술을 통해 활발히 유통된 것으로 보인다. 예컨대 『동아일보』 1933년 1월 10일자에는 「民謠- 江西 메나리 石拔怨」이라는 제목의 정미소 여공의 노래가 실려있다. 이 노래 역시 『고향』에 등장하는 「여공의 노래」와 내용과 형식면에서 유사한 특성을 지니고 있다.

는 구술적 전통 속에서 이어져온 문학 양식을 전유하여 당대 비문해자가
발화하는 전략으로 평가할 수 있다. 다른 하나는 갑성이 부르는 "유행가"
이다. 이 노래는 1931년 코가 마사오(古賀政男)가 발표한 엔카 <酒は淚か溜
息か>의 일부이다. 그런데 갑성은 이를 "'연기란 눈물인가 한숨이런가?"
로 개사하면서 "공장가"로 재탄생시키는 셈이다. 이러한 양상은 당대 대
중문화 텍스트의 급진적 전유를 통한 발화 전략으로 평가할 수 있다.26)

같은 맥락에서 최서해가 주로 사용하는 논픽션 양식의 발화나 강경애
가 주로 사용하는 환상성 역시 비문해자의 발화 전략으로 볼 수 있다. 최
서해의 경우 1920년대 중반 근대문학장의 형성이 일정 부분 이루어진 시
기, 추상적 층위에서의 식민지 근대 인식과는 다른 비문해자들의 체험을
통한 식민지 근대 인식의 핍진성을 강조하기 위해 논픽션 양식의 발화 전
략을 빈번히 사용한다.27) 강경애의 경우 간도를 배경으로 한 작품에서 유
독 꿈이나 환각 등의 장치를 통해 비문해자의 발화를 제시하는데, 이는
당시 디아스포라로서의 재만 조선인의 정체성과 구조적 상동성을 지니는
발화 장치로 해석될 수 있을 것이다.

3) 서로 배움을 통한 지식의 재분배와 그 윤리

결국, 비문해 상황의 온전한 극복은 문해자에 의한 일방적인 계몽이 아

---

26) 이경훈은 이에 대해 다음과 같이 논하고 있다. "'텍스트들의 사회학'은 텍스트들을 각각의
지배적인 맥락에서 해방시켜 새로운 콘텍스트들 속에 확고부동하게 자리잡게 하는 것이
아니다. 그것은 <사께와 나미다까 다메이끼가>를 '일본 속요'나 '카페에서 부르는 노래'
로 맹렬히 한정하는 서사적 입장과 세계관을 비판하는 동시에 수긍하기도 하는 독서의
태도, 그리고 이 노래를 '연기란 눈물인가 한숨이런가?'라는 '공장가'로 개사하는 갑성의
'산보'와 이 노래의 '첫 줄 한 줄만 되풀이'해 부를 수밖에 없는 황수건의 슬픈 '달밤'을 한
꺼번에 관차하고 관련짓는 독서의 실천을 지칭한다. 이는 주장하는 대신 곁눈질하는 것이
며, 텍스트의 내부로 동일화되는 만큼 텍스트의 외부를 향해 차이화되고자 하는 것이
다.", 이경훈, 「현실의 전유, 텍스트의 공유」, 『상허학보』 19, 2007.2, 102면.

27) 최서해의 작품이 지닌 논픽션적 성격에 대해서는 이경돈, 『문학 이후』, 소명출판, 2009의
논의를 참조.

니라 문해자와 비문해자간의 서로 배움과 '앎'의 재구성으로만 가능할 것
이다. 특히 자치적인 독서회나 야학 등을 통해 비문해자들이 자신이 습득
한 지식을 공유하며 나아가 이를 재생산하기도 했다는 점은 충분히 강조
될 필요가 있다.[28]

이러한 관점에서 최서해의 『호외시대』는 매우 중요한 텍스트로 평가될
수 있다. 이 작품의 주인공인 '두환'은 고아로 "학교라고는 소학교밖에 마
치지 못"[29]한 인물이다. 그는 이후 홍재훈의 호의로 상업학교에 진학하고
은행에 취직하게 된다. 그런데 그는 문해자 계층의 하층부에 편입되는 삶
대신 "낮이면 입에 풀칠을 위하여 이리저리 쫓아다니다가도 밤이면 졸음
오는 눈을 부벼가면서 뻣뻣한 혀를 늘려 글을 배우는"[30] 이들의 야학 교
사로 살아간다. 그 배경에는 "고학생, 공작 직공, 실직자 들이 모아서 조직
한" "삼우회(三友會)"[31]에서의 체험이 놓여 있다. 일종의 하층민 공동체인
이 공간을 통해 두환은 급진적 사상과 그 문화를 체득한 것으로 추정된다.
그는 이를 바탕으로 문해 능력을 습득한 후 이를 비문해자와 나누려는 의
지를 보여준다는 점에서 문자와 지식을 둘러싼 하나의 모델로 평가될 수
있을 것이다.

---

28) 이와 관련하여 식민지 시대 소설에 나타난 야학을 분석하고 있는 조윤정의 다음과 같은
논의는 큰 참조점을 준다. "신학문의 습득이 출세와 동일시되었던 근대 조선에서 학교는
지식권력을 가져다주는 제도로 인식되었다. 그런 의미에서 권력은 금지, 불허의 형태가
아니라 생산적 유효성, 긍정성을 가진 것으로 이해할 수 있다. 식민지 시대 조선인은 학
교라는 제도를 통과하며 총독부 학무국의 규율에 통제받았지만, 그 속에서 지식권력을
획득하기도 했다. 그러므로 권력은 권력이 작용할 대상을 일정하게 구획하고, 대상이 스
스로 권력을 수행하도록 한다. 그러나 주체가 획득한 권력은 힘의 관계를 수정하여 권력
에 대해 저항하거나 전복시키는 힘을 가질 수 있다. 소설 속에서 발악하듯 책을 읽는 어
린이들이나, 육체적 희생으로 배움을 전이하는 여성들, 침묵이나 파업을 통해 농민이나
노동자의 힘을 보여주는 청년들이 모두 그 예가 될 수 있다", 조윤정, 「한국 근대소설에
나타난 교육장과 계몽의 논리」, 서울대학교 박사학위논문, 2010, 107면.
29) 최서해, 『호외시대』, 문학과지성사, 1993, 71면.
30) 위의 책, 422면.
31) 위의 책, 80면.

이기영의 일제 말기 작품인 『동천홍』은 이른바 이중어 상황의 도래를 비문해자의 관점에서 접근하고 있다는 점에서 흥미로운 작품이다. 이 작품에서 '야학'은 '국어', 즉 일본어를 가르치는 공간이다. 물론 문학어로서의 조선어의 가치를 고려한다면 '국어' 야학은 큰 의미를 지니기 어렵다. 그러나 비문해자의 입장에서는 사정이 다르다. 이들에게는 자신의 일상을 둘러싼 새로운 문자체계인 '국어'에 대한 기본적인 문해 자체가 필수적인 삶의 조건으로 제시되기 때문이다. 흥미로운 것은 야학을 주도하는 일훈이 정작 광산 회사 측의 지원으로 야학을 안정화할 수 있는 기회를 스스로 포기한다는 점이다. 그는 "어디까지 자치(自治)해 나자가는 결심"32)으로 야학의 자율성을 유지하는 것을 선택한다. 그에게 중요한 것은 조선어와 일본어 중 어떤 글을 읽고 쓰느냐의 문제가 아니라, 오히려 자치적인 성격의 지식 재분배 문화의 유지 여부로 모아진다. 이러한 양상은 이른바 이중어 상황의 도래를 새로운 관점에서 접근할 수 있는 중요한 단서를 제공한다.

비문해자들의 문학사는 지식의 재분배 메커니즘과 그 윤리에 대한 탐색으로부터 비로소 구성될 수 있을 것이다. 나아가 이들의 고유한 '다른' 앎의 생산과 유통을 통해 우리는 기존의 대문자 역사와는 다른 대안 역사를 서술할 수 있을 것이다. 이를 위한 단초로서 최서해의 『호외시대』나 이기영의 『동천홍』은 상당히 중요한 위상을 지닌다. 무엇보다 비문해자들의 고유한 지식 재분배의 가능성이 기록된 텍스트이기 때문이다.

2장에서는 이와 같이 문학장에서 완전히 추방된 비문해자들의 목소리를 텍스트의 흔적들을 통해 징후적으로 읽어내기 위한 몇 가지 분석을 수행했다. 여전히 문학은 읽고 쓰는 능력을 확보한 문화적 엘리트층의 전유물로 간주된다. 그러나 문학장의 주변부에 놓인 비문해자들의 흔적을 보

---

32) 이기영, 『동천홍』, 조선출판사, 1943, 30면.

다 풍부하게 읽어낸다면 이러한 편견을 벗어날 수 있을는지도 모른다. 그리고 이러한 독해를 통해 지적·문화적 층위에서 배제된 소수자 문학의 기획을 복원하는 작업은 지식과 문화의 공공성을 지향하는 모든 이들의 과제이기도 할 것이다.

3 공간: 식민지의 회색지대를 둘러싼 문학적 재현

문학에서 공간은 단순히 물리적인 '배경'에 그치지 않는다. 텍스트에 재현된 공간은 일정한 선택과 배제의 과정을 거쳐 선별되며, 여기에 특정한 묘사 기법이 활용됨으로써 특정한 감성구조를 표출하기도 한다. 따라서 공간의 재현은 종종 공식적인 기록이 놓친 중층적인 장소성을 잠재하고 있기도 하다.

조선 근대 문학 연구에서 '도시', 특히 식민지 수도인 '경성'을 주된 테마로 다룬 것들은 적어도 양적으로 상당한 성과를 축적했다. 특히 1930년대 중반 급속한 식민지 근대화 과정의 전개와, 이로부터 생성된 도시적 감수성에 주목한 일련의 연구들은 당대 문학을 '모더니즘'이라는 개념틀로 범주화하는데 성공하며 문학사적 구도를 형성하기에 이르렀다.[33] 이들 연구 경향은 1931년 만주사변의 발발 이후 새롭게 등장한 문학적 흐름을 모더니즘으로 규명하였으며, 이는 지금까지 문학사적 '통설'로 작동하고 있다.[34]

이러한 연구의 연속선상에서, 비교적 최근에는 서구 문예사조로서의 모

---

33) 선구적인 연구로는 최혜실의 것(최혜실, 「1930년대 한국 모더니즘 소설 연구」, 서울대학교 박사학위논문, 1991)을 들 수 있다. 특히 박태원의 「소설가 구보씨의 일일」에 나타난 산책 코스의 복원과, 이를 통한 '산책자 의식'의 규명은 당대 문학을 모더니즘으로 평가하는 데 결정적인 근거로 작동하고 있다.

34) 예컨대 지금은 문학사적 정전 중 하나로 자리잡은 김윤식과 정호웅의 『한국소설사』(예하, 1993)가 이러한 시각을 단적으로 보여준다.

더니즘으로 환원되지 않는 독특한 식민지 경성의 도시적 감수성을 탐색하는 시도가 수행되고 있다. 특히 역사학계에서 새롭게 제기된 일상사, 미시사, 풍속사 등 이른바 '신사학(新史學)'의 연구 방법론이 도입되면서 식민지 모더니티의 특성을 규명하려는 연구가 다수 도출되고 있다. 이들 연구들은 그 개별적인 차이에도 불구하고 큰 틀에서 구체적인 소설 텍스트에 투영된 도시 풍경을 통해 식민지 시대 도시적 감수성(망딸리떼)의 형성 과정을 추적한다는 점에서 공통적이다. 이러한 연구들은 거대서사로 해명되지 않는 식민지 대중의 구체적인 감각을 복원시킨다는 점에서 그 의의를 찾을 수 있다.[35]

한편, 2000년대 이후 일련의 포스트 콜로니얼 이론의 도입과 함께 경성의 이중도시적 성격에 주목하는 연구 역시 촉발되기 시작했다. 이들 연구 경향은 당시 경성의 위계서열화된 구조, 즉 남촌-일본인/북촌-조선인의 경계에 주목하여 식민지 지식인의 내면을 섬세하게 고찰하고 있다. 예컨대 박태원의 「소설가 구보씨의 일일」에 대한 재독해를 통해 남촌-일본인 거주지역에 대한 고현학의 불가능성을 논하며, 김사량의 「천마」로부터 식민지 지식인의 정신분열적 성격을 지적하는 윤대석의 연구가 대표적이다.[36] 이러한 연구 경향은 도시 공간에 대한 실증적 접근으로부터 식민지

---

35) 다음과 같은 언급이 이들 연구의 문제의식을 단적으로 보여준다. "이제 경성이라는 도시 공간 속에서 사람들은 근대적 문물과 도시적 소비생활을 경험하게 되었으며, 그에 따라 조금씩 삶의 형태와 세계를 바라보는 시각이 변화되어 갔다. 이 시기 도시 대중의 감수성은 비록 초보적인 것이기는 하지만 현재를 살아가는 우리들의 심성과 크게 다르지 않은 것이었고, 그것의 발현 형태가 당대의 문학양식, 특히 소설에 녹아있을 것이다. 따라서 본 연구는 민족주의, 리얼리즘, 모더니즘, 탈식민주의 등 거시적인 시각 하에 소홀하게 취급되었지만 실제로는 문학텍스트의 육질이 되는 당대인의 심성과 삶의 형태 변화를 당대 도시의 풍속과 문화에 대한 미시적 분석을 통해 드러내고자 하는데 있다고 할 것이다."(강심호·전우형·배주영·이정엽, 「일제식민지 치하 경성부민의 도시적 감수성 형성 과정 연구-1930년대 한국소설에 나타난 도시적 소비문화의 성립을 중심으로」, 『서울학연구』 21, 2003.9, 103면)

36) 윤대석, 「경성의 공간분할과 정신분열」, 『국어국문학』 144, 2006.12.

인의 정체성 문제로까지 문제설정을 확장하고 있다는 점에서 주목된다.

이러한 기존의 다양한 연구 경향을 통해 식민지 시대 '경성'을 둘러싼 문학적 형상화의 의미는 상당부분 해명된 것이 사실이다. 문예사조적 층위에서의 접근을 통해 한국근대문학의 모더니즘적 성취가 입증되었으며, 신사학적 경향에 입각한 연구를 통해 대중의 구체적인 도시적 감수성의 형성 과정이 해명되었다. 그리고 포스트 콜로니얼적 경향에 입각한 연구를 통해 식민지인의 분열된 정체성의 문제가 제기되었다.

그러나 여전히 해명되어야 할 문제가 남는다. 이들 연구는 공통적으로 당대의 최첨단 문물이 집중된 공간으로서의 경성, 구체적으로 본정과 종로를 '도시' 전반으로 치환시키는 경향이 있다. 물론 본정과 종로가 각기 일본인 거주지와 조선인 거주지의 중심을 이루며, 이 공간에서 당시 근대적 문물이 집중적으로 도입된 것은 분명한 사실이다.37) 하지만 경성 자체가 시기에 따라 공간구조가 변화된 공간이며38), 각각의 공간들이 특수한 의미를 지닌다는 사실은 빈번히 간과되어왔다. 따라서 경성을 곧바로 근대적 문물의 도입 공간으로 치환시키는 것은 경성을 둘러싼 제국의 도시계획과 이에 수반되는 식민지인의 도시 체험을 선험적으로 협소화시킬 위

---

37) 본정과 종로의 거주민적 특성에 대한 자세한 논의는 전우용, 「종로와 본정-식민도시 경성의 두 얼굴」, 『역사와 현실』 40, 2001.6을 참조.

38) 경성의 도시계획은 크게 세 단계로 나누어 추진되었다. 1) 대한제국기 고종에 의해 추진된 경운궁 중심의 방사성 도로망 설치와 도시 근대화의 기획, 2) 1910년 한일병합 이후 총독부에 의해 추진된 종로-황금정-본정을 잇는 도시 중심부 건설의 기획, 3) 1930년대 중반 이후 전시체제로의 이행 과정에서 추진된 경성 외곽 지대의 도시 편입과 기능 분화의 기획. 특히 주목되는 것은 이러한 도시계획의 전개 과정에서 '경성'의 외연 자체가 지속적으로 변화했다는 사실이다. 1)의 시기 경성(당시 명칭은 한성)은 사대문 안의 중심부와 성 외곽 약 10리 가량의 지역으로 구성되었으며, 2)의 시기에는 성 외곽지역 대부분이 경기도 관할로 분할되어 구 도심 지역만이 경성부 관할로 지정되었다. 3)의 시기에는 청량리, 마포, 영등포 등 기존 경기도 관할지역이 경성으로 편입되었다. 이에 대한 자세한 논의는, 염복규, 「식민지근대의 공간형성-근대 서울의 도시계획과 도시공간의 형성, 변용, 확장」, 『문화과학』 39, 2004.9; 김영근, 「일제하 경성 지역의 사회, 공간구조의 변화와 도시경험-중심, 주변의 지역분화를 중심으로」, 『서울학연구』 20, 2003.3 등을 참조.

험을 지니는 셈이다.

이른바 신체제기 경성은 외연적 확장은 물론 내적 구조에 있어서도 상당한 변화를 겪었다. 이 과정에서 기존의 근대적 문물의 수용 공간으로서의 경성과는 '다른' 독특한 도시 체험이 진행되었으며, 이러한 체험은 곧 경성 '주변부'가 지니는 특수성에 대한 인식으로 이어졌다. 특히 신체제로의 이행 과정에서 진행된 일련의 경성 재편 계획, 구체적으로 1934년 제정된 '조선시가지계획령'과 이에 근거한 1936년 경성의 행정구역 확장안 및 '경성시가지계획'의 시행에 주목할 필요가 있다. 1936년의 경성 재편의 핵심은 경성을 구도심부, 용산구, 청량리구, 왕십리구, 한강리구, 마포구, 영등포구의 7개 권역으로 나누어 각기 상이한 도시 기능을 확충하는 것이었다. 이를 통해 각각의 권역은 분화된 기능을 수행하게 되었으며, 기존의 본정과 종로 중심의 구도심부외의 새로운 공간이 경성의 중요한 특징을 나타내게 되었다.[39)

이러한 1930년대 중반 이후 경성의 변화는 기본적으로 중일전쟁을 예비한 신체제에 부합하는 도시 계획의 필요성에 의해 진행되었다. 따라서 이 시기 소설에 나타난 경성 표상 역시 신체제로의 전환의 구체적 양상을 다양한 방식으로 표출하고 있다. 이 글에서는 이 시기 소설에 나타난 경성의 양상 중, 특히 새롭게 경성에 편입되어 독특한 이중구조를 이루게 된 '주변부'의 형상화에 주목하고자 한다. 이를 통해 신체제기 식민지 수도 경성 '외곽'의 주변부가 지니는 의미를 고찰하는 것이 3장의 목적이다.

---

39) 1936년 경성 행정구역 개편에 대한 자세한 논의는 염복규, 앞의 논문, 206-213면 및 김주야·石田潤一郎, 「경성부 토지구획정리사업에 있어서 식민도시성에 관한 연구」, 『대한건축학회 논문집』 25(4), 2009.4를 참조.

1) 조선적인 것의 호출과 노스탤지어의 감각

신체제기 유진오의 소설에 대한 연구는 그다지 많지 않다. 이는 그의 문학적 성과에 대한 평가가 주로 '동반자 작가'라는 틀에 집중되어 있는 것에서도 방증된다. 더불어 실제 이 시기 유진오의 소설이 주로 회고적인 에세이 양식으로 나타난다는 점 역시 연구의 부재의 한 원인으로 작용하고 있다. 그러나 이 글의 문제의식의 틀에서 보자면 이 시기 유진오의 소설은 상당한 문제성을 내포한 것으로 재독될 여지가 크다.

유진오의 「창랑정기」는 일종의 자전적 에세이로, 고전 서사 장르의 측면에서 보자면 '누정기(樓停記)'에 가까운 작품이다. 이 글의 주제와 관련하여 주목되는 것은 이 작품의 도입부에서 그가 자신의 경성에 대한 인상과 기억을 매우 직접적으로 서술하고 있다는 점이다.

> 서울서나서 서울서자라난 나는남들과같이 가끔가끔 가슴을 조리피며 그리워할 아름다운 고향을갖고잇지못하다. 내가나서 세살이될때까지 살엇섯다는 가회동꼭대기집은 지금 흔젓도 없이 없어지고 지금은 낯몰으는 문화주택이들어섯을뿐이다. 그러나 나에게도 내마음이 고달플때 그마음을가저갈 고향의기억이 아조없는것은 아니다. 하나는 여섯 살때부터열네살되는해까지 살든 계동집의기억이오 하나는 이곳에 기록하라는 창랑정의기억이다.[40]

위의 인용문에 나타난 것처럼 유진오는 "서울서 나서 서울서 자라난" 인물이다. 바꾸어 말하자면, 그는 식민지 시대 경성의 변화 과정을 직접 체험한 인물이기도 하다. 그런데 정작 그는 자신이 그리워할 "아름다운 고향"이 없음을 토로하고 있다. 왜냐하면 자신이 태어나 어렸을 적 자란 "가회동 꼭대기 집은 어느새에 흔적도 없이 없어지고 지금은 낯모르는 문

---

40) 유진오, 「창랑정기」 (1), 『동아일보』, 1938.4.19.

화주택이 들어섰을 뿐"이기 때문이다. 이러한 변화의 배경에는 앞서 살펴본 '경성시가지계획'이 놓여 있다. 이 계획은 제국의 중국 진출로 인한 경성의 인구 급증에 따른 주거문제 해결을 위해 진행되었으며, 구체적인 택지조성법의 일환으로 "문화주택들이 즐비한 주택지, 즉 문화촌"[41]의 건설이 제시된다. 따라서 경복궁 인근의 전통적인 조선인 거주지인 북촌에 속하는 '가회동' 역시 과거의 건축물이 폐기되고 "문화주택"이 들어서게 된다. 이로 인해 유진오는 더 이상 자신의 실제 고향인 '가회동'을 "아름다운 고향"으로 호명하지 못하는 셈이다.

유진오가 "고향의 기억"을 담지한 공간으로 꼽는 곳은 바로 "창랑정"이다. "창낭정이란 대원군집정시대에 선전관으로 이조판서벼슬까지 지내든 나의 삼종증조부되는 '서강대신' 김종호가 세상이 뜻과 같이안허 쇄국의꿈이 부서지고 대원군도 세도를 일케되자 자기도 벼슬을 내노코서강-지금의 당인정부근-강가에잇는 옛날 어떤대관의 별장을 사가지고 스스로 창랑정이라 이름붙인후 울울한말년을보내든 정자이름이다."[42] 따라서 이 공간은 급속한 제국의 신체제화와 이에 따른 경성의 변화에도 불구하고 변하지 않는 경성의 심상지리적 공간으로 작동한다. 특히 대원군의 쇄국정책이라는 역사적 사실과 맞물려 창랑정은 일종의 제국 '외부'의 독특한 심상지리가 발현되는 공간으로 나타난다. 이 작품이 조선 고전 서사 양식에 해당하는 '누정기' 양식으로 서술된 것은 이러한 상황과 형식적인 상동성을 지닌다. 그런데 이러한 심상지리는 신체제하에서 오래 지속되지 못한다. 왜냐하면 이 공간 역시 경성시가지계획에 의해 '훼손'되기 때문이다.

창랑정이 위치한 곳은 유진오의 서술대로 "서강-지금의 당인정부근-"이다. 그런데 1936년 경성시가지계획이 시행되며 이 지역, 즉 "마포 주변의 남쪽지역은 미지정지역으로서 중소공업용지로서 계획되었다."[43] 이 지

---

41) 김주야, 石田潤一郎, 앞의 논문, 172면.
42) 유진오, 앞의 작품(2), 『동아일보』, 1938.4.20.

역은 구도심부와 영등포를 잇는 권역으로서 조선인 하층민의 주거공간 및 공업 지대로 설정되었으며, 그 상징적인 건물로 '당인리 화력발전소'가 건설, 확충되었다. 이러한 변화를 거치며 마포 일대는 과거와는 다른 경성의 외곽지대로 편입된다. 따라서 유진오가 창랑정을 다시 찾아갔을 때 다음과 같이 느끼는 것은 필연적이다.

> 처음타보는 당인리행 기동차를타고 서강역에서 내려 나는 옛날기억을 더듬어 창랑정을 찾아가랴하엿다. 그러나 이상스레도 그산이 어느산이든가 그집이 어느집이든가 꿈속에서는 그러케 똑똑하던곳이 실지로 가보니 도저히찾을수가 없엇다. 겨우 근사해보이는곳을 찾기는 하엿으나 집뒤산이던곳은 빩안 북덕이오 그밑 창랑정이잇던듯이생각되는곳에는 낯모르는 큰공장이잇어 하눌을 찌를듯한 굴뚝으로 검은연기를 토하고잇엇다.[44]

유진오에게 전통적인 공간의 '상징'으로 기능하던 '창랑정'은 신체제기 들어서며 재편된 경성시가지계획에 의해 사라진다. 창랑정이 단순히 특정한 장소를 지칭하는 것이 아니라, 그에게 '고향'인 동시에 역사적으로 조선시대의 '쇄국정책'을 상징하는 공간임을 고려한다면 위의 진술은 의미심장하다. 유진오에 조선적인 것의 표상으로 작동하던 '창랑정'은 결국 신체제기 경성의 외연적 확대 속에서 식민 도시의 하층 공업지역으로 편입된 것이다.

유진오에게 경성에서 의미를 지니는 장소는 비단 창랑정만이 아니다. 위의 작품들과 비슷한 시기 발표된 작품들에서는 유독 '창경궁'에 대한 강한 노스탤지어가 표출된다.

---

43) 김주야, 石田潤一郎, 앞의 논문, 176면.
44) 유진오, 앞의 작품(完), 『동아일보』, 1938.5.4.

창경원 정문앞까지 왔을때 기호는 수남아범에게 인력거를 세우라했
다. 비도 어느듯 멎었고 거기서부터는 집까지 불과십분남짓한 거리라
암만 몸이 괴로워도 못걸어갈것은 없는것이다. 그러나 수남아범은,
"웨 혜화정이래시드뇨?"
하고 좀처럼 인력거채를 놓지 않는다.[45]

작중 주인공인 기호의 집은 "혜화정"이다. 그런데 그는 군이 "창경원 정
문"에서 인력거를 세운다. 분명 "또 열이 나기 시작했"으며 "오슬오슬 추
어오며 입속에서는 퀴퀴한 냄새가"나며 "몸이 괴로우니 몬저 가야겠다고
까지 말"[46]한 상황인데도, 기호는 군이 창경궁 앞에서 인력거를 세우고
걸어서 혜화정까지 가겠다고 고집을 부리는 셈이다.

이는 그에게 창경궁이 단순한 물리적 공간이 아닌, 특정한 심상지리적
표상으로 작동하기 때문이다. 이러한 사실은 다음과 같은 진술에서 나타
난다.

창경원 문앞까지 왔을 때 기호는 문득 발을 멈추고 그정문 집웅 추녀
끝을 쳐다보기 시작하였다. 보통때는 때묻어보이고 무겁고 둔해보이는
추녀였으나 이렇게 맑은 가을하늘밑 황금색 저녁해빛에 비쳐보는 감각
은 무슨 아름다운 꿈을 품고 금시로 푸른하늘로 내달릴듯이나 가볍고
산뜻해 보인다. 보고 잇는동안에 기호의눈은 점점 경이와 찬탄과 기쁨
의빛으로 가득해갔다. 조선식건축에서 그런 아름다운 감각을 느껴보기
는 그것이처음이었다. 그감각의 둔함을 비웃을사람이 있을는지도 몰으
나 지금까지 모든교양을 조선의전통과는 아모관계없이 받고 쌓고해온
기호로서는 또한 허는수없는 노릇이다. 허기는 비단 건축뿐 아니라 근
래에 와서 기호는 이르는 곳에서 전에는 당초에 생각해본일도없는 조선
적인 아름다움을 하나식 둘식 느끼기시작하는것이었다.[47]

---

45) 유진오, 「가을」, 『문장』, 1939.5, 76면.
46) 위의 작품, 71면.

따라서 유진오의 자전적 소설인 「봄」에서 창경원의 "야앵"에 대해 "(...) 불만 헛되히 밝고 울니는 째스소리로 어덴가 속이비인것 같었다."[48]라고 진술되는 것은 필연적이다. 이때 창경궁은 유진오에게 창랑정과 동일하게 노스탤지어를 추동하는 공간으로 작동하기 때문이다. 앞서 잠시 언급한 것처럼 1930년대 후반 경성의 대규모 도시계획이 실시되며 전통적인 '한양'의 흔적은 급속히 근대 식민지 도시인 '경성'의 영역에서 소멸되어 갔다.

이와 같이 신체제기 유진오 소설에 나타난 '경성'은 곧 '조선적인 것'의 호출을 통해 '노스탤지어'의 감각을 추동하는 주변부 공간으로 요약될 수 있을 것이다. 그런데 유진오 소설에 나타난 조선적인 것과 노스탤지어의 의미를 해명하는 것은 단순히 민족주의적 감성, 혹은 당대 제국의 동양론의 포획 등으로 수렴될 수 없다. 왜냐하면 그의 노스탤지어는 구체적인 당대 현실의 맥락 속에서 결국 '좌절'되는 형식으로 나타나기 때문이며, 이는 그에게 있어 조선적인 것과 노스탤지어의 감각이 추상적인 층위에서 존재한 것이 아님을 방증하는 것이기 때문이다.[49] 이러한 맥락에서 다음과 같은 「창랑정기」의 마지막 부분은 의미심장하다.

> 문득 강건너 모래밭에서 요란한푸로페라소리가들린다. 건너다보니까 마케먼저편에단엽쌍발동기최신식여객기가지금 하눌로 날러올르랴고 여의도비행장을 활주중이다. 보고잇는동안에 여객기는땅을떠나 오십메돌 백메돌 이백메돌 오백메돌 천메돌 처참한 폭음을내며 떠올라갓다. 강을 넘고산을넘고 국경을 넘어단숨에 대륙하눌을 뭇지르랴는 全金屬製 최신식여객기다.[50]

---

47) 위의 작품, 62면.

48) 유진오, 「봄」, 『인문평론』, 1940.1, 163면.

49) 이 시기 일련의 '조선적인 것'에 대한 노스탤지어의 감각은 기존에는 주로 민족주의적 관점에서 고평되어 왔으나, 비교적 최근에는 제국의 동양론의 자장 속에 매몰된 것으로 비판되기도 한다. 그러나 구체적인 텍스트 분석 이전에 선험적으로 수행되는 이들 연구 경향은 개별 작가와 작품의 고유성을 종종 거대 담론의 층위로 환원시킨다는 한계를 지니는 것으로 판단된다.

유진오의 노스탤지어를 좌절시키는 것은 다름 아닌 제국의 비행기이다. 중일전쟁의 전초기지로서 식민지 경성에 "여의도비행장"이 건설되며, 여기서 발생하는 "처참한 폭음"으로 인해 '창랑정'의 노스탤지어는 붕괴된다. 이 지점은 충분히 강조될 필요가 있는 바, 적어도 유진오에게 노스탤지어는 추상적인 감각이 아니라 당대 신체제의 형성 과정에 대한 심리적 방어 기제로서 기능했기 때문이다. 그리고 이를 가능하게 했던 것은 다름 아닌 경성 주변부에 흔적으로만 남겨진 '조선적인 것'의 표상들이었다. 그의 조선적인 것을 매개로 한 노스탤지어가 손쉽게 퇴행적인 것으로 평가될 수 없는 것 역시 구체적인 경성 주변부들의 공간과 그 훼손이 텍스트에 개입되어 있기 때문이다.

2) 경성 주변부 인식을 통한 식민지 고현학의 기획

식민지 시대 작가 중 도시 인식과 재현의 문제와 관련하여 가장 자주 언급되는 작가는 단연 박태원이다. 특히 그의 「소설가 구보씨의 일일」의 경우 1930년대 중반 식민지 근대성에 대한 고현학적 탐색을 보여주는 작품으로 높이 평가되어 왔다. 이 작품을 통해 박태원은 모더니즘의 구현자로, 식민지 근대성에 대한 고현학자로, 나아가 근대적 문물에 대한 예민한 인식의 소유자로 문학사에서 자리매김하고 있다. 특히 비교적 최근에는 도시지리학적 연구에 의해 이 작품에서의 구보의 이동 경로가 매우 정치하게 밝혀졌으며, 이로부터 새로운 연구의 가능성이 제시되기도 하였다.[51]

그런데 일반적으로 박태원의 경성에 대한 인식과 재현은 「소설가 구보씨의 일일」을 정점으로 하여 중단된 것으로 간주되는 경향이 크다. 즉, 이

---

50) 유진오, 「창랑정기」(완).
51) 조이담의 『구보씨와 더불어 경성을 가다』(바람구두, 2009)가 이에 해당하는 대표적인 연구이다. 이 연구는 매우 꼼꼼한 실증을 통해 구보의 이동 경로를 복원하고 있다. 다만 이 이동 경로를 통해 박태원이 형상화하고자 한 내적 인식을 해명하는 것은 여전히 문학 연구의 몫으로 남아 있다.

후 『천변풍경』 등의 작품을 통해 고현학자의 시선이 더 이상 유지되지 못하며 세태 묘사의 층위로 후퇴했다는 것이 일반적인 문학사적 인식으로 판단된다. 물론 그는 「소설가 구보씨의 일일」의 결말부에서 분명 "來日, 來日부터, 나, 집에 있겠소, 創作하겠소"라고 하며 "참말 조흔小說을 쓰리라"52)고 진술한 바 있다. 그리고 그는 "아마 來日正午에 和信商會屋上으로 갈必要는 업슬까보오."53)라고 말하며 식민지 도심부에 대한 고현학의 필요성을 부정한다. 그런데 흥미로운 것은 바로 다음에 이어지는 진술이다. "그러나 仇甫는 적어도 失望을 갖지안엇다."54) 그렇다면 무엇이 구보에게 "실망"을 주지 않는지를 살펴봄으로써, 이후 박태원의 고현학의 행방을 찾는 것이 가능할는지도 모른다. 물론 이후 박태원 소설을 통틀어서, 적어도 텍스트 표면의 층위에서는 「소설가 구보씨의 일일」과 같은 면밀한 경성에 대한 탐색은 더 이상 수행되지 않는다. 그러나 「애욕」의 다음과 같은 장면에 주목한다면 다른 해석이 가능하다.

> 감영압까지 왓슬때, 뒤에서 어깨를 치며
> "하웅!"
> 소설가 구보(仇甫)다.
> "애인들의 대화(對話)란 우습구 승겁군. 그래두 참고(參考)는 됏지만……"
> 하웅(河雄)은 쓰게웃고,
> "보구 잇섯소? 여긴 또웨나왓소?"
> "고현학(考現學)!"
> 손에든 대학노-트를 흔들어보이고, 구보는 단장을 고쳐잡엇다.
> "또 좀 조사할게 잇서. 내일이나 만납시다."
> 그리고 밤길을 그는 아현(阿峴)쪽으로 걸어갓다. 그뒤ㅅ모양을 잠깐 동안 하웅은멀거니 발아보고 잇섯다.55)

52) 박태원, 「소설가 구보씨의 일일」, 『조선중앙일보』, 1934.9.19.
53) 위의 작품, 같은 날.
54) 위의 작품, 같은 날.

위의 인용문은 주로 「애욕」이 지니는 상호텍스트성의 문제, 즉 이상과 박태원의 자기반영성의 측면에서 거론되어왔다. 그런데 관심을 구보의 '고현학'의 측면에 두면 위의 장면은 상당히 중요한 전환을 내포하고 있다. 「소설가 구보씨의 일일」에서 종로와 본정으로 표상되는 경성 도심에 대한 관찰을 '고현학'으로 명명하던 박태원은, 이 작품이 발표된 직후, 「애욕」에서 분명하게 '아현'에 대한 관찰을 '고현학'으로 재명명하고 있기 때문이다.[56] 그렇다면 박태원이 '아현'에서 새롭게 읽어낸 것을 찾아내는 작업으로부터 신체제기 그의 고현학이 지니는 특성을 추출하는 것이 가능할 수도 있을 것이다.

'아현'은 조선시대 '성저십리(城底+里)'의 기준에 의해 한양의 일부로 존재했으나, 1914년 총독부의 경성부 행정구역 개편 과정에서 경기도로 편입된 공간이다. 그 후 1934년 계획이 발표되고 1936년 시행된 경성의 행정구역 재편을 통해 다시 경성부로 편입되었다.[57] 구보가 「애욕」에서 '아현'을 고현학적 대상으로 설정하는 것은 정확히 이 시기와 일치한다.[58]

그런데 '아현' 지역은 당시 경성에서도 상당히 흥미로운 위치를 점하고 있었다. 우선 이 지역이 전통적인 빈민 거주지였다는 점을 들 수 있다. 실제 이 지역은 1937년 시행된 토지구획정리사업 당시 다른 지역에 비해 기존 거주민 수가 약 2배 가까이 많아 이전 보상비가 가장 많이 소요된 곳이기도 했다. 조선시대부터 성 밖이면서 성 내부의 하층노동에 종사하던

---

55) 박태원, 「애욕」, 『조선일보』, 1934.10.9.

56) 더불어 조이담의 실증에서 나타난 것처럼 「소설가 구보씨의 일일」이 단지 종로와 본정뿐 아니라, 서울역과 용산 등 식민지적 특수성을 보여주는 장소에 대한 고현학 역시 수행하고 있다는 점은 다시 강조될 필요가 있다.

57) 김영근, 앞의 논문, 141-145면 참조

58) 흥미롭게도 박태원이 '고현학'을 수행하는 부분이 연재된 『조선일보』 1934년 10월 9일자에는 「現在의 四倍 面積으로 擴張되는 大京城府, 今日 行政區域 擴張案 最終 審議 最近 總督府에 提出」이라는 제호아래 경성 재편 계획안이 소개되어 있다. 이는 신문연재소설의 특성을 고려할 때 박태원의 아현에 대한 고현학적 탐색이 당시의 구체적인 사회상과 연동되어 이루어진 것임을 방증하는 것으로 볼 수 있다.

이들이 밀집해 살던 지역이었기에 이러한 현상이 발생한 것이다. 특히 이 지역의 경우 경성의 확장과정에서 수반된 빈민구제시설의 필요성과 관련하여 큰 중요성을 지니고 있었다. 이 지역은 1937년 토지구획정리사업 당시 다른 지역과는 달리 총 3개소의 '제외지구'가 설정된다. 이 3개소의 제외지구는 각각 "화광교원, 노고산의 학원지역, 구세군구제시설 등에 해당되는 지역"59)이다. 이들 지구의 경우 새로운 도시계획이 적용되지 않은 채, 당시 상태 그대로 유지하는 것으로 결정된다.60)

따라서 박태원이 '아현'에서 관찰한 것은 「소설가 구보씨의 일일」에서 관찰한 '모던한 문물'과는 다른 경성 하층민의 일상일 가능성이 크다. 이는 그가 이후 발표한 작품들에서 다음과 같은 양상으로 나타난다.

등ㅅ불 없는 길은 어둡고 낯붙어 나린 때 아닌 비에 골목안은 골라드릴 말은 구석 하나없이 질적어린다.61)

어려운 사람들이 모여 사는 곳이란 으레들 그러하듯이, 그 골목안도 한걸음발을 들여놓기가 무섭게 홱 끼치는 냄새가 코에아름답지 않았다. 썩은 널쪽으로나마 덮지 않은 시웅창에는 사철 똥 오줌이 흐르고, 아홉 가구에 도무지 네개 밖에 없는 쓰레기통 속에서는 언제든지 구더기가 들끓었다.62)

여급, 하층 노동자, 노인 등이 거주하는 경성의 주변부는 위의 인용문처

---

59) 김주야, 石田潤一郎, 앞의 논문, 174면.
60) 이러한 배경에는 이미 이들 기구가 빈민구제 시설로서의 역할을 수행하고 있다는 판단이 놓여 있었던 것으로 보인다. "경성부근에 잇는 土幕民 촌락을 총독부사회과에서 조사한 바에의하면 七개소로서 阿峴里 一개소, 新堂里 二개소, 桃花洞 二개소, 靑葉町 一개소, 蓬萊町 一개소등이다. (…) 和光敎園에서는 그들의 참상을 다소라도 완화시키고저 아현리토막촌에 四천여평의토지를 매수하고 시내에서몰려나오는 토막민에게 十평씩을대여하고각자 자력에의하야 집을짓도록하게하리라한다.", 『동아일보』, 1934.3.18.
61) 박태원, 「길은 어둡고」, 『개벽』, 1935.3, 32면.
62) 박태원, 「골목 안」, 『문장』, 1939.7; 박태원, 『박태원단편집』, 학예사, 1939, 7면.

럼 "등ㅅ불 없는" 곳이며 "구더기가 들끓"는 곳이다. 이러한 공간은 그가 「소설가 구보씨의 일일」에서 보여준 경성의 중심부와는 판연히 구별된다. 그는 「소설가 구보씨의 일일」의 끝 부분에서 "아마 來日正午에 和信商會屋上으로 갈必要는 업슬까보오."라고 진술한 바 있다. 그리고 그 직후 「애욕」에서 "고현학"을 위해 "아현"으로 이동한 바 있다. 그곳에서 새롭게 발견한 것이 '아현'의 '빈민가'였다면 위의 인용문과 유사한 양상을 지녔을 것으로 추정할 수 있을 것이다.

실제 박태원은 「애욕」을 발표한 이후 도시 하층민의 일상을 다룬 작품들을 상당수 발표한다. 이는 특히 경성 재개발 계획이 시행되기 시작한 1936년 이후, 더불어 중일전쟁이 발발한 1937년 이후 급증하는 양상을 보인다. 여급 자매를 다룬 「성탄제」(1937), 시골 노인의 경성 상경을 다룬 「윤초시의 상경」(1939), 여급과 노인, 하층 노동자들의 일상을 다룬 「골목 안」(1939) 등이 대표적이다. 물론 그 이전 시기에도 박태원은 몇몇 작품에서 도시 하층민을 다룬 바 있으나, 이 경우 배경이 경성이 아닌 동경이거나(「사흘 굶은 봄달」, 1933), 등장 인물이 지식인 룸펜 계층(「딱한 사람들」, 1934)인 경우가 많다. 이러한 사실은 박태원이 「애욕」에서 '아현'에 대한 관찰을 통해 자신의 고현학의 대상을 모던한 문물로부터 식민지 하층민의 일상으로 전환했음을 방증한다.

그렇다면 박태원이 이들에 대한 고현학적 관찰을 통해 인식한 식민지 하층민의 일상을 구성하는 메커니즘은 무엇인가를 규명하는 작업이 필요할 것이다. 이와 관련하여 다음과 같은 진술은 주목을 요한다.

> (...) 이자식은 뿌로오커로 나서 가지고, 바로 수첩에다 무엇을 모두 적어 넣고 다니며, 한참 바쁜 꼴이 볼만도 하였었다. 그뿐 아니라, 사실, 돈도 곧잘 벌어들였다. 벌이가 벌이라, 없을 때는 참말 쇠천 한푼 없었으나, 생길 때는 또 백원 지폐가 몇 장이고 주머니에서 나왔다.63)

「골목 안」을 지배하는 것은 "뿌로오커"와 같은 '비국민적'인 경제 질서
이다. 그러나 "뿌로오커"로 "백원 지폐가 몇 장이고 주머니에서 나"오는
시기는 현재로부터 "이미 칠년"[64]전, 즉, 1932년이다. 신체제의 도래와 이
에 따른 경성의 재편은 "뿌로오커"의 몰락으로 이어진다. 특히 신체제가
'산금보국'을 내세움에 따라 금광이 "전모양으루 그냥 투기사업"이 아닌
"국가적 사업"[65]으로 재편되는 과정에서 "뿌로오커"가 "금광에 패를 보"[66]
게 되는 것은 필연적이다. 따라서 "뿌로오커"는 "만주 벌판"[67]에서 생사를
알 수 없게 된다.

그런데 흥미로운 것은 이 골목에서 가장 화려한 집을 새로이 구입하는
사람이 다름 아닌 "고등공업학교 출신"의 "광산기수"[68]라는 사실이다. "뿌
로오커"에 의해 운영되던 '골목'은 신체제의 도래와 함께 결국 "광산기수"
에 의해 운영되는 것으로 변화하는 셈이다. 이는 신체제의 '신경제질서'가
경성의 주변부인 '골목'에 까지 확장되는 상황을 형상화한 것으로 해석될
수 있다. 신체제의 도래와 이에 따른 경성의 재편은 과거 "뿌로오커"로 표
상되던 식민 권력의 '틈새'마저도 규율하게 된다. 이와 같은 식민지 하층
민의 일상을 규율하는 메커니즘의 변화를 텍스트에 기입할 수 있었던 것
은, 박태원의 고현학이 '아현'으로 대표되는 경성의 주변부에 대한 탐색으
로 진전되었기 때문이다. 더불어 이러한 탐색은 이후 그의 '자화상' 연작
에서의 "성문 밖"의 질서에 대한 인식으로 나아간다.

박태원의 고현학이 단순히 모던한 문물에 대한 기록에 멈추었다면 그
것은 표피적인 일본 고현학의 '이식'에 그치고 말 것이다. 그러나 박태원

---

63) 위의 작품, 위의 책, 17면.
64) 위의 작품, 위의 책, 18면.
65) 위의 작품, 위의 책, 104면.
66) 위의 작품, 위의 책, 101면.
67) 위의 작품, 위의 책, 82면.
68) 위의 작품, 위의 책, 80면.

은 「애욕」을 통해 경성 주변부인 '아현'에 대해 인식할 수 있었고, 이는 이후 일련의 작품들을 통해 식민지 하층민의 일상과 그 메커니즘에 대한 탐색으로 이어진다. 그곳은 공식적인 식민 권력의 외부에 존재하는 "뿌로오커"의 질서가 통용되던 곳이었으나, 신체제의 도래와 함께 "광산기수"의 질서가 침투하는 공간이었다. 그리고 그 구체적인 배경으로는 경성의 확대 재편과 경성 '외부' 지역의 경성으로의 '편입'이 놓여 있었다. 나아가 그는 이후 '자화상' 연작을 통해 경성의 주변부를 "성문 밖"으로 명명하며, 이 공간에서 진행되는 신경제질서의 관철과 그 균열에 대한 탐색을 수행한다. 이 점이야말로 「소설가 구보씨의 일일」에서 시작된 박태원의 고현학이 식민지 조선의 현실과 접속하는 구체적인 성과일 것이다.

3) '주변부'의 메커니즘과 식민지의 회색지대[69]

그런데 신체제기 경성의 도시구역 재편은 기본적으로 제국의 대륙 진출을 위한 공간 확보를 위해 진행된 것이었다. 특히 '신체제기'라는 특수성은 기존 경성 외곽의 조선인 거주민의 생존권을 제국적 폭력으로 제압한 채 강제적인 방식의 도시 재개발을 추진하는 원동력으로 작용했다. 이와 관련하여 조선시대부터 성 밖의 지역이 한양의 하층 노동자들의 거주 지역이었다는 사실은 충분히 강조될 필요가 있다. 왜냐하면 1930년대 후반 경성시가지계획의 구체적인 추진 과정에서 이들 하층민들의 생존권은 일시에 박탈되기 때문이다. 이러한 측면에서 보자면, 기존의 '경성' 표상에 주목한 일련의 연구들은 어쩌면 식민지 근대성의 문제에 집중한 나머지, 정작 당시 경성의 재구획과 하층민들의 삶의 문제에 대해서는 다소 간과해 온 것이 아닌가라는 비판도 가능하다.

---

69) '식민지의 회색지대'라는 용어는 식민 권력의 지배와 자치, 관철과 균열이 공존하던 특수성을 설명하기 위해 윤해동이 고안한 것이다. 이에 대한 자세한 논의는 윤해동, 『식민지의 회색지대』, 역사비평사, 2003을 참조.

이와 관련하여 현덕의 1940년 작 「군맹(群盲)」은 매우 중요한 문학사적 위상을 지닌다. 1934년부터 점차 진행되기 시작한 경성시가지계획은 곧 기존 거주민들의 주거지를 박탈하는 양상으로 나타났다. 그러나 이러한 문제를 형상화 한 작품은 거의 없는 것이 사실이다. 현덕의 「군맹」이 재조명되어야 하는 이유는, 이 작품이 매우 드물게도 당시 경성시가지계획에 따른 하층민의 주거권 박탈과 그 과정에서의 '회색지대'의 양상을 실감나게 형상화하고 있기 때문이다.[70]

이 작품의 배경은 작품의 도입부에서 다음과 같이 제시된다.

> 서울 동편 외곽을 둘러막으며 가로누운 낙산(駱山)이 성 밖으로 가가 갈라져 주봉을 이룬 뫼를 만수산(萬壽山)이라 한다.
> 한편 남향을 하고 밋밋이 흘러내린 두던은 갑자기 찍어낸 듯 급각도로 비탈이 져 끝이 잘렸다. 전에 채석을 하던 자리로 군데군데 부자연하게 모진 암면이 얼굴을 드러냈다. 그 깎아지른 측면을 의지하고 양철 지붕 거적 지붕의 토막이 한 채의 고층 건물처럼 거진 지붕 위에 거적담 조각 판장이 연해 층층이 올라앉았다.
> 지붕과 담 사이를 길게 금을 긋듯 좁다란 길이 집집의 수채물을 받아 흘리며 항상 질척질척 나선형으로 감아 올라갔다. 그 길은 동시에 각각 뜰이 되고 정지간도 되며 고무신짝 다비짝이 구르고 냄비가 걸린 화덕, 오지항아리, 사기 사발 조각이 놓이고 새끼 부스러기, 나무토막이 쌓이고 그리고 자기네들의 광고폭처럼 헌 누더기가 널리 퍼덕퍼덕, 코를 찌르는 악취가 또한 그래 한 덩어리의 쓰레기 더미란 감이다.
> 혹시 낯선 타처 사람이 이 길에 발을 들여놓게 될 때 여간 무신경한 자가 아닌 외엔 그는 태평한 마음으로 걸음을 걷지 못하리라. 알몸뚱이를 드러내듯 컴컴한 방 안에 중게중게 더벅머리가 들여다보이고 부뚜막 앞에 엎드린 여인의 궁둥이를 밀게도 된다. 따라서 그곳 주민들은 낯선 행인들을 예사로 보지 않았고 이웃간에는 뉘 집은 아침에 뭘 먹고 저녁

---

70) 실제 현덕에 대한 연구는 주로 그의 '아동문학'적 성취에 집중되어 있으며, 「군맹」을 비롯한 문제작에 대한 연구는 거의 없는 것이 사실이다.

엔 뭘 하고까지 서로 통했다. 그것은 동시에 서로 빈 구석을 노리고 약
점을 잡아 자기들끼리 뜯고 비웃거리는 요점도 되었다.[71]

위의 진술로 미루어 보아 작품의 공간적 배경은 경성시가지계획의 지
역구획 상 구도심의 동북부 지역, 즉 동대문 밖에서 청량리 외곽에 이르
는 '청량리구'임을 알 수 있다. 이 지역은 "경성부 외곽의 대표적인 빈민주
거지역"[72]이었으며, 그만큼 당시 재개발 과정에서 사회적 문제로 부각된
지역이기도 했다.[73] 따라서 이 지역은 급속한 도시재개발 계획에 의해 토
지소유자와 토막민간의 갈등이 심화되어 나타난 지역이었다. 이 작품에서
토지소유자인 김권실은 토막민들에게 "매 호에 오 원씩"(203)을 제공하는
것으로 보상을 끝내려 한다. 반면 토막민들은 이에 대해 총독부와 신문사
등에 총 "여덟 장"(204)의 진정서를 보내는 것으로 대응하려 한다. 그리고
이러한 갈등의 배후에는 재개발 과정에서 "한 평에 적게 받아도 백 원"(205)
을 받아 차익을 남긴 김권실과, 재개발을 통해 막대한 지대 상승을 노리
는 "관청측으로도 유력한 사람"(208)이 존재한다. 경성시가지계획을 중심
으로 한 이들 간의 대립구도가 구체적으로 나타난 작품은 현덕의 「군맹」
이 거의 유일하다.

71) 현덕, 「군맹(群盲)」, 『매일신보』, 1940.2.24-3.29; 원종찬 편, 『현덕 전집』, 역락, 2009, 145-
146면. 앞으로 이 작품을 인용 시 괄호 안에 인용면수만을 표기한다.
72) 염복규, 앞의 논문, 213면.
73) 위의 작품이 발표된 1940년의 다음과 같은 신문 기사가 이를 단적으로 보여준다. "어떠한
'엉뚱한' 생각을 발안하엿는지 경성부 土木課에서는 돌연 二十七일 부내 龍頭町 百三十七
번지 鄭敬謨집외 八十호土幕을 철훼하야 당장에 어데로가겟소 집지을땅을 마련내주오 하
고 남녀百여명이 二十九일아침 府社會科에쇄도 눈물의 호소를 하엿다. 그러나 부에서는
咸北지방의 광산로동자를 알선할바를말한뿐 냉대하여 결국, 소득을얻지못하고 돌아갓는
데 이들가족 四百여명은 방금 용두정부근에서풍찬노숙을 하고잇는중으로 앞으로또다시
비만나리면 물난리에들게되엇다.", 『동아일보』, 1940.7.30. 용두정은 창신정과 함께 당시
동북부 지역의 대표적인 토막민 거주 지역 중 하나였으며, 따라서 도시재개발의 핵심 구
역 중 하나로 설정되었다. 위의 기사는 재개발 과정에서의 폭력성을 단적으로 보여주는
사례 중 하나이다.

그런데 현덕의 「군맹」이 거둔 성과는 단순히 도시재개발의 폭력성을 형상화했다는 점에 그치지 않는다. 더욱 중요한 것은 그가 빈민주거지역의 생활상을 통해 당시 신체제의 외부에 존재하던 '식민지의 회색지대'를 탐색하는 데 일정 부분 성공하고 있다는 사실이다. 「군맹」의 공간적 배경인 '청량리구'는 경성 '외곽'으로 편재된 곳이었으나, 신체제기 경성의 확장 속에서 다시 경성으로 편입된 공간이다. 그 결과 이 지역은 경성 도심과는 다른 식민지 규율권력이 작동하며, 동시에 이에 대한 균열로서의 식민지의 회색지대가 펼쳐지는 공간이기도 했다. 이는 작품 내에서 김권실과 토막민 사이에서 경제적 이익을 취하려는 만성을 통해 뚜렷하게 나타난다.

"토지 소유자와 주민 사이에 선 자기의 존재와 가치"(207)를 인지하고 있는 만성은 김권실에게는 주민의 저항을 들어 일종의 중간관리역인 자신의 이익을 취하려 하고, 주민들의 대표인 최 의사에게는 "집 한 채"(218)를 대가로 제시하며 저항을 무마하려 한다. 즉, 그는 재개발 지역에서 일종의 철거 브로커의 역할을 하는 셈이다. 이는 "빈민주거대책의 필요성"74)을 주장하며 도시재개발을 추진하던 총독부와 경성부의 공식적인 입장과는 판연히 다른 양상이다.75) 나아가 만성은 이를 통해 취한 이익을 갖고 토막민인 덕근의 딸 '점숙'을 "요즘 새로 발전된 도회로 물자 많고 돈 흔하

---

74) 염복규, 「일제말 경성지역의 빈민주거문제와 '시가지계획'」, 『역사문제연구』 8, 2002.6, 138면.
75) 실제 당시 도시재개발을 둘러싼 브로커들의 사익 추구는 사회적 문제로 대두하기도 했다. 예컨대 다음과 같은 기사를 참조할 수 있다. "나는새와 기는즘생에도 둥지와보금자리가 잇는대 넓은장안에五척단신을 둘곳이없어 늙은부모어린처자를데리고 여기저기 쫓겨다니는 집없는 土幕民을 위하야 경성부에서 土幕部落으로 특설한 부내 弘濟外里의 向上臺 一帶의 토막촌 基地를 私賣하야 사복을 채워온 사실이 백일하에 폭로되어 범인 崔昌律은 지난 二十五일서대문서에체포되엇다함은 이미보도한바이어니와 이보도를 듣자경성부에서는 즉시 사건진상규명에착수하야 드디어 토막촌기지를관리하라 의뢰하엿던최상률을 면직시키고 새관리자를 취임시켯다며 일방서대문서에는 최상률의 여죄를 계속추궁중이라한다. 그런데 원래 자기홍제외리의토막부락의 관리자는 向上館이라는불교단체가 경성부에서 위임을 맡아 다시최창률에게의뢰한것이라는데 종교단체내에이러한 가면 밑에 자선사업가가잇어 그와같이 더구나 눈물겨운토막민을 속이려는데 대하야부근一대의주민은 향상관에대한비난이 만만하다 한다.", 『동아일보』, 1938.10.31.

고 참 사람 살기 좋다"는 "목단강"(213)에 팔아넘기고자 한다. 당시 중일전쟁의 확전 속에서 만주 이주 붐이 일어났음을 고려할 때, 만성의 계획은 상당한 구체적인 개연성을 지닌 것이다.

이와 같은 공간적 배경의 설정을 통해 현덕은 신체제하의 경성 재편 과정이 이중의 억압구조를 형성하고 있음을 보여준다. 이미 1910년대부터 경성이 일본인-남촌/조선인-북촌의 이중도시로 구성되었으며, 이로 인해 식민도시의 배제와 억압의 구조를 형성하였음은 주지하는 바와 같다. 그런데 신체제기에 들어서며 남촌 대 북촌이라는 제국/식민의 이중구조 대신, 도심과 외곽이라는 중심과 주변의 이중구조가 형성된다. 이때 중심에서는 제국의 일상적인 규율권력을 통해 신체제하의 공간 구획이 내재화된다. 반면 주변에서는 중심에 진입하지 못한 식민지인들 '내부'의 회색지대가 형성된다. 이 공간은 브로커와 인신매매가 통용되는 공간으로 촘촘히 설정된 식민지 규율권력과는 다른 방식의 억압구조가 작동하는 곳이기도 하다. 한 편으로는 총독부로 표상되는 제국에 대한 '진정서'가 존재하지만, 정작 제국은 회색지대의 브로커와 인신매매를 처벌할 의지도, 능력도 지니고 있지 못하다. 이 공간은 경성의 '외곽'이기 때문이다.

따라서 만성의 계획이 실패로 끝나는 계기 역시 회색지대의 메커니즘에 의해서 만들어진다. 만성의 계획은 점숙의 아버지에게 "회색 양복 입은 자"(213)가 선금으로 지불한 "몸값"인 "돈 천 원"(222)을 만수와 점숙이 가지고 도망가며 좌절된다. 이미 공식적인 식민지 규율권력이 허용하지 않는 브로커 업과 연루되어 있으며, 또한 불법적인 인신매매의 대가로 지불된 돈이기 때문에 만수와 점숙의 도주를 합법적인 방식으로 저지하는 것은 불가능하다.

흥미로운 것은 만수와 점숙의 도주로 인해 만성의 '만주 판타지'가 좌절된다는 점이다. 중일전쟁의 발발과 함께 만주는 조선인들에게 새로운 '기회의 땅'으로 선전되었다. 이 작품에서 만성 역시 "한밑천 잡어 볼"(213) 생각에 만주로의 도주를 꿈꾼다. 그러나 만주 역시 어디까지나 제국의 '주변'일 따름이다. 만성이 만주에 갔을 때 가능한 '기회'란, 인신매매나 아편 중개업 등의 회색지대에 한정되어 있다. 그리고 이는 곧 만수의 도주와 같은 다른 방식의 균열에 의해 손쉽게 무너지는 것이기도 했다.

이와 같이 현덕의 「군맹」은 신체제기 경성의 지리지와 관련하여 매우 중요한 논점을 제공해주는 작품이다. 그는 동대문 밖의 토막촌을 배경으로 설정하여, 이 시기 경성의 재편의 직접적인 당사자였던 토막민의 일상을 재현하는 데 성공했다. 나아가 이 공간이 지니고 있는 주변부적 성격의 탐색을 통해 식민지의 회색지대의 양상과 그 운영 메커니즘을 간파하는 성과를 거두었다. 더불어 단지 경성의 중심과 주변으로 한정되지 않는, 제국의 중심과 주변의 지리지로 공간적 상상력을 확장하고 있다는 점은 이 작품이 지닌 문제성을 더욱 두드러지게 한다.

3장에서는 이와 같이 외면적인 화려함으로 표상되는 식민지 수도 경성의 이면을 재현한 텍스트들을 살펴보았다. 특히 1930년대 중반 경성은 적어도 그 외현의 측면에서는 고도의 모더니티를 구현한 도시로 발전했다. 그러나 도시의 고도화와 이에 따른 외연 확장에는 주변부의 '그늘'이 동반되기 마련이다. 식민지의 회색지대에 놓인 수많은 소수자들의 구체적인 삶은 그 그늘에 존재했다. 2017년 지금까지도 여전히 이들의 팍팍한 삶은 도시개발이라는 화려한 말의 이면에서 지속되고 있기에, 식민지 수도 경성의 주변부에 대한 문학적 재현은 그 현재성을 인정받을 수 있을 것이다.

4 세계: 외국문학 수용을 통한 상호텍스트성의 기획

조선 근대 문학이 서구 문학의 수용을 통해 형성되고 발전했음은 부정할 수 없는 사실이다. 물론 동아시아 전통 문학의 계승도 중요한 문화적 자원으로 기능했지만, 개화기 이후 주도적인 문학적 양식은 서구적인 것으로 수렴되었다. 그런 면에서 비교문학 연구는 상당히 중요한 과제라고 할 수 있다.

기존의 비교문학 연구는 이미 상당한 성과를 거두었다. 특히, 서구문학의 수용에 대한 연구를 통해 한국문학의 보편적 성격이 규명된 점은 그 의의가 매우 크다. 이들 비교문학 연구를 통해 비로소 한국문학은 좁은 의미의 민족주의적 접근 방식으로 환원될 수없는 보편적 성취를 입증할 수 있었다. 예컨대 초창기 문학사 서술에서 주로 사용된 서구 문예사조 수용사 연구를 통해 한국문학은 근대문학적 성취를 확인받을 수 있었다.[76]

그러나 주로 이식과 수용 과정에 초점을 맞춘 기존의 비교문학 연구는, 다른 한 편으로는 서구문학을 절대적인 기준으로 설정하며 한국 근대문학을 그 틀로 환원시키는 한계 역시 내포하고 있다. 이러한 관점에서 박태원은 보들레르와 조이스의 '이식'의 결과로 규정되며, 김남천은 발자크의 '오독'의 결과로 평가된다. 그 결과 남는 것은 서구 근대문학의 미달태로서의 한국 근대문학이라는 공허한 결론이다.

한 편 2000년대 이후 일련의 탈식민주의 문학 이론의 활발한 수용을 통해 이러한 전파론적 관점의 비교문학 연구를 극복하기 위한 방법론적 토대가 마련되었다. 이들 이론에 따르면, 식민지에서의 외국문학 수용은 일정한 '협상'(negotiation)의 과정을 거친다. 이 과정에서 전유와 폐기, 혼종 등 다양한 탈식민적 전략이 활용되며, 따라서 '원전'을 기준으로 한 일률적인 작품 평가는 그 의미를 잃는다. 오히려 중요한 것은 식민지 문인들이 어

---

76) 대표적인 작업으로 백철,『신문학사조사』, 백양당, 1949 를 들 수 있다. 백철의 문학사 서술은 서구 문예사조의 전개 과정을 기준으로 이루어진 바, 1920년대 초 자연주의-> 1920년 중반 이후 리얼리즘-> 1930년대 중반 모더니즘의 구성을 지니고 있다. 이러한 문학사적 구도는 현재까지도 강력한 영향력을 행사하고 있는 바, 비교적 최근에 출간된 권영민,『한국현대문학사』(전2권), 민음사, 2002 에서도 유사한 구도가 설정되어 있다.

떠한 문제설정 속에서 외국문학을 수용하며, 이를 자신의 독창적인 방식으로 재구성하는가를 규명하는 것이다. 이러한 관점에서 비로소 오래된 전파론적 관점을 넘어서는 탈식민적 비교문학 연구가 가능할 것이다.[77]

4장에서는 이와 같은 문제의식 아래, 일제 말기 소설에 나타난 영문학 작품의 수용 양상을 고찰하고, 그 의미를 규명하고자 한다. 그 이전 시기 강력한 문학적 규범으로 작동하던 카프의 리얼리즘이나 구인회의 모더니즘 등의 지향이 소멸된 후, 일제 말기 문인들은 다양한 방식으로 새로운 문학적 규범을 모색하려 하였다. 이 과정에서 두드러지는 현상 중 하나는 외국문학, 특히 영문학 수용을 통해 상호텍스트성을 기획하려는 시도였다. 당시 『인문평론』지를 중심으로 서구문학에 대한 활발한 수용이 이루어졌으며, 이 과정에서 제임스 조이스, 헨리 제임스, 싱, 예이츠, 펄 벅 등 다양한 영문학 작가들에 대한 수용이 진행되었음은 주지하는 바와 같다. 그러나 이에 대한 연구, 특히 구체적인 텍스트 분석에 입각한 수용 연구는 거의 없는 것이 사실이다.[78]

그러나 이 시기, 특히 김남천과 이효석의 작품에서는 영문학 텍스트의

---

77) 기실 전파론적 관점에 대한 비판은 비교문학 연구 초창기부터 지속되어왔다. 예컨대 김흥규의 다음과 같은 언급을 참조할 수 있다. "요점부터 먼저 지적한다면 전파론적 전제는 19세기 이전까지 상당한 세력을 지녔던 華夷論的 世界觀과 20세기 이후의 西歐主義및 植民地的 自己否定의 깊은 뿌리에 맥이 닿아 있다. 세계의 창조적, 능동적 중심은 중국 또는 서양이며(식민지 시대에는 '內地'였고) 한국의 문화는 그 변방에 있는 주변문화라는 의식이 이 사이를 흘러온 생각이다. 가치있는 문화의 典範은 으레히 중국 또는 서양에서 이루어졌고 우리 문화는 그것의 전파, 이식, 영향에 의해 성장해 올 수 있었다는 사고방식에 이미 전파론적 전제는 갖추어져 있다.", 김흥규, 「전파론적 전제위에 선 비교문학과 가치평가의 문제점」, 『비교문학과 비교문화』제1집, 1977, 12면. 그러나 이러한 문제제기 이후에도 학제간 연구가 활성화되지 못한 이유 등으로 인해 전파론적 관점에 입각한 비교문학 연구가 주류를 이루었음은 부정하기 어려운 사실이다.
78) 2000년대 탈식민주의 이론의 활발한 수용에 비해, 구체적인 텍스트의 탈식민성을 확인하려는 연구는 상대적으로 부족하다. 예컨대 일제 말기 일본어 소설에 나타나는 탈식민적 언어 전략에 대해서는 윤대석, 『식민지 국민문학론』, 역락, 2006 에서 진행된 김사량 등에 대한 연구가 거의 유일하다.

삽입과 이를 통한 상호텍스트성의 기획이 두드러진다. 이 시기 김남천에 대한 비교문학적 연구는 주로 발자크 수용에 대한 비평사적 논의에 집중되어 있으며79), 이효석의 경우 그의 성과 자연에 대한 탐구를 로렌스 등의 그것과 비교하는 단순비교연구에 집중되어 있다.80) 이들 연구는 그 성과에도 불구하고 구체적인 텍스트를 기반으로 한 상호텍스트성의 기획과 그 의미를 밝히지 못한다는 점에서 한계를 지닌다. 이 장에서는 김남천과 이효석의 작품에 삽입된 영문학 텍스트가 작품의 스토리 층위에서는 드러나지 않는 주제의식을 함축하고 있다는 가설 하에, 이들 삽입 텍스트를 통해 형성되는 고유한 상호텍스트성을 분석하고 그 의미를 규명하고자 한다. 이러한 연구를 통해 서구 문학의 수용과 변용을 기반으로 하여 수행된 조선 근대 문학이 꿈꾼 '세계문학'의 상, 보편과 특수의 길항으로서의 소수자 문학의 기획의 일단을 살펴보고자 한다.

1) 일제 말기 영문학 수용의 두 가지 경로

1930년대 후반부터 일제 말기에 이르기까지의 영문학 수용은 크게 두 가지 경로를 통해 진행되었다. 첫 번째 경로는 정인섭, 이헌구, 김광섭, 이하윤 등을 비롯한 외국문학 전공자들의 네트워크 및 최재서를 비롯한 경성제대 영문과의 네트워크이다. 이들은 아카데미즘적 경향을 강하게 드러내며 영문학을 비롯한 외국문학 수용의 한 축을 담당한다.

---

79) 대표적인 논의로 김윤식, 「사회주의적 리얼리즘론」, 『한국근대문학사상사』, 한길사, 1984; 박영근, 「프랑스 문학 이입사-김남천 문학이론을 중심으로-」, 한국불어불문학회, 『불어불문학연구』62집, 2005; 서경석, 「김남천의 「발자크 연구노트」론」, 대구대학교 인문과학예술문화연구소, 『인문예술논총』, 1999; 이성혁, 「김남천의 발자크 수용에 대한 고찰」, 한국외대학원, 『이문논총』18집, 1998; 장성규, 「김남천의 발자크 수용과 '관찰문학론'의 문학사적 의미」, 『비교문학』45집, 2008 등을 들 수 있다.

80) 대표적인 논의로 주종연, 「문학에 있어서 성의 문제-이효석과 D. H. 로렌스의 비교」, 『국어국문학』48호. 1970; 이우용, 「D. H. 로렌스와 이효석의 에로티시즘 비교연구」, 『우리문학연구』8집, 1990 등을 들 수 있다.

정인섭, 이헌구, 김광섭, 이하윤 등 외국문학을 전공한 이른바 '해외문학파'들은 1930년대 후반부터 일제 말기에 이르는 시기까지 활발한 영문학 수용 양상을 보여준다. 특히 이들 역시 영문학 중 유독 아일랜드 문학에 대한 깊은 관심을 나타낸다는 점이 주목된다. 김광섭의 애란 근대시에 대한 논문과 애란 연극운동에 대한 논문, 이하윤의 예이츠 번역 소개, 정인섭의 애란 문단 방문기 등이 대표적인 사례이다.

주목되는 것은 당시 아일랜드 문학 수용이 이른바 이중어 글쓰기의 문제와 결합되어 진행된다는 사실이다. 이는 다음과 같은 논의에서 확인된다.

> 그리고 예이츠나 싱그의 문학도 우리로 보아서는 그 내용상 즉 愛蘭의 情緖와 神秘과 土薰을 가장 잘 표현한 점에서 愛蘭文學이 될 것이나 愛蘭民族 그 자체로 보아서는 그 亦 純眞한 愛蘭文學이 안이다. 그러나 愛蘭은 오랜 殖民地로서 그 母語를 거진 일허버리고 앵그로·아이리쉬 (anglo arish)라는 말하자면 에리자베스朝 時代의 영어에 켈트고대어의 정서 가튼 일종의 언어가 잇어서 싱그·예이츠·그레고리부인 등의 표현은 그것에 속하는 一의 特殊的 例外를 짓고 잇다.[81]

김광섭의 논의가 주목되는 것은 식민 상황에서 제국의 언어를 전유한 "앵그로 아이리쉬"가 지닌 언어적 가치 때문이다. 이미 게일어가 식민지 대중에게 잊혀진 언어인 상황에서, 싱그나 예이츠 등의 "앵그로 아이리쉬"는 제국의 언어에 맞서는 유효한 문학적 전략의 일환일 수 있었다.[82] 정

---

81) 김광섭, 「言語에서 決定된다」, 설문 「『朝鮮文學』의 定義 이러케 規定하려 한다」에 대한 답변, 『삼천리』, 1936.8. 84면.
82) 물론 앵글로-아이리쉬를 포스트 콜로니얼적 전략으로 규정하는 것은 다소 거친 것이다. 당시 아일랜드의 문화민족주의 진영 내부에서도 이를 둘러싼 다양한 입장들이 서로 경쟁하고 있었으며, 이 중 앵글로-아이리쉬를 실질적인 제국 언어로 파악하는 경우도 있었기 때문이다. 박지향의 다음과 같은 지적이 이러한 상황을 단적으로 보여준다. "결국 아일랜드에서는 앵글로 아이리쉬 문화와 게일 문화가 함께 지배적인 잉글랜드 문화에 저항하면서도 서로간에는 많은 갈등이 존재하고 있었던 것이다. 그것은 본질적으로 아일랜드적이

인섭 역시 그의 「애란문단방문기」에서 아일랜드 문학의 언어 문제를 중점적으로 다룬 바 있다.[83] 이러한 사례는 점차 이중어 글쓰기 상황이 도래함에 따라 조선문학에 중요한 참조항으로 기능하기 시작했다.

한 편, 최재서는 이 시기 『인문평론』을 주재하며 영문학을 비롯한 외국문학의 활발한 수용을 기획한다. 이 과정에서 사토 기요시 교수를 중심으로 한 경성제대 영문과 네트워크가 아카데미즘의 형태로 영문학 수용 과정에 개입했을 가능성이 크다. 이와 관련하여 주목되는 것은 사토 기요시 교수의 다음과 같은 회고이다.

> 경성제대에는 매우 엄격히 선발된 소수의 입학자로 이루어진 예과가 있었으며, 따라서 문학부에 오는 학생은 소수였으나 영문과에 모이는 학생이 제일 많았으며 수재도 적지 않았다. 특히 조선인 학생의 우수한 자들이 모인 것은 제국대학의 이름에 이끌렸다기보다도 외국문학에 그들의 목마름을 풀어 주는 어떤 요소가 帝大 속에 있었던 까닭이다. 20년간 조선인 학생과 교제하는 동안, 얼마나 그들이 민족의 해방과 자유를 외국문학 연구에서 찾고자 하고 있었던가를 알고 충격을 받지 않을 수 없었다.[84]

___

지 않으면 모두 반(反)아일랜드라고 주장하는 아이리쉬 아일랜드와, 게일과 잉글랜드 문화 사이에 공유영역을 찾아내고 그것을 간단히 '아이리쉬'라고 부르고자 필사적으로 노력하는 앵글로 아이리쉬간의 싸움이었다.", 박지향, 「아일랜드 역사서술: 민족주의와 수정주의를 넘어서」, 『역사비평』50호, 2000년 봄, 265면. 그러나 당시 조선의 문인들은 이러한 갈등에 주목하기 보다는 앵글로-아이리쉬가 지는 탈식민적 가능성에 주목한 것으로 보이기에 위와 같은 규정이 가능하다고 판단된다.

83) "(...) 『다브린』와서 내가 조사한 바에 의하면 愛蘭文壇이란 것은 재래로 알려진 것과 같지 않고 분명히 두 가지 유파로 분해서 있다. 보통 우리가 말하는 愛蘭문학이란 것은 영어로 쓴 愛蘭정취의 문학을 의미하는데 이 밖에 이것과는 대립되는 愛蘭語 문학이라는 것이 있는데 『예츠 일파』는 전자에 속하고 『하이드 박사 일파』는 후자에 속하는 것이다. 그런데 세상에는 전자가 영어로서 창작함으로 해서 널리 알려져 있고 후자는 愛蘭語라는 특수용어 때문에 보통 알려져 있지 않다. 그리고 愛蘭서도 『순수 愛蘭人』이라던지 『리퍼브리컨』당 사람들, 즉 정치적 색채를 띤 사람들은 대개 후자 즉 하이드 박사 일파의 애란語 문학을 지지하고 (사실 거기서는 보통 愛蘭문학이라면 이것을 말하는 것이다) 후자 즉 예츠 일파의 소위 『아이리쉬 르네상스』에는 반대를 하면서 있다.", 정인섭, 「애란 문단 방문기(속)」, 『삼천리문학』, 1938.4, 129~130면.

위의 회고에서 주목되는 것은 당시 식민지 조선의 영문학 연구가 "민족의 해방과 자유를 외국문학 연구에서 찾고자 하"는 문제의식 속에서 진행되었다는 진술이다. 그렇다면 이는 구체적으로 어떠한 외국문학 수용을 통해 전개되었는지를 추적할 필요가 있다. 이와 관련하여 일제 말기 영문학 중에서도 특히 아일랜드 문학에 대한 수용이 활발히 진행된다는 점이 주목된다.

당시 『인문평론』지는 물론 『삼천리』지 등의 매체의 외국문학 수용에서 단연 두드러지는 것은 아일랜드 문학에 대한 특화이다. 이는 당시 영문학 수용에서 최재서의 지도교수로서 일종의 지적 기획자의 역할을 수행하던 사토 기요시가 아일랜드 문학에 대해 깊은 관심을 가지고 있었다는 점과도 상통한다. 사노 마사토는 이와 관련하여 다음과 같이 지적한 바 있다. "(사토 기요시가-인용자) 1922년에 아일랜드 문학에 관해 고대로부터 현재까지 개관한 『愛蘭文學硏究』라는 책을 낸 것을 비롯해서, 1920년에는 「戰時中の愛蘭の叛亂と愛蘭詩人の群」라는 평론도 있었고, 지속적으로 동시대의 아일랜드 문학에 대해서 깊은 관심을 가진 것은 흥미롭다."[85] 이는 실제 그의 지도제자였던 이효석의 졸업논문이 아일랜드 극작가 싱에 대한 것이었다는 점에서도 확인된다.

이와 같이 아카데미즘에 기반을 둔 해외문학파와 경성제대 영문과 네트워크는 공통적으로 영문학 수용 과정에서 아일랜드 문학에 초점을 맞추는 양상을 보인다. 이는 특히 1930년대 후반 이후 도래하기 시작한 이중어 글쓰기 상황에 대한 중요한 참조항으로 기능한다는 점에서 그 중요성을 지닌다.

이 시기 영문학 수용의 또 다른 경로는 인정식, 서인식, 이청원 등을 중

---

84) 사토 기요시, 「경성제대 문과의 전통과 그 학풍」, 『영어청년』, 1959: 김윤식, 『최재서의 『국민문학』과 사토 기요시 교수』, 역락, 2009, 234면에 번역된 것을 인용.
85) 사노 마사토, 「경성제대 영문과 네트워크에 대하여」, 『한국현대문학연구』 26, 2008.12, 332면.

심으로 한 전향 사회주의자들의 네트워크이다. 이들은 엄밀한 의미에서 문학자가 아닌 역사철학자 내지는 경제학자에 속하기 때문에 기존 문학사 연구에서는 그 위상이 충분히 평가되지 못한 감이 있다. 그러나 일제 말기 이들이 전개한 아시아적 생산양식 및 조선적 특수성에 대한 논쟁은 영문학 작품의 수용으로까지 진전되는 양상을 보인다. 이는 특히 1938년 펄 벅의 노벨문학상 수상을 계기로 급진전된다. 펄 벅의 노벨문학상 수상 이후 그녀의 『대지』를 둘러싸고 아시아적 생산양식에 대한 이들의 논쟁이 확산되었기 때문이다. 특히 인정식이 이 과정에서 펄 벅 수용에 중요한 역할을 수행한다. 인정식은 「『大地』에 反映된 亞細亞的 社會」라는 글을 통해 이 작품이 "亞細亞的인 特殊性格"[86]을 반영하고 있음을 지적한 바 있으며, 또한 「朝鮮農民文學의 根本的 課題」에서도 "亞細亞的 性格을 如實히 理解했기때문에만 「팔·뻑」女史의 大地는 亞細亞의 農民文學으로서 偉大한 成功을 保證할 수가 있을 것이다."[87]라고 논한 바 있다.

이러한 인정식의 논의에 기반을 두고 임화 역시 펄 벅의 『대지』에 대해 "支那의 近代社會로서의 或은 一般 人類社會의 進步 行程에서 볼 때 發展이 停滯된 채 固着되어있고 뒤떨어진 部分의 明晳한 認識"[88]이라는 평을 내릴 수 있었다. 그리고 이러한 논의가 이후 구 카프 계열 작가들의 가족사 연대기 소설, 즉 김남천의 『대하』, 한설야의 『탑』, 이기영의 『봄』 등의 작품에 영향을 미쳤을 것으로 추정된다.[89]

또한 서인식의 경우에도 당시 외국문학 수용 과정에서 중요한 역할을

---

86) 인정식, 「『大地』에 反映된 亞細亞的 社會」, 『문장』, 1939.9, 136면.
87) 인정식, 「朝鮮農民文學의 根本的 課題」, 『인문평론』, 1939.12, 17면.
88) 임화, 「『大地』의 世界性」, 『문학의 논리』, 학예사, 1940, 790면.
89) 기존 연구에서는 이들 가족사 연대기 소설 작품을 주로 최재서의 토마스 만 및 마르탱 뒤 가르의 영향 속에서 형성된 것으로 간주했다. 그러나 인적 네트워크의 측면은 물론, 펄 벅의 『대지』가 동양 봉건사회의 해체 과정을 다루고 있다는 점에서도 서구 가족사 연대기 소설의 영향 보다는,오히려 펄 벅의 『대지』의 영향이 더 클 것으로 추정된다. 별도의 연구가 필요한 지점이다.

담당한 것으로 보인다. 그는 루카치의 『역사소설론』에 대해 최초로 소개하는 등90), 특히 헤겔주의적 미학과 관련된 논점을 제시하여 당대 문학장에 개입한 것으로 보인다.

이들 전향 사회주의자 네트워크의 경우 앞서 언급한 것처럼 문학자라기보다는 역사철학자, 혹은 경제학자의 성격을 강하게 지니기 때문에 구체적인 영문학 수용과정에 의식적으로 개입한 것으로 보기는 어렵다. 그러나 당대 아시아적 생산양식과 조선적 특수성을 둘러싼 논쟁이나 헤겔주의 미학의 수용 등에서 아카데미즘적 경향과는 다른 경로로 작동한 것은 분명하다. 무엇보다 이들의 경우 과거 자신들이 지향했던 사회주의적 기획의 붕괴 속에서, 새로운 가치 지향점을 모색하려는 문제설정을 공유하고 있었다. 예컨대 인정식의 아시아적 생산양식의 극복과 동아협동체론의 전유의 기획이라는 문제설정이나 서인식의 보편주의적 사유의 재구성과 제국 담론에 대한 폐기의 전략이라는 문제설정 등이 그러하다. 즉, 이들의 외국문학 수용은 문학 장에 직접적인 영향을 미쳤을 가능성은 물론, 카프 해소 이후 새로운 문학적 지향점을 모색하던 작가들에게 영문학을 포함한 외국문학 수용의 방법론과 자의식에 더욱 큰 영향을 미쳤을 가능성이 크다. 특히 이들의 경우 구 카프 계열 작가들과 유사한 문제설정을 지녔기에, 실제 창작에 있어 김남천, 한설야, 이기영 등에게 큰 영향을 미쳤을 것으로 추정된다.91)

이와 같이 1930년대 후반부터 일제 말기까지의 영문학 수용의 두 가지

---

90) 서인식, 「께옭·루카츠 역사문학론 해설」, 『인문평론』, 1939.11.

91) 일제 말기 영문학 수용의 두 번째 경로, 즉 전향 사회주의자들의 네트워크에 대해서는 보다 실증적인 연구가 보충되어야 할 것이다. 이 글의 경우 영문학 수용에 초점을 맞추기 때문에 이를 넘어서는 사상사적 층위에서의 검토를 충분히 수행하지 못한 것이 사실이다. 그러나 인정식, 서인식 등이 이 시기 문학 장에 적극적으로 개입하는 경향을 보이는 이유를 해명하는 것은 매우 중요한 과제로 판단된다. 이들은 당시 일종의 지적 기획자로서의 역할을 수행하는 것으로 보이며, 이는 구 카프 계열 문인들과의 인적, 사상적 네트워크의 존재를 매개로 가능했던 것으로 판단된다.

경로를 살펴보았다. 첫 번째 경로는 해외문학파 및 경성제대 영문과를 중심으로 한 아카데미즘적 네트워크로서, 이들은 특히 영문학 중에서도 아일랜드 문학의 수용에 큰 비중을 두고 있다는 점이 주목된다. 두 번째 경로는 전향 사회주의자들의 네트워크로서 이들은 첫 번째 네트워크에 비해 문학적 층위에서의 영문학 수용에 대한 성과는 절대적으로 부족한 것이 사실이다. 그러나 이들의 경우 구 카프 계열의 문인들에게 직간접적인 영향을 미쳤을 것으로 추정되며, 특히 당대 담론 장의 메커니즘에 대해 매우 예민한 감각을 제공했을 것으로 판단된다. 그리고 카프 해소 이후 새로운 문학적 지향점을 모색하던 작가들에게 영문학을 포함한 외국문학 수용의 문제설정과 자의식에 큰 영향을 미쳤을 것으로 추정된다.

이 장에서는 이와 같은 영문학 수용의 두 가지 경로를 설정하고, 각각의 경로를 대표하는 작가로 볼 수 있는 이효석과 김남천의 소설에 나타난 영문학 작품의 수용 양상을 고찰하고자 한다. 이들은 공통적으로 비평적 층위의 논의를 구체적인 작품을 통해 형상화 한 바 있다. 따라서 이들 작품에 삽입된 영문학 작품의 의미를 규명할 경우, 기존의 비평사적 층위에 국한된 영문학 수용의 문제설정을 보다 구체적인 텍스트의 층위로 확장시킬 수 있을 것으로 기대된다.

2) 아일랜드 문학의 수용과 이중어 글쓰기에 대한 자의식

1930년대 후반기 이후 이효석의 소설에서 두드러지는 변화 중 하나는 하나의 작품 안에 다른 텍스트가 삽입되어 특정한 의미를 만드는 상호텍스트성이 급증한다는 점이다. 이는 「여수」에 등장하는 영화 「망향」(원제 「페페 르 모코」), 「풀잎」에 등장하는 휘트먼의 시, 「은빛 송어」에 등장하는 예이츠의 시, 「은은한 빛」에 등장하는 「춘향전」 등이 대표적이다.

특히 이 글의 주제와 관련하여 주목되는 것은 「은빛 송어」에 삽입된 예이츠의 시이다. 일본어로 발표된 이 작품은 예이츠의 시를 핵심 모티브로

설정하고 있다. 이효석이 경성제대에서 아일랜드 극작가인 싱에 대한 연구로 영문학 학위를 받았다는 점을 상기할 때, 그가 예이츠 등 아일랜드 작가에 대해 일찍부터 접했을 개연성은 매우 크다. 이는 그의 경성제대 졸업논문인 「존 밀링턴 싱그의 극 연구」에서 보다 구체적으로 확인 가능하다.

> (...) 최근 영국 극계의 가장 위대하고 의미심장한 업적은 애란극운동이었다. 해(該)운동은 애란극을 수립하는 동시에 많은 극작가를 산출하였으니 그 가운데에서도 애란극의 진정한 전설을 창조한 한 사람의 천재는 곧 존 밀링턴 싱그(1871-1909)이다. 비록 운동의 핵심적 지도인물은 예이츠였고 그의 작품이 후진 극작가들 사이에 여하한 세력적 영향을 끼쳤다 할지라도 비록 애란 국민극은 두 사람의 창의적 작가 싱그와 파드릭 코람을 낸 이후 창시되었고 비록 그레고리나 보일 등을 본받은 후진도 많다 할지라도 이래의 애란극이 싱그와 코람 두 사람의 계통을 이어서 발전하여 왔다. 중에도 싱그의 노력은 위대한 것이며 수많은 극작가 중에서 극작가로서의 세계적 공인과 명성을 획득한 유일한 사람이다.[92]

위의 인용문에서 나타나듯, 이효석이 경성제대 영문과에서 큰 영향을 받은 문학적 경향 중 하나는 싱과 예이츠를 비롯한 아일랜드 문학이었다. 따라서 「은빛 송어」에 예이츠의 작품이 삽입된 것은 자연스러운 결과로 볼 수 있다. 더불어 2장에서 살펴본 것처럼 경성제대 영문과 네트워크는 물론 해외문학파 역시 아일랜드 문학 수용에 큰 관심을 쏟은 사실을 고려한다면 이효석의 예이츠 수용의 개연성은 더욱 커진다. 그리고 그 배경에는 당시 이중어 글쓰기 상황의 도래가 놓여 있었다. 따라서 이후 『국민문학』을 주재하게 된 최재서가 아일랜드 문학에 대해 다음과 같이 언급하는 것은 필연적이다.

---

92) 이효석, 「존 밀링턴 싱그의 극 연구」, 『대중공론』, 1930.3; 『이효석 전집』(6권), 202면.

> (...) 언어 문제가 시끄러웠던 때에 자주 조선문학을 아일랜드문학에
> 비교하는 경향도 있었는데, 그것은 위험하다. 아일랜드문학은 역시 영어
> 를 사용하고는 있지만, 정신은 처음부터 반영(反英)적이며 영국으로부터
> 의 이탈이 그 목표였다.[93]

당시 이른바 '이중어 글쓰기' 상황의 도래 속에서 아일랜드 문학은 제국
의 언어에 대한 문학적 전유의 한 사례로서 기능할 수 있었다. 최재서의
지적과 같이 이 시기 조선 문학 장에서 아일랜드 문학 수용이 활발히 진
행된 것은 제국으로부터의 이탈이라는 문제의식과 연결된다. 이로 인해
아일랜드 문학은 일종의 정치적 기호로서 작동하게 되며, 일제 말기 영문
학 수용에서 아일랜드 문학이 차지하는 비중 역시 이러한 맥락에서 해명
될 수 있다.

이러한 점을 고려할 때, 흥미로운 것은 일제 말기 들어서 비로소 이효
석이 아일랜드 작가의 작품을 자신의 소설에 삽입하는 양상을 보인다는
점이다. 살펴본 것처럼 당시 아일랜드 문학의 수용은 독특한 효과를 생성
했다. 일차적으로 아일랜드가 영국의 식민지라는 사실로 인해 조선의 식
민상황과 유비적인 관계를 암시하기 때문이며, 나아가 1930년대 후반 이
후 이중어 글쓰기 상황의 도래 속에서 이른바 '앵글로 아이리쉬'로 대표되
는 문학 언어 선택의 문제를 공유한 사례로 기능하기 때문이다. 당시 이
중어 글쓰기 상황이 도래하면서 아일랜드 문학은 식민지 조선의 문학장에
서 매우 큰 반향을 불러일으킨다. 특히 예이츠의 경우 정인섭이 직접 아
일랜드에 가서 그를 방문하고, 이 내용을 『삼천리문학』에 발표하면서 당
대 문학장에 상당한 논쟁점을 제공한다. 예이츠의 경우가 문제적인 것은,
당시 문인들에게 예이츠의 탈식민적 언어 사용이 제국의 언어를 통한 창

---

93) 최재서, 「조선문학의 현단계」, 『국민문학』, 1942.8; 노상래 번역, 『전환기의 조선문학』, 영
   남대학교출판부, 2007, 72면.

작이라는 문학장의 새로운 변동에 중요한 참조점으로 작용할 여지가 컸기 때문이다.

이와 같은 당시 아일랜드 문학 수용의 배경을 고려할 때, 예이츠의 시가 삽입된 이효석의 「은빛 송어」에 대한 정치한 독해가 이루어질 수 있다. 이 작품에는 다음과 같이 예이츠의 시가 삽입되어 있다.

> 방송국의 김은 그녀를 위해 한 편의 라디오 드라마를 만들기까지 했다. 문이나 박, 최 등과 비교하면 그녀로부터 아주 떨어진 위치에 있는 것으로 보인 그도 내심 조용히 정열을 불태우면서 그것을 작품으로 구상화한 것일까? <은빛 송어>라는 제목의 아주 상징적인 것인데, 예이츠의 시에서 착상을 얻은 모양으로 "냇물에 나무 열매를 던져 작은 은빛 송어 한 마리 낚았네. …… 사과꽃을 머리에 장식한 그녀가 내 이름을 부르곤 뛰어나가 빛나는 공기 속으로 사라졌네."라는 시구를 그대로 삽입하는 등, 말할 것도 없이 은빛 송어는 테이코 자신을 상징한 것으로, 그녀를 주인공으로 가정하고 방송에서도 직접 그녀에게 그 역을 맡겼다.[94]

기실 스토리 층위에서 보자면, 이 작품은 일본인 여성 테이코를 둘러싼 조선인 남성들의 애정 공세를 다룬 정도의 소품일 따름이다. 그런데 위와 같이 예이츠의 시가 삽입되면서 텍스트 이면의 주제의식이 우회적인 방식으로 표출된다.

이 작품에 삽입된 예이츠의 작품은 「방랑하는 엥거스의 노래(The song of Wandering Aengus)」의 일부이다. 이 작품은 영문학계에서 "아일랜드의 고유의 전설이나 민담, 신화를 적절히 잘 활용하여 예이츠의 온건한 '문화민족주의' 노선을 잘 보여주는 정치적 알레고리"[95]로 평가된다. 이 작품은

---

94) 이효석, 「은빛 송어」, 『외지평론』, 1939.2; 송태욱 옮김, 「은빛 송어」, 『이효석 일본어 작품집-은빛 송어』, 해토, 2005, 33면.

95) 조정명, 「예이츠의 문화민족주의의 혼종성」, 『새한영어영문학회 2009년도 가을학술발표회 논문집』, 2009.10, 95면.

특히 "예이츠가 문화운동을 활발하게 전개하던 1890년대에 그의 시의 특징"인 "예이츠의 문화민족주의의 성격"[96]을 잘 보여주는 것으로 평가된다. 이는 이 작품이 "켈틱 민족의 위대한 정신적, 문화적 유산의 거대한 지하수와 교통하고 합류할 수 있는 그의 시학"[97]을 표출한 것이라는 평가에서도 확인된다.

흥미로운 것은 이효석이 예이츠의 작품을 삽입한 「은빛 송어」가 일본어로 창작된 작품이라는 점이다. 일제 말기 일본어 글쓰기가 강요되면서 많은 작가들이 조선어와 일본어의 이중어 글쓰기 상태에 놓이게 된 것은 주지하는 바와 같다. 그런데 이효석은 일본어 작품에서 예이츠의 문화적 민족주의를 표상하는 텍스트를 삽입하는 서술 전략을 사용하고 있다. 이는 예이츠가 고대 켈트어가 아닌 '앵글로 아이리쉬'를 통해 아일랜드의 문화적 전통을 문학적으로 형상화하고 있다는 점에서 주목된다. 예이츠는 앞서 살펴본 것처럼 분명 켈틱 민족의 문화민족주의적 성격을 표출한 작가이다. 그런데 그가 사용한 언어는 엄격한 의미에서의 아일랜드 어, 즉 게일어가 아니라 아일랜드에 토착화된 독특한 탈식민적 영어였다. 그 결과 예이츠는 "근대 영문학 담론과 정전에 거의 완전히 동화"[98]된 작가이면서도, 동시에 "외부 권력의 지배 하에서 고통받는 민족의 경험과 열망 및 전망 등을 분명하게 표현한"[99]작가로 평가된다. 그런 의미에서 "예이츠는 토착 아일랜드인인 켈트는 아니지만 분명 영국인도 아"[100]닌 존재인

---

96) 김철수, 「예이츠: 문화민족주의에서 비극적 권위주의로」, 『신영어영문학회 2003년 여름 학술발표회 자료집』, 2003.8, 63면.
97) 한일동, 「예이츠의 문학적 이상: 켈트의 황혼」, 『신영어영문학회 2003년 겨울학술발표회 자료집』, 2003.1, 88면.
98) 에드워드 사이드, 「예이츠와 탈식민화」, 테리 이글턴, 프레드릭 제임슨, 에드워드 사이드, 김준환 옮김, 『민족주의, 식민주의, 문학』, 인간사랑, 2011, 115면.
99) 위의 책, 116면.
100) 최경희, 「윌리엄 버틀러 예이츠: 잊혀진 영웅을 찾아서」, 아일랜드 드라마연구회, 『아일랜드, 아일랜드』, 이화여자대학교출판부, 2009, 64면.

셈이다. 이는 그가 놓인 독특한 창작 언어의 상황에 기인한다.

이효석 역시 일제 말기 조선어 창작와 일본어 창작을 병행했다. 그러나 이효석의 경우 아일랜드 문학 수용을 통해 자신의 일본어 창작에 대한 나름의 자의식을 지녔던 것으로 추정된다. 이는 그의 「은빛 송어」에 삽입된 예이츠의 작품을 통해 확연히 드러난다. 그는 당대 문학장의 변동 속에서 강요된 일본어 창작을 수행하면서도, 예이츠로 표상되는 탈식민적인 제국 언어 사용의 전략을 예민하게 인식하고 있었다. 그 결과 텍스트 이면에 예이츠의 작품을 삽입하는 서술 전략을 사용할 수 있었으며, 이를 통해 이중어 글쓰기 상황에 대한 독특한 탈식민적 자의식을 표출할 수 있었다.

결국 일제 말기 이효석 소설에 삽입된 외국문학 텍스트는 이중어 글쓰기 상황의 대두 속에서 탈식민적 언어 사용에 대한 자의식을 표출하는 매개로 작동한 셈이다. 그 배경에는 경성제대 영문과 특유의 학풍과 그가 전공한 아일랜드 문학의 영향이 놓여있는 것으로 볼 수 있다. 그는 외국 문학 작품의 단순 수용과 모방을 넘어, 당대 문학 장의 논점으로 대두한 문제들에 대해 자신의 인식을 표출하는 매개로 전유했다는 점에서 능동적인 외국문학 수용의 구체적인 사례를 보여준다고 할 수 있다. 더불어 그가 제국의 영문학이 아닌, 식민지 아일랜드의 영문학을 수용했다는 점은 충분히 주목될 필요가 있다. 이 시기 조선과 아일랜드는 모두 모국어 창작의 '위기'에 놓여있었으며, 그로 인해 제국의 언어를 통해 제국을 우회적인 방식으로 넘어서는 소수자 문학의 독특한 전략을 공유할 수 있었기 때문이다.101)

---

101) 이와 관련하여 조선과 아일랜드의 '정치적' 유사성에 대한 다음과 같은 언급을 참조할 수 있다. "식민지로서의 조선이 탈식민적 계기를 찾고자 참조한 식민지는 물론 아일랜드만은 아니었다. 그러나 여타의 식민지와는 달리 조선과의 유사성이라는 합의되지 않은 관념 속에서 특별한 주목을 받았다. 3·1운동을 전후로 하여 일본의 식민정책학자들의 자치 문제가 거론된 이후로, 아일랜드는 정치적 입장의 유리함을 위해 점유되어야 하는 일종의 기표였다. 그리하여 한편으로는 아일랜드 자유국의 성립은 자치의 타당성을 입증하는 증거로 활용되었고, 다른 한편으로는 그 자치령이 완전한 국가로서의 지위

3) 헨리 제임스라는 '기호'와 식민지 '부재의식'의 표출

한편 이 시기 김남천의 외국문학 수용에 대한 연구는 주로 그의 발자크 수용을 중심으로 진행되어왔다. 그리고 그 결과 연작 형식을 통한 리얼리즘의 갱신이라는 김남천 고유의 문학적 모색이 일정 부분 해명되기도 하였다. 그러나 이 과정에서 김남천의 영문학 수용을 통한 일제 말기 작가의식의 표출 양상은 간과된 것이 사실이다.

김남천의 미완작인 「낭비」(『인문평론』, 1940.2-1941.2)를 관통하는 모티프는 주인공 이관형의 논문 작성이다. 이 작품의 서두에는 다음과 같이 이관형의 논문의 주제가 제시되어 있다.

> 제목을 『文學(문학)에 있어서의 不在意識(부재의식)』이라 붙이고 소제목을 『헨리・쩸스에 있어서의 心理主義(심리주의)와 인터내슈낼・시튜에-슌(國際的舞臺)』이라고 붙여볼까 생각하고 있다.102)

왜 식민지 영문학도인 이관형은 굳이 '헨리 제임스'를 논문 대상으로 설정하는가, 그리고 왜 일본인 교수는 바로 논문의 대상이 '헨리 제임스'임을 들어 이관형의 논문을 통과시키지 않는가를 해명하는 것이 이 작품을 온전히 이해하기 위한 핵심적 과제이다. 이를 위해서는 이 시기 김남천이 헨리 제임스를 수용하게 된 배경을 먼저 살펴볼 필요가 있다. 「낭비」의

를 획득하기 위해 벌이는 지난한 과정은 조선의 독립을 기대하는 희망으로 삼았다. 정치적인 시야 속에 놓인 '아일랜드'는 확실히 '민족적'이었다."(이승희, 「조선문학의 내셔널리티와 아일랜드」, 『민족문학사연구』 28, 2005.8, 79-80면). 반면 아일랜드 표상이 조선 '문학'에 전유되는 경우 사정은 보다 복잡해지는 바, 이는 이른바 조선 문학의 '위기'와 이중어 글쓰기 상황의 도래가 지니는 복합적 성격으로 인한 것이다. 이 복합적 상황은 이승희의 논문에 자세히 고찰되어 있다. 다만, 이효석 등의 작품에서 아일랜드 표상이 종종 우회적 저항의 코드로 활용되고 있다는 점, 더불어 이중어 글쓰기 상황의 도래 속에서 '앵글로-아이리쉬'가 탈식민적 글쓰기의 한 모델로 참조되었을 가능성이 존재한다는 점을 부기해둔다.

102) 김남천, 「낭비」 1회, 『인문평론』, 1942.2, 217면.

창작을 전후한 시기, 김남천의 문학적 모색에서 주목되는 것 중 하나는 소설의 다성적(多聲的) 성격을 복원하기 위한 서술 기법의 실험이다. 주지하다시피 그가 과거에 추구했던 카프의 리얼리즘은 사회주의적 전망에 근거한 현실의 총체적 반영을 추구했다. 그 결과 강력한 정치적 메시지를 표출하는 것에는 성공했으나, 역으로 사회주의 문예운동의 주체만이 단일한 대문자 주체로 설정되면서 일종의 도그마적 성격을 지니게 된 것 역시 사실이다. 카프 문예운동의 좌절은 단지 제국에 의한 강제적 탄압만이 아니라, 내적으로 노정된 미학적 폐쇄성에도 그 근본적인 원인이 있는 셈이다. 카프 해소 이후 김남천의 문학적 모색은 이와 같은 리얼리즘 문학에 대한 자기 갱신에의 의지로 집약된다. 그는 「장날」을 통해 복수초점화 기법의 사용을 실험하며[103], 이후 『사랑의 수족관』을 통해 이른바 '총화소설'의 기획을 보여준다.[104] 이러한 모색은 모두 사회주의 문예운동의 주체의 발화만을 절대화시키는 과거 카프의 리얼리즘의 한계를 극복하기 위한 소설적 실험으로 볼 수 있다. 이러한 맥락에서 그가 「낭비」를 통해 헨리 제임스의 수용을 보여주는 점이 해명될 수 있다.

헨리 제임스는 영문학에서 특히 시점(point of view) 이론과 관련하여 중

---

103) 이는 김남천의 아쿠타가와 류노스케의 의식적 수용과 직결된 성과로 보인다. 실제 김남천은 「장날」의 부기에 이 작품이 아쿠타가와의 영향 속에서 창작된 것임을 밝히고 있으며, 여러 수필 등에서 그의 문학 수업 과정에서의 아쿠타가와의 영향이 확인된다. 김남천의 「장날」과 아쿠타가와 류노스케의 「덤불 속」의 관련 양상에 대한 연구로는, 박진숙, 「김남천의 「장날」과 아쿠타가와 류노스케의 「덤불 속」 연구」, 『한국현대문학회 2011년 전국학술대회 자료집』, 2011을 참조. 이 논문은 당시 조선 농회의 확대 과정을 중심으로 「장날」의 특수성을 지적하고 있다.

104) 기존 연구에서 『사랑의 수족관』이 지닌 '총화소설'적 성격은 충분히 지적되지 못한 것이 사실이다. 김남천은 그의 평문 「소설의 운명」을 통해 알베르 티보데의 총화소설을 새로운 소설의 구성 원리로 제시한다. 티보데에 따르면 총화소설이란 "旣成의 特權的 形式 즉 混濁과 無秩序를 용서치 않는 統一과 構成을 原理로 하는 演劇·悲劇 또는 喜劇에 대립하는 것"(Albert Thibaudet, 유억진 역, 『소설의 미학』, 신양사, 1960, 59면)이다. 김남천의 총화소설 개념의 수용에 대한 논의는 이진형, 「1930년대 후반기 소설론 연구」, 연세대학교 박사학위논문, 2011, 135-137면을 참조.

요한 위치를 차지한다. "소설에서 전지적 관점의 문제점을 지적하고 등장 인물의 관점에서 내용을 서술할 것을 주장한 인물은 헨리 제임스였다. 그는 자신의 작품에서 각기 다른 관점을 가진 인물이나 화자에 의한 다양한 서술로 스토리를 효과적으로 통제하여 소설의 기법에서 중요성이 인정되지 않았던 제한적 관점을 부각시킨 결과, 러복의 표현처럼 소설 서술의 가능성을 깊이 있게 탐색한 최초의 작가로 인정되었"105)으며, 나아가 "자신의 소설에서 한 인물의 시각을 다른 인물의 시각과 비교하여 등장 인물들 사이의 관점의 한계나 특질을 드러"106)낸 독특한 효과를 생성한 작가로 평가된다. 이러한 헨리 제임스의 소설 기법의 특징은 "작가의 목소리나 전지적 화자"에 의한 단성적(單聲的) 진술 대신 "상대적 의미를 발견하는 데"107) 유용하다는 점이다. 그 결과 소설 내의 등장 인물들의 다양한 진술이 가능하다는 특징을 갖는다.

이러한 헨리 제임스의 서술 기법상의 특징은 당시 김남천이 모색한 소설의 다성성 복원에 유용한 것이었다. 따라서 다음과 같은 장면은 주목을 요한다.

> 이관형이가 착수한 논문의 테-마와 모티-브는 이러한 아카데미스트들의 기정된 연구적업적과 평까를 뒤집어 놓고, 헨리·쩸스의 이른바 국제적 무대, 인터내슈낼·시튜에-슌와 심리주의를 밀접하게 관련시키고, 이러한 각도에서 그를 재검토하고, 시대와의 연관성에서 그의 소설 방법과 기술적특성을 추구하고 이리하여 그의 존재를 전혀 사회적으로 규정할려는데 있다.108)

이관형은 헨리 제임스를 다루면서 "시대와의 연관성에서 그의 소설방

---

105) 최경도, 『헨리 제임스의 문학과 배경』, 영남대학교 출판부, 1998, 117면.
106) 위의 책, 121면.
107) 위의 책, 124면.
108) 김남천, 「낭비」 1회, 『인문평론』, 1940.2, 218면.

법과 기술적 특성을 추구"하려 한다. 즉, 단순히 헨리 제임스의 시점 개념을 서사적 층위에서 분석하는 것이 아니라, 이러한 시점 개념이 도출된 특정한 "시대와의 연관성"을 해명하고, 나아가 이를 "사회적" 관점에서 규명하려는 것이 이관형의 문제의식이다. 이러한 진술이 가능한 것은, 김남천의 문학적 모색이 바로 사회주의로 표상되는 근대적 기획이 붕괴된 시기, 새롭게 요구된 다성적 서술 기법을 "시대와의 연관성" 속에서 규명하려는 것이었기 때문이다. 김남천의 다성성의 기획이 단지 기법적 층위에 한정된 것이 아니라, 과거 사회주의 미학의 단성적 성격을 극복하고, 발자크적 구성을 통해 시대의 "성좌적 총체성"[109]을 형상화하려는 것임을 고려할 때 이관형의 논문 주제가 지닌 문제성이 확인된다.

다른 한 편으로, 당시 동양론의 대두 속에서 김남천이 견지한 보편주의적 사유에 주목할 필요가 있다. 그는 서인식 등과의 교류를 통해 부당한 동양의 특권화로 대표되는 제국의 동양론에 대한 비판적 인식을 확보할 수 있었다.[110] 그 결과, 김남천은 당대 제국 담론으로서의 동양론과 거리를 둘 수 있었다.[111] 그러나 이러한 거리의 확보는 일종의 부재의식을 담보로 한 것이었다. 그가 과거 지향했던 서구의 사회주의적 근대의 기획은

---

109) 이는 서영인이 김남천의 소설적 실험을 통한 새로운 리얼리즘의 기획을 벤야민과 아도르노의 용어를 통해 규명한 개념이다. 서영인, 「김남천 문학 연구-리얼리즘의 주체적 재구성 과정을 중심으로」, 경북대학교 박사학위논문, 2003, 100~114면 참조.

110) 김남천과 서인식의 사상적 교류에 대해서는 이미 몇 편의 선행 연구가 축적되어 있다. 김철, 「근대의 초극, 『낭비』 그리고 베네치아」, 『민족문학사연구』18호, 2001; 정종현, 「폭력의 예감과 '동양론'의 매혹」, 『한국문학평론』, 2003 여름; 장성규, 「카프 문인들의 전향과 대응의 논리」, 『상허학보』22집, 2008 등을 참조.

111) 이는 예컨대 다음과 같은 글에서 확인된다. "그러나 그럼에도 불구하고 우리는 한 가지 사실을 여기에서 잊어서는 안 될 것이다. 즉 서양이라는 문화적 개념이 가지는 것과 동일한 통일성을 동양은 가지고 있지 못하였다는 사실이다. (…) 이러한 중세와 같은 통일된 서양의 문학적 개념을 동양은 일찍이 가진 적이 없다는 것이다. 고야마 씨 외에 다른 논자들은 모두 이것을 인정하고, 이러한 전제에 서서 동양의 지성이 가져야 할 전환기 사상에 대해서 언급하고 있는 것이다."(김남천, 「전환기와 작가」, 『조광』, 1941.1; 정호웅·손정수 엮음, 『김남천 전집』1권, 박이정, 2000, 688쪽)

파시즘의 대두와 함께 몰락했으며, 새로운 원리로 등장한 동양론은 그의 보편주의적 사유 속에서 폐기되어야 할 것으로 인식되었다. 따라서 그는 자신의 사유를 지탱한 지배적인 인식구조를 잃은 채, 당대의 에피스테메로부터 일탈하여 존재할 수밖에 없었다. 이러한 맥락에서 「낭비」의 이관형이 헨리 제임스의 '부재의식'에 대해 주목하는 것은 필연적이다.

"끝으로 한가지 더 묻겠는데……."
이번에는 정면으로 이관형의 낯을 건너다 보았다.
"헨리·쩸스를 선택한 동기는 어데 있소?"
"심리주의 문학의 원조라는데 그에 대한 흥미가 움직였습니다. 이십세기에 들어와서 가장 큰 봉오리를 이루어 놓은 문학은 이러니 저러니 하여도 역시 쪼이스의 문학이라고 생각했습니다. 쪼이스의 문학의 가치를 인정하건 안하건, 그것은 어떤 관점으로 부터라도 가장 크게 문제될 문학이라고 생각했습니다. 그런데 이 심리주의문학의 이같은 완성은 그 기원으로부터 검토될 이유가 있는 것으로 믿었습니다. 속된 수작이지만 『헨리·쩸스·쪼이스』란 말도 있지 않습니까. 헨리·쩸스와 쩸스·쪼이스를 밀접히 연결시킨다는 뜻으로 말한것임에 틀림이 없겠는데, 제가 이 논문을 쓰고싶은 충동을 느낀것도 역시 그러한데 동기라고 할만한 것이 들어있었습니다."
그러나 교수는 이러한 설명으로 만족하려 하진 않았다.
"그것은 그런런지도 모르겠소. 그러나 그것은 순전히 문학적인 이유뿐이오. 이논문은 그렇지만, 단순한 문학적인 이유만으로 해석할수 없는 군데가 많지 않겠소. 문학적인 이유외에 사회적인 이유라고도 말할만한 것이 있지는 않소. 헨리·쩸스는 군의 설명에도 있는것과같이 미국에 났으나 구라파와 미국새를 방황하면서 그 어느 곳에서나 정신의 고향을 발견치 못하였다고 말하오. 또 그의 후배라고 할만한 쩸쓰·쪼이스는 아일랜드태생이 아니오? 뿐만 아니라 군이 부재의식의 천명의 핵심을 관습과 심정의 갈등, 모순, 분리에서 찾는바엔 여기에 단순히 문학적인 이유만으로 해석될수 없는 다른 동기가 있는것이 아니오?"[112]

이관형의 논문에 대해 일본인 교수는 "부재의식"을 들어 비판한다. 즉, "미국에 났으나 구라파와 미국새를 방황하면서 그 어느 곳에서나 정신의 고향을 발견치 못"한 헨리 제임스의 면모가 문제시 되는 것이다. 이때 "구라파와 미국새를 방황"하는 헨리 제임스의 양상은 곧 김남천의 당시 상황과 일치한다. 그 역시 과거의 사회주의적 지향과 현재의 동양론의 대두 사이에서 정착할 곳을 잃은 상태이기 때문이다. 따라서 김남천이 그의 작품에서 군이 이관형으로 하여금 헨리 제임스에 대한 논문을 쓰도록 하는 것은 자연스럽다. 무엇보다 헨리 제임스는 당시 김남천의 내면을 투영시킬 수 있는 존재이기 때문이다. 이에 대해서는 다음과 같은 연구를 참조할 수 있다.

> 제임스의 소설은 미국의 가치를 전면에 내세우고 유럽을 직접 비판하는 전략 대신 유럽의 가치 속으로 들어가서 유럽을 허무는 간접적인 전략을 동원한다. 그의 소설에 등장하는 주인공들이 보여주는 애매한 입장 즉, 영미사회 어디에도 안주하지 못하고 '틈새에 끼인' 어중간한 태도는 제임스의 정치사회적 태도가 모호하고 특정 계급이나 특정 민족 어디에도 진정한 뿌리를 둔 적이 없기 때문이 아니다. 제임스의 애매성을 비판하는 비평가들이 보는 제임스의 '분열된 정신의 산물'은 제임스 자신의 의도적인 서사전략의 결과로서 오히려 그의 소설을 다성적이고 대화적인 텍스트로 만들고 있다. 따라서 그동안 제임스의 탈정치적인 보수성으로 비판받아온 제임스 소설의 주인공의 '틈새에 끼인' 의식은 민족성과 문화적 가치가 상호교섭하고 충돌하는 혼성적인 문화적 계기들과 과정들의 결과물로 보아야한다.[113]

위의 인용문에서 나타나듯, 헨리 제임스가 영문학사에서 중요한 위상을

---

112) 김남천, 「낭비」 11회, 『인문평론』, 1941.2, 205면.
113) 이효석, 「헨리 제임스의 틈새 미학: 제국에 대한 반응으로서의 글쓰기」, 『새한영여영문학』 47(2), 2005.7, 23면.

지니는 것은 그가 미국과 유럽 사이에서의 "'분열된 정신의 산물'"을 고유의 "의도적인 서사전략"을 통해 형상화했기 때문이다. 이러한 헨리 제임스의 '부재의식'과 이로 인한 '낀 존재'로서의 자기 인식은 당대 서구 근대적 사회주의의 전망과 제국의 동양론 모두를 부정할 수밖에 없던 김남천의 그것과 일치한다. 일제 말기 김남천이 취한 정치적, 문학적 위치(position)는, 예컨대 제국의 동양론을 새로운 사상적, 문학적 지향으로 승인했던 백철이나, 혹은 제국 담론 내에서의 고유한 '전유'의 기획을 통해 이를 비틀려는 의지를 보이는 임화의 경우와 구별된다. 백철이 「전망」을 통해 보여준 과거의 원리로서의 사회주의와 새로운 원리로서의 신체제론이라는 인식구조는 김남천에게서 찾기 어렵다. 동시에 임화가 학예사 운영과 문학사 서술을 통해 보여준 제국 이데올로기로서의 동양론에 대한 나름의 전유 양상 역시 김남천에게서는 보이지 않는다. 그는 과거 자신이 지향했던 사회주의적 기획의 몰락을 인정했으나, 새로운 인식 원리로 제기된 제국의 동양론에 대해서는 승인하지 않는다. 그 결과 김남천은 당대 담론 장의 '외부'에서 사상적, 문학적 지향점을 모색하려는 의지만을 보여줄 뿐, 뚜렷한 자신의 지향점을 표출하지 못한다. 따라서 김남천 자신과 이관형, 그리고 헨리 제임스를 동일시하는 다음과 같은 장면은 주목을 요한다.

> 헨리·쩸스를 시작할 때에도 끝까지 심리현상을 냉혹한 과학적인 태도로 분석할려는 명심만은 버리지 않으려 애썼으나, 그것이 어느정도까지 이루어 졌는지는 역시 의문이 아닐수 없었다. 학문속에 「자긔」가 섞이고 「자긔」가 끌려들어가 버리는 것이다. 헨리·쩸스는 헨리·쩸스, 이관형은 이관형, 거기에 어떠한 교섭이 있을리 없다고, 거듭 생각해 보았으나, 일개의 후진한 문화전통속에서 자라난 청년의 정신이 「너」와 「나」를 구별하기 힘드는가운데, 헨리·쩸스가 현대인의 사상으로 통하는 길이었고, 다시 동방의 하나의 청년의 마음이 세계사상으로 통하는통로가 열려있는지도 알수없었다.114)

이관형은 헨리 제임스로 논문을 쓰는 과정에서 그와 자신을 동일시하는 경향을 지니게 된다. 분명 "냉혹한 과학적인 태도로 분석"하려는 학문적 자세를 유지하려 했음에도 불구하고 이러한 현상이 나타나는 근본적인 이유는 김남천이 지닌 당대 담론 장에서의 '부재의식'에 기인한다. 더불어 헨리 제임스가 모색한 소설의 다성적 성격의 복원이라는 문제의식 역시 이러한 현상을 추동하는 중요한 계기로 작동했을 개연성이 크다.

그렇다면 김남천은 왜 이 작품을 끝맺지 못한 것일까? 보다 정확하게 말하자면, 「낭비」의 결말을 짓지 못한 상황에서 「경영」과 「맥」 연작으로 나아간 까닭은 무엇일까?115) 물론 일차적인 원인은 『인문평론』지의 폐간에 있을 것이다. 그러나 그보다 더 근본적인 까닭은 태평양전쟁의 발발과 함께 '부재의식'의 표출 자체가 불가능해지던 시기가 도래했기 때문이다. 이에 대해서는 『인문평론』지를 주재하며 영문학 수용 과정의 한 축을 담당했던 최재서의 다음과 같은 변화된 언급을 상기할 수 있을 것이다.

코스모폴리탄으로 이름을 날린 최초의 문인은 미국의 소설가 헨리 제임스입니다. 그는 미국의 조야한 물질문명에 혐오를 느껴 드디어 영국으

---

114) 김남천, 「낭비」, 9회, 140~141면.
115) 장문석은 그 원인을 식민지 아카데미즘의 한계에서 찾고 있어서 주목된다. "1940년대 김남천에게 있어 장편소설이란 이성과 이론적인 작업에 의해 지탱되고 있었고, 또한 '알바이트'와 함께 존재하는 것이었다. 그렇기 때문에, 이미 근대 이성이 몰락하고, 서구적 교양이 불가능한 상황, 또한 식민지 권력에 의해 아카데미즘이 현실과 관계 맺는 것이 금지되는 상황이라면, 서구적 이성과 지성에 기반한 그의 장편소설 창작 또한 불가능해지는 것이다."(장문석, 「소설의 알바이트화, 장편소설이라는 (미완의) 기투」, 『민족문학사연구』 46, 2011.8, 248~249면) 이러한 지적은 김남천의 외국문학 수용이 최재서를 매개로 한 경성제대의 아카데미즘과 밀접한 관계를 맺고 있다는 점에서 타당한 것으로 보인다. 그러나 김남천의 외국문학 수용의 또 다른 축인 전향 사회주의자들의 사유구조를 검토할 필요 역시 있을 것이다. 이 축을 통해 김남천은 펄 벅의 『대지』에 나타난 아시아적 생산양식의 문제를 인식할 수 있었고, 이는 『대하』에서의 급속한 조선의 식민지 근대화 과정에 대한 정밀한 묘사로 형상화 된다. 이를 논증하기 위해서는 백남운은 물론, 당시 이청원, 인정식, 서인식 등 전향 사회주의자 그룹의 논의를 고찰할 필요가 있을 것이다.

로 귀화한 국제적 교양인입니다. 그러나 그는 일생 고향을 찾아다녔으나 얻을 수 없었습니다. 그래서 그의 작품에는 사건의 배경이 될 현실적인 상황이란 것은 없습니다. 그는 마침내 자기의 심리 속에서 그 상황을 얻으려고 생각해 냅니다. 이것이 곧 오늘날 심리주의 소설의 시초입니다. 거기에 프로이드의 정신분석적 수법이 더해져 소위 조이스 일파의 심리주의적 리얼리즘이라는 역겨운 병적 문학이 만들어집니다. 이것은 일본에도 상당한 영향을 주었다고 생각되는 모더니즘의 일파입니다.[116)

『인문평론』을 주재하며 실험적인 영문학 작가와 작품, 이론을 수용하는 기획자로 활동하던 최재서는, 태평양 전쟁의 발발과 함께 『국민문학』의 주간으로 활동한다. 그리고 그는 다름 아닌 바로 "헨리 제임스"를 대표적인 사례로 들어 "역겨운 병적 문학"의 청산과 '국민문학'의 제창을 주장하고 있다. 이러한 당대 문학 장의 급속한 변동 과정에서, 김남천은 더 이상 자신의 '부재의식'을 표출할 수 없었다. 그리고 이는 이후 「어떤 아침(或ろ朝)」(『국민문학』, 1943.1)에서 나타나는 여담적 글쓰기나 「신의에 관하여」(『조광』, 1943.9)에 나타나는 사적 회고담의 형식으로밖에 글을 쓸 수 없던 김남천의 상황과 연동된 것이기도 하다.

이와 같이 김남천 소설에 나타난 영문학 작품은 카프 해소이후부터 일제 말기에 이르는 시기, 김남천의 문학적 문제설정을 표출하는 중요한 매개로서 작동한다. 그는 카프 해소 직후부터 아쿠타가와 류노스케는 물론, 발자크, 알베르 티보데 등 다양한 외국문학 작가들의 선별적 수용을 통해 카프 문학이 지녔던 단성적 성격을 극복하고자 했다. 그 결과 「낭비」의 헨리 제임스가 이룬 작가와 초점화자의 분리를 통한 텍스트의 다성적 성격의 복원이라는 서술기법을 인식할 수 있었다. 다른 한 편 그는 과거 자신이 지향했던 사회주의 운동의 몰락과 새로운 인식원리로 제출된 제국

---

116) 최재서, 「국민문학의 입장」, 노상래 옮김, 『전환기의 조선문학』, 영남대학교출판부, 2006, 107면.

담론 사이에서, 그 어떤 쪽에도 속하지 못한 채 담론 장의 '외부'에 존재했다. 이러한 그의 '부재의식' 역시 「낭비」의 헨리 제임스와 이관형의 동일시를 통해 표출될 수 있었다. 결국 김남천의 「낭비」는 두 개의 텍스트로 구성된 셈이다. 하나가 이관형 일가를 둘러싼 당대 퇴폐의 망딸리떼의 묘사라면, 그 이면에 놓인 '헨리 제임스'라는 기호는 당대 김남천의 작가의식이 투영된 보다 심층적인 텍스트로 작동하는 셈이다. 그리고 이 작품의 숨겨진 주제는 '헨리 제임스'라는 기호를 읽어냄으로써 비로소 명확하게 밝혀질 수 있을 것이다.

4장에서는 이와 같이 이효석과 김남천의 작품을 중심으로 외국문학 수용 과정에서 나타난 독특한 전략을 살펴보았다. 이들은 외국문학을 기계적으로 이식하고 모방하는 것이 아니라, 나름의 조선 근대 문학의 전망과 연계시켜 이를 능동적으로 전유하고 연대하려는 의지를 표출한다. 아일랜드 문학의 수용을 통한 이중어 글쓰기 상황에 대한 사유나 헨리 제임스라는 기호의 수용을 통한 부재의식의 표출이 이를 구체적으로 보여준다. 이들의 외국문학 수용은 세계문학의 주변부에 놓인 조선근대문학이 꿈꾼 '다른' 세계문학, 소수자 문학의 연대로서의 세계문학의 상을 보여준다는 점에서 중요한 성과로 평가될 수 있을 것이다.

5 결론: 소수자 문학으로서의 조선 근대 문학

서론에서 언급한 것처럼 식민지 시대 문학, 즉 조선 근대 문학은 기실 매우 중층적인 개념이다. 이 부족한 글은 그러한 중층성을 강고한 몇 개의 중심으로 환원하는 경향에 대한 문제제기의 성격을 지닌다. 그리고 역으로 중심에 의해 추방된 조선 근대 문학의 주변부성을 추적하고 이를 거칠게 '소수자 문학'이라는 틀로 의미화하고자 했다.

결론을 대신하여 이와 관련된 하나의 사례를 다소 길게 소개하고자 한다. 그다지 유명한 작가는 아니지만 한흑구라는 작가가 있다. 그는 1929년부터 1934년까지 미국의 노스 파크 대학 영문과와 템플 대학 신문학과에서 수학한 바 있다.[117] 이를 토대로 그는 미국문학과 관련된 몇 편의 평론과 수필을 발표한 바 있다. 흥미로운 것은 그의 「미국 니그로 시인 연구」라는 평론이다. 그는 이 글에서 미국 흑인문학이 지닌 특성에 대해 다음과 같이 언급한다. "니그로가 쓴 문학은 무슨 방언으로 썼든지 니그로의 문학이라고 지칭함이 차라리 타당할 것이라고 생각해본다. 그들에게는(미국에 있는 니그로) 미국어 외에 아무 방언도 가진 것이 없다. 그러나 그들의 문학은 그들의 신산한 생활의 표현이며 그들의 노예적 생활의 노래다. 이 노래는 미국인의 심정에는 아무 의미가 없는 니그로 그들 자신을 위한 노래요 그들 자신에게 대한 선언일 것이다."[118] 즉, 한흑구는 미국의 흑인문학을 미국문학이라는 범주로 한정짓는 것이 아니라, 디아스포라적 소수자 문학으로 평가하는 셈이다.

한흑구의 디아스포라 인식에서 주목되는 것은 그가 타자로서 존재하는 디아스포라와의 교감을 통해 새로운 디아스포라적 정체성을 모색하고 있다는 점이다. 즉, 단순히 타자로서의 디아스포라에 대한 연민이나 동정의 감성 대신, 타자로부터 스스로의 디아스포라적 정체성을 확인함으로써, 연대의 가능성을 추출하고 있다는 점이 주목된다. 예컨대 "나도 니그로가 되었다면? 나는 그들의 설움을 같이 씹어보고 느껴보고 싶었습니다. 그러나 나는 그들보다 더 나은 것이 무엇입니까?"[119]라는 진술이나, 혹은 "껌

---

117) 이상의 연보는 민충환 편, 『한흑구 문학선집』, 아시아, 2009(이하 『선집』으로 표기)에 수록된 것을 따랐다. 앞으로 인용하는 모든 한흑구의 글은 모두 이 책에 근거한 것이다.
118) 한흑구, 「미국 니그로 시인 연구」, 『선집』, 435면.
119) 한흑구, 「죽은 동무의 편지」, 『선집』, 246면.

둥이, 파란(波蘭)여자, 애란(愛蘭)색시"[120]의 모습에서 자신의 디아스포라적 정체성을 확인하는 장면이 그러하다. 이러한 정체성은 타자인 디아스포라의 교감을 통해 형성되는 것이기에 연대의 가능성을 내포하고 있다. 특히 좁은 의미의 민족-국가 단위를 넘어선 '뿌리 뽑힌 자'들 간의 국제연대를 실현시킬 가능성을 내포하고 있다는 점에서 그 중요성은 더욱 크다고 할 수 있다.

다소 무리한 해석일 수도 있겠으나, 이와 같은 한흑구의 몇몇 텍스트로부터 조선 근대 문학의 소수자 문학으로서의 위상의 구체적인 사례를 추출할 수도 있지 않을까? 다시 서론에서 언급한 조선 근대 문학이라는 개념으로 돌아가 보자. '조선'에 초점을 맞추면서도 민족주의적 프레임으로 한정되지 않는 디아스포라의 연대를 꿈꾸는 문학. '근대'에 초점을 맞추면서도 모더니티의 이면에 놓인 소수자들의 삶을 재현하는 문학. '문학'에 초점을 맞추면서도 '니그로 문학'이나 '애란 문학'과 같은 이질적인 개념들이 혼종되어 새롭게 생성되는 문학. 이와 같은 텍스트에 대한 귀납적 분석으로부터 비로소 조선 근대 문학의 주변부성과 이에 근거한 소수자 문학의 기획을 복원할 수 있을 것이다.

---

120) 한흑구, 「밤 전차 안에서」 부분, 『선집』, 25면.

·참고문헌·

1. 기본자료

『매일신보』, 『조선중앙일보』, 『조선일보』, 『동아일보』 등 신문자료

『중앙』, 『개벽』, 『삼천리』, 『삼천리문학』, 『문장』, 『인문평론』 등 잡지자료

김남천, 정호웅·손정수 엮음, 『김남천 전집』, 박이정, 2000.

이기영, 『동천홍』, 조선출판사, 1943.

이기영, 『고향』, 한성도서주식회사, 1936.

이효석, 송태욱 옮김, 「은빛 송어」, 『이효석 일본어 작품집-은빛 송어』, 해토, 2005.

한흑구, 민충환 편, 『한흑구 문학선집』, 아시아, 2009.

현덕, 원종찬 편, 『현덕 전집』, 역락, 2009.

2. 단행본

김윤식, 『최재서의 『국민문학』과 사토 기요시 교수』, 역락, 2009.

아일랜드 드라마연구회, 『아일랜드, 아일랜드』, 이화여자대학교출판부, 2009.

윤대석, 『식민지 국민문학론』, 역락, 2006.

윤해동, 『식민지의 회색지대』, 역사비평사, 2003.

이경돈, 『문학 이후』, 소명출판, 2009.

조이담, 『구보씨와 더불어 경성을 가다』, 바람구두, 2009.

천정환, 『근대의 책읽기』, 푸른역사, 2004.

최경도, 『헨리 제임스의 문학과 배경』, 영남대학교 출판부, 1998.

최재서, 노상래 옮김, 『전환기의 조선문학』, 영남대학교출판부, 2006.

알베르 티보데, 유익진 역, 『소설의 미학』, 신양사, 1960.

테리 이글턴, 프레드릭 제임슨, 에드워드 사이드, 김준환 옮김, 『민족주의, 식민
　　주의, 문학』, 인간사랑, 2011.

3. 논문

강심호·전우형·배주영·이정엽, 「일제식민지 치하 경성부민의 도시적 감수

성 형성과정 연구-1930년대 한국소설에 나타난 도시적 소비문화의 성
   립을 중심으로」, 『서울학연구』 21, 2003.9.

김종욱, 「구술문화와 저항담론으로서의 소문-이기영의 『고향』론」, 『한국현대
   문학연구』 16, 2004.12.

김주야·石田潤一郎, 「경성부 토지구획정리사업에 있어서 식민도시성에 관한
   연구」, 『대한건축학회 논문집』 25(4), 2009.4.

김영근, 「일제하 경성 지역의 사회, 공간구조의 변화와 도시경험-중심, 주변의
   지역분화를 중심으로」, 『서울학연구』 20, 2003.3.

사노 마사토, 「경성제대 영문과 네트워크에 대하여」, 『한국현대문학연구』 26,
   2008.12.

서영인, 「김남천 문학 연구-리얼리즘의 주체적 재구성 과정을 중심으로」, 경북
   대학교 박사학위논문, 2003.

염복규, 「식민지근대의 공간형성-근대 서울의 도시계획과 도시공간의 형성,
   변용, 확장」, 『문화과학』 39, 2004.9.

염복규, 「일제말 경성지역의 빈민주거문제와 '시가지계획'」, 『역사문제연구』 8,
   2002.6.

윤대석, 「경성의 공간분할과 정신분열」, 『국어국문학』 144, 2006.12.

이경훈, 「현실의 전유, 텍스트의 공유」, 『상허학보』 19, 2007.2.

이승희, 「조선문학의 내셔널리티와 아일랜드」, 『민족문학사연구』 28, 2005.8.

이진형, 「1930년대 후반기 소설론 연구」, 연세대학교 박사학위논문, 2011.

이효석, 「헨리 제임스의 틈새 미학: 제국에 대한 반응으로서의 글쓰기」, 『새한
   영어영문학』 47(2), 2005.7.

장문석, 「소설의 알바이트화, 장편소설이라는 (미완의) 기투」, 『민족문학사연
   구』 46, 2011.8.

전우용, 「종로와 본정-식민도시 경성의 두 얼굴」, 『역사와 현실』 40, 2001.6.

조윤정, 「한국 근대소설에 나타난 교육장과 계몽의 논리」, 서울대학교 박사학
   위논문, 2010.

최혜실, 「1930년대 한국 모더니즘 소설 연구」, 서울대학교 박사학위논문, 1991.

황종연, 「문학이라는 역어」, 『한국어문학연구』 32, 1997.12.

제2장

1960년대 〈세계전후문학전집〉의 발간과 전위적 독서주체의 탄생*

이 종 호

1 서론

1960년대 남한 출판시장과 독서문화를 논함에 있어 신구문화사 〈세계전후문학전집〉은 독특한 위상을 지닌다. 당대 메이저 출판사들이 출판시장의 전반적인 불황 타개책으로 세계문학전집을 출판하며 경쟁하는 가운데, 국문학 관련 서적들을 주로 간행해온 신구문화사가 '전후'라는 시대적 감각과 '문제성(문학성)'을 앞세우며 기존 전집들과는 전적으로 차별화되는 기획을 바탕으로 대중적 성공을 이끌어냈기 때문이다.1) 신구문화사 〈전

---

* 이 글은 「1960년대 일본번역문학의 수용과 전집의 발간—신구문화사 『일본전후문제작품집』을 중심으로」(『대중서사연구』 제21권 2호, 대중서사학회, 2015.8.)와 「1960년대 〈세계전후문학전집〉의 발간과 전위적 독서주체의 기획」(『한국학연구』 제41집, 인하대학교 한국학연구소, 2016.5.)을 이 책의 취지와 형식에 맞도록 수정·보완한 것이다.

1) 초창기 신구문화사는 국문학 관련 대학교재 편찬과 검인정 교과서 출판이 주를 이루었다. 신구문화사는 1953년 『글짓기』 등의 국민학생용 인정교과서와 『표준옛글』 등의 중·고등학생용 검인정 교과서 8종을 발행했으며, 1956년에는 백철의 『문학개론』과 1957년에는 이병기·백철 공저의 『국문학전사』를 발행하였다. 1960년대 이래로 검인정 교과서 출판은 신구문화사 출판의 한 축을 담당해 왔으며, 백철·정병욱·이응백·허웅·이어령·이경선·김정애·박경자·엄태진 등이 주요 필자로 참여하였다. 1957년 임종국이 편집 실무를 담당했던 『한국시인전집』을 시작으로 신구문화사는 60년대와 70년대에 걸쳐 대형 기획출판물들을 지속적으로 발간해 왔다. 전집 기획의 참신함과 외판 월부판매제도에 기반을 둔 적극

집>은 프랑스의 누보로망과 독일의 4·7그룹, 영국의 앵그리·영맨, 미국의 비트·제너레이션 등 전후 세대의 사고 양식과 행동 방식을 그린 다양한 문학작품들을 수록하였으며[2], 특히 전체 10권의 구성 가운데 『한국전후문제작품집』과 『한국전후문제시집』이 포함되어 있었다는 점에서 기존 세계문학전집들의 기획과는 확연히 다른 것이었다.[3] 비록 '전후'라는 시대적 감각 속에 한정된 것이기는 하나, 세계문학이라는 전체적인 구도 속에 한국문학을 포함시켜-식민지 시기 제국 일본을 통해 세계문학을 '상상'했던 것과는 완전히 다른 차원에서-사유하는 편집주체들의 의식적 기획의 산물이기 때문이다.

더욱이 신구문화사 <세계전후문학전집>은 1960년대 이후 문단에 데뷔한 문인들과 청년 독자들에게 상당한 영향력을 끼쳤던 텍스트였다. 김승옥의 회고 속에서 『일본전후문제작품집』(<세계전후문학전집> 제7권)은 '소설쓰기'에 대한 자의식적 각성에 도달하게 되는 계기[4]로 그려지고 있으며[5],

---

적인 마케팅 전략에 힘입어 <세계전후문학전집>은 신구문화사의 대표 브랜드로서 대중적인 성공을 거두었으며, 이는 신구문화사가 『세계의 인간상』(전12권), 『한국의 인간상』(전6권), 『노오벨상문학전집』(전12권), 『현대한국문학전집』(전18권), 『현대세계문학전집』(전18권) 등의 대규모 기획 전집들을 잇달아 추진할 수 있었던 경제적 기반이 되었다. (우촌기념사업회, 『우촌과 함께하는 시간들』, 신구대학, 2010, 22-48면 참조)

2) 김치수, 「현대세계문학전집을 간행할 무렵」, 『출판과 교육에 바친 열정』, 우촌기념사업회 출판부, 1992, 181면.

3) 김치수의 회고에 따르면, 기존 세계문학전집이 일본 세계문학전집에 수록된 작품들을 그대로 받아들인데 반하여 신구문화사 <세계전후문학전집>은 "수록된 작품의 대부분이 위의 문학 전공자들에 의해 선택되고, 일본어로 된 텍스트의 중역이 아니라 모두 원어에서 직접 우리말로 번역"되었다고 한다. 김치수, 「동서를 아우른 동도서기의 실천가」, 『우촌과 함께한 시간들』, 신구대학, 163면.

4) 4·19세대의 역사적 체험과 그들의 문화적 실천을 이야기하는 한 좌담회에서 김승옥은 자신이 문학에 투신하게 된 계기와 관련하여 흥미로운 회고를 남긴다. 서울대 문리대 불문과에 입학했을 당시 문학에 별 뜻이 없었던 자신이 4·19 이후 번역되기 시작한 일본 문학 작품들을 접하게 되면서 '소설쓰기'에 본격적인 관심을 갖게 되었다는 것이다. 김승옥은 일본의 젊은 작가들의 작품을 읽으며, "과거에 막연하게 헤르만 헤세 읽고 앙드레 지드 읽고 하면서 서양문학에서 받았던 느낌"과는 전적으로 다른, "아 소설이란 이런 것이구나, 자기가 살고 있는 시대를 이렇게 아프고 절실하게 쓸 수 있는 것이로구나."라는 느낌을 충

<전집>에 포함된 개별 선집들은 4·19세대는 물론이거니와 이후 세대들에게 선명한 '문학적' 경험/기억으로 남아 다양한 방식으로 재현된다. 6·25 전쟁으로 정신적·육체적 상처를 입은 젊은이들에게 신구문화사 <전집>은 "삶의 의미를 제공하고 상처의 치유와 절망의 극복 가능성을 열어준 복음서"이자, "문학이 무엇인지 다시 한 번 더 되돌아보게 한 안내서"였으며6), 문학적 글쓰기의 자양분이자 신춘문예를 준비하는 문청들의 바이블로서7), 심지어는 대학 지망학과를 선택하는 직·간접적인 동기로서8) 기능하였다. <세계전후문학전집>으로 상징되는 번역문학에 대한 독서행위가 한국문학에 대한 새로운 인식과 '소설쓰기' 혹은 '시쓰기'의 사회적 당위성에 대한 깨달음으로 이어졌던 것이다. "한국전후문제작품집/ 세계전후문제작품집/ 거기서부터 60년대 한국문학이 열렸다// 현대한국문학전집 한국수필문학전집/ 현대세계문학전집/ 거기서부터 70년대 문학이 새로운 당위에 접어들었다."는 고은의 표현이 그리 과장된 것이 아니라면,9) 신구문화사의 <세계전후문학전집>의 발간과 지속적으로 이어지는 일련의 기획들은 60년대와 70년대 한국문학을 사유함에 있어 필수적인 텍스트임

격적으로 받았다고 말한다. 한국전쟁 이후 남한사회에서 '교양적 지(知)'로 기능하였던 서구중심의 세계문학작품이 아닌 한글로 번역된 일본문학작품들을 읽으며, 소설이 '쓸 만한 것'이고 '쓸 필요가 있는 것'임을 깨닫게 되었다는 것이다. 최원식·임규찬 편, 『4월 혁명과 한국문학』, 창작과 비평사, 2003, 30면 참고.

5) 흥미로운 점은 동시대의 문학인들 가운데 김승옥의 작품에 스며있는 전후일본문학의 흔적을 간파한 이가 있었다는 사실이다. 고은은 『경향신문』에 연재한 「나의 산하 나의 삶 178」(1994.4.10.)에서 다음과 같이 서술한다. "방금 이미자의 <동백아가씨>가 거리의 전파상 확성장치마다 울려 퍼지고 있었고, 김승옥의 소설 「무진기행」을 영화화한 「안개」가 정훈희의 색정적인 음색으로 퍼지며 일종의 허무주의 정서를 퍼뜨리고 있는데 이것은 김승옥의 문학이 얼마나 전후 일본문학의 측면과 닮았는가를 말해주는 것이기도 하다."

6) 김치수, 앞의 책, 162면.

7) 강홍규, 「관철동 시대 70년대 한국문단의 풍속화(31): 어느 신춘문예꾼의의 절망」, 『경향신문』, 1986.11.8.

8) 이어령, 「이종익 사장과 세계전후문학전집」, 『출판과 교육에 바친 열정』, 우촌기념사업회 출판부, 1992, 144면.

9) 고은, 「신구문화사 이종익」, 『만인보 12』, 창비, 2010.4, 448면.

에 분명하다.

　당대의 사회적·문화적 맥락 속에서 <세계전후문학전집>이 갖는 존재론적 특수성에도 불구하고 신구문화사 <전집>에 대한 논의는 제한적으로 이루어져 왔다. 대체로 특정 장르(시)와 관련하여 개별 선집에 집중하여 논의를 전개하거나10), 기존 세계문학전집들과의 차별성에 주목하여 <세계전후문학전집>의 구성적 특수성을 분석해 왔다. 그러나 개괄적인 접근인 까닭에11) 당대적 맥락 속에서 신구문화사 <전집>이 지니고 있었던 사회적·문화적 의미를 드러내는 데 한계를 지닌다. 세계문학과 한국문학을 논함에 있어 보편('전후'/'세계')과 특수('한국')라는 기존의 분석적 틀이 지니는 논리적 명료성에도 불구하고, 신구문화사 <세계전후문학전집>을 그러한 이분법적 구도 속에 위치시키는 순간 1960년대 남한 사회의 역사적 특수성 속에서 <전집>이 지니는 고유성은 상실될 수밖에 없다. 물론 신구문화사의 편집 주체들은 <세계전후문학전집> 기획을 통해 한국문학의 존재를 '전후'라는 동시대적 감각 속에서 가시화하며, 전체 구도 속에 한국문학에 상당한 지분을 부여한다. 이러한 구성은 외형적인 측면에서 볼 때, 기존 세계문학전집에 내재되어있는 식민지적 모델을 '해체'하고 있는 듯이 보인다. 그러나 오히려 내적인 차원에서 보자면 신구문화사 <전집>의 기

---

10) 『한국전후문제시집』과 관련된 논의들이 대표적이다. 이명찬, 「1960년대 시단과 『한국전후문제시집』」, 『독서연구』 26호, 한국독서학회, 2011.12; 임지연, 「1950년대 시의 코스모폴리탄적 감각과 세계사적 개인주체」, 『한국시학연구』, 한국시학회, 2012; 김양희, 「전후 신진시인들의 언어인식과 '새로운 시'의 가능성」, 『인문연구』 72, 영남대학교 인문과학연구소, 2014.12.

11) 박숙자는 「1960년대 세계문학의 몽타주 그리고 리얼리티」(『한민족문화연구』 49집, 한민족문화학회, 2015.)에서 신구문화사 <전집>이 시대와 역사를 초월하는 세계문학=고전이라는 아카데미즘 대신 그 자리에 '전후'라는 당대적 현실을 위치시킴으로써 기존의 세계문학전집의 모델을 해체하고 있다고 평가한다. 한국문학을 세계를 읽어내는 시선의 중심으로 배치시킴으로써 '전후'라는 보편적 경험을 시대적 현실을 탐색하는 힘으로 제시하는 한편, 세계를 진단하는 핵심적 쟁점으로 '문제성'을 부각시킴으로써 한 개인을 세계사적인 개인으로 의미화한다고 설명한다.

획 속에서 재현되는 보편적 감각으로서 서구 유럽의 '전후'와 한국전쟁으로 특화되는 남한 사회의 '전후'가 동일한 구도 속에 놓이게 됨으로써 불러일으키는 갈등과 균열의 지점들은 아이러니하게도 독자들로 하여금 한국문학이 세계(문학)을 읽어내는 시선의 중심에 배치되기에는 여전히 '미달'의 존재임을 (재)확인하는 계기로서 작동한다.

그러한 까닭에 신구문화사 <전집>에 존재하는 균열의 지점들에 집중하는 것이야말로, 1960년대 남한 사회의 역사적, 문화적 맥락 속에서 <전집>이 갖는 특수성이 무엇인지 밝혀내는 출발점이 될 수 있다. 본고에서는 이러한 점에 착안하여 신구문화사 <세계전후문학전집>이 4·19라는 역사적 사건과 더불어 출판시장에 등장하게 되는 일련의 과정을 추적하는 한편, 한국적 맥락에서 특수성을 지닐 수밖에 없었던 '전후'의 감각이-비록 내재적으로 '미달' 혹은 '부족'의 차원에서 한국의 전후문학이 재현/소비된다 할지라도-신구문화사 <전집>의 기획 속에서 보편적 시대경험으로서 서구의 '전후'와 조우하게 되는 상황을 분석하고자 한다. 특히 <세계전후문학전집>이 남한 출판시장을 삼분하고 있었던 을유문화사와 정음사, 동아출판사의 세계문학전집들과 변별되는 텍스트라는 점에 주목하여, <전집>의 기획에 주도적으로 참여하여 문화상품으로서의 차별화를 꾀하였던 문화매개자들(Cultural Intermediaries)에 집중코자 한다. 문화 생산과 수용의 중간 과정, 이를 테면 편집과 기획, 번역과 저술 활동에 참여하는 주요 문화매개자들의 실천과 그 흔적들을 추적함으로써12) 신구문화사 <전

---

12) '문화생산과 수용의 중간 과정에 개입하는 모든 기구와 행위자들'을 지칭하는 문화매개자(Cultural intermediary) 개념은 프랑스의 사회학자 피에르 부르디외(Pierre Bourdieu)가 『구별짓기』에서 처음으로 제안하였다. 문화매개자 개념은 1990년대 이래로 영미권 문화연구와 문화사회학 분야에서 본격적으로 사용되었으며, 문화생산자와 소비자 사이에 존재하는 다양한 행위자들은 물론 소비자 가이드북과 같은 인쇄미디어까지 문화매개자 범주에 포함시킴으로써 미디어와 문화산업, 소비문화의 확산 및 사회변화를 파악하는데 유용한 개념틀로서 기능한다. '문화개념'에 구체적인 논의는 이상길의 「문화매개자 개념의 비판적 재검토」(『한국언론정보학보』 52호, 한국언론정보학회, 2010 겨울) 참조.

집>이 갖는 존재론적 특수성이 보다 구체적으로 드러날 수 있는 까닭이
다. <세계전후문학전집>의 편집주체들은 세계문학이라는 전체적인 구도
속에 '한국문학'을 적극적으로 배치하였다. 해방 이후 15년의 세월이 흘렀
다 하더라도 여전히 '일본'이라는 국가적, 지역적 특수성이 환기하는 식민
지적 강박으로부터 자유로울 수 없었던 1960년대의 현실 속에서, '민족문
학' Vs '민족문학'이라는 대등한 구도 속에서 세계문학과 한국문학, 일본
문학 간의 역학적 관계를 재현하고자 하였던 편집주체들의 문화적 실천에
주목함으로써, 텍스트의 물질적 생산은 물론이거니와 상징적 생산의 이면
에 작동하고 있는 문화기획의 동력이 무엇이었는지 파악코자 한다. 이를
바탕으로 1960년대 남한사회에서 '전후성'이 의미 있는 사회적 어젠더로
대두되는 일련의 상황을 추적하는 한편, '전후성'과 '문제성(문학성)'이 당대
독자들에게 어떠한 방식으로 수용/소비되었는지를 살펴볼 것이다.

2 문화매개자 '이어령'과 '신동문'의 흔적을 따라가기

신구문화사 <세계전후문학전집>이 기획·발간되는 일련의 과정을 추적
하다 보면 매우 흥미로운 지점과 마주하게 된다. 전적으로 이어령의 회고
에 의존한 것이기는 하나, <전집> 기획의 아이디어가 다름 아닌 4·19의
역사적 현장 속에서 '탄생'했다는 것이다. 사후적으로 재현된 기억의 서사
이자 신구문화사 설립자인 이종익 사장의 추모 문집에 수록된 까닭에, 이
어령이 들려주는 회고는 다소 극적이며 낭만적으로 구성되어 있다.

이어령: "저 세대들에게 사장은 무엇을 주실 수 있겠소?"
이종익: "새로운 정신이지요. 뜨거운 피만 가지고 되겠어요."

이어령: "장사가 안 돼도?"

이종익: "돈만 벌려고 든다면 지금 이 출판 하겠어요?"

이어령: "좋아요. 그렇다면 몇 십 권밖에 나가지 않는다 하더라도 꼭
필요한 책들, 꼭 읽어야 할 책들이 있다면 내시겠어요?"

이종익: "좋아요! 하지만 읽게도 만들어야지요."

데모 군중이 이승만 대통령의 하야를 부르짖으며 종로거리로 밀려드는 현장을 바라보며, 20대의 젊은 비평가였던 이어령과 30대 중후반의 신구문화사 사장 이종익이 나누는 대화는 이광수의 소설 『무정』의 한 장면을 상기시킬 만큼 '계몽적'이다.13) 이승만 정권이 상징하는 전후시대의 종료를 목도하며, 이어령은 새로운 세대를 위한 읽을거리의 필요성을 설파하고, 이종익 사장 역시 이에 흔쾌히 응함으로써 1960년대는 물론이거니와 이후 문청들의 필독서였던 <세계전후문학전집>이 출현한 것이다. 4·19라는 역사적 사건과 출판 기획자 이어령, 신구문화사라는 민간 출판 자본, 그리고 새로운 세대로 상징되는 청년 독자층의 결합은 <세계전후문학전집>이 지니는 사회적, 문화적 특수성이 상당히 복잡한 문맥 속에 놓여있음을 암시한다. 그렇다면 이어령은 왜 4·19라는 혁명의 와중에 신세대의 새로운 정신의 자양분으로서 '세계'와 '전후' 그리고 '문제적'인 문학의 결합을 제안했던 것일까? 나아가 서구 유럽의 '전후(문학)'과 한국의 '전후(문학)'을 맞대면시킴으로써 필연적으로 발생할 수밖에 없는 갈등과 균열의 지점들을 통해 이어령과 이종익이 추구했던 '새로운 정신'이란 과연 무엇이었을까?

이어령의 회고 속에서 <세계전후문학전집>의 기획은 4·19 정신이 한국의 출판문화에 끼친 극적인 영향의 결과로 재현되고 있으며, <전집>과 관련된 다른 회고 속에서도 동일한 방식으로 다루어지고 있다.14) 그러나

---

13) 이어령, 「이종익 사장과 세계전후문학전집」, 『출판과 교육에 바친 열정』, 우촌기념사업회 출판부, 1992, 145면.

1950년대 '젊은이의 기수'로서 이어령이 밟아왔던 문화매개적 실천의 흔적들은 '<세계전후문학전집> = 4·19 정신의 결과물'이라는 그의 회고가 4·19라는 역사적 경험이 지니는 강렬한 자장으로 인하여 '왜곡'되어 있음을 보여준다. <세계전후문학전집>이 신구문화사 이종익 사장과 당시 출판사의 편집 고문을 맡고 있었던 이어령의 대화를 바탕으로 결실을 맺은 것은 사실이지만,15) 신구문화사와 연을 맺기에 앞서 이어령이 보여준 일련의 행적들은 <전집>이 4·19 정신의 결과물이자 새로운 정신으로서 '청년문화'의 모태이기에 앞서, 오히려 전후세계문학이 4·19 정신의 수많은 토대들 가운데 '하나'일 수 있음을 암시한다.

신구문화사의 편집 기획에 관여하기 이전부터 이어령은 비상근 편집위원으로서 시사교양 월간지『새벽』의 기획에 참여한다. 1954년 9월 창간된『새벽』은 흥사단 계열의 잡지였던『동광』의 후신으로 안창호의 무실역행(務實力行)의 정신을 계승하여 평론과 교양, 학술, 문화 등의 글을 수록함으로써 종합잡지를 지향하였다.16) 그러나 재정상의 어려움으로 1958년부터 1959년 상반기까지 사회면의 기사로 명맥을 유지할 만큼 1950년대 후반 남한 사회에서『새벽』이 갖는 사회적 파급력이란 미비한 것이었다. 이러한 상황은 1959년 10월『새벽』혁신호를 기점으로 변화하게 된다. 장리욱 사장과 김재순 주간 체제 하에서 흥사단의 색채가 점차 약화되는 한편, 문예란이 정비되고 종합지로서의 규모를 갖추게 되면서『새벽』은 당대 젊은이들에게『사상계』만큼이나 영향력 있는 잡지로 성장한다.17) 주목할

---

14) 염무웅, 「신동문과 그의 동시대인들」, 『문학과 시대현실』, 창비, 2010, 121면.

15) 염무웅, 위의 책, 121면.

16) 한국민족문화대백과사전『새벽』(http://encykorea.aks.ac.kr/Contents/Index?contents_jd=E0016236) 항목 참조.

17) 1950년대 종합 시사교양지『새벽』은 그 나름의 사회비판적 기능과 문학적 성취를 이루어 냈음에도 불구하고,『사상계』에 비해 상대적으로 소홀히 다루어져 왔다. 최인훈의 「광장」이 수록된 최초 지면이라는 문학사적 의의 속에서 간략하게 언급되거나, 『창작과 비평』의 발행인이자 초대 사장이었던 신동문에 대한 회고 속에서 부분적으로 논의되어 왔던

점은 『새벽』 혁신호의 발간 시점과 이어령이 비상근 편집위원으로 참여하게 되는 시기가 서로 겹쳐질 뿐만 아니라 이전의 편집 방침과는 달리 문예면의 비중이 강화되었다는 사실이다. 일례로 이어령은 당시 해외문단에서 화제를 불러일으켰던 폴란드의 작가 마렉 플라스코(Marek Hłasko)의 「제8요일」을 『새벽』 1959년 11월호(혁신 제2호)에 신도록 하는 한편, 전후의 세계 문학에 대한 소개와 그와 관련된 다양한 기획들을 주도함으로써 당대 젊은 독자들의 열렬한 반응을 이끌어낸다.[18] 이른바 문예면의 보강을 통해 한국문학은 물론이거니와 해외문학을 적극적으로 번역 소개함으로써 종합교양지로서의 변화를 주도해 나갔던 것이다.

그런데 문화매개자 이어령에 초점을 맞추어 신구문화사 <세계전후문학전집>의 전사(前史)를 추적해가다 보면 흥미로운 인물과 마주하게 된다. 이어령과 더불어 신구문화사 <전집>의 번역과 실무를 담당했을 뿐만 아니라, 신구문화사의 대표적인 기획 전집이었던 <현대한국문학전집>(18권)과 <현대세계문학전집>(18권), <한국의 인간상>(6권), <세계의 인간상>(12권) 등의 작업을 주도적으로 이끌었던 시인 신동문의 흔적이다.[19] 그리 길지 않은 시 창작 활동으로 『창작과 비평』의 발행인 혹은 은둔의 시인으로 회고되는 까닭에 기획자이자 편집자로서 신동문의 삶은 그리 다루어지지

것이 전부이다. 『새벽』에 대한 본격적인 논의는 최근에서야 이루어졌으며, 선구적 작업으로 김효재의 「1950년대 종합지 『새벽』의 정신적 지향(1)」(『한국현대문학연구』 46, 한국현대문학회, 2015.8.)이 있다.

18) 호영송, 『창조의 아이콘, 이어령 평전』, 문학세계사, 2013, 17면.

19) 편집자 신동문에 대한 학술적 접근은 거의 이루어지지 않았다. 회고의 형식으로 염무웅에 의해 부분적으로 다루어지거나(「신동문과 그의 동시대인들」, 『문학과 시대현실』, 창비, 2010.), 김판수의 『시인 신동문 평전』(북스코스, 2011.)을 통해 편집기획자 신동문의 면모를 살펴볼 수 있을 뿐이다. 시인 신동문에 대한 연구로는 박순원의 「신동문 시 연구-생애의 전환점을 중심으로」(『비평문학』 44호, 한국비평문학회, 2012.)와 노지영의 「신동문 전기시의 연작 형식-『풍선과 제삼포복』의 불연속적 시리즈성을 중심으로」(『서강인문논총』 27, 서강대인문과학연구소, 2010.4.), 조영복의 「1950년대 장형시와 내면화의 두 가지 방식」(『한국현대문학연구』 7집, 한국현대문학회, 1999.12), 유성호의 「신동문 시의 연구」(『현대문학의 연구』 7권, 한국문학연구학회, 1996.) 등이 있다.

않았다.

신동문의 삶의 궤적('새벽사→신구문화사→경향신문사→신구문화사')은 신구문화사 <전집>의 '잉태'에 중요한 역할을 담당했던 이어령의 삶의 궤적과 거의 비슷하게 겹쳐진다. 4월 혁명의 와중에 학생 시위의 배후로 지목되어 청주를 떠나 서울에 머물러 있었던 신동문은 당시 『새벽』의 주간이었던 김재순과의 만남을 계기로 1960년 5월 『새벽』지의 편집장을 맡게 된다. 이어령이 1959년 10월 혁신호부터 『새벽』의 비상근 편집위원으로 참여했음을 감안한다면, 그리고 『새벽』의 편집진 가운데 문학과 관련된 인물이 이어령과 신동문이었음을 고려한다면, 문예면을 특화하여 대담한 기획과 파격적인 필자 등용으로 『새벽』이 청년 독자들로부터 『사상계』 못지않은 인기를 누릴 수 있었던 것은[20] 편집위원 이어령과 편집장 신동문의 결합이 있었기에 가능한 것이었다. 문화매개자 이어령과 신동문의 조합은 『새벽』을 넘어 신구문화사에서도 그대로 이어진다. 1960년 12월 『새벽』지의 폐간으로[21] 일자리를 잃은 신동문은 1961년 봄 무렵 신구문화사 <세계전후문학전집>의 비상임 편집·기획위원으로 참여하게 된다. 흥미로운 점은 그가 『새벽』지의 편집장으로 근무할 때부터 신구문화사 <전집> 발간에 관여해왔다는 사실이다. 신동문은 『일본전후문제작품집』(<세계전후문학전집> 7권, 1960년 8월 발간)에 수록된 이시라하 신타로(石原愼太郎)의 「太陽의 季節」과 다자이 오사무(太宰 治)의 「斜陽」의 번역자로 참여하였으며, 『한국전후문제시집』(<세계전후문학전집> 8권, 1961년 10월 발간)에 <敗北感覺 妙>라는 제목으로 18편의 시가 수록된다. '새벽사-이어령-신동문-신구문화사'의 인연은 이후에도 지속된다. 1963년 1월 『경향신문』의 특집 및 기획부장으로

---

20) 염무웅, 위의 책, 126면.

21) 『새벽』의 편집발행 겸 인쇄인이었던 주요한이 장면 정부에서 상공부 장관을 역임(1960. 9.12.-1961.5.3.)하게 되고 『새벽』의 실질적 책임자였던 김재순 주간이 제5대 총선(1960. 7.29.)에서 국회의원에 당선되어 정계로 진출하게 됨에 따라 『새벽』은 1960년 12월 종간호를 내고 잡지 발행을 중단하게 된다.

근무하기 시작한 이후-이 당시 이어령은 『경향신문』 논설위원으로서 「여적」을 담당하였다-에도 신동문은 신구문화사 전집 발간 기획에 직·간접적으로 관여해왔으며, 필화사건에 연루되어 경향신문사를 퇴직(1964년 5월)하게 되자 신구문화사의 주간(主幹)으로 자리를 옮겨 1960년대 신구문화사의 전성기를 이끌게 된다. 문화매개자 이어령과 신동문의 삶의 궤적을 거슬러 올라가며 주목할 점은 1960년대 신구문화사를 대표하는 출판물들(<세계전후문학전집>과 <현대한국문학전집>, <한국수필문학전집> 및 <현대세계문학전집> 등)이 당시 편집과 기획의 담당자로 참여했던 이어령과 신동문의 문화적 실천을 통해 '출현'했다는 사실이다. 특히 이들의 문화매개적 실천의 전개 양상은 신구문화사 <세계전후문학전집>이 이어령과 신동문이 문예면을 특화시키며 『새벽』지에서 구현하고자 했던 기획의 연장선상에서 다루어져야 함을 암시한다. 물론 각각의 개별 출판물들은 기획의 특수성에 따라 다양한 편집진들이 구성되며, 이들의 협업 속에서 추상에 머물렀던 기획이 실현되어 물질적 텍스트의 형태로 출판시장에 등장한다. 그러나 <저자-텍스트-독자>라는 전통적인 틀이나 수용자로서 독자의 맥락이 강조되는 구도 속에서 <세계전후문학전집>을 분석한다면, 다양한 저자와 텍스트들을 하나의 기획 속에 묶어냄으로서 가치를 부여하거나 혹은 익명의 '상상된' 독자들이 품고 있는 의향을 마케팅 함으로써 시장이 요구하는 새로운 문화적 재화를 창출하는 문화매개자의 역할은 결코 드러나지 않는다. 오히려 문화매개자들의 흔적들을 역추적함으로써 당대적 맥락 속에서 텍스트가 출현할 수밖에 없었던 존재론적 당위성에 집중할 수 있으며, 이를 토대로 1960년대 남한 사회에서 '전후문학'이 호명될 수밖에 없었던 문화기획의 동력과 의미 있는 사회적 아젠더로서 '전후(성)'이 논의되는 '상황'이 무엇이었는지 추적하는 출발점이 되는 것이다.

3   종합교양지『새벽』과 전위적 독서 주체의 기획

신구문화사의 <세계전후문학전집>은 그 동안 풍문으로만 들어왔을 뿐 남한 사회에 소개된 적이 없었던 '전후' 청년작가들의 작품들을 수록함으로써 당대의 독자들에게 강한 인상을 남겼다. <전집>의 기획을 직접 담당했던 이어령과 당시 청년 독자로서 <전집>을 접했던 염무웅에게 <세계전후문학전집>이 4월 혁명의 상징적 결과물로서 회고되는 것은 4·19 이후 '등장'했던 <전집>의 대중적 파급력이 상당한 것이었음을 방증한다. 물론 각각의 출판물들은 기획의 특수성과 그 지향점이 무엇이냐에 따라 다양한 편집진들로 구성되었다. 따라서 신구문화사 <전집>이 이룬 대중적 성공을 이어령이나 신동문, 혹은 이종익의 개인적 성과물로 평가할 수 없다. 그럼에도 불구하고 신구문화사 <전집>의 편집위원 구성은 의문을 낳는다. 이어령을 제외한다면 편집위원 대부분이 구세대의 원로 문인들과 학자들로 구성되어 있는 까닭에,[22] 전후 세대의 저항적 사고와 행동 방식을 담고자 했던 <전집>의 기획과 편집진의 구성 사이에 강한 '단절'을 내포하고 있는 까닭이다. 더욱이 '세계전후문학'이라는 출판기획이 해방 이후 남한 출판시장에서 단 한 번도 시도된 적인 없었던 완전히 새로운 기획이었다는 점을 고려할 때, <전집>의 구성만큼이나 중요한 것은 '전후문학'이라는 키워드에 가치를 부여함으로써 새로운 문화적 재화로 만들어

---

22) 신구문화사 <세계전후문학전집>에 참여한 편집위원들의 면면을 살펴보면, 거의 한 세대 이상 차이가 나는 문인과 학자, 번역가, 평론가가 '공존'하고 있다. 최정희(1906년생), 이효석(1906년생), 유치환(1908년생), 백철(1908년생), 김진수(1909년생), 안수길(1911년생), 오영진(1916년생), 이청기(1919년생), 조지훈(1920년생), 여석기(1922년생), 김붕구(1922년생), 이어령(1934년생)이 <전집>의 편집위원으로 참여하였으며, 선집의 특성에 따라 편집위원의 구성이 달라졌다. 전후세대의 저항적인 문학적 실천들을 담고자 했던 <전집>의 기획의 도와 달리 편집진들의 구성은 '균질'하지 않으며, 전후세대라 칭할 수 있는 인물은 이어령을 제외하고는 거의 찾아보기 힘들다. 개별 선집의 기획에 참여한 편집위원들을 발행일 순서로 정리하면 다음과 같다.

내고자 했던 문화매개자들의 '시도'일 터이다.

이어령은 <세계전후문학전집> 기획에 처음부터 주도적으로 참여하였으며[23], '전후문학'이라는 키워드를 중심으로 세계문학을 조망하는 신구문화사 <전집>은 기존 메이저 출판사들이 내놓은 세계문학전집과 전적으로 차별화되었다. 을유문화사와 정음사의 전집이 일본의 신조사판 세계문학전집을 벤치마킹한 것이라면,[24] 신구문화사 <세계전후문학전집>은 일본 출판물을 참고하지 않고 외국문학을 직수입하여 만든 최초의 전집이었다.[25] 그러나 기획의 참신함과 편집위원의 화려한 구성에도 불구하고, "외래사조를 올바르게 비판하고 「나」를 뚜렷이 인식하면서 우리의 시대를

번호	제목	편집위원	발행일
1	『한국전후문제작품집』	백철, 최정희, 안수길, 이어령	1960.7.
7	『일본전후문제작품집』	백철, 최정희, 안수길	1960.8.
2	『미국전후문제작품집』	백철, 이효상, 안수길, 여석기, 김붕구, 이어령	1960.11.
3	『불란서전후문제작품집』	백철, 이효상, 안수길, 여석기, 김붕구, 이어령	1961.1.
4	『영국전후문제작품집』	백철, 이효상, 안수길, 여석기, 김붕구, 이어령	1961.4.
6	『남북구전후문제작품집』	백철, 이효상, 안수길, 여석기, 김붕구, 이어령	1961.5.
5	『독일전후문제작품집』	백철, 이효상, 안수길, 여석기, 김붕구, 이어령	1961.6.
8	『한국전후문제시집』	백철, 유치환, 조지훈, 이어령	1961.10.
9	『세계전후문제시집』	백철, 이효상, 조지훈, 김붕구, 이어령	1962.1.
10	『세계전후문제희곡·씨나리오집』	백철, 오영진, 김진수, 여석기, 이청기, 이어령	1962.3.

23) 이어령이 신구문화사 <세계전후문학전집>의 기획자이자 실질적인 책임편집자였다는 사실은 이어령 본인의 회고(이어령, 「이종익 사장과 세계전후문학전집」, 『출판과 교육에 바친 열정』, 우촌기념사업회출판부, 1992, 144-148면)와 염무웅의 회고(염무웅, 「책읽기, 글쓰기, 책만들기」, 『근대서지』 제4호, 2011.12, 32면)를 통해서 확인할 수 있다. 이러한 사실은 신구문화사 설립 초기부터 총무와 기타 실무를 담당했던 원선자 교수(전 신구대학 명예교수)와의 인터뷰(2015.6.9.)를 통해 재차 확인하였다.

24) 조영일, 「우리는 과연 세계문학전집에서 벗어날 수 있을까?」, 『작가세계』 22, 작가세계, 2010.6, 342면.

25) 이어령, 「이종익 사장과 세계전후문학전집」, 『출판과 교육에 바친 열정』, 우촌기념사업회출판부, 1992, 147면.

기록"26)하는 것이 '결투의 윤리'임을 내세웠던 이어령에게 책임편집을 맡기는 것은 신구문화사의 입장에서는 일종의 모험이었을 것이다. 1950년대 후반 이어령이 남한 문학장 내에서 보여주었던 다양한 문학적 실천들을 고려한다 하더라도 20대 후반의 이어령이 <세계전후문학전집>의 실무를 담당하며 편집의 방향과 작가 및 번역자 선택의 중임을 맡게 되었다는 점, 그리고 대학교재와 국어국문학 관련 서적을 주로 출판하였던 신구문화사가 위험부담을 감수하고 전집출판 시장에 뛰어들었다는 점, 그리고 그 첫 기획으로서『한국전후문제작품집』과『일본전후문제작품집』을 출판시장에 내놓았다는 점은 주목할 필요가 있다.

1950년대 후반 남한의 출판시장은 월부외판에 기반을 둔 전집출판 중심으로 빠르게 재편되고 있었으며, 그러한 과도기적 상황 속에서 신구문화사는 대학교재 출판에서 전집출판으로 방향을 전환하였다. 후발주자로 전집시장에 뛰어들었던 신구문화사가 <세계전후문학전집>의 성공으로 중소출판사에서 메이저출판사로 거듭나게 되는 일련의 상황은 <전집>의 기획이 단순히 이어령의 회고처럼 낭만적인 서사 속에서만 전개된 것이 아님을 의미한다. 그보다는 <세계전후문학전집>에 앞서 임종국의 주도하에 <한국시인전집>을 기획하였으나 결국 상업적으로 실패를 경험했던 신구문화사가 1950년대 '젊은이의 기수'로 불리던 이어령에게 <전집> 기획의 실무를 맡김으로써 처음부터 4·19세대를 구매타깃으로 설정하고, 그들의 미적 취향과 독서 욕망에 가장 적합한 문화콘텐츠를 기획·출판한 것으로 보는 것이 타당할 터이다. 4·19세대에게 '새로운 정신'을 부여하고자 했던 한 문화기획자의 열망이 새로운 문화콘텐츠가 필요했던 출판자본과 결합함으로써 <세계전후문학전집>이라는 결과물로 수렴되는 일련의 상황은 신구문화사 <전집>이 1960년대 남한사회의 문화매개적 실천의 연장선상

---

26) 이어령,「主語 없는 비극」,『저항의 문학』, 예문관, 1965, 27면.

에서 다루어져야하는 텍스트임을 보여준다.

신구문화사 <세계전후문학전집>의 기획이 지향하고자 했던 일련의 문화적 실천의 기원은 이어령과 신동문이 각각 편집위원과 편집장으로 참여했던 『새벽』의 주요 기획과 특집들을 통해 유추할 수 있다. 이어령과 신동문이 문학 관련 전공자로서 『새벽』의 편집을 이끌었으며, 이들이 추구했던 문화매개적 실천들이 단절인 아닌 연속성을 지니고 있음을 감안할 때, 『새벽』의 문예 지면의 구성과 배치는 주목할 필요가 있다. 혁신호 발간 이래로 반이승만 정권의 색채를 현저히 드러내며 청년대중의 정치적 각성을 촉구해온 『새벽』의 전반적인 논조27)와 문예지면이 서로 긴밀하게 호응하며 사회비판적 기능은 물론이거니와 새로운 주체 구성의 당위성을 강하게 호소하는 까닭이다.

1959년 10월 『새벽』 혁신호의 전체적인 구성은 정치·사회 비판이 문예면을 압도한다. <政權交替는 可能한가>라는 특집을 통해 상당히 강력한 어조로 이승만 정권을 압박하는 한편 이동화의 「애국적 사회이상과 새 세대의 지향」과 이상훈의 「한미학생 생활의 현실과 우리의 이상」, 김형석의 「학생과 인생관의 문제」 등의 글을 통해 사회개혁과 민주사회 건설을 위한 청년학도들의 노력을 촉구한다. 문예면의 경우 영국의 극작가이자 배우인 피터 유스티노프(P.Ustinov)의 단편소설 「여운」(the Aftertaste)을 전문 번역하여 수록하는 한편, 동인문학상 수상자인 선우휘의 「형제」와 오상원의 「파편」을 나란히 배치함으로써 전후문학의 지면을 확보해 간다.

『새벽』 혁신 제2호(1959년 11월)에 이르러 정치·사회 논설들과 문예면의 결합은 점차 유기적인 형태를 띠게 된다. <1인 정치의 비극>이라는 특집 하에 박준규의 「1인 정치시대는 가는가」와 한태연의 「한국정치의 「딜렘마」: 당과 국가관계의 전도」, 신상초의 「후진국과 독재: 내년 선거는 한국

---

27) 이동화, 「『새벽』에 부치는 글-계속 假借 없는 비판을」, 『새벽』, 새벽사, 1960.10, 122면.

정치사상의 분수령」, 황산덕의 「법실증주의 비극」, 김팔봉의 「폭군의
성격파탄증: 「진실을 허위로 가리우는 연극」도 막을 내리려는가?」와 같은
강도 높은 언조의 논설들이 게재된다. 주목할 점은 이어령의 주도하에 세
계적인 문제작이었던 마레크 흐라스코(Marek Hlasko)의 「第八曜日」이 원고
지 600매 전재로 『새벽』에 수록됨으로써 문예면이 차지하는 비중이 급격
히 증대되었다는 사실이다. 이미 『새벽』 혁신 제1호가 발매 5일 만에 매
진되고 재판 역시 완전 매진될 만큼28) 『새벽』에 대한 독자들의 반응은 열
렬한 것이었다. 이러한 상황 속에서 <새벽사>는 폴란드의 젊은 <파스테
르나크>라 불리며 소문만이 무성할 뿐 실체를 알 수 없었던 마레크 흐라
스코의 「第八曜日」이 『새벽』 11월호에 전문 번역되어 게재될 것임을 신문
광고를 통해 미리 홍보29)함으로써 『새벽』에 대한 청년 독자들의 관심을
더욱 증폭시킨다. 반역의 작가이자 순정의 청년으로서 악과 위선에 항의
하여 순수한 인간감정을 지켜내고자 했다는 새벽지의 평가는 『새벽』의
전체 구도 속에서 강조되는 저항하는 청년상의 이미지와 자연스럽게 겹쳐
진다. 실제로 『새벽』지가 구사하는 문예 지면의 전략적 배치와 시사 및
정치비판 논설의 결합은 매우 효과적이었다. 1959년 12월호 『새벽』의 권
두언은 이를 단적으로 보여준다.

　　<폴랜드>의 靑年作家가 쓴 <第八曜日>은 우리나라에서도 적지않은
　쎈세이슌을 일으키고 있는 것 같다. 공산치하의 <폴랜드>사회상을 맑
　은 지성으로 척결한 이 작품 속에는 청년 <후라스코>의 세기적 항변이
　담겨있다. <반항이야말로 젊은이가 인생을 사랑한다는 최고의 형태이
　며, 또 공포와 압박과 부정에 대한 증오의 최고의 형태라고 나는 믿는

---

28) 「편집후기」, 『새벽』 혁신 제2호, 새벽사, 1959.11, 246면.

29) 신문광고에 게재된 홍보문구는 다음과 같다. "자신만만한 편집 단행!! 세계적 선풍을 일
　으킨 폴랜드 청년의 문제작 - 第八曜日을 一擧에 揭載! 單行本 發刊을 先手찌름으로써 月
　刊의 面目을 躍如케 하였다." 「韓國에서도 旋風的人氣」, 『동아일보』 1면, 1959.10.25.

다> (⋯) 이러한 젊은 <호라스코>의 분노는 비단 폴랜드 사회의 소산
만은 아닌 것 같다. 영국의 <성난 젊은이들> 미국의 <비트·제네레이
슌> 프랑스의 <앤티·로망>의 감정과 일맥상통하고 있는 것이다. 오늘
날 선진제국의 청년들이 이처럼 공통적인 <분노><반항>의식에 가득
있는 까닭은 무엇일까. 고도의 기계문명으로부터 파생된 현대의 사회기
구에 대하여 심한 혐오를 보이고, 이러한 機構를 지탱하게하는「이성적」
인 것을 전적으로 부정하는 한편, 오히려 원시적이라고까지 할 수 있는
생활본능을 존중하는 것-이런 것의 정신적 가치는 무엇일까. 이런 세대
적 <분노>를 반사회적인 의무라고 일언직하에 힐난할 수가 있을까. **오
히려 현대사회와 대결하려는 젊은 세대의 순결한 예술 감정이 높이
평가되어야 하지 않겠는가.**30) (강조는 인용자)

　「第八曜日」의 작가 호라스코의 분노 속에서 '현대사회와 대결하려는 젊
은 세대의 예술 감정'과 '공포와 압박, 부정에 대한 증오와 반항'을 읽어내
는 필자의 의도는 매우 노골적이며 그가 전하고자 하는 사회적 메시지는
직설적이다. 외국의 젊은이들이 전후 복지사회의 정신적 풍토 속에서도
반항과 분노를 보이고 있지만, 한국의 청년들은 시궁창과 같은 현실에서
도 하루살이의 안일에 탐닉하며 무위와 무능, 거짓과 배신으로 미만한 지
배기구에 굴복하고 아부하기에 급급한 꼴을 보이고 있다는 비판의 화살은
1950년대 후반 남한의 젊은이들을 향하고 있다. "젊은 영혼의 타오르는 불
길"을 강조하며 "내면적 고민 속에서 거울 같은 지성으로 몸소 불길을 일
으켜야 한다"는 「권두언」의 주장은 권두 논문인 이어령의 「잠자는 거인-
뉴·제네레이슌의 位置」를 통해 그 파급력이 더욱 증폭된다. "재덤이에서
찬란한 나래를 펴고 일어스는 패닉스"와 같이 과거(기성세대의 부조리)를 비
판하고 생활태도와 역사, 풍습을 분석하고 거부하는 삶의 실천적 모습은
영국의 <앵그리 영맨>과 미국의 <비트·제네레이슌>, 프랑스의 <앤티·

---

30) 「권두언」, 『새벽』, 새벽사, 1959.12, 21면.

로망>의 문학적 실천이 추구하는 바이다.

흥미로운 점은 『새벽』 혁신호가 발간된 이래로 비판적 정치담론과 전후문학 담론이 지속적인 기획을 통해 강화되는 맥락이다. 이러한 흐름은 4·19혁명이 가까워짐에 따라 보다 강하게 작동한다. 감정의 도야를 통한 개성의 발견이 근대적 계몽주체의 탄생을 위한 기획이었다면, 『새벽』의 편집주체들에 의해 의도적으로 선별된 해외의 청년 전후문학 작가들의 작품들이 촉발시키는 젊은 세대의 순결한 예술 감정과 비판, 분노의 감성은 전위적 독서주체이자 저항적 청년주체의 탄생을 위한 문화적 기획의 일환이었다. 실제로 <조국부흥의 길>이라는 특집 하에 1960년 1월 『새벽』에 수록된 일련의 논설들-조재천의 「民力으로 정권을 교체해야 한다」와 김재준의 「새로운 크리스챤의 자세」, 장리욱의 「청년의 가슴에 불길이 일어나야 한다」 등-은 매우 도발적이며 비판적이다. 특히 장리욱은 청년세대를 다음과 같이 비판하며 저항적, 실천적 행위로 나아갈 것을 강하게 촉구한다. "이 땅의 청년들의 감정은 마비되었는가, 혹 잠들었는가 그러지 않으면 아주 말라버렸는가. 동정과 사랑의 눈물이 샘솟듯 흘러야할 장면을 바라보고 있으면서도 또 그럴만한 환경 속에 살고 있으면서도 오히려 무표정 무감각한 모습을 지니고 있지 않은가. 오늘날 이 땅에 있어서 나라와 민족을 위해서 그 어느 한 가지 보람 있는 일이 과연 청년들의 정렬의 결정으로 이루어진 것이 있는가."[31]

당대 대학생 혹은 청년들에 대한 주된 담론들이 무기력과 무감각, 안일함의 추구 등 부정적인 측면에서 확대·재생산되고 있었음을 고려할 때, 문화매개자 이어령과 신동문, 그리고 『새벽』의 집필진들이 던지는 비판은 저항적 청년주체의 출현을 촉구하는 것이었다. "국민의 자유가 박탈되고 인권이 유린되는 것을 바라보면서도 그 가슴 속에 불길이 일기는커녕 온

---

31) 장리욱, 「청년의 가슴에 불길이 일어나야 한다」, 『새벽』 제7권 제1호, 새벽사, 1960.1, 71면.

기조차도 떠돌이 않는"[32] 청년세대들에게 저항적 청년주체의 이상적 모델들은 해외의 전후문학 작품들을 통해 끊임없이 상기되었던 것이다. 일례로 『새벽』 1월호에는 장리욱의 비판적 글과 더불어 <새로운 문학의 탐구자들>이라는 특집 기획 하에 백철의 「앵그리 영 멘에 대하여」, 이어령의 「불란서의 앙띠·로망 새로운 소설 형식의 탐구」 및 노주의 「비트·제네레이션」이 소개되었다. 비록 개괄적인 성격의 글인 까닭에 전후문학의 대략적인 흐름만을 감지할 수 있을 뿐이지만, 나딸리·싸로오뜨(블란서 앙띠·로망파작가)의 「해후」와 쟉·케로왁(미국비트·제네레이슌파작가)의 「지이크의 시각」, 죤·웨인(영국 앵그리·영맨파작가)의 「로버트와는 결혼할 수 없다」, 마지막으로 송상옥의 「도피」를 함께 수록함으로써 전위적 독서주체/저항적 청년주체의 문학적·정치적 실천을 요청했다.

하루살이의 안일함에 빠져있는 청년세대들을 자극·격려하며, 청년의 가슴에 일어나는 불길이 부패와 암흑을 몰아내리라는 메시지는 『새벽』지의 전체적인 기획 속에서 유기적으로 연동하며 청년 독자들에게 울림을 주었다. 이러한 유기적 결합은 다른 호에서도 끊임없이 발견되는데, '전후' 문학, 그 가운데에서도 해외 청년 작가들의 '전위' 문학을 적극적으로 소개함으로써, 『새벽』은 젊은 지성과 문학정신으로 무장한 전위적 주체의 등장-새로운 세대의 출현-을 촉구했다. 저항적 독서 주체/저항적 청년주체의 출현을 자극하는 이와 같은 편집 경향은 4·19혁명을 겪은 이후에도 얼마간 지속된다. 정도의 차이는 있지만 4·19를 기점으로 『새벽』에서 '전후' 세계문학의 저항적 청년작가들의 작품 비중은 점차 감소하며, 대신 세계의 '전후문학'과 한국의 전후문학에 대한 가능성에 관심이 집중된다. 이른바 '전위'에서 '전후'로 강조점이 이동하고 있는 것이다.

---

32) 장리욱, 앞의 글, 70면.

4 '전위'문학에서 한국적 '전후'문학으로

『새벽』의 편집위원으로서 이어령은 문예 지면을 담당하며 해외 문학의 번역 소개 및 문학 평론을 연재한다. 이어령이 『새벽』에 관여하는 기간 동안 소개되었던 서구유럽의 전후문학에 관한 글들은 신구문화사 <세계전후문학전집>의 기획과 자연스럽게 겹쳐진다. 신구문화사 이종익 사장의 물음에 대해 신세대의 새로운 정신적 자양분으로서 전후세계문학을 새로운 대안적 읽을거리로 제안하는 이어령의 문화적 기획은 그가 『새벽』의 편집위원으로 참여하는 가운데 이미 실험을 통해 그 효과―전후세계문학작품에 대한 청년 독서대중들의 열렬한 반응과 상업적 성공의 잠재성, 새로운 실천적 주체 만들기의 기획 등―를 확인한 것이었다. 나아가 중소 규모의 출판사였음에도 불구하고 상당한 재정적 부담이 될 수밖에 없었던 기획 출판에 신구문화사 이종익 사장이 뛰어들 수 있었던 것 역시 '전후세계문학'이 상품성이 보장된 문화적 재화임을 확신했기에 가능했을 터이다.

이어령의 주도 속에서 마렉 플라스코의 장편 「第八曜日」이 59년 11월호에 게재된 이래로, 전후세계문학이라는 키워드는 『새벽』지 문예면의 중심을 차지해왔다. 1960년 1월에는 <새로운 문학의 탐구자들 <앙띠·로망>과 <비이트·제네레이슌>과 <앵그리·영맨>의 문학> 특집으로 백철(「<앵그리·영맨>에 대하여」)과 이어령(「불란서의 <앙띠·로망>」), 노주(「비트·제네레이션」)의 글과 전후문학의 대표작들이 번역·소개되었다. 에릿히·케스트나의 장편소설 「최후의 증인」(1960년 3월호)과 버트랜드·럿셀의 「지구파멸」(1960년 4월호), 존·랏셀의 「제4인간」(1960년 5월)이 연이어 수록되었으며, 1960년 6월호에는 <앵그리·영맨의 이론과 작품> 특집으로 「무엇에 대한 노여움인가?」(이어령)와 <앵그리·영맨>의 대표적 작가인 존·오스본의 희곡 「성난 얼굴로 돌아다 보라」(550매)가 소개되었다.

앞서 살펴본 바와 같이 1959년 10월 혁신호가 발간된 이래로『새벽』이
보여준 '세계전후문학'에 대한 관심은 지대한 것이었다. 그러나 4·19 혁명
이후 정치적 문제에 대한 독자들의 관심이 고조되면서『새벽』의 문예면
에서 해외문학작품들의 번역 게재 비중은 점차 줄어들었다. 1960년 5월
시인 신동문이『새벽』지의 편집장을 맡게 되면서 문예면의 비중은 해외
문학에서 한국문학으로 점차 옮겨져 갔다. 물론 그렇다고 해서 혁신호 이
래로『새벽』문예면이 꾸준히 견지해오던 번역문학 작품에 대한 소개가
완전히 사라진 것은 아니었다. 1960년 7월호『새벽』에는 특집으로 <세계
신예단편선>이 구성되어 다양한 국적의 전후세계문학 단편들이 번역 소
개되었으나33), 이전의 기획들과 달리 일부 작가들을 제외하면 전위적이고
저항적인 청년 작가들의 작품들 보다는 '전후'의 작품들로 고루 선별·배
치되었다.

  흥미로운 점은 1960년 7월호에 이르러 <세계신예단편선>과 더불어 <한
국소설 12년>이라는 기획이 4회에 걸쳐 연재된다는 사실이다. 한국소설
12년이라는 기획은 그 제목이 암시하는 바와 같이 1948년 대한민국 단독
정부 수립을 기점으로 삼고 있다. '해방 이후' 혹은 '한국 전쟁 이후'가 아
닌 1948년을 '회고'의 기점으로 정함으로써 남한의 '전후'가 갖는 역사적
특수성을 반영한 기획이라 볼 수 있다. 'Y·Y'라는 필명을 사용하고 있는
까닭에 필자가 누구인지는 분명치 않다. 그러나 <세계신예단편선>과 나
란히 배치함으로써 <한국소설 12년>이 추구하는 기획의 의도는 보다 분
명하게 드러난다. 낡은 문학과 진부한 사상, 고칠 수 없는 생활의 타성이

---

33) <세계신예단편선>에 수록된 작품들의 목록은 다음과 같다. 「용사냥」(Dino Buzzati 作, 이
   탤리), 「바다와 소년」(ISAK Dinesen 作, 덴마크), 「탈옥수」(마레크·흐라스코 作, 폴란
   드), 「실익정책」(Angus Wilson 作, 영국), 「엠마·인취의 이션」(James Thurber 作, 미국), 「휴
   가병」(Irwin Shaw 作, 유태), 「벽을 드나드는 사람」(Morcel Ayme 作, 프랑스), 「턴넬」
   (Friedrich Durrenmatt 作, 스위스), 「어두운 이야기」(Luise Rinser 作, 독일), 「마드리드의
   밤」(호세·쑤아렐·카레뇨 作, 스페인), 「교통사고」(Robert Musil 作, 오스트리아)

여전히 남아있는 상황 속에서 냉정한 눈으로 전후 한국문학을 돌아보자는 것이다. '버려야 할 것'과 '얻어야 할 점'을 명백히 함으로써 내일에 있을 소설의 탄생을 살펴보는 한편,[34] 12년이라는 시기적 감각을 상기시킴으로서 '한국적' 전후문학에 대한 조감도를 그려보자는 취지이다. <한국소설 12년>이 연재되었던 시기는 신구문화사 <세계전후문학전집>의 1권과 7권에 해당하는 『한국전후문제작품집』과 『일본전후문제작품집』이 발행되는 시기와 겹쳐진다. 물론 해방 후를 기점으로 삼아 세계의 전후라는 보편적 시대감각을 유지하고자 했던 신구문화사의 기획과 『새벽』이 내세우는 한국적 전후문학에 대한 모색이 완전히 다른 것은 아니다. 4회에 걸쳐 연재되는 까닭에 <한국소설 12년>의 전모를 파악하는 데에는 한계가 있다. 그러나 <한국소설 12년>에서 언급하고 있는 작가들이 그대로 『한국전후문제작품집』에 포함되어 있다는 점에서 큰 차이점이 발견되지는 않는다.

　<한국소설 12년>과 『한국전후문제작품집』의 기획과 구도 속에서 보다 분명하게 드러나는 것은 후자가 "해방 후 15년간의 모든 문제작을 조감할 수 있는" 정신적 풍속도를 지향하고 있다는 점에서 한국전쟁이 아닌 '1945년'을 한국전후문제작들의 기점으로 삼고 있다는 사실이다. 물론 기획 의도와 달리 실제 수록된 작품들은 '해방 후'가 아닌 '한국 전쟁 이후'의 작품들이다. <세계전후문학전집>이라는 특화된 기획 속에서 서구유럽의 보편적 '전후'라는 시기적 감각을 따른 까닭에 한국적 전후의 역사적 특수성이 약화될 수밖에 없었던 것이다. 문학연구자에게는 '자료의 사전'으로서, 소설공부를 하는 독자에겐 '온고지신의 교사'로서, 또한 소설의 애호가에게는 '소설에의 인도자'로서 기능하리라는 「이 책을 읽는 이에게」의 언급처럼, 『한국전후문제작품집』은 1960년의 시점에서 전후문학의 옥석을 선별한 결과물에 가깝다.

---

34) Y·Y, 「한국소설 12년(一) 순수소설과 아르까디아」, 『새벽』, 새벽사, 1960.7, 284면.

이에 반해 <한국소설12년>은 오영수의 「태춘기」와 장용학의 「요한시집」, 선우휘의 「火災」, 송병수의 「二十二番型」에 대한 분석을 바탕으로 각각의 작품들을 순수소설과 형이상학적 소설, 모랄과 행동의 소설, 새로운 리얼리즘의 소설로 분류하며 한국적 '전후'문학의 체계화를 시도하고 있다. 물론 연재기획의 의도에서 밝힌 바와 같이 한국의 전후문학의 흐름 속에서 '버려야 할 것'과 '얻어야 할 점'이 무엇인가에 대해 명백한 결론을 밝히고 있지는 않다. 오히려 각각의 작품 경향들이 전후한국문학의 대표형으로 상정함으로써 한국적 전후문학이 세계의 전후문학과 어느 지점에서 차별화되는지를 드러내고 있다는 점에서 의미를 갖는다.

이와 관련하여 주목할 점은 <한국소설 12년>의 기획이 애초부터 작품의 영어 번역을 전제로 국내를 넘어 보다 넓은 독자(외국)의 비판을 받고자 했다는 사실이다. '한국문학의 역번역'은 세계 전후 문제작들을 번역 소개함으로써 전위적 독서주체/저항적 청년주체, 나아가 새로운 문학의 가능성을 전제하는 예술적 감성의 반항적 창조주체의 출현을 기대하였던 『새벽』의 계몽적 기획이 4·19혁명을 거치면서 보다 주체적인 차원으로 변화하고 있음을 보여준다. 이러한 변화의 흐름은 새벽사의 <이상신인상> 제정을 통해 보다 구체적으로 드러난다. 새로운 세대의 문학은 오직 새로운 시대의 양심과 독창력 하에 전개되는 것이기에 절대로 낡은 우상들과 타협하지 말고 일시적인 고독을 두려워하지 말라[35]는 『새벽』의 목소리는 우상의 파괴를 부르짖으며 남한문단에 충격을 주었던 이어령의 문화적 실천을 떠오르게 한다. 『새벽』의 편집주체들이 <한국소설 12년>의 기획을 통해 순수소설과 형이상학적 소설, 모랄과 행동의 소설, 새로운 리얼리즘의 소설 가운데 버려야 할 것과 얻어야 할 것을 독자 스스로 판단토록 이끌었다면, 새벽사의 <이상신인상> 제정은 솔직하고 대담한 예술

---

35) 「이상신인상제정: 최고의 권위를 차지할 신인의 새로운 등용문」, 『새벽』 제7권 제8호, 새벽사, 1960.8, 104-105면.

적 감성을 지닌 반항적 창조주체의 출현을 가능케 하는 제도적 기반의 마
련이라는 점에서 의미를 지닌다.

1960년 12월 『새벽』지의 갑작스러운 종간으로 인하여 <한국소설 12년>
의 도전적인 기획과 신인의 새로운 등용문 역할을 하리라 기대되었던 <이
상신인상>은 결국 미완에 그치고 만다. 4·19라는 역사적 사건을 경험하며
정치적 삶이 거의 모든 일상적 삶을 압도하는 현실 속에서 『새벽』의 종간
은 어쩌면 당연한 수순이었을 터이다. 그러나 전후세대 문화매개자들의 실
천을 통해 젊은 청년 독자들을 위한 새로운 정신적 자양분으로서 선택되었
던 서구 유럽의 '전후문학'은 신구문화사 『세계전후문학전집』 기획을 통해
구체화되었으며, '한국적' 전후문학에 대한 사적 고찰과 주체적 인식의 태
도는 전후세대작가는 물론이거니와 한글세대 작가들의 작품을 수록한 신
구문화사 『현대한국문학전집』의 기획으로 이어 진다.[36] 새로운 읽을거리
('전후'의 세계문학)를 통해 촉발된 정동을 강력한 저항의 에너지로 분출시키
는 전위적 독서주체/저항적 청년주체 만들기가 문화매개자 이어령과 신동
문의 실천을 통해 신구문화사의 출판기획들로 지속될 수 있었던 것이다.

5   4·19와 『일본전후문제작품집』

4·19 이후 궁핍과 무질서가 계속되는 상황 속에서 남한출판시장의 현

---

36) 염무웅의 회고에 따르면, "18권짜리 『현대한국문학전집』을 기획하여 이 전집의 얼개를
    짜고 작가들을 섭외하는 것은 그 무렵부터 신구문화사에 상근하기 시작한 신동문의 일이
    고, 내용을 채우는 것은 나의 몫이 되었다. 1965년에 여섯권, 이듬해 열두권으로 완간된
    이 전집은 미숙하나마 신동문과 나의 합작품이라고 나는 자부하고 있다. 이 작업을 통해
    나는 많은 선배 문인들을 사귀게 되었고, 이것이 60년대 말부터 내가 잡지 편집자로 일하
    는데 자산이 되었음은 말할 것도 없다." 염무웅, 「신동문과 그의 동시대인들」, 『문학과
    시대현실』, 창비, 2010, 127-128면.

실은 암담하였다. 독서층은 정국불안에서 오는 정신적인 혼란으로 독서에 파묻힐 마음의 여유를 갖지 못하고, 독서층의 대부분을 차지하는 학생과 교육자들은 4·19를 치르느라 여전히 정신을 차리지 못하였으며, 경제적인 어려움으로 인하여 학생들은 책을 구매할 여유가 없었다.[37] 그러나 아이러니하게도 반공주의와 반일정책을 기조로 남한사회를 통제하였던 이승만 정권이 퇴진하자, 해방 이후 금기시되어왔던 일본문화는 남한사회의 공적영역에 거리낌 없이 등장하였으며[38] 이러한 분위기에 남한출판시장은 민감하게 반응하였다. 이름도 생소한 군소출판사들이 선집과 전집, 단행본 출판을 가리지 않고 경쟁하듯이 출판시장에 뛰어들어 일본문학작품을 번역·출판하였으며[39], 해방 후 세대의 일본문화(문학)에 대한 '호기심'

---

37) 「하반기까지 출판계 현황」, 『동아일보』, 1960.10.23, 4면.
38) 「全國에 몰아치는 日本風」, 『사상계』, 사상계사, 1960.11, 159-161면; 「새 共和國 誕生前과 后 ⑧ 倭色 붐」, 『경향신문』, 1960.12.28, 3면 참조.
39) 1960년대 남한출판시장에서 생산·유통·소비되었던 일본번역문학에 대한 선구적 작업으로는 강우원용의 「1960년대 일본문학 번역물과 한국」(『일본학보』 제93집, 한국일본학회, 2012.11.)과 「1960년대 초기 베스트셀러를 통해 본 일본소설의 번역물과 한국 독자」(『일본학보』 제97집, 한국일본학회, 2013.11.), 이한정의 「일본문학의 번역과 한국문학」(『현대문학의 연구』 제55집, 한국문학연구학회, 2015.2.)가 대표적이다.
강우원용은 「1960년대 일본문학 번역물과 한국」을 통해 당대 일본문학의 붐을 수용자적 측면(일본문화에 대한 중장년층의 '향수'와 해방 후 세대의 '호기심')에서 분석하고 있으며, 후속 작업인 「1960년대 초기 베스트셀러를 통해 본 일본소설의 번역물과 한국 독자」에서는 1960년대 초기 베스트셀러였던 『만가』(하라다 야스코)와 『가정교사』(이시자카 요지로), 『김약국의 딸들』(박경리)에 대한 분석을 바탕으로 동시대 유행했던 일본대중소설과 박경리의 소설 사이에 존재하는 유사성에 주목한다. 그러나 작품들 간의 유사성(대중적 요소들)이 강우원용의 주장처럼 일본대중소설에서 '학습'된 것인지는 보다 세심한 분석을 필요로 한다. 박경리의 소설이 식민지 시기 이래로 '신문연재소설'을 중심으로 전개되었던 남한 사회의 대중·통속소설들의 구성적 특수성과 어떤 측면에서 변별되며, 나아가 '학습'된 대중적 요소들이 어떤 측면에서 남한의 대중소설과 확연히 구별되는 일본대중소설만의 고유한 특수성인지의 여부가 드러나야 하는 까닭이다.
강우원용의 작업이 1960년대 번역된 일본 단행본 출판물에 대한 수용자적 측면의 분석이라면, 이한정의 「일본문학의 번역과 한국문학」은 당대 남한출판시장에서 발간된 일본문학선·전집에 대한 통시적 접근이라는 점에서 의미를 지닌다. 이한정은 1960년대 남한출판시장에서 유통되었던 일본번역문학이 서구문학에 대항하기 위한 '동류' 의식의 차원에서 그 존재 가치를 인정받았을 뿐만 아니라, 노벨상 수상자인 가와바타 야스나리의 문학과 식민지시기에 젊은 시절을 보냈던 장년층의 '향수'는 침체된 출판시장에서 일본 문학·붐을 촉발시켰다.[40] 4·19와 5·16으로 상징되는 1960년대의 시대적 특수성과 일본문화에 대한 '향수'와 '호기심'이 촉발한 새로운 읽을거리에 대한 독서대중의 욕망, 그리고 출판시장의 불황 속에서 갈피를 잡지 못했던 출판자본의 현실적 이해가 결합함으로써, 1960년대 남한 출판시장에는 세계문학 혹은 한국문학과 경쟁하는 새로운 문화콘텐츠로서 일본번역문학이 (재)등장하게 된 것이다.[41]

일본 번역소설들이 4·19이후 남한 출판시장에서 연일 베스트·셀러 1, 2위를 차지하게 되는 상황은 선집과 전집, 단행본의 형태로 남한출판시장에 등장하였던 일본번역문학이 당대 독자들에게 끼쳤던 영향력을 짐작케 한다. "일본 색소의 감염 없이 성장할 수 있고 사색할 수 있다는 점"[42]에서 8·15 이전에 다소라도 일본교육의 맛을 본 <잡종>과는 다르리라는 전광용의 기대는 4·19 이후 쏟아져 나온 일본번역출판물들에 의해 여지없이 무너져 버렸으며, 그가 간절히 원하였던 <순종>에 의해 도래할 <새로운 문학>이란 이상형(Ideal Type)역시 일본 색소의 감염으로부터 자유로울수 없었다. 더욱이 1960년대 일부 젊은 작가들이 서구문학을 수용하는데 있어 점차 한계에 부딪혔으며, "60년대 제일급에 속하는 몇 작가에게 「아베」(安部公房)「다사이」(太宰治)「오에」(大江健三郎) 등의 작품이 크게 작용했다"[43]는 당대 연구자의 진단은 한 시대의 문학사적 배경을 올바르게 진단

이 남한 문학장 내에서 한국문학의 세계화를 위한 참조점으로 기능하였음을 보여준다.

40) 강우원용, 「1960년대 일본문학 번역물과 한국 - '호기심'과 '향수'를 둘러싼 독자의 풍속-」, 『일본학보』 제93집, 한국일본학회, 2012.11. 참고.

41) 1960년대 발간되었던 일본문학선집과 전집에 대한 목록은 이한정의 「일본문학의 번역과 한국문학」(『현대문학의 연구』 제55집, 한국문학연구학회, 2015.2.) 8면과 김병철의 『한국 현대번역문학사연구(상)』(을유문화사, 1998.) 제9절 <일본문학의 번역> 337-356면을 참고할 것.

42) 전광용, 「잡종과 순종, 일어 모르는 새 대학생에의 기대」, 『동아일보』, 1958.10.25, 4면.

43) 김윤식, 「개항1세기 한국과 일본 오늘의 좌표 (13)문학」, 「동아일보」, 1970.6.18, 5면.

하는 것이 그리 녹녹한 것이 아님을 암시한다.

남한문학장 내부는 물론이거니와 사회 전반에 걸쳐 일본문화의 침투를 염려하며 연일 거센 비판이 쏟아져 나오는 가운데, 신구문화사는 과감하게도 『한국전후문제작품집』(제1권)의 '후속작'으로 『미국전후문제작품집』(제2권)이 아닌 『일본전후문제작품집』(제7권)을 먼저 발간함으로써 남한출판시장에 최초로 완결된 형태의 일본문학전집을 내놓는다.44) 이어령의 회고에 따르면 신구문화사의 전집 기획은 매우 빠른 속도로 진행되었다. <전집>에 대한 논의가 처음 이루어졌던 것이 4월 혁명의 무렵임을 감안할 때, 고작 3~4개월의 시간 동안 편집위원의 위촉과 작품선정, 해설 및 번역 작업이 이루어진 것이다. 전체 기획 속에서 제일 마지막 권에 해당했던 『일본전후문제작품집』45)이 미국과 프랑스, 영국, 독일, 남북국 선집

---

44) 비록 시기적으로 선진문화사의 『국역일본문학전집』이 신구문화사 선집에 비해 한 달여의 차이로 앞서기는 하나 전체 10권이라는 애초의 기획과 달리 '완결'을 거두지 못했으며, 이후 청운사에서 『일본문학선집』(전체 7권)으로 1961년에 완간되었다. 『국역 일본문학선집』에 대한 언급은 『경향신문』의 「여적」(1960.7.18.)에서 발견된다. 『국역 일본문학선집』의 발간 시점은 기사의 내용을 감안할 때, 6월이나 7월로 추정할 수 있을 것이다. 『동아일보』(1960.9.21.)에 『국역일본문학선집』의 2회 배본이 시작되었음을 알리는 서적 광고가 실리는데, 이를 통해 일부이기는 하나 『국역일본문학선집』의 기획을 엿볼 수 있다. 선진문화사는 "대가의 대작을 엄선 완역한 장편소설의 전집"이자 "일본문학의 전모를 파악하는데 최적한 전집"이라 선전하며 독자들의 구매력을 자극한다. 제1회 배포 선집에는 「도련님」, 「波濤」, 「비틀거리는 美德」이, 제2회 배포 선집에는 「나만 좋으면」, 「열쇠」, 「푸른 山脈」이, 그리고 10월 초로 예정된 제3회 배포 선집에는 「羅生門·코」, 「第二의 接物」, 「放浪記」, 「火鳥」가 수록되어 있다. 흥미로운 점은 이후 출판시장에서 『국역일본문학선집』의 존재를 찾아볼 수 없을 뿐만 아니라, 제1회부터 제3회 선집에 수록되어 있는 작품들이 그대로 청운사 『일본문학선집』에 수록되어 재발간 된다는 사실이다. 남한 출판시장의 열악한 사정으로 인하여 전집의 지형을 매매하는 것이 일상화되어있었음을 고려할 때, 『국역 일본문학선집』은 출판사의 경제적 어려움으로 인하여 애초 기획과 달리 중도에 발간이 중단되었음을 추측할 수 있다.

45) 『일본전후문제작품집』에 수록된 작가의 작품과 번역자의 목록은 아래와 같다.
1.「白色人」(遠藤周作/정한숙) 2.「太陽의 季節」(石原愼太郎/신동문) 3.「뺄거숭이 임금님」(開高健/김동립) 4.「飼育」(大江健三郎/오상원) 5.「나라야마부시 考」(深澤七郎/계용묵) 6.「浮虜記」(大岡昇平/안수길) 7.「新聞紙」(三島由紀夫/최정희) 8.「斜陽」(太宰治/신동문) 9.「永遠한 序章」(椎名麟三/선우휘)

보다 앞서 출간되는 일련의 과정은 출판사의 현실적인 이해관계를 반영한 것이라 생각한다.46) 작품의 선택 및 번역자의 선정에 들어가는 물리적인 시간을 감안할 때, 『한국전후문제작품집』47)과 『일본전후문제작품집』을 우선적으로 기획·발간하는 것은 출판 실무의 곤란함을 해결하는 한편, 일본문학(작품)에 대한 대중들의 관심이 증폭된 상황에 능동적으로 반응하는 것이었다.

그러나 1950년대 후반 남한출판시장에서 이미 세계문학전집을 기획·발간해왔던 메이저 출판사들(을유문화사, 정음사, 동아출판사, 민중서관 등)이 일본문학전집 출판을 위한 안정적인 인프라를 구축하고 있었음에도 불구하고 선집과 전집 발간에 소극적으로 대응해 왔음을 고려할 때, 국어국문학 관련 학술서적 출판으로 나름의 명성을 얻고 있었던 신구문화사가 여타 군소출

---

46) 신구문화사 『일본문제작품집』은 1960년에 8월에 발간되었음에도 불구하고 선행연구에서는 1962년에 발행된 것으로 다루어진다. 번역문학사 연구에서 선구적인 업적이라 할 수 있는 김병철의 『한국현대번역문학사연구(상)』(을유문화사, 1998)에서도 신구문화사 선집이 1962년에 발행된 것으로 표기되어 있다. 이러한 오류는 연구자의 실수라기보다 전적으로 신구문화사의 출판관행에 의한 것이다. 신구문화사의 경우 판권란의 인쇄·발행일 정보가 부정확하여 종종 연도의 착오를 초래한다. 신구문화사가 전국적인 규모의 월부외판 조직을 갖추고 있었음을 고려할 때, 이러한 '의도적' 오기는 영업적인 이익과 무관하지 않을 터이다. 인플레이션으로 인하여 전집의 제작비용이 물가인상폭을 따라가지 못하는 상황 속에서 '초판 발행'으로 표기함으로써 출판시장의 가격 변동에 유연하게 대처하기 위한 일종의 편법을 사용한 것이다. 이러한 사례는 신구문화사의 <세계전후문학전집> 뿐만 아니라, <현대한국문학전집>에서도 발견되는 까닭에 신구문화사의 자료들을 검토함에 있어 세심한 주의가 필요하다. 이러한 행위는 염무웅의 지적처럼, "초판발행의 날짜 전체를 지워버리는 행위는 묵과할 수 없는 출판 질서의 교란이며, 문학연구자들에 대한 중대한 우롱"(염무웅, 「책읽기, 글쓰기, 책 만들기」, 『근대서지』 제4호, 근대서지학회, 2011, 36면)이다.

47) 『한국전후문제작품집』에 수록된 작가의 작품과 목록은 아래와 같다.
1.「요한詩集」(장용학) 2.「證人」(박연희) 3.「流失夢」(손창섭) 4.「포인트」(최상규) 5.「二一三號 住宅」(김광식) 6.「古家」(정한숙) 7.「暗射地圖」(서기원) 8.「感情있는 深淵」(한무숙) 9.「불꽃」(선우휘) 10.「쑈리·킴」(송병수) 11.「不信時代」(박경리) 12.「謀反」(오상원) 13.「明暗」(오영수) 14.「張氏一家」(유주현) 15.「射手」(전광용) 16.「破裂口」(이호철) 17.「誤發彈」(이범선) 18.「흰종이 수염」(하근찬) 19.「GREY俱樂部 顚末記」(최인훈) 20.「大衆管理」(김동립) 21.「젊은 느티나무」(강신재)

판사들과 거의 동시에 혹은 그보다 앞서 일본문학선집을 발간하게 되는 상
황은 문학장 내·외부로부터의 비난과 질타를 피해갈 수 없는 상황이었다.

실제로 신구문화사 <전집>의 전체 구도 속에서 한국문학과 일본문학은
각각 1권과 7권을 차지하고 있으며,[48] 미국과 프랑스, 영국, 독일, 남북구
(이탈리아, 스페인, 폴란드, 헝가리) 문학이 차례대로 그 '사이'에 놓인다. 이러
한 일련의 배치는 세계문학에 대한, 그리고 일본문학에 대한 <전집> 편집
진들의 정치적 (무)의식을 직·간접적으로 드러낸다. "지리상으로 볼 때 한
국과 일본은 지호지간이지만 정치상으로 볼 때 현해탄은 태평양보다도 멀
었다."[49]라는 일본문학선집의 서문이 암시하듯이, 신구문화사의 <전집>
구성은 편집주체들의 (탈)식민주의적 강박과 그러한 연속선상에서 구축된
'전후'의 세계질서를 그대로 반영하고 있다. '전후'라는 시대적 구분을 전면
에 내세우며 <전집>의 편집진들이 그려낸 세계문학의 조감도는 제2차 세
계대전 이후 미국과 서유럽을 중심으로 구축된 반공블록에 포함되어 공존
할 수밖에 없었던 '일본'과 '한국'의 자화상이라 할 수 있다. 미국 주도의
아시아-태평양 안보체제 속으로 편입됨으로써 제국주의적 과거와 무책임
하게 단절되었던 일본, 그리고 식민지의 상처가 채 아물기도 전에 미·소

---

48) 1962년 3월에 완간된 신구문화사 <세계전후문학전집>은 전체 10권으로 이루어져있다. 염
　무웅의 회고에 따르면 <세계전후문학전집>은 1960년 7월『한국전후문제작품집』의 간행
　을 시작으로 전 7권으로 기획된 전집이었다. 추후 독자들의 열광적인 반응에 힘입어『한
　국전후문제시집』과『세계전후문제시집』,『세계전후문제희곡·씨나리오집』이 추가되어 1962
　년 3월 전 10권으로 완간되었다고 한다.(염무웅, 「책읽기, 글쓰기, 책만들기」,『근대서지4』,
　근대서지학회, 2011.12, 32면 참고) 애초에 신구문화사의 <세계전후문학전집>은 중·단편
　소설 위주의 선집들로 구성된 것이라는 점을 고려할 때, <세계전후문학전집>의 구성적
　특수성은 크게 3부분으로 분절하여 접근해야만 한다. 한국과 미국, 불란서, 영국, 독일, 남
　북구(덴마크, 이탈리아, 스페인, 폴란드, 이스라엘, 그리스), 일본이라는 로컬리티로 구성되
　는 세계문학의 전체적인 상과 한국과 세계라는 이분법적 구도 속에서 재현되는 세계문학
　의 상, 마지막으로 희곡과 씨나리오의 장르적 구성 속에서 독일, 프랑스, 미국, 일본, 한국,
　영국, 이탈리아로 구축되는 세계문학 상이 그것이다. 신구문화사 <세계전후문학전집>이
　재현하는 세계문학의 구성적 특수성에 대한 분석은 추후 작업을 통해 진행하고자 한다.
49) 「이 글을 읽는 분에게」,『일본전후문제작품집』, 신구문화사, 1960, 2면.

냉전의 구도 속에서 6·25라는 아픔을 겪을 수밖에 없었던 한국이 <세계 전후문학전집>의 기획을 통하여 서로 어색한 조우를 하고 있는 것이다.

신구문화사의 『일본전후문제작품집』 발간이란, 비록 그것이 탈식민적 인 문화실천의 일환이었다 하더라도, 적극적인 번역행위를 바탕으로 일본 전후소설이라는 새로운 문화콘텐츠를 남한문단은 물론 출판시장에 공식 적으로 생산·유통시키는 '사건'이라는 점에서 문제적일 수밖에 없었다. 그 러나 "번역문학이란 민족문학을 더욱 고차원의 세계에까지 이끌고 가서 이것을 세계문학에까지 지향시키는 과정에 있어서의 한 토대"[50]라는 원 론적 차원의 주장을 되풀이한다 하더라도, 일본에 대한 "극도의 열등의식 과 반발에서 오는 우월감, 이런 좀 비정상적인 감성이 지배적"[51]이었던 1960년대의 현실 속에서 일본번역문학에 나름의 존재의의를 부여하기 위 해 신구문화사가 내세웠던 수용의 논리는 과연 얼마만큼의 설득력을 지니 고 있었을까?

『한국전후문제작품집』의 서문(「이 책을 읽는 분에게」)을 통해, '흙에서 옥 을 찾는 심정'으로 해방 후 15년간 발표된 작품들 가운데 문제작들을 엄선 하였으며,[52] "문학연구가에겐 자료의 사전이며, 소설공부를 하는 독자에겐 온고지신의 교사이며 또 문학애호가에겐 소설에의 인도자"[53]가 될 것이라

---

50) 이봉래, 「세계문학의 영향(하)」, 『경향신문』, 1953.3.24, 2면.
51) 「全國에 몰아치는 日本風」, 『사상계』, 사상계사, 1960.11, 160면.
52) "해방 후 15년간 발표된 작품들 가운데 문제작들을 엄선"하였다는 『한국전후문제작품집』 서문의 주장과 달리 실제 수록된 작품들은 한국전란을 전후하여 등장한 작가로 한정되 어 있다. 선집의 말미에 수록되어 있는 「전후15년의 한국소설」에서 백철은 "戰後의 또 하 나의 戰後劇"이라는 표현으로 전후 세계문학과 변별되는 한국전후문학의 특수성에 대해 이야기한다. 이 글에서 백철은 "한국의 전후소설이란 최근 오년[1954년도 휴전 조약 이후] 내외의 작품들에 대한 이야기로 되는 것이며, 오년 내외의 소설이라면 근년의 신인작가 들의 진출이 두드러지게 눈에 뜨였다는 사실과 아울러 주로 한국전란을 전후하여 등장한 작가들의 소설이 그 대상"임을 밝히며, <세계전후문학전집>의 외국편들과 달리 『한국전 후문제작품집』의 문제작으로 신인작가들의 작품이 선정된 전후 사정을 밝히고 있다. (백 철, 「戰後十五年의 韓國小說」, 『한국전후문제작품집』, 신구문화사, 1960, 374면 참조)
53) 「이 책을 읽는 분에게」, 『한국전후문제작품집』(세계전후문학전집1), 신구문화사, 1960, 3면.

선언했던 편집주체의 당당함은 『일본전후문제작품집』 서문에서는 거의 찾
아보기 힘들다. 오히려 일본문학 수용의 타당함을 설명하는데 서문의 전부
를 할애할 만큼, 선집 발간의 당위성을 내세우는 편집위원들의 논리 이면
에는 짙은 고민의 흔적이 배어있다. 편집위원 명의로 작성된 서문(「이 책을
읽는 이에게」)의 '저자'는 모든 것이 재평가될 시기가 온 만큼 "편협 고루한
민족적 감정의 장막을 찢고 일본문학을 대해야 될 호기"를 놓쳐서는 안 된
다고 말한다. 우리가 미워해야 할 적은 '과거'의 일본, 즉 "국방색 케에터를
두른 그 포악작인한 제국주의자들"이지 "자유를 사랑할 줄 알고 인간의 존
엄성을 존경할 줄 아는 자유진영의 울타리" 안으로 들어온 '현재'의 일본이
아니라는 것이다. 이어 '저자'는 작가에게 국적이 더 이상 최후의 조건일
수 없으며, "국적 하나만으로 그들 문학에 금제의 말뚝을 박아야 할 이유"
가 없다고 주장한다. '저자'는 세계전후문학전집에 <일본편>을 포함시키
게 된 이유를 다음과 같이 보다 구체적으로 설명한다.

> 戰後의 日本文學은 지금 世界에 널리 번역 보급되어 그 가치를 인정받
> 고 있는 터이다. 우리만 鎖國主義的인 골목길에서 낮잠을 자서는 안 될
> 것이다. 일종의 文化交流에 대한 價値交換이 시급하다. 따지고 보면 그네
> 들이나 우리는 다같이 亞細亞的 後進性에서 번민하고 있는 黃色皮膚의
> 人種들이다. 西歐文明의 바람 앞에서 같이 시련을 겪고 있는 사람들이다.
> 그들의 文學은 그런 의미에서도 우리의 好奇心을 끌고 있으며 또 무엇
> 인가 많은 暗示를 던져 주고 있다. 뿐만 아니라 그들의 文學과 우리들의
> 文學을 비교할 수 있는 機會를 갖는다는 것은 興味도 잇고 또한 意義도
> 깊다. 나아가서는 우리가 우물안의 개고리가 되지 않기 위해서 항상 戰
> 後世界 동향을 살펴야만 하는 그 作業의 一翼으로서도 日本文學은 그대
> 로 看過할 수 없는 존재다.[54]

---

54) 「이 책을 읽는 분에게」, 『일본전후문제작품집』(세계전후문학전집7), 신구문화사, 1960, 3면.

　세계문학으로 나아가기 위해 일본문학이 암시하는 바가 있으리라는 '저자'의 주장은 이 글에서 다소 피상적으로 서술되어 있다. 서문이라는 글쓰기 방식의 특성상 이러한 압축성은 불가피할 터이다. 그럼에도 서문의 전반부 논리들이 다소 진부하고 통속적일 만큼 원론적인 주장들에 가까웠다면, 후반부의 논의들은 현실적이며 실리 추구적이다. 실제로 전후 냉전질서의 재편과 더불어 새로이 구축된 세계문학의 구도 속에서 일본문학은 아시아를 대표하며 그 위상을 재정립하는데 성공한다. 전집의 기획 속에 반영되어 있는 상상적 배치, 즉 <한국편>(제1권)과 <일본편>(제7권)이 좌·우의 양 극단에 '대등'하게 놓이는 구성은 현실을 왜곡한다. 한국이 우물 '안'의 개구리였다면, 일본은 우물 '밖' 개구리 혹은 그 이상이었다. 서문의 '저자'는 아세아적 후진성이라는 명명법을 사용하여 세계(문학)의 구도 속에서 한국(문학)의 위상을 일본과 동일한 수준으로 끌어올리지만,55) 이러한 인식은 오히려 전집 편집주체들의 (무)의식 속에 존재하는 서구(문학)

55) 이한정은 「일본문학의 번역과 한국문학」(『현대문학의 연구』 제55집, 한국문학연구학회, 2015.2, 27면)에서 『일본전후문제작품집』의 서문에 언급된 "亞細亞的 後進性에서 번민하고 있는 黃色皮膚의 人種들"이라는 구절을 서구문학과의 대결 구도 속에서 일본과 '우리'를 하나로 묶는 '동류' 의식의 표현으로 읽어낸다. 이한정은 『일본전후문제작품집』의 편집위원으로 참여하고 있는 백철이 서문을 작성하였으리라는 가정 하에, 서문에 드러나는 '일본문학'에 대한 '저자'의 인식을 "일제 강점기를 거치면서 내면화된 '일본문학'에 대한 어떤 신뢰"(27면)의 표현이자 "자기(백철)에게 내면화되어 있는 일본문학에 특권을 부여하는 자세"(28면)의 반영으로 해석하고 있다. 그러나 편집위원 명의로 되어 있는 서문을 '백철'이 작성한 것이라 보기에는 다소 무리가 있다. 백철 이외에도 최정희와 안수길이 일본편 선집의 편집위원으로 참여하고 있으며, 『일본전후문제작품집』 말미에 수록되어 있는 「韓日戰後文學의 比較檢討」에서 백철이 보여주는 일본전후문학에 대한 이해는 '인상담'에 가깝다. 백철은 「韓日戰後文學의 比較檢討」를 작성하게 된 연유를 다음과 같이 밝히고 있다. "나는 실지에 있어서 오랫동안 일본문학작품을 접해보지 못하다가 이번 四, 一九 뒤에 한일의 문학이 今後 어느 정도 서로 접근 교류되어질 가능성도 예상되고 또 구체적으론 출판사에서 그 방면에 관심을 갖도록 내게 종용해 오는 기회도 있고 해서, 오랜간만에 일본의 전후작품 중에서 한 두 편의 문제작을 읽어보고 또 그들의 짧은 戰後文學史도 서베이한 결과가 지금 말한바 두 개의 戰後文學(한국의 전후문학과 일본의 전후문학)에 대한 대조적인 인상인 것이다." (백철, 「韓日戰後文學의 比較檢討」, 『일본전후문제작품집』, 신구문화사, 1960, 388면.)

과 일본(문학)에 대한 열등의식을 그대로 드러내는 것이었다.

『사상계』와 더불어 당대 청년들에게 널리 읽혔던 종합 교양지 『새벽』 1960년 7월호에는 「일본을 말한다」라는 제목으로 당시 고려대학교 총장이었던 유진오와 이어령의 좌담이 실려 있다. 4·19 이후 일본문화 수용과 관련된 본격적인 논의라는 점에서 이 글은 주목을 요한다. 이 대담에서 유진오는 혁명 이후 전개된 반동주의적인 일본 붐에 염려를 표하며 일본과의 문화교류를 제한적으로 허용해야 한다고 주장한다. 이에 대해 이어령은 완전한 개방주의를 표방하며 신세대의 자신감을 강하게 드러낸다. 일본문화개방에 대한 유진오의 염려를 올드·제네레이션의 열등의식 표출로 인식하며, 이어령은 유진오의 주장을 세대론의 차원에서 반박한다. 흥미로운 점은 이 대담에서 일본문화 수용을 적극 찬성하며 이어령이 사용하는 용어들과 논리전개방식이 신구문화사 선집의 서문과 매우 유사하다는 사실이다.56)

『일본전후문제작품집』의 서문과 유진오와 이어령의 좌담(「일본을 말한다」)을 서로 겹쳐 읽을 때, 다소 피상적으로 서술되어 있었던 일본문학수용의 논리들이 보다 선명해진다. 「일본을 말한다」에서 이어령은 신세대가 구세대와 달리 일본에 대한 열등의식을 가지고 있지 않기 때문에, "일본

---

56) 『전후일본문학전집』의 편집진은 백철과 최정희, 안수길이었으며, 이어령은 여기에서 제외되어 있었다.(각주 22 참조) 그러나 신구문화사 관계자들(이어령, 염무웅, 원선자)의 회고를 참조할 때, 당시 이어령은 <전집> 발간의 실무를 담당하며 처음부터 전집 기획에 매우 깊이 관여하고 있었다. 물론 『전후일본문제작품집』 서문이 '편집위원' 명의로 작성되어 있는 까닭에 실제 작성자가 누구인지 밝혀내는 데 한계가 있다. 그러나 ① 이어령이 대담에서 구사하는 용어와 논리가 전집 서문과 상당히 유사하다는 점, 그리고 ② 당시 <세계전후문학전집>의 실무 책임자가 이어령이었다는 점, ③ 실제 대담이 이루어진 시점이 『전후일본문학전집』의 발간 준비기간과 겹쳐진다는 점, 마지막으로 ④ 선집의 편집위원으로 참여하고 있음에도 『전후일본문제작품집』의 부록에 해당하는 백철의 글(「韓日戰後文學의 比較檢討」)과 <문제성을 찾아서>에 수록되어 있는 최정희의 글이 서문의 어조와 달리 수동적이라는 점을 근거로 본고에서는 이어령이 『전후일본문제작품집』의 서문을 작성하는데 주도적인 역할을 수행했으리라 추정한다.

문화를 개방한다 해도 利는 될지언정 害는 되지 않을 것"이며, "그들이 구미 문화를 섭취하는 「방법」 같은 것을 배우고 또 비교함으로써 자극제가 되어 줄 것"이라 주장한다.[57] 주목할 점은 이어령이 세대론을 통해 일본에 대한 열등의식을 극복하고 있지만, 서구에 대한 열등의식을 극복하는 데 동일한 논리를 적용하지 못한다는 사실이다. 국가 간의 혹은 문화 간의 가치교환을 위해 열등의식을 극복해야 한다고 주장하지만, 이는 한국과 일본 간의 관계에만 적용되는 '제한적'인 것이었다. 이어령은 세대론을 바탕으로 한국의 구세대와 일본에 대한 열등의식을 극복하는 한편, 한국과 일본이 서구/구미(歐美)에 대해 아세아적 후진성을 공유하고 있다고 설정함으로써 세계(문학)의 구도 속에서 한국(문학)과 일본(문학)의 위상을 '대등'하게 설정한다.

흥미로운 점은 이어령이 상정하고 있는 '문화교류에 대한 가치교환'의 측면이다. 이 글에서 이어령은 하나의 <모델케이스>로서 일본이 후진적 요소를 어떻게 서구화하고 소화시키며 자신의 것으로 체화하는가를 한국(문학)이 배워야 한다고 주장한다.[58] 그 구체적 사례로 이어령은 후카사와 시치로(深澤七郎)의 「나라야마부시 考」를 언급한다. (이 소설은 계용묵의 번역으로 『일본전후문제작품집』에 수록되어 있다.) 전통적인 소재를 다루는 일본 작가의 소설적 기법을 한국작가들이 참조함으로써 반성의 계기로 삼을 수 있다는 것이다. 앞서 언급했듯이 이어령은 일본에 대한 열등의식을 극복하며 '대등'한 차원에서의 가치교환이 이루어져야 한다고 주장했다. 그러나 세대론의 차원에서 '극복'된 열등의식이란 유진오로 대표되는 구세대와의 대결 구도에서 우위를 차지하기 위해 설정된 잠재적 가능성이라는 점에서 한계를 지닐 수밖에 없었다. 바로 이 지점에서 이어령은 전후세대의 존재론적 특수성이 가치교환의 대상이 될 수 있다고 주장한다. 6·25의 경

---

57) 유진오·이어령, 「일본을 말한다」, 『새벽』, 새벽사, 1960.7, 127면.
58) 유진오·이어령, 위의 글, 131면.

힘을 통해 인간의 문제와 직접 대결할 수 있었기에 이를 작품화함으로써
'인간의 존엄과 자유'가 갖는 의미가 무엇인지 그들(일본)에게 전할 수 있
다는 것이다. 그러나 '세대론'에 기반을 둔 이어령의 설득 논리는 다분히
감정적 차원에 머무르는 것이었다. 비록 세대론의 외장을 두르고 있다 하
더라도 그 이면에는 극도의 열등의식과 반발에서 오는 도덕주의적 우월감
이 자리 잡고 있었다.[59] 그러나 소설공부를 하는 독자에게 온고지신의 교
사이자 문학애호가에게 소설의 인도자가 되리라는 확신과 달리 『한국전
후문제작품집』에 수록된 소설들은 한국전쟁 이후 발표된 문단 신진들의
작품이 주를 이룬 반면, 『일본전후문제작품집』에는 일본 유수의 문학상
수상작들이 수록되었다. 세계의 '전후'와 한국의 '전후', 그리고 일본의 '전
후'가 서로 다를 수밖에 없는 현실적 조건 속에서 편집위원들이 재현해해
는 한국과 일본 전후문학의 구체적 상들은 대등함과는 거리가 먼 것이었
다. 이른바 세계문학의 공간이 민족문학들 간의 경쟁과 투쟁, 불평등의 역
학관계가 작동하는 상징투쟁의 장[60]임을 상기한다면, 대등한 관계 속에서
이루어지는 문화적 가치교환이란 애초부터 한계를 지닐 수밖에 없었던 불
완전한 기획이었던 것이다.

---

59) 이어령은 「일본을 말한다」에서 다음과 같이 결론을 맺는다. "나는 開放主義를 원하고 싶
   습니다. 그리고 그들과 自由로 겨누어 거꾸로 새로운 한국의 힘을 인식시켜주고 싶습니
   다. 과거에 敵國이었던 일본은 二次大戰의 終末과 함께 사라졌으니까요. 우리가 미워해야
   할 것은 日本이 아니라 日本의 軍國主義였습니다. 그들이 진정한 자유민의 자격을 갖추었
   다면 우리가 美國人과 가까운 것처럼 그렇게 가까울 수 있을 겝니다. 그들에게 물어봅시
   다. 너희들은 정말 인간의 존엄성과 그 自由를 알고 있는가? 그들이 예스라고 대답한다
   면 또 그것이 사실이라면 우리는 그들을 용서해 주어야 될거에요." 유진오·이어령, 「일
   본을 말한다」, 『새벽』, 새벽사, 1960.7, 133면.
60) 오길영, 「민족문학과 세계문학의 역학: 제임스조이스를 중심으로」, 『근대영미소설』 18집
   2호, 근대영미소설학회, 2011.8, 7면 참조.

6   일본번역문학 수용론에 대한 비판

신구문화사 편집진들이 내세우는 설득논리에도 불구하고 일본문학 선집 발간에 대한 남한 문학장 내·외의 비판은 계속되었다. 구성적 측면에서 일본의 저명 문학상 수상작들을 수록하고 있는 까닭에 작품 선별에 대한 문제가 불거질 가능성은 낮았다. 그러나 비난의 초점은 상품으로서의 '질'(문학성)이 아닌 상품 '그 자체'(일본문학선집)에 집중되었다. 「일본문학번역과 작가」(『경향신문』, 1960.10.12.)라는 글에서 필자는 신구문화사 『일본전후문제작품집』에 대해 강도 높은 비난을 쏟아낸다. 물론 비난의 대상이 신구문화사 선집임을 직접적으로 드러내지 않으나, "일본에서 일시적인 선풍을 일으켰을지도 모르나 <아프레>적이며 <비트·제네레이슌>의 성 폭로에 속하는 하등 문제작일 수도 없고 따라서 그 문학적 가치가 그다지 높이 평가될 수도 없을 것"을 지명(知名) 작가들이 동원되어 번역하고 있다는 주장은 그 비난의 끝이 어디를 향하고 있는지 짐작케 한다. 『일본전후문제작품집』의 출현이 출판계는 물론이거니와 창작계에도 악영향을 끼치리라는 글쓴이의 비판은 아이러니하게도 출판자본이 아닌 번역자들에 대한 비판으로 집중된다. 실제로 신구문화사 『일본전후문제작품집』에 참여한 번역가들의 면면을 살펴보면, 정한숙·신동문·김동립·오상원·계용묵·안수길·최정희·선우휘 등 당대 남한문단의 원로 및 중견들이 대거 번역작업에 참여하고 있었다. "창작가가 번역문학가를 겸하지 말라는 법은 없다하지만 <기미노 나>(그대 이름)가 일본문학자로서 보다는 민족문학가로서 양명되기"를 바란다는 조소에 가까운 비난은 신구문화사 일본문학선집에 대한 문단 내부의 감정적 대응이 어느 정도였는지를 짐작케 한다. 이러한 비난은 원론적인 차원에서 일본문학의 무용론으로 대두되었다.

본질적인 면에서 볼 때 일본의 문학은 이 역시가 서구문학의 영향을 받아 형성 개화된 것이고 보면, 우리나라 문학은 일본어와 일본문학을 매개로 했을 뿐 간접적이나마 서구문학의 영향을 받아서 형성된 것이라고 해도 과언이 아니다. 그러고 보면 일본문학이 아직도 구미문학의 영향에서 탈피치 못하고 한국이 구미와 직결될 수 있는 오늘날에서는 일본문학이 전일처럼 어떤 강력한 영향을 한국문학에 줄 수도 없으며 또한 그만한 가치도 없다고 보는 것이 타당하지 않을까?[61]

"정치적, 지리적, 언어적인 숙명이 사십년에 가까운 중요한 시기를 본의 아닌 일본과 일본어를 매개로 하여 문학이 성장되었으며, 또 구미의 사조와 문학작품 대부분이 일본어의 번역을 통하여 작가와 대중에게 전파, 침투"[62]해왔음을 전제할 때, 일본문화와 문학이 그저 서구문학 습득을 위한 '수단'에 불과했다는 필자의 주장 이면에는 일본문학에 대한 강한 열등의식이 자리하고 있다. 필자의 글에서 드러나는 민족주의적 태도와 '강박'에 가까운 신경질적인 반응, 그리고 번역에 참가한 저명 작가에 대한 조롱 역시 그 연장선상에서 이해할 수 있을 터이다. 물론 세대에 따라 정도의 차이를 보이겠지만, 남한문단의 기성과 중진들에게 일본문학에 대한 친연성 혹은 열등의식은 서구문학에 대한 것보다 훨씬 강하게 남아있었을 것이다. 해방이 되었다 하더라도 지식의 습득에 있어 일본어 서적에 대한 의존도가 높을 수밖에 없었던 상황 속에서 일본문학은 세계문학으로 나아감에 있어 반드시 참조해야 할 '매개'였다. 일본번역문학에 대한 강력한 부정은 식민지 시기 구축된 일본문학과 한국문학 사이의 '위계'가 한국사회의 기저에서 여전히 강력하게 작동하고 있음을 방증한다.

신구문화사 선집이 팔리기는 하나 일시적인 붐으로 그리 오래 가지 못할 것이라는 예측과 달리,[63] 『일본전후문제작품집』은 출판시장에서 성공

---

61) 「일본문학번역과 작가」, 『경향신문』, 1960.10.12, 4면.
62) 이하윤, 「일본문학작품의 한국어번역(상)」, 『경향신문』, 1960.9.2, 4면.

을 거두게 된다. 이는 신구문화사 전집이 콘텐츠의 측면에서 다른 세계문학전집들과 차별화되는 상품적 특수성을 획득하고 있었기에 가능한 것이기도 했지만[64], 보다 엄밀히 말하자면 신구문화사가 자체적으로 전국적인 규모의 외판시스템을 마련하고 있었기에 가능한 것이기도 했다. 1960년대 도서유통시스템은 아이러니하게도 출판시장의 불황을 타개하기 위해 메이저급 출판사들이 경쟁적으로 도입했던 월부외판시스템으로 인해 빠르게 붕괴되어가고 있었다.[65] 이러한 상황들을 감안할 때, 이름도 생소한 군소출판사들이 앞 다투어 일본번역출판물 시장에 뛰어드는 상황은 어찌 보면 당연한 결과였다.

1960년대 출판시장에서 잡지와 전집위주의 출판이 주를 이루는 가운데, 단행본 시장은 상대적으로 약세에 놓여있었다. 당시 출판관계자들에 의해 독서층 계발에 대한 문제가 끊임없이 제기되었을 정도로 단행본 도서 구매층은 매우 취약하였으며, 이는 서점의 붕괴와 단행본 출판사의 파산, 출판시장의 전반적인 불황으로 이어졌다. 이러한 상황 속에서 거대 자본이 요구되는 세계문학전집이나 한국문학전집의 기획·출판이 현실적으로 어려웠던 군소출판사들은 기존의 전집 지형을 재활용하여 장정만을 달리한 채 동일한 전집과 선집들을 출판시장에 쏟아 내거나, 일본의 대중·통속문학작품들을 번역·소개하여 수많은 단행본들을 만들어낸다. 말하자면 일본문화에 대해 호기심과 향수를 갖고 있던 문화상품의 소비층들을 출판시

---

63) 「하반기까지의 출판계 현황」, 『동아일보』, 1960.10.23, 4면.

64) 문화상품의 가격적인 측면에서 살펴볼 때, 신구문화사 <세계전후문학전집>과 을유문화사 <세계문학전집> 낱권의 가격은 거의 차이가 없었다. 을유문화사 전집의 제1권인 『분노는 포도처럼』(존·쉬타인백 작/강봉식 역)은 2,000환(1960년 7월 기준), 제5권인 『어떤 시골 신부의 일기·갈멜 수녀들의 대화』(죠루쥬·베르나노스 작/안응렬 역)는 1,600환(1960년 11월 기준), 제 20권인 『근대독일단편집』(구기성 역)은 1,800환(1960년 12월 기준)이었으며, 신구문화사의 『일본전후문제작품집』은 1,600환(1960년 9월 기준)에 판매되었다.

65) 1960년대 남한출판시장에 대한 논의는 이종호의 「1960년대 한국문학전집의 발간과 문학정전의 실험 혹은 출판이라는 투기」(『상허학보』 제32집, 상허학회, 2011.)를 참조.

장에 적극적으로 끌어들이는 한편, 이를 바탕으로 침체되어있었던 단행본 시장의 활로를 적극적으로 개척해 나갔다고 보는 것이 타당할 터이다.

일본번역출판물의 경우 세계문학전집이나 한국문학전집과 달리 전집출판과 단행본 출판 시장으로 양분화 되었으며, 전자보다 후자에 집중되었다. 일본번역문학의 수용에 대한 대부분의 비난이 단행본 출판에 집중되는 것 역시 이러한 상황과 연결된다. "일본의 저속한 문학작품의 책임 없는 번역이 일반에게 남독되는 것"66)을 염려하며, "무명의 소자본출판사들에 의한 졸역과 오역투성이의 날치기 판"67)이 출판시장을 잠식해 들어가는 상황에 대한 비판이 주를 이루는 가운데, 남한출판시장에서 연일 베스트셀러 상위를 차지했던 이시자카 요지로(石坂洋次郎)의「가정교사」에 대한 한말숙의 논의는 주목을 요한다. 일본번역문학 수용에 대한 기존 비판들이 출판사와 번역자를 향한 것이었다면, 한말숙의 비판은 반대로 한국의 작가와 독자들을 향하고 있기 때문이다.「일본문학을 狙擊한다」라는 글에서68) 한말숙은 자신의 어린 시절 독서경험을 떠올리며 "石坂洋次郎 것은 결코 순수문학은 아니지만 또 결코「저속」한 것"도 아니라고 말한다. 그보다도 '싸구려' 작품들이 많기 때문에 그나마 한국사회에서 이시자카 요지로의 소설이 읽힌다는 것은 다행한 일인지도 모른다는 것이다. 한말숙은 어떤 대학생과의 일화를 소개하며,69)「가정교사」의 대척점에 한국의 대중소설(유행소설)을 위치시킨다. 이시자카의「청춘교실」을 '黃色소설'로

---

66) 이하윤, 「일본문학작품의 한국어번역(하)」, 『경향신문』, 1963.9.3, 4면.

67) 「한국속의 일본을 고발한다」, 『신동아』, 동아일보사, 1964.11, 89면.

68) 한말숙, 「일본문학을 저격한다」, 『세대』 9호, 세대사, 1964.2.

69) 내 아는 학생이 왔길래 「가정교사」를 읽었느냐고 물으니까 대뜸 하는 말이 「읽고 말구요. <大衆>인지는 몰라도 적어도 우리나라 <大衆>보다는 수준이 높으니까요!」한다. 그것은 정말인지 거짓인지 통히 읽지 않는 나로서는 판단하기 어려우나 우리나라의 소위 유행소설은 견딜 수가 없는 모양이다. 어떻게 보면 大衆의 수준이 향상했다는 혹은 향상하고 있다는 현상인 것도 같다. 좋은 일이 아닌가.(「일본문학을 狙擊한다」, 『세대』 9호, 세대사, 1964.2, 226면.)

지칭하며 "일본에서도 로우·브로우(俗衆)의 뒷호주머니에서나 찾아볼 수
있는 「俗物」들이 우리 사회엔 베스트 리딩으로 君臨"하는 현실을 안타까
워하는 것이 아니라,[70] 우리나라의 대중소설보다 수준이 높아 「가정교사」
를 읽는 것이라면 독서대중의 전반적인 수준 향상을 의미하는 것이기에
결과적으로 독서층의 계발이라는 측면에서도 의미가 있다는 것이다.

오히려 비난의 화살은 "대중을 무시하고 공부도 하지 않고 천편일률로
옛것을 되풀이"하는 통속작가들에게 향한다. 신문연재를 중심으로 한국사
회에서 성장해온 대중(통속)소설 장르가 일본번역소설의 홍수 속에 경쟁관
계에 놓여있음을 암시하는 대목이자,[71] 이후 남한사회에서 대중소설의 문
학성이 일본소설과의 영향 관계 속에서 향상될 수 있음을 추측케 하는 부
분이기도 하다. "한국작가의 것보다 낫다면 그것을 읽으라."는 한말숙의
주장은 그녀의 현실 인식이 대중소설의 영역에만 한정된 것이 아님을 드
러낸다. 나아가 한국작가들의 작품 가운데 「가정교사」 이상의 것이 있음
을 강조하며 순문학에 대한 독서대중의 자각을 촉구한다. 「일본문학을 狙
擊한다」에서 한말숙은 일본번역문학의 영향으로부터 자유로울 수 없었던
남한 문단과 순수문학과 대중/통속문학의 관계, 일본소설을 통해 계발되
는 독서층의 문제, 돈벌이를 위해 일본번역문학에 집중하는 출판자본과
이를 감독할 수 있는 출판·언론기관의 필요성 등을 언급하면서, 한국문단
과 출판시장을 '저격'의 대상에 위치시킴으로써 1960년대 남한 사회에 도
전적인 문제의식을 제기했던 것이다.

---

70) 최종률, 「한국 속의 일본–문학」, 『세대』 통권 27호, 세대사, 1965.10, 94면.
71) 1960년대 남한출판시장에서 번역된 일본대중소설들과 이에 대한 대중적 소비 양상은 강
   우원용의 「1960년대 초기 베스트셀러를 통해 본 일본소설의 번역물과 한국 독자」(『일본
   학보』 제97집, 한국일본학회, 2013.11.)를 참고.

7 결론을 대신하며

절필을 선언하였던 소설가 박범신의 문단 복귀작이었던 「흰소가 끄는 수레」에서 『전후문제희곡·시나리오집』(<세계전후문학전집> 제10권)은 문청 시절방황하던 주인공의 삶을 상징적으로 보여주는 중요한 소재로 등장한다. 우연히 만난 한 '사내'와의 대화 속에서 신구문화사 <전집>은 다음과 같이 그려진다.

> 신구문화사판 세계전후문학전집은 그 무렵, 아주 끼고 살았지요. 미국작가 리지날드 로즈의 「열두 노한(老漢)들」을 읽고 났을 땐 위경련을 했고, 한스 야코비의 「죽음의 배」를 읽고 났을 땐 사레가 들렸고, 「청춘은 참혹하다」를 읽고 났을 땐 울면서 …… 어둠 속으로, 속으로 내달렸지요. 내 가슴은 삶은 게처럼 찢지 못해 안달을 하면서 말이오.[72]

박범신의 「흰소가 끄는 수레」에서 재현되는 신구문화사 <전집>의 독서 경험 속에서 「열두 怒漢들」과 「죽음의 배」, 「青春은 慘酷하다」 등의 작품들이 주었던 강렬한 인상은 '위경련'이나 '사레들림', '울음'과 같은 반응으로 신체에 각인되어 나타난다. 절필을 선언하고 홀로 고독의 시간을 보내던 주인공이 문청시절에 읽었던 전후문학 작품들과 신체에 각인된 독서 경험을 상기하며 '작가로서의 정체성'의 기원과 마주하는 장면은 매우 인상적이다. 주목할 점은 이 소설에서 <전집>이 『새벽』의 편집주체들이 의도했었던 '저항적 청년주체' 혹은 '전위적 독서주체'의 형상이 아닌 방황하는 문청시절의 뼈아픈 경험으로 재현되고 있다는 사실이다.

물론 <전집>의 기획이 저항적 청년주체의 출현을 목표한 것이라 하더라도 역사적 상황의 급변 속에서 <전집>이 놓이는 사회문화적 혹은 정치

---

72) 박범신, 『흰소가 끄는 수레』, 창작가 비평사, 1997, 28면 인용.

적 맥락이 변화함에 따라 읽을거리로서 <전집>의 효과는 달라질 수밖에 없다. 혁신호가 발간된 이래로 『새벽』이라는 매체 속에서 끊임없이 호명되었던 '전후문학'의 가치란 결국 저항적 청년주체의 출현 속에서 의미를 갖는 것이었다. 그러나 4·19와 5·16을 거치면서 급변하는 사회적, 정치적 현실 속에서 전후문학은 점차 정치적 저항성을 탈각한 채 미학적 차원에서 소비된다. 『새벽』의 편집진들이 '전후문학'의 문학적 외연을 의도적으로 축소시켜 전후 청년작가들의 저항적 문학에 집중시켰다면, 4·19 이후 신구문화사라는 민간 출판자본과의 결합을 통해 보다 체계화된 규모를 갖추며 출판시장에 등장하게 된 <세계전후문학전집>은 서구유럽의 '전후'라는 보편적 시대감각으로 회귀한다. 이러한 변화는 『새벽』이라는 저항적 콘텍스트가 사라짐으로써 필연적으로 맞이할 수밖에 없는 것이었다. 그 결과 신구문화사 <세계전후문학전집>에 수록된 한국의 전후문학작품들은 전체 기획 속에서 겉돌게 된다. 한국문학이 세계문학이라는 구도 속에 놓이게 됨으로써,[73] 2차 세계대전 이후라는 보편적 감각과 어긋나는, 4·19 세대의 표현을 빌자면 일종의 해석되지 않은 6·25의 기록으로서 한국의 전후문학이 읽혀지게 되는 것이다.[74]

그렇다면 <세계전후문학전집>은 과연 1960년대 문학청년들 혹은 독서대중들에게 과연 무엇이었을까? 김윤식의 표현을 그대로 옮기자면, "한국

---

73) 한국문학이 세계문학이라는 구도 속에 동일하게 배치됨으로써 발생하는 갈등과 균열의 지점은 『전후문제희곡·시나리오집』(제10권)에서 상징적으로 드러난다. 전체 12편의 작품 가운데 한국작품은 오영진의 <시집가는 날>이 <씨나리오篇>에 수록되어 있다. 함께 배치되어 있는 씨나리오 작품 목록은 「길」(이태리), 「從兄弟」(프랑스), 「열두 怒漢들」(미국), 「죽음의 배」(독일), 「青春은 慘酷하다」(일본)이다. 박범신의 「흰소가 끄는 수레」에서 재현되는 신구문화사 <전집>에 대한 독서 경험 속에서 「열두 怒漢들」과 「죽음의 배」, 「青春은 慘酷하다」 등의 작품들이 주었던 강렬한 인상이 '위경련'이나 '사레들림'와 같은 반응으로 신체에 각인되는 반면, <시집가는 날>에 대한 기억은 작품 속에서 결코 드러나지 않는다.

74) 김승옥은 "50년대 작가들은 6.25를 체험했고 그래서 보고서를 쓰듯이 나열로 그쳤지만, 우리가 6.25의 의미를 나름대로 해석했다"고 평가를 내리며 이전 세대들과 구분 짓는다. (최원식·임규찬 편, 앞의 책, 32면)

전후문제작품집을 비롯, 일본전후문제작품집 및 서구문제작품집 등이야말로 소금장수 얘기에 지쳐있던 문학청년들에게 복음서였던 것. 서기원의 표현을 빌리면 김동리·황순원으로 대표되는 진솔한 우리말이 세계어와 마주치는 길목이었던 것. <우리 전후세대는 너 하나 길러내기에 족하였다>고, 김승옥의 화려한 출현을 두고 이호철이 호들갑을 떤 것도 이와 관련되었던 것. 이른바 감수성의 혁명으로 불린 김승옥이 깊이 감동을 받았다는 것이 다자이 오사무였던 것. 아포리즘적 문체, 데카당한 삶의 방식, 그 속에 깃든 자살충동, 그 주변을 에워싼 낯선 미학과 감각적 표현 등은, 이야기 중심 소설이나 역사·사회적 문맥에서 의미를 찾고자 하는 리얼리즘계 소설과는 질적으로 달랐던 것"75)이며 이를 부추긴 것이 바로 신구문화사 <세계전후문학전집>이었다는 것은 주목할 필요가 있다. 1960년대 일본어 해독이 불가능했던 한글세대 독자들이 처해 있었던 문화적 재화의 불균등한 분배 속에서 <전집>은 잉태되었고, 전후세대 문화매개자들(선집의 기획자, 비평가, 언론인, 출판관계자 등)은 세계의 전후문학 작품들을 번역, 소개함으로써 문화생산의 장에서 새로운 상징자본을 만들어 낸 것이다.

신구문화사 <전집>이 기획되는 일련의 과정을 거꾸로 추적해 들어감으로써 굴절된 '전후'의 다양한 흔적들을 마주할 수 있었다. 이를 통해 전후세계문학이 4·19정신의 수많은 지적·감성적 토대들의 일부를 구성하였듯이, 전후세계문학의 '고쳐 읽기'와 '다시 쓰기'를 통해 잉태된 반항적 창조 주체들의 문학적 실천이 새로운 문학의 출현을 예고한 것임을 알 수 있었다. 그러나 전자에 비해 1960-70년대 독서대중들에게 전후세계문학이 수용되는 양상을 파악하는 일은 지난한 작업이 될 터이다. 그러나 이러한 시도야말로 4·19세대 작가들의 문학적 정체성의 기원들 가운데 '하나'를 찾아가는 작업이라는 점에서 의미를 지닌다. 그러나 텍스트의 수용사적

---

75) 김윤식, 「퇴폐미학의 근원을 찾아서」, 『현대문학』, 현대문학사, 1991.7, 341-342면.

맥락을 추적하기에 앞서 선결되어야 하는 것은 신구문화사 <세계전후문학전집>에 내재되어 있는 균열과 갈등의 지점들에 대한 탐구이며 <전집>의 내적 구성의 다양성과 특수성을 살피는 일이다. 본고가 신구문화사 <세계전후문학전집>의 전사(前史)에 집중한 까닭에 <전집>의 전체 구도 속에 배치되어 있는 한국과 일본, 미국, 프랑스, 영국, 독일, 남북구 전후문학의 개별 선집들에 대한 구성적 특수성에 대한 분석은 하지 못했다. 이에 대한 구체적인 논의는 추후 과제를 통해 보완하고자 한다.

· 참고문헌 ·

1. 기본자료
『경향신문』, 『동아일보』, 『새벽』, 『세대』, 『신동아』, 『중앙』
<세계전후문학전집>(신구문화사)

2. 단행본
고 은, 『만인보 12』, 창비, 2010.4.
권태역·차승기 엮음, 『'전후'의 탄생: 일본, 그리고 '조선'이라는 경계』, 그린비, 2013.
가와무라 미나토, 유숙자 역, 『전후문학을 묻는다』, 소화, 2005.
김병철, 『한국현대번역문학사연구』, 을유문화사, 1998.
김판수, 『시인 신동문 평전』, 북스코스, 2011.
로렌스 베누티, 임호경 역, 『번역의 윤리』, 열린책들, 2006.
박범신, 『흰소가 끄는 수레』, 창작가 비평사, 1997.
염무웅, 『문학과 시대현실』, 창비, 2010.
우촌기념사업회, 『우촌과 함께하는 시간들』, 신구대학, 2010.
우촌기념사업회, 『출판과 교육에 바친 열정』, 우촌기념사업회출판부, 1992
윤상인 외 3인, 『일본문학번역 60년 현황과 분석』, 소명출판, 2008.
이어령, 『저항의 문학』, 예문각, 1962.
_____, 『전후문학의 새물결』, 신구문화사, 1962.
최원식·임규찬 편, 『4월 혁명과 한국문학』, 창작과 비평사, 2003.
한배호, 『한국정치사』, 일조각, 2008.
한수영, 『전후문학을 다시 읽는다』, 소명출판, 2015.
호영송, 『창조의 아이콘, 이어령 평전』, 문학세계사, 2013.

3. 논문
강우원용, 「1960년대 일본문학 번역물과 한국」, 『일본학보』 제93집, 2012.11.
_____, 「1960년대 초기 베스트셀러를 통해 본 일본소설의 번역물과 한국 독자」,
      『일본학보』 제97집, 2013.11.
김양희, 「전후 신진시인들의 언어인식과 '새로운 시'의 가능성」, 『인문연구』 72,

2014.12.

김윤식, 「퇴폐미학의 근원을 찾아서」, 『현대문학』, 1991.7.

김효재, 「1950년대 종합지 『새벽』의 정신적 지향(1)」, 『한국현대문학연구』 46, 2015.8.

노지영, 「신동문 전기시의 연작 형식-『풍선과 제삼포복』의 불연속적 시리즈성
을 중심으로」, 『서강인문논총』 27, 2010.4

박숙자, 「1960년대 세계문학의 몽타주 그리고 리얼리티」, 『한민족문화연구』 49
집, 2015.2.

_____, 「100권의 세계문학과 그 적들」, 『한국문학이론과 비평』 제62집, 2014.3.

박순원, 「신동문 시 연구-생애의 전환점을 중심으로」, 『비평문학』 44호, 2012.6.

박지영, 「1950년대 번역가의 의식과 문화정치적 위치」, 『상허학보』 제30집,
2010.10.

염무웅, 「책읽기, 글쓰기, 책만들기」, 『근대서지』 제4호, 2011.12.

오길영, 「민족문학과 세계문학의 역학: 제임스조이스를 중심으로」, 『근대영미
소설』 18집 2호, 2011.8.

유성호, 「신동문 시의 연구」, 『현대문학의 연구』 7권, 1996.

이명찬, 「1960년대 시단과 『한국전후문제시집』」, 『독서연구』 26호, 2011.12.

이상길, 「문화매개자 개념의 비판적 재검토」, 『한국언론정보학보』 52호, 2010
겨울.

이종호, 「1960년대 한국문학전집의 발간과 문학정전의 실험 혹은 출판이라는
투기」, 『상허학보』 제32집, 2011.6.

이한정, 「일본문학의 번역과 한국문학」, 『현대문학의 연구』 제55집, 2015.2.

_____, 「일본문학 번역의 양상과 연구 방향」, 『일본학보』 제100집, 2014.8.

임지연, 「1950년대 시의 코스모폴리탄적 감각과 세계사적 개인주체」, 『한국시
학연구』, 2012.

조영일, 「우리는 과연 세계문학전집에서 벗어날 수 있을까?」, 『작가세계』 22,
2010.6.

조영복, 「1950년대 장형시와 내면화의 두 가지 방식」, 『한국현대문학연구』 7,
1999.12.

4. 기타
한국민족문화대백과사전(http://encykorea.aks.ac.kr)

제3장

1960년대 경제민주주의 담론과 노동자 정치 언어의 파국*

박 대 현

1 혁명이념의 실패와 복기(復棋)

1960년대의 혁명은 분열되고 탈취되는 난국을 피할 수 없었다. 4·19와 5·16의 대결이 말해주듯이, 혁명 주체의 분열과 혁명 개념의 변화 양상은 군사정권이 혁명을 폭력적으로 전유하는 과정과 연동되어 있다. 대개의 혁명이 그렇듯이, 4월혁명 또한 개념적으로 '빈 공간'(the void)의 상태로 출발한다. 이승만 정권의 부패와 3·15 부정선거에서 촉발된 4월혁명이 이승만 정권마저 전복시킨 사실은 혁명 주체 스스로도 예상하지 못했던 충격적인 사건이었다. 그리고 4월혁명의 주체들은 혁명 이후의 구체적 대안을 마련하지 못했고 마련할 능력도 없었는데, 이것이 이승만의 축출이라는 뜻하지 않은 감격 속에서 4월혁명 주체의 중요한 축을 담당했던 대학생들이 모두 '학원'으로 돌아가고 만 이유라고 할 수 있다. 혁명의 과제를 떠안은 허정 과도정부는 4월혁명의 이념을 구체화하기에는 구세대 정치세력

---

* 이 글은 「'민주사회주의'의 유령과 중립통일론의 정치학: 1960년대 김수영·신동엽 시의 정치적 무의식에 대하여」(『로컬리티 인문학』 17, 2017.4), 「1960년대 참여시와 경제 균등의 사상: 4월혁명 직후 경제민주주의 담론을 중심으로」(『한국민족문화』 61, 2016.11), 「경제 민주화 담론의 몰락과 노동자 정치 언어의 파국: 1960년대 민주사회주의 담론의 정치적 의미」(『코기토』 79, 2016.2)를 이 책의 취지와 형식에 맞도록 수정·보완한 것이다.

에 지나지 않았으며, 5·16군사쿠데타가 일어나기까지의 정국은 과잉된 자유의 혼란 그 자체였다.

그러나 혼란은 혁명 이후의 짙은 그림자가 아니라 혁명의 이행 증상이기도 했다. 4월혁명 직후의 혼란 속에서 혁신세력의 부활은 혁명의 이념적 구체성을 획득하기 위한 투쟁 과정으로서 중요한 의미를 지니기 때문이다. 미군정 시기부터 지속적으로 전개된 혁신세력에 대한 초법적 탄압은 한국전쟁기에 정점을 찍었고, 1950년대 내내 지속되었으며, 유력 정치인을 법살(法殺)하기까지 했다. 해방 이후의 한국현대사는 혁신세력이 말살되는 과정이라고 봐도 무방한데, 혁신세력이 잠깐이나마 재도약의 기회를 기회를 얻었던 순간이 바로 1960년 4월혁명의 공간이다. 혁신세력의 등장이 4월혁명 이후의 중요한 역사적 사건으로 기록되어야 하는 이유다. 그러나 1960년 7·29총선에서 혁신세력이 민의원 5명, 참의원 2명만이 당선될 정도로 그 실상은 "지리멸렬" 그 자체였다[1]는 점에서 그 한계 또한 부정할 수는 없다.

혁신세력의 실패는 한국의 정치적 상황을 압축적으로 보여준다. 사상의 자유가 만개한 4월혁명 직후의 공간은 혁신세력이 정치적 토대를 확보할 수 있는 중요한 기회였다. 그러나 남한단독정부 수립 이후 지속되어왔던 '혁신세력의 용공화'라는 전략이 4월혁명의 공간에서도 효과적으로 발휘되었고[2], 여기에 혁신세력의 내부 분열과 정치자금난이 더해지면서 총선 득표를 위한 효과적인 조직 운영이 불가능해지고 말았다. 이로 인해 혁신세력을 향한 대중들의 기대감은 충족될 수 없었고 혁신세력을 향한 심정

---

1) 김삼웅, 『해방후 정치사 100장면』, 가람역사, 1994, 131-132면.
2) "혁신세력은 조직과 자금면에서 열세였으며 정강정책도 민주당과의 차이를 뚜렷이 내세우지 못"했을 뿐만 아니라 사회대중당 서상일이 남북교류론을 주장하고 혁신동지연맹의 장건상이 중공유엔가입론을 주장함으로써 민주당에게 "혁신정당의 용공성"을 더욱 효과적으로 선전할 수 있는 빌미를 주고 말았다. 김광식, 「4·19시기 혁신세력의 정치활동과 그 한계」, 『역사비평』 2, 1988, 152면.

적 지지가 실제의 투표로 이어질 수 없었다. 이것이 1960년 7·29선거에서
혁신세력에 대하여 "겉으로 드러난 대중적 지지와 실제 표로 나타난 지
지"의 간극을 초래했던 원인이다. "한국 선거사상 처음으로 보혁대결 구
도로 치러졌던 7·29선거에서의 혁신세력의 인기"가 적지 않았음에도 혁
신세력이 참패할 수밖에 없는 원인이었던 것이다.[3]

  그럼에도 불구하고 혁신세력을 주목해야 하는 것은 이들이야말로 혁명
이후 이념의 공백을 장악해 나갈 수 있었던 유일한 정치세력이었기 때문
이다. 과도정부와 민주당은 사실상 지주와 자본가의 정당인 한민당에서
분파되어 나온 구(舊)세력에 지나지 않았으므로 이들이 보일 수 있는 이념
적 스펙트럼은 한계를 노정하고 있었다. 7·29총선 이후 집권한 민주당이
1961년 초 '집회시위규제법'(데모규제법)과 '반공임시특례법', 이른바 '2대악
법'을 제정하려 했던 것이 바로 그런 한계의 한 양상이다.[4] 더구나 관료재
벌로부터 정치자금을 수혈받았던 민주당의 경제정책은 보수성을 띨 수밖
에 없었으므로 정치적 민주주의뿐만 아니라 경제적 민주주의의 실현 또한
처음부터 불가능했다.

  이와 달리 혁신세력의 정치 이념은 첫째, 분단 극복과 통일, 둘째, 경제
체제의 수정, 셋째, 진정한 민주주의 체제의 확립을 지향했다. "혁신정치
세력들의 정치노선은 분단극복과 자주화, 경제체제의 수정, 민주주의 확립
등의 현실적 과제를 강조하는 입장과 민주사회주의와 같은 정치이념 지향
적 입장이 혼합되어 있었"[5]던 것이다. 그러나 혁신세력은 장면 정권 하에

---

3) 정태영, 「5·16쿠데타 이후 혁신세력은 어떻게 존재하였나」, 『역사비평』 20, 1992, 44면.
4) 특히 반공임시특례법은 흔히 반공법으로 불리는데, "평화통일을 주장하는 정당 혹은 단체
   의 결성은 간첩활동으로 간주, 종신형에서부터 사형까지 처벌할 수 있게 되어 있을 뿐 아
   니라", "공민권 박탈에 대한 저항이나 기아빈곤을 타파하기 위한 움직임을 <반역죄>로 몰
   수 있고, 그에 동조하는 사람까지 모두 <국가안보를 위태롭게 하는 행위>라는 이유로 기
   소할 수 있도록 악용될 소지를 안고 있는 사상초유의 악법이라고 불린다. 이 법은 2대악법
   반대투쟁으로 저지되었으나, 5·16군사쿠데타에 의해 제정되고 만다. 한국사사전편찬회,
   『한국근현대사사전』, 가람기획, 2004, 348면.

서 일정한 한계를 노정했음은 물론이거니와 5·16군사쿠데타 이후에는 아예 정치적 생명이 위태롭게 되고 만다. "정당·사회단체·학생단체 간부들에 대한 전국적인 검거투옥 선풍"으로 인해 "3천명이나 되는 진보적 인사들"이 "투옥"되는 상황은 그야말로 "5·16의 첫 칼질이 혁신진보세력 위에 내려"진 결과였는데, 이는 혁신세력이 급격하게 쇠퇴할 수밖에 없는 정치적 조건이 되었다.6) 5·16 이후 혁신세력의 쇠락이 아쉬운 것은 이들의 노동친화적 성향이 지닌 잠재성 때문이다. 평화·중립통일론과 민주사회주의적 이념 지향이 한국전쟁 이후 더욱 견고해진 반공이념과 충돌할 수밖에 없었지만, 이들의 노동친화적 성향은 4월혁명의 이념으로써 광범위한 지지를 획득할 가능성이 충분히 있었다.

1960년대 정치경제사에서 빈민노동자와 하층민의 존재는 매우 중요한 위상을 차지한다. 이들은 4월혁명의 주역이자7) 1960년대 산업노동력의 중추적 기반이기 때문이다. 1960년대의 빈민노동자와 하층민이야말로 4월혁명의 주역이자 혁명의 빈 공간을 장악할 '분노자본'의 주체였다. 그러나 이들을 조직화·세력화할 수 있는 혁신세력의 몰락은 전태일의 분신자살이 상징하듯 노동자들 스스로 분기하는 1970년대를 다시 기다려야만 하는 직접적인 원인이 된다. 4월혁명 이후의 1960년대 정치 공간은 바로 이들에 의해 장악될 필요성이 있었다. 혁신세력의 이념이 1960년대 빈민노동자와 하층민들의 정치 언어로 착근될 수 있었다는 점에서, 혁신세력의 몰락은 빈민노동자를 비롯한 하층민들에게 정치 언어의 상실이나 다름없었

---

5) 김광식, 「4·19시기 혁신세력의 정치활동과 그 한계」, 140면.

6) 정태영, 「5·16쿠데타 이후 혁신세력은 어떻게 존재하였나」, 46면.

7) 최근의 연구들은 '4월혁명=학생혁명'의 관점을 벗어나 혁명의 주체 세력으로서 도시 하층민과 빈민노동자를 주목하면서 4월혁명의 의미를 새롭게 규명하고 있다. 오창은, 「1960년대 도시 하위주체의 저항적 성격에 관한 연구: 이문구의 도시 소설을 중심으로」, 『상허학보』 12집, 2004; 이승원, 「'하위주체'와 4월혁명-'하위주체'의 참여형태를 통해 본 민주화에 대한 반성」, 『기억과 전망』 20호, 2009); 오제연, 「4월혁명의 기억에서 사라진 사람들-고학생과 도시하층민」, 『역사비평』 106, 2014.

다. "학생들이 '민주주의'라는 자신들의 언어[8]를 통해 자신들의 주체성 혹은 대표성을 가지고서 혁명에 참여했던 것과 달리, 그들은 자신들을 대표하는 언어(타자들과의 소통을 위한 것이든 자신들 내부의 소통을 위한 것이든)와 주체성을 가지고 있지 못했"던 것이다.[9] 혁신세력은 하층민과 빈민 노동자들에게 정치 언어를 제공할 수 있는 유일한 존재였다. 혁신세력의 와해는 결과적으로 1960년대 산업화의 물결 속에서 대다수의 하층민과 노동자들이 어떤 정치 언어도 갖지 못한 채 1970년대의 '죽음충동'(전태일의 분신)을 기다려야만 했던 중요한 요인 중 하나였던 셈이다.

그러나 혁신세력의 몰락에도 불구하고 1960년대는 노동 담론이 활발하게 전개되었던 시기였다. 물론 1970, 80년대에 비할 바는 아니지만, 1960년대는 노동자 권익에 대한 담론[10]이 꾸준히 생산되었고 노동 담론을 노동자의 정치 언어로 전환하기 위한 시도가 지속적으로 전개되었다. 혁신세력의 위축으로 인해 실제로 정치적 언어로 발화될 수는 없었으나, 노동

---

8) 그러나 학생들의 언어는 민주주의라는 무색무취의 관념에서 벗어나지 못했고, 이들의 실천적 운동이랄 수 있는 '신생활운동' 역시 결과적으로 뚜렷한 대안 없이 사회질서 회복을 강조한 보수세력의 입지를 강화했을 뿐이었다.

9) 이승원, 「'하위주체'와 4월혁명-'하위주체'의 참여형태를 통해 본 민주화에 대한 반성」, 202면.

10) 노동자 권익에 대한 담론은 1960년대『사상계』를 중심으로 몇몇 잡지에서 꾸준하게 생산된다. 대표적인 글들을 정리하면 다음과 같다. 김말룡, 「노동조합운동의 전망」,『새벽』(1960.7); 탁희준. 「노동조합과 정치정당」, 김진웅, 「노동운동과 노동법」, 오정근, 「실업노동입법과 최저임금입법」,『사상계』(1960.9); 박원석, 「근로기준법 개정에 대한 소고」.『한양』(1962.7); 김영록, 「위협하는 노임문제」, 무향산인, 「잇빨 빼앗긴 노동쟁의」,『사상계』(1963.7); 탁희준, 「민주노조의 현실과 정상화」, 김말룡, 「노동법의 개악을 반대한다」,『사상계』(1964.1); 탁희준, 「노동쟁의의 해결은 정도를 가라」, 김치선, 「노동쟁의의 분석과 해결책」,『사상계』(1964.3); 김치선, 「불가침의 노동3권」,『사상계』(1964.10); 이남훈, 「노동자보호를 위한 노동형법적 고찰 (상)(하)」,『세대』(1966.9,11); 이태용, 「한국노동자들의 임금실태」,『한양』(1967.7); 이태송, 「한국의 노동쟁의」,『한양』(1968.11); 조용범, 「임금노동자의 생활전선은 비참하다」,『사상계』(1969.4); 이찬혁, 「노동기본권수호를 위한 제언」,『사상계』(1969.4); 최준, 「노동경시는 산업화에 장애」,『청맥』(1966.11) 위와 같이 산발적인 담론 생산에 그치던 노동자 권익 담론은 1967년 1월에 '크리스찬 아카데미'의『대화』지가 창간되면서 비로소 집중적이고도 밀도있는 담론의 양상으로 바뀌게 된다.

담론 속에는 정치 언어로 뿌리내리고자 하는 충동이 매우 강력하게 작동
하고 있었다고 볼 수 있다. 민주사회주의11)는 4월혁명을 전후하여 『세계』
와 『사상계』를 중심으로 그 담론의 생산이 집중된다. 혁신세력 중 대표적

11) '민주사회주의' 개념은 '사회민주주의' 개념과 착종 관계에 있다. 민주사회주의 개념이 사
회민주주의로부터 파생된 측면이 있기 때문이다. 1840년대 프랑스에서 민주주의의 기치
아래에서 정치적·사회적 개혁을 상호 결합하고자 했던 부르주아 민주주의자의 정치운동
이 존재했었는데, 마르크스는 이들의 비혁명적인 정치·사회적 속성을 폭로하기 위해 '사
회민주주의'(Sozial-Demokratie)라는 명칭을 사용했다. 사회민주주의와 마르크스주의 사이
에는 의회주의적 실천과 혁명적 이론 간의 상호충돌이 잠복되어 있었기 때문에, 마르크
스는 사회민주주의를 기본적으로 프티부르주아의 정치·사회적 이념으로 간주하고 비혁
명적이고 계급 화해적인 속성을 지닌 이데올로기라고 비판했다. 사회주의 혁명의 불필요
성과 불가능성에 기초하여 부르주아 민주주의의 확산과 관철을 통한 노동자계급의 사회
적 지위 향상을 도모하고자 하는 개량주의적 실천과 계급투쟁의 인간화, 그리고 의회주
의를 주장하면서 프롤레타리아 독재에 반기를 들고 그것의 반민주적 속성을 비판할 뿐만
아니라 전통적인 자유민주주의적 이념체계를 수용한다. 그러나 사회민주주의는 대단히
복잡하고 이질적인 경향들을 포괄함으로써 그 개념에 대한 합의는 이루어지기 힘든 상황
이었다. 특히 독일사민당은 여전히 로자 룩셈부르크를 중심으로 하는 혁명적 급진좌파의
영향이 남아 있었을 뿐 아니라, 베벨과 카우츠키를 중심으로 하는 중도 통합적 마르크스
정통파의 영향 속에 있었다. 그러나 2차 세계대전의 종결과 더불어 민주사회주의 개념에
의해서 사회민주주의를 둘러싼 혼란에 마침표를 찍게 된다. 즉 민주사회주의 개념이 사
회민주주의적 정책의 특징으로서 제반 강령과 선언에 뿌리내리기 시작한 것이다. 가장
중요한 계기가 바로 1951년 7월 3일 반공주의적이고 개량주의적인 기본 토대 하에 영국
노동당 주도로 재결성된 '사회주의 인터내셔널'(Sozialistiche Internationale; SI)의 프랑크
푸르트 선언이다. 이 선언의 부제가 바로 '민주적 사회주의의 목적과 임무'인데, 정치적
민주주의, 경제적 민주주의, 사회적 민주주의, 국제적 민주주의라는 네 방향을 제시한다.
이 선언은 공산주의의 본질이 국제노동운동의 분열 주범이자 새로운 제국주의의 도구임
을 천명하면서, 공산주의가 사회주의 전통을 계승하고 있다는 주장은 거짓이며 오히려
사회주의 전통을 왜곡했다고 비판한다. 독일사민주의의 경우에는 1959년 고데스베르크
강령을 통해 민주사회주의 개념을 핵심적인 의미로 수용하게 된다. 이 강령은 혁명적 목
표설정 및 마르크스주의적 세계관의 궁극적 포기, 이념적 다원주의와 시장경제체제의 수
용, 노동자계급 고착적인 정책수행의 거부 등을 명확히 함으로써 로자 룩셈부르크나 레
닌이 집착하던 사회민주주의와는 질적으로 전혀 차원을 달리하는 사회민주주의 모델을
형성시켰던 것이다. 이러한 사회민주주의는 본질상 민주사회주의와 동일한 것이다. 정리
하자면, 민주사회주의는 사회민주주의가 도달한 이념 형태라 볼 수 있으며, 오늘날 정립
된 사회민주주의라는 주개념을 설명하기 위한 빈개념에 해당한다고 볼 수 있다. 박호성,
「사회민주주의와 민주사회주의, 그 본질과 역사」, 『사회민주주의와 민주사회주의』, 청람,
1991, 5-20면; 정태영, 『한국 사회민주주의 정당사』, 487-495면.

인 필자로 이동화, 양호민, 김철 등이 있으며,[12] 다수의 정치학자와 언론인들 역시 민주사회주의에 대해 정치이념의 가능성을 부여한다. 5·16군사쿠데타로 혁신세력이 축출된 이후에는 급격히 위축되긴 했으나, 민주사회주의는 1960년대의 노동 담론, 노동조합론, 영국노동당, 독일사민당에 관한 논의 속에서 지속적으로 호출되는 방식으로 1960년대 정치경제적 담론의 배음(背音)으로 깔려 있었다고 볼 수 있다.[13]

2 1960년대 빈곤의 정치학과 경제민주주의 담론

1) '빈곤-노동-경제'라는 세 축의 상호교섭과 충돌

4월혁명이 도시하층민의 혁명이었다는 사실은 조금씩 구체적으로 밝혀져 왔다.[14] 이로써 혁명의 담론을 자기 언어로 정립할 수 없었던 '하위주체'(subaltern)들의 실체에 보다 근접할 수 있는 가능성을 획득하게 되었다. 실제로 1960년대의 문헌을 조금만 일별하더라도 노동 및 빈곤에 관한 담

---

12) 이동화와 김철은 4월혁명 이후 출범한 '사회대중당창당준비위원회'에 간여하였고, 양호민은 사회대중당 소속으로 대구 정구에 총선 후보로 출마하여 낙선하였다. 사회대중당은 1960년 7·29총선 참패 이후 통일사회당, 사회대중당, 혁신당, 사회당으로 4분되고 마는데, 이동화·김철·양호민 모두 통일사회당에 소속된다. 통일사회당이 다수파라고 할 수 있는데, 이동화, 김철, 양호민이 민주사회주의에 관한 글을 발표할 수 있었던 것은 이들이 민주사회주의에 대한 이론적 지식이 해박했음을 알 수 있다. 정태영, 『한국사회민주주의 정당사』(세명서관, 1995), 543면; 정태영, 「5·16쿠데타 이후 혁신세력은 어떻게 존재하였나」, 52면, 김광식, 「4·19시기 혁신세력의 정치활동과 그 한계」, 151면.

13) 5·16군사쿠데타 이후에 민주사회주의 관련 책이 더러 출간되기도 했다. 1963년 이종남의 『민주사회주의와 후진국』이 상·하 권으로 일심사에서, 김상협의 『기독교민주주의·사회민주주의·교도민주주의』가 지문각에서 출간되었으며, 1967년 일신사에서 E.F.M, Durbin의 『The Politics of Democratic Socialism』이 이종문·김명진에 의해 번역 출간되었다.

14) 이승원, 「'하위주체'와 4월혁명-'하위주체'의 참여형태를 통해 본 민주화에 대한 반성」, 『기억과 전망』 제20호, 2009; 오제연, 「4월혁명의 기억에서 사라진 사람들-고학생과 도시하층민」, 『역사비평』 106호, 2014.

론이 가히 폭발적이었다는 사실을 확인할 수 있다. 특히 4월혁명을 전후한 노동 및 빈곤 담론은 혁명담론을 제외하면 가장 자주 반복된 담론이자 당대를 관통하는 핵심적인 문제 중의 하나였다. 각종 매체마다 노동과 빈곤 문제는 빠짐없이 등장하고 있으며, 더불어 노동조합에 대한 논의까지도 적지 않게 생산되고 있었다. 절대빈곤 속에서 허덕이는 도시하층민과 절량농가의 농민들, 그리고 열악한 노동환경을 견뎌야 했던 노동자들 모두 자유당 말기에서부터 4월혁명에 이르기까지 당대 사회의 위기의식을 발산했던 진원지였으므로 이들에 대한 담론은 필연적이었다고 할 수 있다.

이들 담론은 뚜렷한 방향성을 확보했다기보다 암중모색의 단계를 거치고 있었다. 빈곤이 당대의 핵심 문제였다면, 노동은 빈곤을 타개하는 현실적 방안이었다. 그러나 빈곤에 처한 노동자의 고용 기회가 극히 제한적이었다는 점에서 경제 개발 담론 역시 배후에서 이들 담론에 큰 영향력을 미치지 않을 수 없었다.15) 따라서 1960년대 초반은 '빈곤-노동-경제'라는 세 축의 상호교섭과 충돌, 각축이 얽혀있는 혼란의 시기라고 할 수 있겠다. 그러나 주지하다시피 1960년대 이후 가장 중요한 담론적 지위를 점유한 것은 경제개발 담론이다.16) 빈곤 담론은 경제개발의 당위성을 위한 종속 담론이 될 운명을 피할 수 없었으며, 노동 담론 역시 노동자 권익이 아니라 '애국근로'에로의 방향전환을 강제당할 운명이었다. 요컨대 경제개발 담론이 빈곤과 노동 담론이 지녔던 정치적 야성(野性)을 삼켜버리고 말았

---

15) 『사상계』는 1950년대 후반부터 경제개발담론을 주도하였는데 군사정권의 반공근대화론과 많은 유사성을 보일 수밖에 없었다. 그래서 사상계의 근대화 담론이 박정희의 반공근대화론 창출의 가교 역할을 했다는 비판이 존재한다. 『사상계』는 1962년 10월 '사상계 경제팀' 교체를 단행함으로써 군사정권과의 정치적 거리를 두려 했으나, 이는 경제 분야의 내용적 취약성으로 이어져 군사정권의 경제제일주의를 극복할 수 있는 대안을 마련하는 데 실패하고 만다. 정진아, 「1950년대 후반~1960년대 초반 '사상계 경제팀'의 개발담론」, 『냉전과 혁명의 시대 그리고 사상계』, 소명출판, 2013, 291-324면 참조.

16) 이에 대해서는 다음 글을 참조할 것. 이상록, 「경제제일주의의 사회적 구성과 '생산적 주체' 만들기」, 『역사문제연구』 제25호, 2011.

던 것이다.

1945년 해방 이후 미군정을 등에 업은 우익세력의 노동운동 파괴와 더불어 한국전쟁으로 강화된 반공이념은 "노동운동을 공산주의 사주에 의한 행동으로 단정하거나 친공적인 행동으로 의심받을 수 있는 노동운동에 참여하는 것을 기피하는 경향"을 형성하였다. 4월혁명 이후 잠시 노동운동이 활기를 띠긴 했으나, 5·16군사쿠데타 세력의 반공 기조는 국가안보를 빌미로 노동 운동의 부활을 통제하고 탄압하였다. 한국 노동운동은 강력한 통치 기반을 구축한 군부정권 하에서 성장 중심의 경제개발이라는 상황에 직면할 수밖에 없었는데, 이때 한국 노동운동의 역사적 유산은 "정치적 처벌"을 동반하는 "부정적인 것"으로 인식되었으며, 이로 인해 "실제로 한국의 노동운동은 해방 직후 노동운동의 위험한 전통을 부정하고 그와 단절함으로써 존재할 수 있게 되었"던 것이다.17)

'빈곤-노동-경제 개발'의 세 축에서 경제 개발이 최고의 근대적 가치를 지니게 됨에 따라, 노동자는 '노동자 권익' 담론에서 벗어나 '애국근로', '산업역군', '산업전사'와 같은 기표로써 군부 주도의 경제개발에 복무하는 순응적인 근로 국민이 되어야 했을 뿐만 아니라, '빈곤' 퇴치를 위해 경제개발 정책에 적극 동조해야 하는 종속적인 산업전사가 되어야 했다. 그럼에도 불구하고 4월혁명 전후에 혁신세력을 중심으로 부상했던 노동자 권익 담론은 지금의 관점에서 매우 중요한 지점이 아닐 수 없는데, 혁신세력의 이념적 가치에 머물지 않고 당대의 하층민들의 정동을 나타내는 중요한 표지로 기능했기 때문이다.

2) 빈곤 담론과 경제제일주의

하층민들의 정동은 무엇보다 그들에 처한 극한의 빈곤에서 비롯된 것

---

17) 구해근, 신광영 역, 『한국노동계급의 형성』, 창작과비평사, 2002, 34, 53면.

이다. 따라서 1960년대 초반은 노동자 권익론(노동 담론, 노동조합론)과 더불어 빈곤 담론이 활발하게 쏟아진 시대일 수밖에 없었다. 절대빈곤에 시달렸던 하층민들의 불만이 4월혁명 당시 구체적인 집단 시위로 드러나기도 했으며, 이에 앞서 선거에 직접적인 영향을 주기도 했다. 당시에 노동자들이 가장 많이 모여든 곳이 서울, 부산, 대구라고 할 수 있는데, 이승만과 자유당 지지율의 추락이 가장 심각한 곳이 바로 이들 도시였다.[18] 노동자들은 고질적인 실업과 저임금으로 인해 여전히 빈곤한 상태였고, 이들의 불만이 곧 선거 결과로 나타났던 것이다.

농촌경제의 몰락에서 비롯된 이농민들의 도시 정착이 결코 순탄할 리 없는 상황에서 도시 하층민의 집중적인 증가는 대량의 실업과 빈곤 문제를 더욱 심화시킬 뿐이다. 그렇다면 농촌 문제를 고려치 않고는 빈곤 문제의 실태를 제대로 파악할 수 없는 것이 당연하다. 그러나 정부는 한국 빈곤의 근본 실태를 감추고자 했다. 일례로 1956년 보건부 노동국이 한국의 실업자 수를 50만여 명이라고 발표한 바 있는데, 이에 대해서 한 신문은 '완전실업 五○만, 불완전 실업 二千만'이라고 통렬하게 비꼰 바 있다.[19] 전체 인구 중에서 절반에 가까운 농민들이 사실은 잠재적 실업자라는 사

---

18) 중앙선거관리위원회 『대한민국선거사』(1964)의 자료에 따라 정리한 이승만과 자유당의 득표율 추이는 아래의 표와 같다. 김낙중, 『한국노동운동사-해방후 편-』, 청사, 1982, 259면.

구분	전국	서울	부산	대구
1952.8.5. 대통령 선거 이승만의 득표율	74.6	82.2	44.9	48.9
1956.5.15. 대통령 선거 이승만의 득표율	69.0	63.2	69.0	27.7
1956.5.15. 부통령 선거 이기붕 득표율	44.0	16.2	38.5	12.9
장　면 득표율	46.4	76.8	56.3	81.9
1954.5.20. 국회의원 선거 자유당 득표율	36.8	26.3		
민주국민당 득표율	7.9	12.6		
1958.5.2. 국회의원 선거 자유당 득표율	42.1	21.4		
민주당 득표율	34.2	58.5		

19) 이창렬, 「한국실업의 특수원인」, 『사상계』, 1961.2, 36면.

실을 통계적으로 은폐한 정부당국자의 기만을 폭로한 것이다.[20] 이러한 농민의 빈곤은 "임금노동자처럼 그네들의 빈곤을 양적으로 측정할 수 있는 가능성의 빈곤보다도 생활구조의 유형화가 지극히 어렵고 육체와 정신의 황폐를 수반하고 있는 질적으로 가혹한 빈곤"이다. 즉 농민은 '위장된 실업자'에 해당했으므로, 이들의 빈곤은 "사회적으로 더 무겁"고 "양적으로 측정하기가 지극히 어려운 일"이었다.[21] 도시에서 노출된 실업자의 빈곤보다 "농촌에서 굶주리고 있는 위장 실업자"의 빈곤이 더 근본적인 영향력을 지니므로, "제二차산업부문의 확대로서 농업부문의 잉여노동을 비농업부문으로 이동시키는 것", 다시 말해 "농촌의 잠재실업자"의 "잉여노동을 부의 원천으로 생각"하고 "離農對策을 강구"하는 것이 가장 이상적인 방안으로 요청되었다. 요컨대, "균형적인 경제개발과 산업구조의 근대화를 위"해서는 "고용구조를 개편하여, 농업인구를 공업인구로 전환"시켜야 한다는 것이다.[22]

탁희준에 따르면, 잠재실업자는 한국을 빈곤 문제에서 헤어날 수 없게 하는 근본 원인이다. "한국의 압도적 실업형태는 만성적 잠재실업"[23]이라는 것이다. 당시의 한국 사회에서 잠재실업자가 '압도적 다수'일 수밖에 없는 까닭은 농민의 이농에 따른 도시로의 인구 유입 때문이다. 기술노동

---

20) 김명임은 임영태의 『대한민국 50년사』(들녘, 1998)을 참고하여 다음과 같이 쓰고 있다. "1950년 3월의 농지개혁 확정은 반봉건적 토지소유관계를 해체함으로써 지주의 몰락을 가져왔고, 지주가 가졌던 돈을 자본가가 가질 수 있게 만듦으로써 자본주의적 발전을 촉진하였다. 그러나 정부가 저곡가 정책을 기본으로 한 농업정책의 결과로 농촌은 피폐화된다. 정부는 대 달러 환율을 유지하기 위해 농업부문에 저곡가를 강요하였다. 그리고 곡가상승이 물가상승을 선도한다는 구실로 가격통제정책을 실시함으로써 인플레이션의 부담을 농촌으로 전가하였다. 이러한 농업정책으로 농업은 피폐하게 되고 농민의 생활은 궁핍하기가 이를 데 없었다." 김명임, 「『사상계』에 나타난 농촌인식」, 『냉전과 혁명의 시대 그리고 사상계』, 소명출판, 2013, 331면.

21) 조동필, 「빈곤으로부터의 해방─한국적 '빈곤'의 특이성」, 『세계』, 1960.4, 119면.

22) 박동묘, 「농촌잠재실업과 이농」, 『사상계』, 1961.2, 54·59·61면.

23) 탁희준, 「한국의 실업과 그 대책」, 『국제평론』, 1960.5, 230면.

자가 아닌 육체노동자에 불과한 이농민(離農民)들은 결국 가족노동, 영세단
독업주, 전근대적 산업부문에 종사하게 됨으로써 잠재적 실업자의 상황에
서 벗어날 가능성이 없었다. "한국의 잠재실업은 후진국 공통의 현상인
생산수단의 과소로 인하여 인구의 노동력화가 불완전"함으로써 "발생"했
던 것이다.24) 그렇다면, 한국의 빈곤을 해결하는 방법은 1차 산업에서 벗
어나 2차 산업을 육성하는 산업근대화, 즉 경제개발만이 유일한 방안이라
고 할 수 있다.25) 이것은 4월혁명 이후 민주당과 군사정부의 경제제일주
의를 이해할 수 있는 단서가 된다.

　당대의 경제담론 속에서 경제제일주의와 더불어 경제 분배, 즉 '경제민
주화' 논의도 매우 활발하게 논의되기는 했으나, 도시하층민들은 경제민주
화라는 담론적 요구보다 실업(失業)이라는 현실을 모면하는 것이 매우 긴
급한 과제였다. 이는 1960년대 노동자가 철저한 계획경제에 통제당함으로
써 시대의 배면에 은폐된 객체의 위치를 벗어나지 못한 이유가 된다. 공
장취직만으로 한숨을 돌려야만 하는26) 절대빈곤의 후진국형 경제체제에
서 경제민주화를 논의하는 일 자체가 현실과 동떨어진 정치적 담론으로
귀결될 공산이 컸다. 실제로 4월혁명 직후의 혁신세력들은 사회민주주의
(민주사회주의) 경제담론을 통해서 경제민주화 및 노동자 권익론을 내세우
긴 했지만, 이러한 담론은 어느 정도의 경제기반이 확보된 상태에서나 대

---

24) 탁희준, 「실업자대책을 겸한 경제부흥」, 『사상계』, 1961.2, 64면.

25) 선진국이 임금노동자에게서 발생하는 빈곤 문제에 주로 대처하고 있다면, 한국뿐만 아니
　　라 아세아 후진국은 주로 농촌에서 발생하는 빈곤 문제에 집중할 수밖에 없을 것이다. 2
　　차산업보다 1차산업에 종사하는 인구 비중이 더 높은 동남아세아의 빈곤이 그러하듯이,
　　한국의 빈곤 역시 '근대적 빈곤'이 아니라 '전근대적인 빈곤'에 해당한다. 조동필의 이러
　　한 지적에 따른다면 한국은 '전근대적인 빈곤'을 벗어나기 위한 경제개발에 집중해야 했
　　다. 조동필, 앞의 글, 119면.

26) 이에 대해서는 다음과 같은 의견이 존재한다. "60년대 노동자들이 고용기회를 갖게 되었
　　다는 사실 자체를 다행스럽게 생각했다고 한다면 70년대는 자기 노동력에 대한 대가를
　　받겠다는 의식으로 전환했는데 이것도 하나의 의식전환으로 볼 수 있을 것입니다" 한국
　　민주노동자연합 엮음, 『1970년대 이후 한국노동운동사』, 동녘, 1994, 38면.

중적 지지를 받을 수 있었을 터였다. 저임금이라도 우선 취업이 절실했던 도시하층민들에게 '경제민주화'라는 말 자체가 공허하게 들렸을 가능성도 있겠다.

3) 경제민주주의와 경제제일주의의 착종(錯綜)

따라서 "사월혁명이 쟁취한 시민적 자유, 민권을 경제적 사회적 분야로 확대하기 위해서는" "전국민이 일할 수 있는 근로체제를 시급히 확립"하는 것이 가장 중요한 문제가 된다.[27] 즉 노동의 질에 앞서 실업자들이 노동을 할 수 있는 '경제재건'이 보다 중요하다는 것이다. 이러한 진단이 지극히 옳은 것임에도 불구하고, 문제는 임금노동자의 삶이 실업자, 혹은 무업자에 해당하는 하층민에 비해서 상대적으로 나았을지 몰라도 역시 힘든 생활이기는 마찬가지였다는 사실이다. 1959년 6월말 보건사회부 노동국 조사에 따르면, 노동자 평균가족 5.2명의 1개월 최저생계비가 46,160환이고 평균 월수입은 40,960환이었다.[28] 임금노동자의 평균임금이 최저생계비를 하회하고 하급공무원들의 임금이 여타 임금노동자들의 절반을 조금 웃도는 수준이었다는 충격적인 사실[29]은 대다수 노동자들이 생활고에 시달렸음을 말해준다. 때문에 생활고로 인한 자살 역시 흔한 일일 정도로[30] 공무원을 포함한 대다수의 임금노동자는 빈곤층에 속해 있었다.[31] 뿐만

---

27) 권두언, 「노동만이 살 길이다」, 『사상계』, 1961.2, 24면.

28) 탁희준, 「실업자대책을 겸한 경제부흥」, 『사상계』, 1961.2, 64면.

29) 실제로 4월혁명 이전 체신, 철도 등 하급관리의 월수입이 평균 본봉 230환 내외, 戰時수당이 22,000~23,000환 내외로서 합계 임금이 23,000환 안팎 수준에 지나지 않았다. 탁희준, 앞의 글, 64면.

30) 황병준, 「집단적 사회현상으로서 실업군」, 『사상계』, 1961.2, 28면.

31) 한국 가계의 최저생계비와 빈곤도에 대한 조사는 일제강점기로 거슬러 올라가며, 해방 이후에는 한국전쟁기인 1951년 7월에 전시의 소비수준을 측정하기 위한 생계비 조사로 부산에서 60가구 정도를 조사하였다고 한다. 이후 1954년부터 1959년 사이에서 서울에서 노동자 200가구를 표본으로 하는 등 간헐적인 조사를 해왔으며, 1963년 이후 전국 도시를 대상으로 가계 동향 조사를 지속하였다. 그러나 한국 가계와 생계비 실태조사는 1950년

아니라 막대한 미국의 경제원조에도 불구하고 하층민의 삶이 개선되지 않았다는 사실은 경제적 불만을 가중시키기에 충분했다. 그러므로 경제개발뿐만 아니라 노동자의 권익을 중요시하는 담론이 나오지 않을 수 없었는데, 이러한 담론의 흐름 역시 경제개발 못지 않게 매우 중요하게 부각되고 있었다.

예컨대, 탁희준은 경제개발뿐만 아니라 '분배'의 측면을 강조하고 있다. 실업대책으로서 경제개발계획의 수립과 연관하여 제시한 6가지 대책 중에 "취업기능등록법, 긴급실업대책법, 실업보험법 등의 입법조치를 행한다. 그 전제조건으로서의 최저임금법을 제정한다.", "임금액차를 없애기 위한 산업인구배치의 재조정을 행한다"를 포함시키고 있다.[32] 이러한 사실은 당대의 경제 담론이 경제제일주의로만 흘러가지 않고 '분배'의 측면을 의식하고 있었음을 말해준다.[33] 그의 주장은 보다 과격한 방향으로 나

대 이전은 물론이지만 산업화 초기의 1960~70년대에도 그 자료가 희소하고 정리되지 않았다는 것이 대체적인 평가다. 김경일, 「1960년대 기층 민중의 가계와 빈곤의 가족 전략」, 『민주사회와 정책연구』 제28호, 2015, 180~181면; 서울시를 기준으로 했을 때, 서울시 1차산업 노동자의 극빈선(생존의 위협을 받은 선)은 50~55% 내외에 있고 빈곤선(최저의 문화생활을 유지하는 이하의 생활선)은 90% 내외로 추정되고 있다. 2차산업 노동자 역시 5인 이상의 기업체를 기준으로 할 때 명목임금으로 최저생계비를 넘는 비율이 3분의 1 정도가 되는 것으로 추정되고 있고 4인 이하 기업체에 속한 노동자가 대다수인 것은 분명하며, 이들의 임금을 밝힐 길은 없으나 극빈선 이하에 속할 것은 확실한 것으로 짐작된다. 탁희준, 「수도 서울의 빈곤도」, 『사상계』, 1962.4, 222~224면.

32) 탁희준, 「한국의 실업과 그 대책」, 앞의 책, 223~224면.

33) 탁희준은 분배를 크게 두 가지 측면에서 고려하고 있다. 도시와 농촌의 불균형, 그리고 도시노동자 내부의 임금격차가 그것이다. 탁희준은 경제 분배의 측면에서 도시와 농촌 사이의 최소한의 균형을 강조한다. 달리 말해 경제발전을 위해서 희생되는 "경제하부층"으로 농촌을 취급해서는 안 되며, 전국생산기업체의 임금관계를 규제해야 한다고 한 것이다. 구체적으로는 "저곡가정책과 생계비의 앙등으로 영세민의 토지상실이 촉진되어 농민층의 광범한 분해와 토지로부터의 이탈"이 가속화되었으며, 그 결과 도시의 공업발전에 의해서 농촌의 노동인구력을 흡수하는 것이 아니라 "농촌의 극단한 궁핍에 밀려서 인구가 이입하여 도리어 도시의 공업발전을 제지하는 역할을 하"게 되었다고 비판한다. 그리고 도시 노동자 중에서 대기업과 중소기업의 임금격차, 그리고 중소기업 내의 숙련공과 비숙련공 임금격차를 지적하고 있다. 종업원 삼십 명 이하의 소기업의 경우는 특히 숙련공들이 대개 생산업자와 동업자적 지위를 겸하고 있어서 비숙련공의 임금 대우가 형

아가기도 하는데, 1960년대 초입의 경제 담론을 경제제일주의뿐만 아니라 '임금체계 확립', '노동조건 개선', '봉급 인상' 등 '분배'의 관점에서 전개해 나갔던 것이다. 특히 중소기업 노동자의 임금인상, 이들 생활필수품의 가격인하, 그리고 인도 제1차 5개년 계획의 "고용된 노동자의 생존조차 보장하지 못하는 기업체는 존재의 의의가 없다"는 내용을 언급하면서 노동자의 생활을 보장하지 못하는 영세기업을 과감히 정리하자는 주장은 대단히 급진적인 발상이다.[34]

이는 당대의 하층민들의 집단적 정동을 암시해주기에 충분하다. 도시 하층민(실업자 및 저임금노동자)의 참상에 가까운 빈곤은 4월혁명을 촉발할 만큼의 분노자본을 축적하는 동력이 되기도 했지만, 4월혁명 이후에도 그것은 여전히 해결되지 못하고 있었기 때문이다. 학생들의 민주화 요구가 이승만의 하야로 불완전하나마 우선 관철되었다 하더라도, 도시하층민의 경제적 불만은 여전히 진행 중에 있었던 것이다. "한국경제는 지금 다량의 화약을 가슴에 안고 있다고 하여도 과언이 아니다. 이 화약은 솔직히 말하여 언제 폭발할는지 모른다. 또한 현재의 상태를 그대로 계속한다면 반드시 폭발하고야 말 것이다."[35] 이와 같은 발언은 당대의 하층민적 상황을 집약한다. 실제로 1970년대가 비인간적인 노동 환경과 착취를 폭로하는 시대였다면, 1960년대 초반은 농촌과 도시에서 벌어지고 있는 '빈곤'의 참상을 고발하는 시대였다. 그리고 그 해결책은 경제개발과 분배 담론이 뒤얽힌 상태로 사유되고 있었다.

4월혁명 이후 '혁명과업의 완수'는 '한국의 근대화'에 있었다. 혁명과업은 반민주주의 행위자와 부정축재자를 처단하는 것을 포함하지만, 이것은

편없으며, 대기업이라 하더라도 연소노동자에 대해서는 30개 내외의 임금계층이 존재한다고 비판한다. 탁희준, 「수도 서울의 빈곤도」, 『사상계』 1962.4, 217-229면.

34) 탁희준, 앞의 글, 229면.
35) 황병준, 「집단적 사회현상으로서 실업군」, 『사상계』, 1961.2, 29면.

"뒤를 돌아다보는 혁명"에 지나지 않았고 "앞을 바라보"는 혁명이야말로
바로 한국의 진정한 근대화로 간주되었다. 더 나아가 한국 근대화의 관점
에서 볼 때 일체의 "비근대적인 요소와 싸우는 것이 혁명을 촉진하는 길
이며 이것은 정치인이라기보다는 오히려 인민-개개인에게 부하되어 있는
책무"이기도 했다.[36] 여기서 '비근대적 요소'란 전제적 정치, 관권에 의한
사익 충족, 그리고 빈곤 및 경제적 불평등의 문제와 밀접하게 관련된다.
그래서 혁명의 과업은 '정치'와 '경제' 두 부문으로 나뉘어 있었던 것인데,
과도정권과 장면정권을 거치면서 정치의 혁명은 이미 퇴행의 기미를 보이
고 있었고, 경제 혁명 또한 지지부진한 상황이었다.

경제적 측면에서의 혁명은 일반적 의미에서 경제개발을 통한 빈곤 해
소가 그 중심에 놓인다고 할 수 있겠으나, 당대의 분위기 속에서 반드시
그렇지만은 않았다. 이른 바 혁신세력들의 경제민주주의에 대한 열망이
'민주사회주의'라는 이념의 형태로 제시되고 있었고,[37] 하층민의 경제적
욕구 역시 빈곤뿐만 아니라 경제 불평등에 대한 불만 속에서 터져 나온
것으로 미루어볼 때 경제민주화의 담론은 당대의 혁명적 분위기와 밀접한
관계가 있었다. 1960년대 초반 4월혁명으로 촉발된 경제 혁명의 방향은
성장 중심의 경제제일주의와 분배 중심의 경제민주주의의 착종 속에 놓여
있었던 것이다.

---

36) 홍승면, 「혁명이여 더 전진하라-한국의 근대화를 위하여-」, 『새벽』, 1960.12, 29면.
37) 예컨대, 이봉산은 민주적 사회주의를 '반공'을 기본적인 입장으로 가진 이념이라고 강조하
면서 민주적 사회주의의 특징 6가지 가운데 하나로서 '평등의 계획화'를 분명히 밝히고 있
다. "인간은 인격을 갖는 숭고한 존재이기 때문에 생존에 필요한 최소한의 물자를 만인에
평등히 보장되어야" 한다는 것이다. 이봉산, 「민주적 사회주의의 길」, 『민족일보』, 1961.4.16,
2면. 보다 자세한 논의는 박대현의 「경제민주화 담론의 몰락과 노동자 정치 언어의 파국
-1960년대 민주사회주의 담론의 정치적 의미」(『코기토』 제79호, 2016)를 참조할 것.

3 1960년대 초반의 참여시와 하층민의 경제 문제

1) 『민족일보』의 시 텍스트와 절량문제의 정치성

일반적으로 1960년대는 경제제일주의 혹은 경제발전론이 주조음을 이루었던 것으로 알려져 왔다. 그러나 당대의 경제민주주의 담론은 혁신세력만의 전유물이 아니었고 신문과 잡지를 통해서 일반 대중에게도 광범위하게 수용되고 있었다는 사실을 상기할 필요가 있다. 보다 정확히 말한다면, 4월혁명 전후 하층민의 욕구에 가장 밀접한 정치 이념이 경제민주주의였다고 할 수 있다.[38] 1960년대 초반 하층민의 정동에 가장 가까운 정치 언어라 볼 수 있는 경제민주화 담론은 일반 대중들 사이에서도 널리 유포되고 있었고, 심지어 당대의 참여시[39]에도 상당한 영향을 주고 있었던 것으로 확인된다.

흔히 언급되듯이 해방 이후의 참여시가 1960년대의 김수영과 신동엽에 이르러 그 뚜렷한 시적 성취를 이루었다는 진단은 일반적으로 널리 수용

---

38) 당대의 경제민주주의 담론은 하층민의 입을 통해서 직접적으로 형성되지 못했다. 당대의 하층민은 자생적인 정치 언어를 지니지 못했다. 그것은 1970년대에 이르러서야 노동자들의 '신체' 언어로 구체화될 수 있었다. 분신, 단식, 투신 등의 자기 신체에 위해를 가하는 방식만큼 강렬한 저항 언어는 존재하지 않는다. 그러나 신체의 언어는 또 다른 해석의 언어를 기다려야 하고, 그럼으로써만 의미화될 수 있다. 4월혁명을 전후로 한 노동운동 혹은 경제민주주의 담론은 5.16군사쿠데타 이후 줄곧 억압된 지식인의 언어이긴 했으나, 당대의 한국 사회가 나아가야 했을 잠재적 표지를 제공하는 기능을 수행했을 뿐 아니라 당대 하층민의 정동에 하층민 중심의 방향성을 제공했다는 점에서 주목의 대상이 되기에 충분하다.

39) 이 글에서 쓰이고 있는 '참여시'라는 용어는 1960년대 초반의 현실주의 시를 지칭한다. '참여시'라는 명칭은 1960년대 후반부터 김수영에 의해 일반적으로 쓰이기 시작하고 있지만, 대표적 참여시론자였던 김수영이 4월혁명 직후부터 '참여시'를 생산했다는 점에서 1960년대 초반에 이미 '참여시'가 존재했다고 볼 수 있기 때문이다. 1960년대 후반에 일반화된 용어인 '참여시'와 구분하여 1960년대 초반의 현실 지향의 시들을 '현실주의 시'로 명명할 수도 있겠으나, '참여시'의 외연을 4월혁명 전후까지 확장하고자 하는 의미에서 '참여시'라는 용어를 사용하고자 한다.

되는 주장이기는 하지만, 그 이전의 결여를 인정하고 감내하기에는 60년대 초반의 풍요로운 사회과학 담론이 야기하는 불편함이 너무 크다. 사회 담론과 시적 담론의 괴리가 빚어내는 문학의 결여를 해방 이후의 경직된 정치현실 탓으로 돌리기에는 사회담론과 시적 담론의 불균형이 너무 심한 것이다. 그리고 이 불균형은 현실참여의 시사적(詩史的) 성취를 문학 장이 아니라 한두 시인의 개인 능력으로 환원시키고 마는 착시(錯視)를 유발한다.

그러나 당대의 혁신 담론 중 하나인 경제민주주의에 대응하는 시 텍스트들의 양상을 당대의 매체를 통해 살펴보는 것이 단지 김수영과 신동엽이라는 탁월한 시적 성취를 벗어나기 위한 것은 아니다. 지금까지의 연구가 4월혁명의 '기념'과 '매체' 양상에 주목해왔다면,[40] 당대의 시에 잠재되어 있는 이념적 실재를 살펴봐야 할 이유 역시 충분하다고 할 수 있다. 4월혁명 직후 폭발적으로 발표되었다가 곧 사그라졌던 운명의 소위 '혁명시'들에 가려 보이지 않았던 참여시의 세밀한 양상들은 해방 이후 한국 사회에서 급속도로 위축되었던 시의 현실참여성이 4월혁명 이후 자유와 민주주의, 통일이라는 정치적 의제뿐만 아니라 빈곤 및 노동 문제를 중심으로 형성되었다는 사실을 확인시켜 줄 것이다. 이는 1960년대의 혁명 이념의 구체적 속살을 이해하는 데 중요한 참조사항이 되리라 생각한다.

『민족일보』는 혁신 계열의 유일한 일간지다. 이 신문은 당대의 현실에 대해서 진보적이고 비판적 시각을 견지하고 있으며, 그곳에 발표된 시텍스트 또한 마찬가지였다. 『민족일보』에 발표된 시들은 대개 현실의 빈곤 문제를 다루고 있으며, 이는 경제제일주의로의 일방향보다는 경제민주주의, 경제민주화, 노동자 권익 등의 정치사회적 의제화를 위한 장치로서의 의미[41]를 지니고 있다. 1961년 2월 13일 창간호 1면에 실린 다음 시를 보자.

---

40) 대표적으로 이순욱의 「4월혁명시의 매체적 기반과 성격 연구」(『한국문학논총』 제45집, 2007), 김나현의 「혁명과 기념 : 4·19혁명 기념시 연구」, 『사이』(16호 2014)가 있다.
41) 실제로 『민족일보』는 '근로원고모집' 광고를 내보내기도 했다. "농어촌이나 공장에서 근

넓적다리 뒷살에/ 넓적다리 뒷살에/ 알이 배라지/ 손에서는/ 손에서
는/ 불이 나라지/ 수채 가에/ 얼어 빠진/ 수세미 모양/ 그대신/ 머리는/
온통 비어/ 움직이지 않는다지/ 그래도 좋아/ 그래도 좋아// 대구에서/
대구에서/ 쌀 난리가/ 났지 않어/ 이만하면/ 아직도/ 혁명은/ 살아 있는
셈이지// 백성들아/ 머리가 있어/ 산다든가/ 그처럼/ 나도/ 머리가 다 비
어도/ 인제는 산단다/ 오히려/ 더/ 착실하게/ 온 몸으로 살지/ 발톱 끝/
부터로의/ 하극상이란다// 넓적다리 뒷살에/ 넓적다리 뒷살에/ 알이 배
라지/ 손에서는/ 손에서는/ 불이 나라지/ 온 몸에/ 온 몸에/ 힘이 없는듯
/ 머리는/ 내일 아침/ 새벽/ 까지도/ 아주/ 내처/ 비어 있으라지……

-김수영, 「쌀난리」 전문, 『민족일보』 1961.2.13.

김수영은 대구 '쌀난리'에 주목한다. 4월혁명 전후로 전국적으로 절량농
가 문제가 심각했고, 도시에서도 사정은 마찬가지였다. 특히 대구에서는
연일 쌀을 요구하는 시민들의 시위로 몸살을 앓고 있었다.[42] 김수영은 빈
곤에 허덕이는 절량민들의 적극적인 시위로부터 "아직도" "살아있는" '혁
명'을 목격하고 있는 셈이다. 김수영의 혁명은 하층민들의 "온 몸"에 의한
"발톱 끝부터로의 하극상"이다. 기존 체제를 무너뜨리고 새로운 질서를
수립하는 과도기적 정동의 분출이 혁명일 것인데, 김수영에게서는 머리가

로하는 이들의 세계를 그린 좋은 작품이 많이 나오기를 바라는 마음 간절합니다. 새로운
시대의 힘찬 호흡을 표현·대변해주는 창조적인 작가의 출현을 기대하여 본지는 앞으로
지면을 대폭 개방할 작정입니다. 많은 원고가 있기를 바라마지 않습니다." 『민족일보』,
1961.3.26, 3면.

42) 당시 일간지에는 다음과 같은 기사가 실려 있다. "25일 상오 11시경 시내 신문동 4 구피난
민부락인 소위 백일촌에 사는 피난민부녀자 약 백 명은 대구시 동구 출장소에 몰려와 전
일 신문동 5 구주민부녀들이 대구시청에 집결하고 「배고파 살 수 없다」「쌀과 일터를
달라」고 하며 데모를 전개한 그대로를 되풀이하며 아우성치고 있는데 정오 현재 물러가
지 않고 있다." 『동아일보』, 1961.1.25, 3면. "26일 상오 11시 시내 신천동 일대의 난민 대표
약 4백여명은 전날보다 더 격심한 구호를 외치면서 동부출장소 앞에 집결 '쌀을 달라' '살
길을 마련하라'고 「데모」했다. 당국은 「데모」의 규모가 점차 확대되어가는 것에 신경을
날카롭게 하고 있다. 빈민 「데모」의 첫날인 24일에는 50여명, 25일엔 1백여명이었다." 『경
향신문』, 1961.1.26, 3면.

아닌 "온 몸"의 격동으로 표상되고 있다. 김수영은 그러한 혁명의 기운을
절량민, 즉 하층민의 시위를 통해서 다시 한 번 확인하고 있다.

4월혁명의 원인은 경제적 궁핍이 그 배면에서 강하게 작용한다. 4월혁
명 직후 빈곤이 사회문제로 부각될 수밖에 없었던 이유다. 특히 인구의
다수를 차지했던 농가의 빈곤은 한국전쟁 이후 줄곧 사회적 의제로 자주
다루어지기도 했음에도 불구하고, 4월혁명 이전이나 이후에도 여전히 심
각한 상황이었다. 따라서 절량 문제는 시인들의 주목을 받지 않을 수 없
었다.

> 이 주리고 헐벗은 모퉁이에서/ 징 소리만 요란한 정부와 주의와/ 강
> 령만이/ 향방 없는 역사의 기폭을 핥고 섰다.// 시인의 소심한 울분의 항
> 변보다는/ 학자의 구멍난 강단의 양심보다는/ 장관의 코만 높은 허드
> 레 순례보다는// 우선/ 한톨 쌀을 다오—// 남녘 모진 춘궁의 땅에선/
> 진작 불을 끄고/ 절량의 처형된 밤을 맞는다.
> —권일송, 「절량지구」 부분, 『민족일보』, 1961.3.25

> 눈섞인 빗소리가/ 머얼리 잦아 간다.// 봄이나 어서 와야/ 어서 봄이
> 와야// 빠꼼히 나무새 눈 뜨고/ 풀 뿌리도 살을 타지…// 벌써 침 뿌릴
> 캐다니/ 이게 어디 될 말이냐// 누더기 걸친 아낙네/ 죄없는 얼굴들이//
> 술회사 문이 열리길// 천당처럼 기다린다.// 몇 백만도 넘는다는/ 절량농
> 가 소식에/ 자꾸만 설레는 가슴/ 막을 길이 없어서// 어린놈 자는 얼굴
> 에/ 마구 볼을 비볐다.
> —신석정, 「다가온 춘궁」 부분, 『민족일보』, 1961.4.4

'절량농가'에 대한 관심과 주목은 장면정권에 대한 비판과 직접적으로
관계된다. 4월혁명 이후 경제 문제에 대한 기대는 절망으로 바뀌어 있었
고, 이는 장면정권에 대한 배신감으로 이어지고 있었다. 특히 반공법과 집
시법 법안 발의는 많은 저항을 불러 일으켰는데, 시인 김용호는 "무제한

으로 보장된 자유를 악용하여 공산세력의 교란활동이 욱심하여져서 국가
의 안전과 국민의 자유가 위기에 처해있다"는 정권의 주장에 대해서 다음
과 같이 냉소적으로 비판한다.

> 그렇다. 확실히 위기에 처해 있다. 「무제한으로 보장된 자유」 때문에
> 우리들 국민은 위기에 처해 있는 것이다.
> 절량할 자유, 굶주리는 자유, 주야로 강절도가 날뛰는 자유, 생활고에
> 자살하는 자유, 취직할 수 없는 자유, 도덕부패의 자유, 부정축재를 하고
> 도 빠져나올 수 있는 자유, 물가가 「달라」 값이 상승하는 자유…수없는
> 「무제한의 자유」를 우리들 국민은 민주당 집권 이후 얻은 것이다.[43]

'자유'의 수호를 위해 반공특별법안을 발의했다는 민주당을 정면으로 비
판하고 있는 위의 진술은 온통 경제적 궁핍에 집중되어 있다. 경제 문제의
해결보다는 반공법으로써 국민을 통제하고자 하는 정치적 발상에 대해 적
의를 드러내고 있는 것이다. 반공체제로의 복귀는 이승만 체제와 다를 바
없는 전제적 통치 체제로의 회귀로 인식되기에 충분하다. 장면 정권의 반
혁명적 정책을 목도하면서 김용호는 "정말 우리들의 백성들은 생존조차 위
협을 당하고 있는 실정"임을 개탄하고 "곡식을 알뜰히 거두고도 먹지 못하
는 현실"에 대해 분노한다.[44] 절량민의 비극적 현실을 구제하기는커녕 이
들의 아우성을 반공법과 집시법으로 억압하려는 시도에 대해서 오탁번(原州
高校) 역시 다음과 같이 비꼬고 있다. "어느날이던가 신문에 부모를 잃은 절
량농가 두남매의 사진이 나의 눈시울을 적셨는데 현명하옵신 당신은 바로
그 옆자리에서 반공법나팔을 꽤 불고 있었다"(오탁번, 「무섭지 않으냐」, 『민족
일보』, 1961.4.10) 그리고 이어진 구절에서 "귀를 나발통같이 벌려 놓고 들어

---

43) 김용호, 「국가의 안전과 국민의 자유 위해-반공특별법안에 반대한다-」, 『민족일보』, 1961.
   3.23, 4면.
44) 김용호, 「혁명정신을 銘肝하자-四一九한돌을 맞이하여-」, 『민족일보』, 1961.4.29, 4면.

봐도/ 김일성 만세는 못 듣겠는데// 거리거리마다 아우성치는 저소리는/ 분명 적기가도 김일성만세도 아닌/ 법과 옷을 달라는 외침소리// 우리 현명하옵신 당신이여/ 저소리가 저소리가/ 당신의 귀에는 무엇으로 들리는가?"라고 진술한다. 하층민의 빈곤 문제로써 정치 민주주의의 퇴행을 비판하고 있을 뿐만 아니라, 경제 민주주의 담론에 육박하는 민중의 정동을 드러내고 있는 것이다. 그리고 1961년 3월 24일자 사설의 일부를 보자.

이 나라의 혁신세력은 단순히 민주적 사회주의를 건설하려는 소수의 이상주의들이 모인 정치세력으로서만 머물 수 없는 것이며 양식적이고 정직하고 애국적인 전체인민대중들의 「정당한 울분」을 풀어주고 그 이익을 대변해줘야 할 민족사적 사명을 띤 정치세력이라고 보아야 옳을 것이다.[45]

위의 사설은 『민족일보』가 경제민주화를 표방한 혁신세력의 매체임을 잘 보여준다. 절량문제를 소재로 한 『민족일보』의 시 텍스트들이 경제민주화를 열망하는 "전체인민대중들"의 정동과 무관하지 않음을 보여주는 방증이다. 당연한 말이지만 이 정동의 중심에는 4월혁명이 자리잡고 있다. 전영경이 「아 四月 一九日」(『민족일보』, 1961.4.22)에서 "빈곤으로부터 탈피 기만과 착취 관권으로부터의 결산 곡학에 아세하는 짱아치와 무문에 곡필에/ 엽차와 배때기 갈비 갈비 갈비 갈기를 긁어서"라고 풍자했듯이 이 모든 비판 정신은 4월혁명을 통해 증폭되었던 것이다. 『민족일보』에 발표된 시 텍스트는 현실의 빈곤 문제를 중심으로 기성 정치인들의 정권유지 욕망을 비판하고 있으며, 그 비판의 근저에는 부정축재 세력과 부정부패한 관료 축출을 아우르는 정치 민주주의와 경제 민주주의에 대한 열망이 자리잡고 있다. 그것은 "노동자와 농민을 존중하고 숭상하는 근로내각"(조일

45) 사설, 『민족일보』, 1961.3.24, 2면.

문), 그리고 "노동이란 것이 모든 가치창조의 기준이 된다는 초보적 상식"[46]의 실현을 위한 열망이기도 하다.

2) 4월혁명 전후의 참여시와 '경제균등'의 사상

『민족일보』는 4월혁명이 성취해낸 혁신 세력의 매체다. 4월혁명이 전제되지 않고서는 『민족일보』의 창간은 불가능했다는 말이다. 그렇다면 『민족일보』의 혁신적 담론은 사실상 4월혁명을 통해 분출되었던 것이며, 이는 4월혁명을 전후로 혁신적 담론의 정동이 광범위하게 축적되고 있었다는 사실을 말해준다. 실제로 4월혁명 전후로 발표되었던 각종 매체의 시들을 살펴보면 빈곤에 허덕이는 하층민의 형상을 다수 발견할 수 있으며, 그러한 형상으로부터 혁명의 정동을 감지할 수 있다.

> 역사는 잔인하던 학살이며/ 인간의 발견이라 했지만/ 一九六〇년/ 지금 나의 주변은/ 마냥 아우성이다// 무수한 낙엽처럼/ 바람에 날리던 지전을 주우려 아우성치던/ 가난한 인간들의 아우성은/ 불란서 영화 - 자유를 우리에게 - 서 보던/ 아우성 소리/ 지금 나는 그 아우성을/ 나의 주변에서 듣는 것이다// 말하자면 우리 마을은 마냥 아우성이다/ 상세히 더 이야기한다면/ 우리의 마을은/ 생존이나 생활이 아니라/ -마냥 아우성이라는 말이다// 인간해방과 자유/ 민주주의는/ 인간들이 도달한 一九六〇년의 지혜/ 군중의 입술마다/ 갈망이었다// 인간의 역사는 잔인한 학살이었으며/ 발견-그리고 쟁탈이었다하지만/ 一九六〇년/ 나의 아침은/ 지금 마냥 아우성이다
>
> -조병화, 「一九六〇년」 전문, 『새벽』, 1960.1

조병화는 4월혁명 이전임에도 불구하고 혁명적 정동을 감지하고 도탄에 빠진 현실의 상황을 "아우성"이라 규정한다. "무수한 낙엽처럼/ 바람에

---

46) 「민주당 45度 공약」, 『민족일보』, 1961.3.26, 1면.

날리던 지전을 주우려 아우성치던/ 가난한 인간들의 아우성", 즉 "생존이나 생활이 아니라/-마냥 아우성" 그 자체다. "지전을 주우려"는 생존의 "아우성"이 "가난한 인간들의 아우성", 즉 혁명의 임계점을 향해가는 하층민의 "아우성"으로 형상화되는 것이다. 그리하여 놀랍게도 조병화는 4월혁명을 예언하는 데까지 이른다. "인간해방과 자유/ 민주주의는/ 인간들이 도달한 一九六〇년의 지혜/ 군중의 입술마다/ 갈망이었다"는 것이다. 인간해방이 정치적 해방뿐만 아니라 경제적 해방까지 포괄하고 있음을 보여주고 있다. 무엇보다 생존의 밑바닥까지 가라앉은 하층민의 형상을 4월혁명의 민중적 배경으로 언급하고 있다는 것을 주목해야 한다.

물론 이러한 시적 형상이 단발적인 시작(詩作) 수준을 넘어 시적 세계관의 중심으로 자리 잡는 시인의 출현은 1970년대를 기다려야 한다. 그러나 4월혁명을 전후로 하여 가난한 하층민의 시적 형상은 이미 대단히 폭넓은 반경으로 드러나고 있다. 4월혁명이 촉발한 현실지향성으로 인해 하층민의 삶을 포착한 시들이 다수 발견되고 있다는 사실은 1960년대 초반 하층민의 비참한 삶이 당대 참여시의 시적 제재와 주제를 장악했다는 사실을 말해준다.

> 보리밭에 앉아/ 보릿순을 먹으며,/ 퀭한 눈깔은 먼 하늘을 봤다.// 낮도 모르는/ 아비는 병정노리 나갔다 했고/ 어린 것은 빙빙 하늘이 돌아/ 늘 어지럽다고 했다.// 산들은 / 함빡 노오랗게 타버리는데,/ 쏙 따러 갔다는/ 어미는 돌아오지 않고/ 아이들은 밤 하늘이 자꾸만 무섭다구했다.
> —박송, 「보릿고개」 전문, 『자유문학』, 1960.6

> 나는 길을 간다.// 먼지가 적은 한가로운/ 일요일 아침을./ 지하도의 층층다리에 엎드려/ 흙먼지에 얼굴이 보얀/ 더러운 아이가 누워 있다./ 눈물 자욱이 얼룩졌다
> —구자운, 「지하도」 부분, 『새벽』, 1960.11

박송의 시는 절량농가의 풍경을, 구자운의 시는 도시 지하도 계단에 엎드린 흙먼지 투성이 아이의 모습을 자세히 들여다보고 있다. 이 시편들이 4월혁명 이후에 발표된 시들이라는 점에서 단순하게 읽히지는 않는다. 하층민의 삶을 소재로 삼았던 시가 사실상 드물었고, 익히 알려진 서정주의 「무등산」(『현대공론』, 1954.8)처럼 가난의 정신적 초월이 한국서정시의 전통을 형성해왔기 때문이다. 노천명의 "김가와 이가가/ 침을 사뭇 테테 뱉아도/ 진정 더러울 수 없는 이 땅// 우리끼리 모이니/ 훈훈 하지 않으냐/ 어디로 넌 싸다녔니// 약하고 가난하고 무력한 주변에/ 우리들 훈김이 좋지 않으냐/ 친구야 구수한 얘기좀 해보렴"(「가난한 사람들」, 『사상계』, 1957.5) 역시 이 전통에 속해 있긴 매한가지다. 그러나 1960년 4월혁명 이후에 발표된 이 시편들은 가난의 정신적 초월에서 훌쩍 벗어나 하층민의 생활정서에 보다 긴밀히 육박하고 있다. 그리고 하층민의 형상화는 적대적 타자를 구현하는 단계까지 나아간다.

지금 이 땅에도/ 풍년은 깃들어/ 쌀은 벌판 두껍게 깔렸다는데/ 우리 우리들 창자엔 그대로/ 머얼건 대낮이 부글부글 고여 있을 뿐, 그리고// 너는 너의 앞에 배당된 일이/ 너무나 아름차서 기어코/ 땀을 씹을 수밖에 없다는 그러한/ 너의 부자유를 견디어내는 그 자유는// 실로 일이 없어서/ 기나긴 삼복 햇볕 아래/ 지금 어떻게 돼가는 가족을 생각하며/ 아무런 길가에서나 이렇게/ 자유로이 서성댈 수 있는/ 우리 우리들 앞에 배당된 자유/ 그것을 또한 견디어가야 하는 이 부자유는
　　　　　　　-한무학, 「팔월에 패인 함정에 검은 하늘은 고이고」 부분,
　　　　　　　　　　　　　　　　　　　　　　　『새벽』, 1960.11

한무학은 "부자유"를 정확히 "땀을 씹을 수밖에 없"는 피착취의 상황으로 그려낸다. 이는 물론 경제적 불평등에 대한 인식에서 비롯된다. 적대적 타자를 향한 분노는 우리가 익히 보아온 혁명시들, 이를테면 "빈 손으로,

알머리로" "총알 앞에/ 달겨든 것은, 부닥친 것은// 모조리 잃어버린/ 값진
재산목록이/ 빼앗겨도 끝내는 우리의 소유라는,/ 빼앗겨선 거주할 땅도/
흔들리고 만다는// 그 조그만 상식을 모른 척한/ 얼굴만의 인간들 발 밑에
서/ 눌렸던 짝들이 그들의/ 발바닥을 뚫고 돋아났던 것"(김석주, 「방아쇠와
오해와」, 『고대신보』, 1960.5.3)이라거나 "이웃을 위해서는 한조각의 참외도 나
눠먹을 만큼/ 어졌건만 기본권조차 누리지 못했던 인민들을 위해서/ 아무
리 근면해도 동지달 기나긴 밤을 허리띠를/ 졸라맨 채 냉골에서 드새야했
던/ 저 불쌍한 인민들을 위해서// 의로운 젊은이들이 흘린/ 그 선지피가
물들어있는/ 이 旗빨 사월의 旗를"(이한직, 「사월의 旗는」, 『새벽』, 1960.8)과 같
은 현실적 맥락을 잇는다 할 것이다. 이러한 맥락은 역사적 의미로까지
확장된다.

> 새빨간 거짓나부랭이 이글거리는 황혼에/ 사양진 골목 골목에서/ 성
> 난 파도는 불꽃 되어 뜨거웠다.// 반만년이란다./ 서러워서 푸르른 하늘
> 만을/ 눈물 속에 끝없이 가꾸었는데――// "흙을 뒤엎자"/ 허연 수건에
> 검은 피가 마구 굳어졌다.// 풍우에 앗겨간 4월 19일이랑/ 승화하는 푸름
> 에 젊음은 마음끼리/ 이른 꽃봉오리 되어 터진다.// 절규는/ 성집(成集)
> 하는 계절의 동맥 속에 묻어두고// 멍든 조국의 여명이 밝아오는 태양의
> 날/ 뛰는 심장을 가다듬어야 할 때/ 흙을 파 헤치자// 실솔(蟋蟀:귀뚜라
> 미)의 처량한 울음일랑 거두고/ 가난한 씨앗이 움트게 하자.// 우리의 하
> 늘이 그 위에/ 높다.
>
> ―오봉엽, 「흙을 뒤엎자」 전문, 『학생혁명시집』, 효성문화사, 1960

학생시인 오봉엽(전북대)은 가난한 인민이 착취당해왔던 "반만년", 즉 한
국의 전체 역사를 환기한다. 4월혁명은 단순히 1960년 당대의 민주주의와
자유의 회복을 넘어서 반만년의 역사 동안 억눌려 왔던 인민의 해방을 위
한 역사적 계기로 의미화된다. 이러한 인식은 신동엽의 「아사녀」[47]가 지
닌 역사의식과 통하는 것이다. 거기에는 정치적 자유와 경제적 평등에 대

한 역사적·시대적 갈망이 강렬하게 응축되어 있다고 할 수 있다. 김용호
가 "우리들의 나라! 민주공화국 대한은/ 인민으로 이루어진/ 인민을 위한/
인민의 진정한 나라라야 한다."(「해마다 4월이 오면-모든 영광은 젊은이에게」 부
분, 『조선일보』, 1960.4.28)라고 부르짖었을 때, "우리들의 나라"란 바로 아래
와 같은 나라였으며, 이를 위해서 4월의 "피깃발을 내릴 수가 없"었던 것
이다.

> 철저한 민주정체,/ 철저한 사상의 자유,/ 철저한 경제균등,/ 철저한 인
> 권평등의,// 우리들의 목표는 조국의 승리,/ 우리들의 목표는 지상에서의
> 승리,/ 우리들의 목표는/ 정의, 인도, 자유, 평등, 인간애의 승리인/ 인민
> 들의 승리인,/ 우리들의 혁명을 戰取할 때까지,// 우리는 아직/ 우리들의
> 피깃발을 내릴 수가 없다.
> ─박두진, 「우리들의 깃발을 내린 것이 아니다」, 『사상계』, 1960.6

민주정체, 사상의 자유, 인권평등은 우리가 4월혁명을 통해 익히 들어왔
고 알고 있던 내용들이다. 그러나 "철저한 경제균등"은 4월혁명의 정신사
에서 매우 낯선 것임에 분명하다. 박두진의 이 시가 주는 놀라움은 바로
바로 이 구절에 있다. 4월혁명이 정치적 민주주의를 넘어 경제적 민주주
의, 즉 하층민의 해방, 경제균등, 경제민주화를 향한 열망을 지니고 있었
음을 이 시를 통해서 우리는 확인할 수 있게 된다. 해방과 한국전쟁을 관
통하면서 극단적 보수화의 길을 걸었던 한국시에 마침내 "철저한 경제균
등"이라는 놀라운 진술이 출현하고 있는 것이다. 4월혁명 전후의 시는 "순

---

47) "모질게도 높은 성(城)돌/ 모질게도 악랄한 채찍/ 모질게도 음흉한 술책으로// 죄없는 월
급쟁이/ 가난한 백성/ 평화한 마을을 뒤보채어 쌓더니//(중략)/ 4월 19일, 그것은 우리들
의 조상이 우랄고원에서 풀을 뜯으며 양달진 동남아 하늘 고흔 반도에 이주오던 그날부
터 삼한으로 백제로 고려로 흐르던 강물, 아름다운 치맛자락 매듭 고흔 흰 허리들의 줄
기가 31의 하늘로 솟았다가 또 다시 오늘 우리들의 눈앞에 솟구쳐 오른 아사달 아사녀의
몸부림, 빛나는 앙가슴과 물구비의 찬란한 반항이었다." 신동엽, 「아사녀」 부분, 『학생혁
명시집』, 효성문화사, 1960.

수한 자연적인 발생으로부터 시작이 되어" "하나의 작은 의지적인 세계로 침투하"였으며, "내 작은 침실로부터 시작이 되어, 지금 군중의 광장으로 구석구석, 군중의 가슴 가슴을 찾아 들고 있"었다.[48] 그 군중의 광장을 휩쓸었던 것이 정치적 민주주의뿐만 아니라 경제적 민주주의이기도 했다는 사실을 다시 한 번 확인할 수 있는 것이다.

3) 1960년대 지식인과 노동 의식의 간극, 혹은 한계

5·16군사쿠데타 이후의 혁신 세력의 궤멸로 인해서 민주사회주의 담론은 현저히 약화된다. 경제민주화 담론 역시 활발하게 진행되지 못한다. 무엇보다 노동자 권익 담론이 용공시될 수밖에 없는 상황이 초래된 것이다. 따라서 1960년대 초반의 노동운동은 구체적 혁신 이념을 지닐 수 없었다. 군사쿠데타 이후에도 여전히 연쇄적인 노동쟁의가 발생하고 있었지만, "이 모든 노동쟁의의 초점은 생활이 아니라 생존을 위협하는 최저임금의 인상을 요구하는 데에 특징이 있"으며, 따라서 이들 쟁의는 "노동쟁의라기보다 기아선상의 신음"에 가까운 것이었다.[49] 혁신 정당의 몰락은 전국적으로 증가하는 노동쟁의를 하나의 정치세력으로 모을 수 있는 기반의 상실이나 다름없었다. 그리고 군사정권의 노동쟁의조정법 개정 공포는 노동쟁의조차도 통제할 수 있게 되었다.

이러한 분위기 속에서 1960년대 초반의 참여시는 노동 관련시를 생산해 낼 수 없는 것이 당연했다. "60년대의 하늘은 대체로 맑고 때때로 구름,/ 결국 문제는 없는 법/ 구름은 지나가는 것/ 유일한 문제는 기분의 문제/ 문화약방 앞에서 통근뻐스는 머물고/ 우리는 대체로 행복하였다"(김화영, 「60년대의 하루」 부분, 『사계』 2집, 1967)와 같은 순수의 망상을 향해 나아가는 시대적 상황에서 '참여시'만으로도 충분한 시사적 의미를 획득할 수 있겠

---

48) 조병화, 「한국의 자아 속에서」, 『새벽』, 1960.4, 247면.
49) 「잇빨 빼앗긴 노동쟁의 '붐'」, 『사상계』, 1963.7, 123면.

다. 그러나 "우리나라 노동운동, 특히 대한민국 수립 이후의 근로대중을
중심한 노동운동은 四·一九혁명 이전과 이후의 두 단계로 나누어 고찰할
수밖에 없다"[50]고 할 만큼 4월혁명 이후 노동 담론이 새로운 전기를 맞이
하였다는 점을 생각한다면, 노동 문제를 향한 시적 충동이 전혀 없었다고
볼 수는 없을 것이다. 그러나 노동운동의 불온성이 야기하는 위험성 외에
도 1960년 당시 5인 이상 종사 사업체 임금노동자의 전체 인구 대비 비율
이 0.94%에 불과했던 현실적 조건[51]은 노동시가 씌어질 만한 충분한 조건
이 마련되지 못했다는 사실을 의미하기도 한다. 따라서 아래와 같은 시들
은 4월혁명과 군사쿠데타를 겪은 이후에도 여전히 심각한 빈곤의 현실을
자탄하고 있을 뿐이다.

> 혁명은 과부가 되어 민중의 길거리에 팽개쳐지고 허울좋은/ 이데아
> 만이 아픈 현실의 상채기 위에서 낮잠을 잔다/ 四月의 돌팔매도, 五月의
> 군화도, 배고픈 민중에겐 누더기의/ 자유일 뿐, 세계는 여전히 부재속에
> 서 잠잔다/(중략)/ 거리를 휩쓰는 바람속엔 四月도, 五月도, 민주주의도
> 햇빛 없는 쥐구멍으로 꺼지고, 十八년 줄곧 우리를 울리던 정치가 다시
> 바람을 탄다. 오직 삼십육계의 누더기가 된 정치풍토가 끝모를 야망을
> 향해 강행군이다. 민중이여! 시인이여! 시인이여! 우리는 十月에 무얼 할
> 것인가?
> 　　　　　　　　　-김재섭, 「생활주변초·2」 부분, 『현실』 제1집, 1963.4.30.

> 울고 있구나, 재수 없게/ 서쪽으로 고개 돌리면/ 경작지를/ 넓게 펼친
> 풍성한/ 적빈이.// 瑞氣 어릴/ 좋은 산 위에서/ 저게 뭔가/ 지저분한 출혈
> 을 머리 위에 마구/ 쏟고 있으니.// 땅 위에서는/——그러니까/ 적빈의

50) 『민족일보』, 1961.5.1 사설, 2면.
51) 1960년 당시의 총인구는 2,498만9천명, 14세 이상 인구 1,506만9천명, 취업자 852만1천명, 5
인 이상 사업체 종업원 수 23만5천명, 완전실업자 43만4천명이라는 통계자료가 있다. 한
국노동조합총연맹, 『한국노동조합운동사』, 1979.10, 431면.

하늘 밑에/ 열매 많이 달린/ 빈약한 가지/ 쪼들리면서 굽어진 가장의/ 허리와/ 무딘 입술을 합쳐져/ 빨간 노을의 一點/ 한모금의 꿈추를 더 빨고 있으니.// 죽음의 적빈/ 산 위에서/ 경작지를 넓게 갖고/ 왜 오랫동안 켜고 있는가/ 나쁜 적신호.// 망하는구나/ 정상에 놓이는 기를 다투다/ 아우성으로/ 피는/ 적빈의 소리.

-정공채, 「赤色考-빨간 노을」 부분, 『시단』 2집, 1963

위 시에서 보이는 "배고픈 민중"이나 "적빈"에 대한 자각은 4월혁명을 전후한 시의 맥락을 잇고 있다. 그러나 하층민을 역사의 주체로 세우는 데까지는 나아가지 못한다. 그래서 "당신(박정희;인용자)은 <혁명>이란 조각난 파편들을/ 설합 속에 집어넣고/ 모든 사람들의 가슴에 상흔의 비를/ 세우지 않으시기를……"(권용태, 「상황·2」, 『현실』 제1집, 1963.4.30)과 같은 권력자를 향한 시인의 굴욕적인 원망(願望)마저 발생하게 된다. 하층민의 비주체성과 권력자를 향한 시인의 원망은 무엇을 의미하는가?

여기서 무수한 노동 담론에도 불구하고 1960년대 초반의 한국시가 노동현실에 눈을 뜨지 못한 원인을 한 가지 더 추가할 수 있다. 그것은 경제건설이 무엇보다 긴요했던 현실이다. "이제는 건설이다./ 심혈을 경주하라./ 근육이 부풀도록 나라 위해 건설하자."(박명훈, 「민주의 새 아침은 밝았다」, 『동아일보』, 1960.4.28)라는 외침처럼 국가경제의 기반을 마련하는 것이 급선무였던 것이다. 1960년대 초반 도시노동자의 비중은 얼마 되지 않았으므로, 노동착취에 대한 시적 관심은 산업화가 대대적으로 진행되던 1960년대 중후반부터 가능했을 터이다. 바로 이때부터 노동 문제가 시의 관심 영역으로 진입하게 된다. 그렇다면 1960년대 초반 시인들의 노동자에 대한 문제의식은 아직 심화되기 이전의 단계라고 할 수 있다. 무수히 쏟아지던 노동 담론에도 불구하고 현실참여적 시인들은 노동자와의 사이에 모종의 간극, 혹은 어떤 분열을 느끼고 있었다.

낮잠을 자고 나서 들어 보면/ 후란넬 저고리도 훨씬 무거워졌다/ 거
지의 누더기가 될락말락한/ 저놈은 어제 비를 맞았다/ 저놈은 나의 노동
의 상징/ 호주머니 속의 소 눈깔만한 호주머니에 들은/ 물뿌리와 담배
부스러기의 오랜 친근/ 윗 호주머니나 혹은 속 호주머니에 들은/ 치부책
노릇을 하는 종이 쪽/ 그러나 돈은 없다/ ― 돈이 없다는 것도 오랜 친
근이다

-김수영, 「후란넬 저고리」 부분, 『세대』, 1963.7

노동에 관한 김수영의 이미지는 위 시로써 음각되어 있다. 그러나 김수
영은 노동에 대해서 애매한 태도를 취한다. 양복의 재료로 쓰이는 부드럽
고 반질반질한 후란넬(flannel)은 노동복에 어울리지 않는 옷감이다. 그럼에
도 불구하고 김수영은 "저놈은 나의 노동의 상징"이라고 말한다. '노동'이
아닌 "나의 노동"은 '후란넬 저고리'의 주머니에 들어 있는 연필쪽(연필도
막)으로 이루어지는 노동이다. 닳고 닳은 연필쪽이 들어있는 낡은 '후란넬
저고리'가 노동의 상징이 될 수 있었던 이유는 그 주머니에 돈이 없기 때
문이다. 돈이 없다는 "오랜 친근"은 '후란넬 저고리'가 노동복으로 의미론
적으로 전화되는 결정적 이유가 된다. 그럼에도 불구하고 당연히 김수영
은 어떤 '부끄러움'을 느낀다. 그것은 자신의 시를 통해 이루려했던 "노동
의 찬미"가 "자살의 찬미로 화해 버"린[52] 까닭이다. '노동의 찬미'는 애초
부터 불가능했던 시적 기획인지도 모른다. '노동의 찬미'가 가능한 시대가
이 땅에는 도래하지 않았으며, 노동의 비참만이 가득했던 것을 시인은 분
명히 알고 있다. 그래서 시인은 "나의 후란넬 저고리는 결코 노동복다운
노동복이 못된다. 부끄러운 노동복이다."[53]라고 토로한다. 여기서 발견할
수 있는 것은 김수영과 노동 사이에 내재된 어떤 분열이다. 부끄러움의
자각 속에서 김수영은 자신과 노동 사이에 들어앉은 분열의 기미, 즉 김

---

52) 김수영, 「부끄러운 노동복」, 『세대』, 1963.7, 291면.
53) 김수영, 앞의 글, 291면.

수영의 어법대로라면 "고독"을 향해 나아간다.

> 그러면 그런 고급양복을—아무리 누더기가 다 된 것일망정—노동복
> 으로 걸치고 무슨 변변한 노동을 하겠느냐고 당신들이 나를 나무랄 것
> 이 뻔하다. 그러나 당신들의 그러한 모든 힐난 이상으로 소중한 것이 나
> 의 고독— 이 고독이다.54)

　김수영의 '고독'은 시인과 노동 사이에 내재된 분열에서 비롯되고 있다. 그는 결코 노동 쪽으로 가지도 못하고, 자신의 '후란넬 저고리'로부터 시인으로서의 평안을 얻지도 못한다. '후란넬 저고리'를 노동복이랍시고 입은 채 글을 쓰는 자신의 부끄러움을 오랫동안 되씹는다. 진정한 노동자가 되지 못하고, 돈이 없는 '친근'55)으로 겨우 노동의 품을 더듬는 시인의 행위는 1960년대 문인의 풍경이라 하지 않을 수 없다. 다시 말해 '고급양복'과 '노동복'의 거리는 지식인과 노동자의 분열을 정확히 지시한다. 그럼에도 불구하고 김수영이 의미있는 시인일 수 있는 까닭은 '고급양복'을 어줍잖게 걸친 자신을 향한 "모든 힐난"을 스스로 감득하고 있었기 때문이다. 김수영은 그 "힐난" 속에서 자신의 시적 성채를 쌓았으며, 거기에서 비롯되는 고독을 자신의 시적 자산으로 삼았던 것이다. 시인의 내면 속에서 고급양복과 노동복의 거리가 사라지기 위해서는 전태일로 시작되는 1970년대가 필연적으로 도래해야만 했다. 그럼에도 불구하고 중요한 것은 김수영이 자각했던 그 '분열'이다. 그 분열이 1960년대 문학 속에 들어앉은 노동의식의 기이한 양상으로 드러나고 있기 때문이다.

　「아—신화같이 다비데군들」(『사상계』, 1960.6)로 익히 알려진 신동문 역시

---

54) 김수영, 앞의 글, 291면.
55) 김수영은 자신의 생활난에 대하여 다음과 같이 토로한 바 있다. "수입에 대해서 생각하는
　　 것은 너나 나나 매일반이다/ 모이 한가마니에 사백삼십원이니/ 한달에 십, 삼만환이 소리
　　 없이 들어가고/ 알은 하루 육십개 밖에 안나오니", 김수영, 「장시」, 『자유문학』, 1963.2.

동궤(同軌)에서 크게 벗어나지 않는다. 공식적으로 신동문이 발표한 마지막 시가 「내 노동으로」인데, 여기에는 노동과 시인의 완전한 합일을 열망하는 자의식이 자세히 드러난다.

> 내 노동으로/ 오늘을 살자고/ 결심을 한 것이 언제인가/ 머슴살이 하듯이/ 받친 청춘은/ 다 무엇인가/ 돌이킬 수 없는/ 젊은 날의 선수들은 다 무엇인가./ 그 여자의 입술을/ 꾀던 내 거짓말들은/ 다 무엇인가./ 그 눈물을 달래던/ 내 어릿광대 표정은/ 다 무엇인가./ 이 야위고 흰/ 손가락은/ 다 무엇인가./ 제 맛도 모르면서/ 밤새워 마시는/ 이 술버릇은 다 무엇인가./ 그리고/ 친구여/ 모두가 모두/ 창백한 얼굴로 명동에/ 모이는 친구여/ 당신들을 만나는/ 쓸쓸한 이 습성은/ 다 무엇인가./ 절반을 더 살고도/ 절반을 다 못 깨친/ 이 답답한 목숨의 미련/ 미련을 되씹는/ 이 어리석음/ 다 무엇인가./ 이런 게/ 다 무엇인가./ 이런 게/ 다 무엇인가고/ 내 노동으로/ 오늘을 살자고/ 결심했던 것은 언제인데/ 내 노동으로/ 오늘을 살자고/ 결심했던 것이 언제인데.
>
> －신동문, 「내 노동으로」 전문, 『현실』 제1집, 1963.4.30.

이 시를 끝으로 신동문은 더 이상 시를 쓰지 않았던 것으로 알려져 있다.[56] "내 노동으로/ 오늘을 살자고/ 결심을 한 것이 언제인가"라는 진술에서 확인할 수 있듯이, 시인은 자신의 삶과 노동의 간극을 늘 의식해 왔다고 할 수 있다. 노동과 몸의 일치에 대한 열망과 좌절은 곧 그 둘 사이에 내재된 분열을 확인한 결과이기 때문이다.[57] 이 노동이 곧바로 노동자 권익론에 대한 것으로 심화되지는 않지만, 적어도 신동문은 노동으로 근

---

56) 이후 신동문은 언론과 잡지 매체에 종사하다가 충청도 단양 수양개 마을로 내려가 농장과 침술원을 운영하였다.

57) 박순원도 이 시에 대해서 '노동'이 화자의 결심 속에서만 존재하며, 노동의 구체적인 모습이 제시되지 않는다고 지적한다. 즉 시인의 가식과 지리멸렬한 습성을 타파해야하지만 아직 실천에 이르지 못한 상태라는 것이다. 박순원, 「신동문 시 연구－생애의 전환점을 중심으로」, 『비평문학』 제44호, 2012.6, 250면.

근이 살아가는 민중들에 대한 관심이 매우 컸던 것으로 확인된다.『경향신문』특집부장 시절 김삿갓의 행적을 따라 유랑하면서 서민들의 팍팍한 삶을 전하는 기획 취재를 한 바 있거니와,58) 출판 일을 그만 둔 뒤 농장과 침술원을 운영하면서 가난한 이들의 삶을 돌봐왔기 때문이다.59) 그의 귀농은 그의 육체를 노동과 일치시키고자 하는 의도였다. 그렇다면 이는 어떤 의미를 지니는가.

> 그때는 먹고 살기가 좀 어려웠던가. 그런데도 시인입네 하고서 자기가 무슨 성인군자라도 되는 양 거들먹거리는 이가 많았어. 제 이웃과 동료가 숨 막히고 배가 고파 허덕이는데 자기만 잘났다고 지식인으로 행세하는 자칭시인들이 많았지. 지금 생각하면 나도 그런 축에 들었어. 나도 많이 떠들었거든.60)

신동문의 위 진술을 토대로 짐작하건대, 그는 지식인과 하층민의 간극을 자신의 노동으로써 해소하려 했다. 지식인과 하층민의 매개는 곧 노동이며, 노동을 통해서만 그들의 삶과 일체화되기 때문이다. 그러나 신동문에게 노동은 개인적 차원에서 이루어진 실천이자 민중 혹은 하층민에 대한 애정 문제와 관련되지만, 역사·시대정신까지로 확장되지는 않고 있다. 다시 말해 신동문의 '노동'은 시인으로서의 윤리적·실천적 문제, 혹은 성찰의 대상이자 수신(修身)의 방법으로 머물 뿐이지, 역사와 시대정신을 담은 담론투쟁의 차원으로까지 확장되지는 못했던 것이다.

---

58) 김판수,『시인 신동문 평전』, 북스코프, 2011, 253면.
59) 그는 수양개 마을로 귀농하면서 침술원도 운영하였는데, 많은 사람들이 찾아와서 시술을 받았음에도 불구하고 침술비는 받지 않았다고 한다. 마을 공동 농장을 운영하여 자족적이고 주체적인 농촌 공동체를 만들고자 하는 꿈도 있었으나 댐 건설로 인한 수양개 마을의 수몰로 인해 그 꿈을 포기할 수밖에 없었다. 그리고 다시 예술가를 위한 예술창작마을을 건설하고자 했으나, 담도암 진단으로 그 꿈 또한 끝내 이루지 못했다고 한다. 김판수, 앞의 책, 171-261면.
60) 김판수, 앞의 책, 294면.

1960년대 초반의 참여시는 한국전쟁 이후 오랫동안 지속되어왔던 절량과 빈곤 문제, 그리고 하층민들의 경제균등을 향한 욕구를 반영해왔다고 볼 수 있다. 4월혁명 이후의 민주주의를 향한 열망이 정치뿐만 아니라 경제 부문까지도 포괄하고 있었기 때문에, 1960년대 참여시는 1960년대 초반의 경제민주주의 담론의 영향을 받지 않을 수 없었다. 4월혁명의 여파 속에서 한국 사회는 정치적 민주주의뿐만 아니라 경제적 민주주의를 향한 열망을 강하게 지니고 있었으며, 이런 상황은 1960년대 초반의 시텍스트에도 뚜렷한 변화를 일으켰다. 소위 4월혁명시의 혁명적 열망이 정치적 민주주의와 자유만뿐만 아니라 경제균등으로까지 나아갔다는 사실을 확인할 수 있는데, 이는 4월혁명에서 시작된 1960년대 '참여시'의 기원이 경제민주주의 담론과 무관하지 않음을 말해주는 것이기도 하다.

그러나 1960년대 초반을 지배했던 '빈곤-노동-경제개발'이라는 경제담론의 세 축이 '경제개발'을 중심으로 재편됨으로써 '빈곤'과 '노동' 담론 속에서 중요하게 제기되었던 경제민주주의 담론은 점차 소거되고 만다. 박정희 군사쿠데타 이후의 경제정책 기조가 경제민주화가 아닌 경제제일주의 일변도로 경직됨으로써 경제민주주의 담론은 혁신세력과 더불어 거세되고 말았던 것이다. 4월혁명 이후 담론 공간을 겨우 확보할 수 있었던 경제민주화 혹은 경제민주주의는 노동조합운동과도 밀접한 영향 관계를 지니게 되지만, '노조=빨갱이'라는 등식관계가 지배하는 반공체제 속에서 정치경제적 영향력을 갖기에는 한계가 있었다. 더군다나 노동조합의 계급적 기반이 항구적으로 피고용 특정집단에 한정되어 있다는 점도 노조의 정치성 확장에 일정한 한계로 작용했다.[61] 그렇다면 산포된 노동조합을 조직적으로 이끌고 이들의 분산된 힘을 정치적으로 결집할 수 있는 정당의 역할이 중요하지 않을 수 없었는데, 그런 점에서 경제민주주의를 표방한 혁

61) 아담 쉐보르스키, 박호성 편역, 『사회민주주의의 역사적 전개』, 박호성 편역, 청람, 1991, 107면.

신세력들의 몰락은 1960년대에 남겨진 깊은 상처가 아닐 수 없다. 혁신세력들에 의한 정당은 노동조합을 포함한 임금노동자, 그리고 당시의 하층민 등을 포괄하는 거대한 정치체로서 한국의 경제 정책의 기조에 상당한 영향력을 행사할 수 있었겠으나, 제도 안팎의 폭력 앞에서 혁신세력의 정치는 좌초하고 말았던 것이다.

이로 인해 1960년대 참여시는 4월혁명 직후의 경제균등, 즉 경제민주주의의 정치적 감각을 억압당함으로써 다시 정치적 자유와 민주주의 문제로 회귀하고 만다. 물론 1960년대 참여시는 산업화의 가속화에 따라 노동착취가 심화되는 1960년대 후반과 1970년대 초반에 이르러 노동착취와 경제균등에 대한 문제의식을 다시 보여주고 있긴 하지만, 4월혁명 직후의 경제균등의 정치 감각을 상당 부분 상실하고 말았던 것이다. 그럼에도 불구하고 1960년대 초반의 한국시가 보여주었던 경제균등의 문제는 경제민주주의의 맥락 속에서 1960년대의 참여시가 자유와 민주주의의 회복에만 집중했던 것이 아니라 경제문제, 특히 경제균등의 문제에 적지 않은 정동을 지니고 있었다는 사실을 보여주고 있다.

요컨대, 1960년대 경제민주주의 담론은 한국 정치·경제뿐만 아니라 1960년대 참여시의 이념적 자산으로서 가치를 지닌다고 할 수 있다. 군사정권의 억압과 통제가 존재하지 않았다면, 한국사회의 정치·경제의 방향은 지금과는 사뭇 다른 모습을 지니게 되었을지도 모른다. 그러나 이는 한낱 가정에 지나지 않는다. 다만 우리가 여기서 기억해야 할 것은 1960년대에 경제제일주의 담론의 대립항으로서 경제민주주의 담론이 지속적으로 존재했다는 사실이며, 4월혁명 전후의 상황에서 정치적 민주주의뿐만 아니라 경제적 민주주의에 대한 열망이 빈곤 담론과 노동 담론 속에서 발화되고 있었고 1960년대 참여시에도 내재되어 있었다는 사실이다.

4 1960년대 경제민주화 담론과 민주사회주의

1) 경제민주화의 이념체로서의 민주사회주의

4월혁명은 부정선거뿐만 아니라 경제적 위기가 중요한 원인으로 작용
했다는 이미 여러 논자들에 의해 규명되어 온 바다. "농민, 노동자, 도시빈
민층이 서로 별개의 독립된 계층으로 존재하는 것이 아니라 상호 유기적
관련성을 가지면서 한국경제구조 속에서 기층민중을 이루고 있"[62]었다는
주장이 대표적이다. 실제로 농민의 경우 토지개혁[63]과 미국의 잉여농산물
원조에 따른 농산물 가격폭락으로 극도의 빈곤 속에 허덕였고, 노동자 경
우에도 해방 이후 산업시설의 마비, 한국전쟁의 파괴, 관료 자본의 독점
등으로 중소기업이 몰락함으로써 실업 상태에서 벗어날 수 없었다.[64] 해
방 직후 적산 처리 과정에서 치부(致富)에 성공한 일부 관료 매판 자본가
만이 미국 원조경제 하에서 지속적인 자본축적이 가능했고, 대부분의 일
반 국민, 특히 농민과 도시하층민 그리고 고등실업자들 모두 '보릿고개'와
'쌀고개' 같은 단경기(端境期)를 맞을 때마다 기아에 시달려야 했다. 이러한
상황이 학생과 민중으로 하여금 독재, 부정, 부패 등의 정치적 모순과 소
득불평등, 취업의 제약, 실질적 신분의 제약 등 사회경제적 모순을 극복하
고자 하는 저항의식을 싹트게 했던 것이다.[65]

4월혁명은 표면적으로 3·15부정선거와 이승만 독재에 대한 저항으로

---

62) 김성환, 「4·19혁명의 구조와 종합적 평가」, 김성환 외, 『1960년대』, 거름, 1984, 45면.
63) 1950년의 토지개혁으로 일단 농민의 토지욕구를 충족시켜 사회정치적 불안을 해소하고
   농민의 좌경화를 방지하는 데는 성공했으나 농지개혁 내용이 불철저했고, 상환금부담의
   과중으로, 그리고 한국전쟁으로 농민은 다시 빈곤의 악순환에 빠지기 시작했다. 농민들
   은 생산물의 30%를 5년간 지가상환으로 부담해야 했는데, 농민으로서는 재정조달 기반
   이 없었으므로 분배받았던 농지마저 유지하기 힘든 상황이었다. 이우재, 「4월혁명과 농
   민운동」, 사월혁명연구소 편, 『한국사회변혁운동과 4월혁명·2』, 한길사, 1990, 99~100면.
64) 김성환, 「4·19혁명의 구조와 종합적 평가」, 46~47면.
65) 전철환, 「4월혁명의 사회경제적 배경」, 강만길 외, 『4월혁명론』, 한길사, 1983, 142면.

발생한 것으로 인식된다. 그러나 이면적으로 볼 때 빈곤의 악순환이 지속되던 당시의 경제상황에 대한 불만66)이 근원적 동력으로 작용했다. 따라서 도시하층민은 "그 존재의 부동성(浮動性)과 아노미 상태로 인해 비교적 능동적이고 적극적으로 4·19의 전개과정에 참여하면서 그 이후에도 정치적 성격의 여러 시위 및 데모에 참여하는 계층으로 남"67)게 되었으며, 이는 빈민노동자와 도시하층민의 혁명적 위상을 적실하게 보여주는 증좌다.

이와 함께 4월혁명 직후 활발해진 노동쟁의 또한 눈여겨 보지 않을 수 없다. "1960년 4월혁명이 일어나고 독재정권이 물러가자, 그전까지 억눌려 있던 노동자들"이 "스스로의 요구를 분출하기 시작"한 것이다.68) 4월혁명 직후 전국적으로 노동조합 수는 뚜렷하게 증가한다. 1960년 한 해에만 388개의 노동조합이 만들어질 정도로 신규 노동조합결성이 활발하게 이루어졌는데, 1959년 노동조합의 평균 조합원수가 503명인 데 비해 1960년에 신설된 노조의 평균 조합원 수가 216명에 불과했다는 사실은 4월혁명 직후 노동조합의 신설이 중소기업에 집중되었음을 말해준다.69) 4월혁명 이후에야 중소기업 노동자들이 본격적으로 노조를 결성하기 시작했던 것이다. 노동쟁의 건수 또한 4월혁명 직후부터 급증한다.70) 노동쟁의는 1961년 군

---

66) 실제로 4월혁명을 전후한 남한 경제는 매우 위급한 상황이었다. 1960년의 총인구(2,498만9천명) 중에서, 노동 가능 연령인 14세 이상 인구는 1,504만9천명이었고, 이 중에서 5인 이상 종사 사업체 종업원 수는 23만5천명에 불과했다. 완전실업자는 오히려 이보다 많은 43만4천 명 정도로만 잡혀 있었으나 통계자료의 불확실성과 잠재적 실업인구를 감안하면 그 수는 통계 수치를 훨씬 상회했을 것으로 추정된다. 반면에 1960년 당시의 취업자 수는 852만1천명으로 집계되고 있는데, 5인 이상 종사 사업체 종업원 수인 23만5천명은 이들 취업자의 2.75%로 전체 노동자의 3%에도 미치지 못하는 수치였다. 그렇다면 23만5천명 이외의 취업자들은 노동환경이 매우 열악한 거의 잉여노동자 수준에 가까운 것으로 추정할 수 있다. 이상의 진술은 경제기획원의 『한국통계연감』(1961 및 1965)의 자료 일부를 수록한 한국노동조합총연맹의 『한국노동조합운동사』(1979) 431면을 참고한 것임.

67) KSCF, 「4·19의 역사적 고찰」, 한완상 외, 『4·19혁명론 I 』, 일월서각, 1983, 78면.

68) 이원보, 『한국노동운동사 100년의 기록』, 한국노동사회연구소, 2013, 152면.

69) 민주화운동기념사업회, 『한국민주화운동사1-제1공화국부터 제3공화국까지』, 돌베개, 2008, 244면.

사 정권의 쟁의금지령으로 일시적으로 위축되지만, 정권의 민간이양이 다가오던 1963년부터 재개되어 1971년까지 연 인원 139만명이 참가해서 총 921건의 쟁의를 일으킨 것으로 보고되고 있으며, 이는 연평균 112건에 154,287명이 참가한 규모에 해당한다.[71] 4월혁명과 한일협정 반대시위 이후 대학생들의 저항이 급격히 소멸되어갔던 것과 달리, 노동자들의 저항은 1960년대 한가운데를 지속적으로 관통하고 있었던 것이다. 1960년대의 저항 동력으로서 학생운동뿐만 아니라 노동운동을 주목해야만 하는 이유다. 즉, 4월혁명은 자유와 민주주의 쟁취라는 정치혁명이었던 동시에, 경제혁명으로서의 집단 충동 또한 내재하고 있었던 것이다.[72]

'경제민주화'는 도시 하층민과 노동자를 포함한 빈곤 대중들의 혁명적 열망이었다. 당시의 매체들이 경제민주화 담론들을 활발하게 생산했던 것도 이들의 열망을 반영한 결과다. 실제로 당시 매체들은 경제민주화를 사회적 의제로 제시하는 경향이 뚜렷했다. 당시의 한 신문 사설은 경제민주화가 부정축재의 해결에서 시작되며, 이것이야말로 "경제적 민주혁명의 핵심"[73]이라고 주장한다. 뿐만 아니라 한 칼럼은 "四·二六 혁명이 지향한 바는 그러한 반민주적인 독재정치성을 배제하는 데만 있었던 것이 아니라

---

70) 박현채(1988)와 전기호(1990)의 자료에 따르면, 4월혁명 직후 노동자들의 쟁의 건수는 가파르게 증가했는데, 4월혁명부터 그해 6월까지 485회의 노동자 가두시위가 있었고 이때 시위에 참여한 인원이 12만여 명이나 되었으며, 1960년에 발생한 쟁의 중 19%에 해당하는 44건이 동맹파업의 형태로 진행되었다. 이는 노동자들의 연대가 한층 강화되고 있음을 보여준다. 민주화운동기념사업회 엮음, 『한국민주화운동사1』, 247면.

71) 민주화운동기념사업회, 『한국민주화운동사1-제1공화국부터 제3공화국까지』, 617면.

72) 대학생들이 이승만 하야 이후 곧바로 '질서회복운동'에 착수했던 것은 대학생 자신들이 혁명 주체임을 자임했던 반면에, 노동자와 도시하층민에게 돌아가야 할 혁명주체로서의 지분을 전혀 고려하지 않았음을 말해준다. 어린 십대로 취급당한 고학생과 자신의 요구를 관철할 언어를 갖지 못했던 직업소년 등 도시하층민이 없었다면, 이승만 정권이 붕괴되지 못했을 것임엔 틀림없다. 그러나 대학생들은 특히 도시하층민을 혁명주체세력으로 인지하지 못했으며, 노동자들의 쟁의가 지닌 저항성을 감지하지 못하고 있었다. 오제연, 「4월혁명의 기억에서 사라진 사람들-고학생과 도시하층민」, 162, 168면 참조.

73) 사설 「경제혁명의 유종지미를」, 『동아일보』, 1960.5.22, 조간1면.

아울러 경제의 부패를 숙정(肅正)하여 보다 나은 생활을 영위해보자는 데
있었던 것"74)이라 역설한다. 4월혁명은 민주주의 회복을 넘어 경제민주화
를 통한 "빈곤으로부터의 해방"을 지향했으며, 궁극적으로 '경제혁명'을
완수해야 했다. "정치적 혁명이 그 실을 거두"기 위해서는 반드시 "경제적
혁명이 수반되어야"75) 했기 때문이다. 이처럼 '4월혁명=경제혁명'의 도식
에는 경제민주화가 매우 강하게 개입되고 있다.

 '경제민주화'를 향한 대중의 집단충동은 당시에 우리 사회가 지향했던
방향성을 암시한다. 4월혁명 이후의 "새로운 경제질서"는 "경제의 민주화"
라는 토대 위에 수립되어야 한다는 것. 이것이 이루어지지 않는 한 "새로
운 강점세력이 나타"남으로써 "四·二六 민주혁명"의 "의의를 상실하고 말
것"이라는 우려76)는 경제민주화야말로 4월혁명의 진정한 시대적 소명임
을 인식한 결과다. 경제민주화는 자본주의의 축적 방식과 매판관료자본의
결합이 초래하는 경제 불평등을 해소하는 방안이었지만, 궁극적으로 '복지
국가' 건설이라는 국가정책 방향을 위한 혁신적 요구였다.

> 경제민주화가 국민의 절대다수의 경제적 복지를 촉진시키는 것을 의
> 미한다고 하면 경제가 민주적으로 개편되는 둘째의 과제는 복지국가에
> 의 방향을 취하는 점에 있지 않을까. 바꾸어 말하자면 일국의 경제정책
> 이 소수의 부유층만 위할 것이 아니고 노동자, 농민, 소시민의 권익을
> 위하여 주어야 될 것이다. 그러기 위하여서는 사회보장제도가 점차로
> 수립되어져야 할 것이며 완전고용에 대한 고려가 있어야 될 것이다.77)

---

74) 주효민, 「四·二六 혁명과 경제정화(상)」, 『경향신문』, 1960.5.13, 조간3면.
75) 이정환, 「제二공화국에 있어서의 경제민주화를 위한 제의(상)」, 『경향신문』, 1960.6.19, 조
    간3면.
76) 나익진, 「四·二六 혁명과 경제의 민주화(중)」, 『경향신문』, 1960.5.4, 조간3면.
77) 이정환, 「제二공화국에 있어서의 경제민주화를 위한 제의(하)」, 『경향신문』, 1960.6.22, 조
    간3면.

경제민주화 이후의 과제가 복지국가의 실현이라는 주장은 "경제정책이 소수의 부유층만"이 아니라 "노동자, 농민, 소시민의 권익"을 위한 것임을 의미한다. 그리고 이를 위해서 "사회보장제도"와 "완전고용에 대한 고려"가 있어야 함을 역설하고 있다. '경제민주화'는 4월혁명 직후 가장 뜨겁게 발화되었던 요구사항이자 혁신세력이 표방한 민주사회주의의 핵심 정책이며 사회주의 경제 정책과의 친화성을 보여준다. 북유럽식 사회주의와 소련식 사회주의의 명확한 개념적 차이에도 불구하고 당대의 정치적 맥락 속에서는 그 차이가 통용되지 않았다. 바로 이 때문에 혁신세력의 민주사회주의에 용공성의 혐의를 두고자 했던 시선이 존재할 수밖에 없었다.

혁신세력은 '용공성'이라는 올가미에 걸려들지 않기 위해 자신들의 사회주의가 소련식 사회주의와는 전혀 다른 것임을 증명해야만 했다. 그 증명의 방식이란 '자유'와 '민주'의 가치에 대한 옹호 외에는 다른 것이 있을 수 없었다. 예컨대, "「사회주의」란 시민적 자유의 민주적 질서에 배치되지 않는 「민주적 사회주의」를 지칭하는 것"[78]임을 선제적으로 천명하는 방식이다. 뿐만 아니라 민주사회주의의 모델로서 자본주의의 발상지인 영국의 '사회주의'를 자주 거론하지 않을 수 없었다. 영국 사회주의, 즉 영국노동당의 사회민주주의는 "생산·분배·교환의 모든 주요 형태를 국유화하면서도 그 방도를 의회주의에 호소하고 있"고 "복지국가의 이상"을 실현함으로써 "현대민주정치의 경제적 위기를 극복"할 수 있는 이념적 가능성으로 평가되었기 때문이다.[79] 이는 독일사회민주당에 대해서도 마찬가지였다. 마르크스의 계급정당론과 결별한 독일사민당은 한국의 민주사회주의가 용공성과 전혀 무관한 이데올로기임을 승인받는 데 유용한 근거로 작

---

78) 김환태, 「영국사회주의에 대한 소고-주로 경제문제를 중심해서」, 『동아일보』, 1960.9.20, 조간4면.

79) 김환태, 「영국사회주의에 대한 소고-주로 경제문제를 중심해서」, 『동아일보』, 1960.9.20, 조간4면.

용했다. 따라서 영국노동당과 독일사민당이 표방했던 사회민주주의(민주사회주의)는 4월혁명 전후로 경제민주화의 관점에서 관심의 대상이 될 수밖에 없었다. 그리고 이는 1960년대 혁신세력이 추구하고자 했던 세계상의 핵심적 이념이었다.

2) 혁신이념의 최대치로서의 민주사회주의

해방 이후 남한 보수정권은 혁신세력을 제거하는 데 모든 역량을 집중했다. 남로당이 궁극적인 제거 대상이었으나, 민주사회주의 계열의 혁신세력 또한 제거의 범주에 포함되어 있었다. 민주사회주의 노선은 공산주의 노선과 쉽게 동일시되었으며, 보수정권은 그러한 동일시의 정치적 악용에 능수능란했다. 특히 여순사건과 제주4·3항쟁은 민주사회주의자들까지 반공 프레임으로 옥죌 수 있었던 절호의 기회였으며, 한국전쟁 이후 반공프레임은 더 강화되었다. 그럼에도 불구하고 사회주의에 대한 소개는 꾸준히 이루어지고 있었는데, 공산주의에 대한 비판적 소개는 반공의 차원에서 열렬하게 이루어지고 있었고, 유럽 사회민주주의 소개는 서구의 정치동향에 대한 호기심 충족의 차원에서 이루어지고 있었다.

사회주의에 대한 대중들의 흔한 오해와 달리 사회주의는 매우 다양한 분파가 내재한다. 제1인터내셔날, 제2인터내셔널, 제3인터내셔널(코민테른)에 이르는 과정에서 사회민주주의와 레닌·스탈린의 사회주의는 완전히 결별하게 된다.[80] 레닌에 이은 스탈린의 공산주의는 초기 사회주의와는 전혀 다른 관료독재로 귀결되고 말았던 것이다. 따라서 의회민주주의를 신봉하는 사회민주주의자들은 경제적 불평등을 야기하는 자본주의를 일

---

80) 마르크스와 엥겔스는 원칙적으로 사회민주주의를 거부하였으며, 국제 노동운동권 내부에서 전개된 여러 논쟁들에서 '공산주의'라는 명칭을 고수하도록 촉구한 바 있으며, 1915년의 레닌에 이르러 10월혁명 전야에 '4월테제'를 발표하고 자신들을 공산주의자로 명명할 것을 제안하게 된다. 박호성, 「사회민주주의와 민주사회주의, 그 본질과 역사」, 6-9면.

차적 극복 대상으로 삼는 동시에, 공산주의 '독재' 또한 맹렬히 비판하게 된 것이다. 즉, 사회민주주의자에게 있어 자본주의와 공산주의는 모두 극복의 대상이었다.

1950년대의 한국은 사회민주주의로 통칭되는 혁신세력이 온전할 수 없는 정치환경 속에 있었다. 혁신세력의 중심이었던 조봉암이 용공으로 몰려 사법살인을 당할 만큼, 사회민주주의자 역시 반공 프레임에 취약한 상태였다. 사회주의는 '경제사상'의 한 분파로 소개되는 정도에 머물고 있었고,[81] 공산주의는 당연히 혹독한 비판의 대상이 되었다.[82] 공산주의의 외연은 프랑스 혁명 당시 발아했던 초기 사회주의까지 확장되기도 하는데,[83] 이는 비단 한 논자의 입장이 아니라, 확고한 이념적 적대에 기초하여 대중 속에 널리 퍼진 통념이기도 했다. 한국전쟁 이후 남한 사회에서 사회주의는 곧 공산주의와 동격으로 취급받았으며, 사회민주주의 역시 용공성의 의혹을 강제당함으로써 정치적 탄압의 대상이 되곤 했던 것이다.

사회주의와 공산주의에 대한 비판적 소개가 자본주의의 우월성을 드러내고자 하는 담론적 의도를 지녔음에도 불구하고[84], 그 과정에서 사회주의의 분화과정이 상세히 설명됨으로써 사회민주주의와 공산주의의 차이성이 선명하게 부각되는 역설이 발생하기도 했다. 특히 베른슈타인의 수

---

81) 예컨대, 성창환의 「사회주의학파」(『사상계』 1957.5)가 대표적이다.

82) 한태수, 「공산정치사상」, 『사조』, 1958.8.

83) 한태수, 「공산정치사상」, 259면.

84) 예컨대, 신상초는 사회민주주의에 대해 사상과 정치의 자유에 관한 형식적인 자유를 확보한 채 사회주의로 이행하는 이념으로, 공산주의에 대해서는 형식적인 자유의 희생을 통해 사회주의로 이행하는 이념으로 설명한다. 그리고 소련 사회주의 폐해를 일일이 나열한 다음, 사회민주주의는 소련 사회주의와 달리 인간의 자유와 민주주의를 수호하는 의회정치를 포기하지 않는다는 점에서 볼세비키즘류의 폭력혁명보다 앞서는 이념이라고 평가한다. 그러나 자본주의 체제 내의 개혁이 진행될수록 사회주의 정당의 존립기반이 상실되는 경향을 보일 뿐만 아니라, 무엇보다 사회민주주의 체제가 한 번도 실현된 바 없음을 언급하면서 그 불가능성을 강조하는 것으로 글을 맺는다. 신상초, 「사회주의·공산주의 사회기구」, 『사상계』, 1957.10.

정주의 노선에서 출발한 독일사민당과, 페비아니즘에서 비롯된 영국 노동 당에 대한 소개는 자본주의와 공산주의를 넘어서는 대안 이념으로서의 가 능성을 제공하기에 충분했다.[85] 이승만 정권의 폭정이 정점에 달한 1960 년에 이르러 사회민주주의에 대한 소개가 활발하게 이루어진 것은 결코 우연이 아니다. 이승만 정권의 부패와 실정(失政), 3·15부정선거에 대한 항 의시위조차 용공분자의 소행으로 몰아갔던 반공이념의 과도한 악용은 전 제(專制) 반공정권에 대한 극도의 피로감을 초래했으며, 이는 4월혁명을 전 후로 하여 사회민주주의 담론이 활발하게 전개될 수 있었던 정치·사회적 배경이 된다. 이미 활발하게 생산되고 있었던 빈곤 담론, 노동 담론과 더 불어 사회민주주의 담론이 1960년 담론의 중요한 한 축으로 등장하게 되 었던 것이다.

여기서 주목해야 할 것이 '민주사회주의'라는 용어다. 최근의 연구에 따 르면 민주사회주의는 사회민주주의와 개념적으로 큰 차이가 없다. 사회민 주주의 혹은 민주사회주의라는 용어는 현대적으로 재해석된 이데올로기 의 역사적 전통에 대한 집착으로 인해 당의 명칭 등에서 활용되고 있을 뿐, 그 기본 정신에서는 서로 본질적인 차이가 없기 때문이다.[86] 따라서 사회민주주의 혹은 민주사회주의는 유사한 의미로 혼용될 수밖에 없었으 며, 최근에 와서는 본래 용어인 사회민주주의가 좀더 보편적으로 쓰이는 형편이다. 그럼에도 불구하고 사회민주주의와 민주사회주의를 구분할 수

---

85) 예컨대, 한국의 가장 큰 문제는 분단극복이었다. 그러나 남북이데올로기의 대립으로 인해 평화통일은 불가능한 과업에 가까웠다. 그러나 민주사회주의 노선은 군사적 중립이 아니 라 국가체제상의 중립을 선언함으로써 공산주의와 자본주의의 대립을 초극할 수 있는 가 장 이상적인 방법이었다. 당대의 인도, 버마, 통일아랍공화국, 캄보디아, 스웨덴, 핀란드, 오스트리아 등은 체제적 대립을 해소한 적극적인 중립국들로서 제3의 노선(The third way), 즉 민주사회주의를 지향한 구체적인 예로써 주목받았다. 박상윤, 「민주사회주의의 역사적 배경 연구」, 동국대 석사학위논문, 1964, 81-83면.; 권윤혁, 『혁명노선의 모색』, 청 구, 1962, 84-86면.

86) 박호성, 『사회민주주의의 역사와 전망』, 책세상, 2005, 84면.

밖에 없는 역사적 계기가 존재했었음을 주목할 필요가 있다. '민주사회주의'가 '사회주의'의 '민주적' 속성을 강조하기 위해서 1914년 이전부터 사용되어오긴 했으나,[87] 이와 전혀 다른 맥락에서 사용된 계기가 있었는데 바로 1951년 6월 30일부터 7월 3일까지 프랑크푸르트에서 개최된 사회주의 인터내셔널(Socialist International)의 '프랑크푸르트 선언'이다.

영국노동당은 코민포름(Communist Information Bureau. 유럽공산당정보국)의 대대적인 공세에 대한 적극적 방어로서 '민주적 자유야말로 사회주의 기본원칙임'에 대한 명확한 입장 천명을 위해 1951년 프랑크푸르트 암마인에서 사회주의인터내셔널(SI)을 결성하고 프랑크푸르트 선언문을 작성한다.[88] 공산주의로부터 '기회주의', '배반', '부르주아 계급과의 야합' 등 대대적인 비판 속에서 수세적 혼란에 직면한 사회민주주의는 영국노동당이 주도한 '프랑크푸르트 선언'을 통해 그 혼란에서 벗어나게 된다. 이 선언문의 부제가 '민주적 사회주의의 목적과 임무'이다. '민주적 사회주의'가 사회민주주의적 정당이 추구하는 목표이자 수단으로 규정된 것이다.[89] '프랑크푸르트 선언'의 본문에서 '민주적 사회주의'라는 용어가 거듭 사용되고 있고,[90] 1962년 '오슬로 선언'에서도 민주적 사회주의라는 용어는 반복 사용되고 있는데, 이로써 '민주사회주의'는 사회민주주의의 새로운 흐름을

---

87) 민주사회주의 개념의 유래는 정확히 밝혀지지 않은 상태다. 토머스 마이어(Thomas Meyer)에 따르면 2차 세계대전, 심지어 1914년 이전에도 이미 여기저기서 이 개념이 쓰인 흔적이 발견되었다고 하지만, 이는 오늘날의 민주사회주의와의 역사적 관련보다는 '사회주의'의 '민주적' 특성을 강조하기 위한 맥락에서 쓰인 경우가 대부분이었다고 한다. 박호성, 『사회민주주의의 역사와 전망』, 101면.

88) 정태영, 『한국 사회민주주의 정당사』, 485면.

89) 박호성, 『사회민주주의의 역사와 전망』, 99~100면.

90) 프랑크푸르트 선언의 가장 큰 특징은 민주사회주의가 마르크스주의를 공식적으로 배격하지는 않았지만 실질적으로 마르크스주의와 결별했음을 분명히 했다는 사실이다. 유럽공산주의가 마르크스주의를 고수했던 것과 확실히 대비되는 지점인데, 민주사회주의자들은 이 선언에서 경제적 민주주의뿐만 아니라 정치적 민주주의에 대한 확고한 의지를 표명했던 것이다. 최영태, 『베른슈타인의 민주적 사회주의론』, 전남대학교출판부, 2007, 315면.

드러내는 용어로서 정립된다. 그 새로운 흐름이란 이미 1959년 독일사민당의 '고데스베르크 강령'(1959)[91]에서 보다 뚜렷이 드러난다. 마르크시즘의 영향을 일부 받고 있었던 독일사민당이 '고데스베르크 강령'을 기점으로 하여 '프롤레타리아 계급 정당'에서 '다원주의적 국민 정당'으로 탈바꿈한 것이다. 이는 마르크시즘적 세계관을 거부하고 다양한 신념체계를 수용할 수 있는 다원주의 세계관을 수용한 결과다.[92]

'프랑크푸르트 선언'(1952), '고데스베르크 강령'(1959), '오슬로 선언'(1962)으로 이어지는 사회민주주의의 자기규정은 세계 대전 이후 공산주의와 자본주의로부터 가해지는 공격을 방어하기 위한 노선 수정이라고 할 수 있다. 공산주의에 보다 거리를 두고 자본주의 쪽으로 다가가는 듯한 전략은 전제화(專制化)된 공산주의의 폐해를 근원적으로 차단하고 자본주의의 외형적 풍요에서 비롯된 보수세력의 득세를 타개하기 위한 불가피한 선택이었던 것이다.

어쨌든 독일사민당이 마르크시즘과의 완전한 결별을 선언하는 과정에서 '민주적 사회주의'가 사용되었고, 이 용어가 한국적 맥락에서 보다 의미있게 받아들여졌다. '민주적 사회주의'는 '사회민주주의'라는 '주개념'(主槪念)을 설명하는 '빈개념(賓槪念)'임에도 불구하고 그 자체로서 하나의 독립적인 '주개념'이 되고 말았던 것이다. 이는 레드콤플렉스에서 자유롭지 않았던 다분히 '한국적' 현상이라고 할 수 있는데, 4월혁명을 전후한 당시에 두 개념의 차이성이 유독 강조되고 있었다는 사실에서 이를 확인할 수 있다.

---

91) 1959년 고데스베르크 강령은 사민당이 전통적 의미의 사회주의적 사회이론과 분석방법으로부터 이탈했음을 공식화한 것으로 평가된다. 이 강령은 계급정당에서 국민정당으로의 전환 혹은 변신을 의미하는데, 이와 관련하여 강령은 다음과 같이 기술하고 있다. "예전엔 지배 계급의 단순한 착취대상이었던 프롤레타리아는 이제 동등한 권리와 의무를 지닌 국가시민으로서 자신의 자리를 차지하였다.(중략) 사회민주당은 노동자계급(Klasse)의 정당에서 국민(Volk)의 정당으로 되었다." 김면회, 「독일사회민주당(SPD) 기본강령 개정 논의 연구: 주요 내용과 전망」, 『유럽연구』 제24권, 2007.2, 4면.
92) 박호성, 『사회민주주의의 역사와 전망』, 248면.

맑스주의의 공식에 따라 계급정당으로서 자처하던 독일 사회민주당
은 그 면목을 일신하여 국민정당으로 변모하였으며 또 사회주의경제체
제의 확립을 최종 목표로 하고 여기에 도달하는 과정으로서 민주주의
정치방식을 따르겠다는 종래의 「사회민주주의」는 이로써 「경제의 자유
질서」와 민주주의 이념을 보다 중요시하고 게다가 약간의 사회주의적
인 시책을 가미해 보겠다는 이른바 「민주사회주의」 또는 「자유사회주
의」로 일대 전환을 하였다.[93]

당시의 한국 상황에서 위 인용문의 맥락은 매우 중요하다. 독일사회민
주당이 마르크스주의적 계급정당을 포기함으로써 선언한, 사회민주주의에
대한 자기규정으로서의 '민주사회주의'(물론 이 개념은 앞서 말했듯이 사회민주
주의를 재규정하는 '빈 개념'에 해당한다)는 용공의 논란에서 한층 자유로워질
수 있기 때문이다. 계급정당이 아닌 국민정당으로의 일신(一新)은 "경제의
자유질서와 민주주의 이념"에 한층 가까워졌다는 증좌로 작용한다. 실제
로 4월혁명 직후 재편성된 한국 정치의 구도는, 보수주의자들의 보수양당
제도, 혁신주의자들의 보수 대 혁신의 양당제도, 이 두 가지 구상으로 정
리될 수 있는데,[94] 민주사회주의는 혁신세력들이 들고 나올 수 있는 이념
의 최대치로 존재했다고 할 수 있다. 사회민주주의의 기원이 비마르크스
주의 계열인 영국노동당에 한 축을 두고 있었지만, 독일사회민주당의 계
급정당 포기 선언 이후에야 민주사회주의의 용공성이 어느 정도 불식되는
근거가 마련되었던 것이다.

이로써 서구 사회주의를 연구했던 학자이자 정치인이었던 이동화[95]는

---

93) 김상협, 「타락한 전향자의 고민-독일사회당과 기민동맹」, 『사상계』, 1960.2, 65면.
94) 좌담회(김상협, 김영선, 이동화, 이정환, 부완혁, 신상초), 「카오스의 미래를 향하여」, 『사
상계』, 1960.7, 30면.
95) 이동화는 1907년 평안남도 강동군 출신으로 동경제대 법문학부 정치학과 졸업. 항일운동
으로 구속되기도 했으며, 해방 이후 김일성 대학에서 정치학을 강의하기도 했으나 공산
체제에 환멸을 느끼고 한국전쟁 중에 서울로 와서 공산주의를 청산한다. 1960년의 사회
대중당, 1961년의 통일사회당 창당에 참여하였으며, 군사쿠데타 이후 징역 7년을 선고 받

'한국적 사회주의의 길'로서 민주사회주의를 제시할 수 있었다. 그가 주장했던 한국적 사회주의는 '민주적 사회주의'로 정리된다. 여기에 '한국적'이라는 수식어를 붙인 까닭은 민주적 사회주의의 한국적 기원을 한국독립당의 '삼균주의'96)에서 찾고 있기 때문이다. 한국독립당의 삼균주의는 정치균등, 경제균등, 교육균등이라는 3개 원칙을 근간으로 하고 있는데, 정치균등은 정치적 민주주의를, 경제균등은 경제적 민주주의를, 교육균등은 평등주의적 교육원칙을 의미한다.97) 이동화의 논의는 1960년대 사상계 담론 지형도에서 가장 진보적인 색채를 지닌 것으로 평가할 수 있다. 1960년 사회대중당 창당에 관여하고 1961년 통일사회당 창당 선언에 참여한 바 있

고 1964년 8월에 석방된다. 1970년 통일사회당, 1972년 대중당, 1981년 민주사회당에 간여해왔다. 이동화는 온건한 민주사회주의 노선으로 일관했던 혁신세력이자 정치학자로 평가된다. 김학준, 『이동화평전』, 민음사, 1987, 5, 297-300면.
96) 삼균주의는 임시정부에서 활동한 조소앙이 독립 후 민족국가건설 방향으로서 창안한 것인데, 삼균주의에 대한 조소앙의 첫 언급은 28독립선언서, 3·1독립선언서와 함께 3대 독립선언서로 평가받는 대한독립선언서(1919.2)에서 찾아볼 수 있다. 대내적으로는 同權(정치평등), 同富한(경제평등), 同賢(교육평등), 同壽(사회평등)의 실현, 대외적으로는 민족평등·평균천하(국가평등)를 실현하여 사해인류에 기여한다는 것이었다. 이를 통해 드러난 기본이념은 '균등'이며, 정치, 경제, 교육, 사회의 균등인 4균을 기본구조로 하고 있다. 대한독립선언서 발표 시기가 삼균주의의 배태기라 볼 수 있는데, 이 삼균주의는 1930년 1월 창당된 한국독립당의 정치이념으로 수용된다. 삼균주의는 "개인과 개인(人與人), 민족과 민족(族與族), 국가와 국가(國與國)의 균등생활을 실현하는 것"으로 정립된다. 개인과 개인의 균등은 정치·경제·교육의 균등화를 통해 이루어지는데, 그 방법은 보통선거제, 국유제, 국비의무교육이다. 민족과 민족의 균등은 민족자결주의를 자민족과 타민족에 적용함으로써 소수·약소민족이 피압박·피통치에서 벗어날 수 있다는 것이다. 국가와 국가의 균등은 식민정책과 자본제국주의를 무너뜨림으로써 국제관계에서의 평등한 지위를 도모한다는 것이다. 한국독립당의 삼균주의는 임시정부의 정치이념으로 수용되었다. 임시정부가 건국원칙을 천명하면서 "한국독립당의 균등주의에 근거하여 처음으로 결정되었다"고 적시했던 것이다. 조소앙은 유럽에서 활동하기도 했는데, 그러한 경험으로 인해 유럽의 사회주의와공산주의에 대한 비판적 안목을 체득하였다. 조소앙은 해방 후 국내에서 임시정부의 정치노선을 설명하면서 "우리의 정치포부는 영국의 노동당보다 더 진보적인 정치포부를 가졌다"(삼균학회, 『임시정부의 성격』, 『소앙선생문집』 下한, 56면)고 하기도 했는데, 이는 삼균주의의 정치이념이 민주사회주의와 유사성을 가졌음을 말해준다. 한시준, 「대한민국 임시정부와 삼균주의」, 『사학지』, 제49권, 2014, 299-308면.
97) 이동화, 「한국적 사회주의의 길(중)」, 『사상계』, 1961.1, 138면.

으며, 유신체제의 종말 이후 1981년 민주사회당을 창당하는 데 관여하기도 했던[98] 이동화는 이미 1960년대 초반부터 한국적 사회주의의 길을 적극적으로 모색했던 것이다.

이동화가 주장하는 한국적 사회주의 역시 우선적으로 공산주의와의 단절 위에 기반한다. 일제강점기와 해방 이후의 역사를 돌이켜 볼 때, "우리 한국의 양심적, 진보적 인텔리들—좌파민족주의자들과 민주적사회주의자들—이 공산주의자들과 제휴하여 새로운 민주국가를 세울 수 있으리라고 착각하였다"[99]는, 역사적 과오에 대한 비판적 성찰은 반공산주의 입장에 대한 분명한 표명이다.[100] 이는 레닌·스탈린식 공산주의에 반대했던 유럽 민주사회주의의 이념적 노선을 그대로 따른 것이기도 하다.[101] 또한 "반공의 국호를 최대의 정치적 「밑천」으로 삼고 있던 이승만 일당"이 "사회주의와 공산주의를 고의로 혼동하면서 민주적 혁신세력에 대하여—「용공」 운운의 조작된 구실하에—혹심한 탄압을 가하였다"[102]던 한국적 정치 상황을 염두에 둘 때 필수적인 방어논리이기도 했다. 사회민주주의와 민주사회주의의 차이점은 정치학자 한태수에 의해서도 분명히 제시된다.

---

98) 김학준, 『이동화 평전-한 민주사회주의자의 생애』, 민음사, 1987, 299-300면.
99) 이동화, 「한국적 사회주의의 길(상)」, 『사상계』, 1960.11, 187면.
100) 더불어 이동화는 민주사회주의는 계급을 절대시하지 않음을 분명히 천명하고 있으며, 오히려 노동자보다는 당을 영도하고 지도할 수 있는 인텔리(확고한 사회주의적 신념을 가진)가 중요하다고 주장하는데, 이는 민주사회주의 이론에도 부합하는 내용이다. 좌담회(김상협, 김영선, 이동화, 이정환, 부완혁, 신상초), 「카오스의 미래를 향하여」, 『사상계』, 1960.7, 36면.
101) 이동화는 실제로 볼세비키즘을 다음과 같이 강력하게 비판한 바 있다. "이리하여 참혹 무쌍한 대중적 테로와 가혹처참한 대숙청을 거쳐젓 볼쉐위크당에 대한 스탈린의 절대적 지배와 그를 중심으로 한 쏘베트 지배층의 만능적 독재는 확립되었으며 많은 인텔리 혁명가들의 굴욕적 숙청과 맹종적 기관인들의 대량적 등용에 의하여 쏘베트적 독재정치는 조폭 무비한 관제적 관료주의에로의 타락적 경향을 필연불가피적으로 현시하게 되었던 것이다." 이동화, 「볼쉐위즘 비판」, 『사상계』, 1955.4, 43면.
102) 이동화, 「한국적 사회주의의 길(상)」, 『사상계』, 1960.11, 179면.

민주사회주의는 一九五一년 독일에서 개최된 第四回 국제사회주의자 회의에서 비로소 채택된 것으로서 ① 공산주의에 대한 비판과 ② 민주 주의 해석의 발전을 기하는 것이다. 그네들에 의하면 一九一七년의 러시 아혁명은 지상에 최초의 사회주의를 수립하였지만 스탈린시대에 이것 이 왜곡되어서 사회주의의 전통을 파괴했다는 것이다. 그래서 이 공산 주의적인 노선에 대립하는 의미로 민주적인 사회주의를 논하는 것이니 공산주의와는 근본철학을 달리한다. 그러므로 공산주의의 전신이라고 할만한 사회민주주의와도 분명히 다른 것이다. 사회민주주의는 러시아 공산당 수립전에 독일 사회민주당에서 추종하던 노선으로서 그 근본철 학에 있어서는 공산주의와 동일한 것이다. 즉 유물론·유물변증법·유물 사관을 사고의 토대로 하고 계급투쟁을 시인하는 점에서 동일한 것이 다. 다만 공산주의는 폭력혁명을 주장하는데 대하여 사회민주주의는 의 회주의를 주장하는 점에 있어서 상호 다를 뿐이다. 그러나 민주사회주 의는 그것들과 전연 세계관을 달리한다. 즉 이것은 이상주의적 휴매니 즘을 토대로 하고 인간사회의 각종 결함을 극복하고자 하는 것이다. 환 언하면 민주사회주의는 민주주의를 정치에만 한정하지 않고 경제 및 사 회생활 전반에 걸쳐서 확대시키려 하는 것이며 동시에 국제간에도 민주 주의의 원칙이 적용되어야 한다고 주장하는 것이다.[103]

한태수는 스탈린의 공산주의가 사회주의의 전통을 왜곡파괴했다는 민 주사회주의의 주장을 소개하면서, 민주사회주의가 공산주의에 대한 비판 적 입장에 있음을 강조한다. 민주사회주의는 의회주의 전통을 옹호한다는 점에서 공산주의와는 전혀 다른 통치체제이며, 따라서 스탈린의 공산주의 와 전혀 다르다는 사실을 재확인하고 있는 것이다. 여기서 특기할 만한 사실은 한태수가 사회민주주의를 공산주의와 동일선상에 놓고 비판하고 있다는 사실이다. 사회민주주의를 "공산주의의 전신"으로 간주하면서 민 주사회주의는 이와 전혀 다른 이념임을 강조한다. 한태수는 프랑크푸르트

---

103) 한태수, 「정치학 수험생의 종반전」, 『고시계』, 1960.8, 76-77면.

선언, 고데스베르크 강령으로 이어지는 독일사민당의 변화에 주목했음이 분명한데, 그러나 분명한 것은 민주사회주의는 사회민주주의의 이념의 전환을 설명하는 빈개념(賓概念)에 가깝다는 사실이다. 그리고 한태수의 주장과는 달리 사회민주주의 내부의 이질성과 복잡성 때문에 사회민주주의를 단순히 공산주의의 전신으로 간주하기도 힘들다. 한태수의 이러한 인식은 당시 한국사회에서 용인 가능한 사회주의의 최대치를 가늠하게 해준다. 의회주의에 기반한 사회민주주의일지라도 한국 사회에서는 의혹과 불안의 시선으로부터 자유로울 수 없었다. 이보다 우파 쪽으로 나아갔다고 판단한 민주사회주의에 이르러서야 비로소 사상적으로 안전한 이념으로 허용될 수 있었다. 민주사회주의가 사회민주주의의 빈개념임에도 불구하고, 민주사회주의와 사회민주주의의 개념적 차이가 지나치게 강조되었다는 사실은 당시 한국 사회의 이념적 특수성을 말해준다고 할 수 있다.

5 4월혁명의 완수와 경제민주주의의 방향

1) "굶주린 대중의 사회사상"과 반공의 자기규율

민주사회주의의 중요한 가치는 민주주의의 정치적·경제적·국제적 확장이다. 정치적 민주주의의 실현은 '전제군주의 몰락'[104](이승만 정권의 몰락)이라는 말로 상징되듯이 의심의 여지가 없었다. 국제적 민주주의는 한국 정치현실을 벗어나는 문제였으므로 논의 대상으로 삼기에는 한계가 있었고, 정작 문제가 됐던 것은 경제적 민주주의였다. 경제적 민주주의는 민주사회주의의 핵심적인 경제정책이기도 하지만, 유독 이 문제가 지식인의 담론을 지배했던 것은 당시의 빈곤 대중에 대한 사회적 우려, 그리고 이

104) 한태연, 「전제군주의 몰락」, 『세계』, 1960.6.

와 대비되는 관료재벌에 대한 비판의식에서 비롯된다. 이승만 정권이 민주주의 세력과 노동운동을 억압하기 위해서 국민회와 대한청년회, 관제노총 및 관제노동조합을 결성했다는 것은 널리 알려진 사실이다. 정치·경제적 민주주의는 이승만의 관제 통치와 여기서 비롯된 한국사회의 총체적 모순에서 발아한 내적 요구사항이었고, 이를 위한 이론적 근거로서 민주사회주의가 부상했던 것이다. 그렇다면 4월혁명 이후 민주사회주의는 정치와 경제의 혁신을 포괄하거나, 적어도 경제민주화를 성취할 수 있는 매우 중요한 이념적 가능성으로 존재했다고 할 수 있다.

1960년대에 진입하면서 사회민주주의를 적극적으로 소개한 매체는 『사상계』다. 사회주의1960년 2월 『사상계』 특집 '방황하는 현대사회주의'는 반공의 관점에서 사회주의의 혼란상을 다루고 있지만, 전반적으로 사회민주주의의 소개에 대강의 초점이 맞춰져 있다. 김상협과 탁희준은 각각 보수정당에 열세를 면치 못하는 독일 사민당과 영국노동당에 주목하면서 사회민주주의의 몰락과 자유경제 질서의 우월성을 주장한다.[105] 신상초는 독일사회민주당이 1959년 전당대회에서 계급정당으로서의 좌경 노선을 청산하고 새로운 방향의 신기본강령을 채택했다는 사실에 주목한다. 2차 세계대전 이후 상승번영의 길을 가고 있던 자본주의 체제에 대한 비관적인 전망이 위축되자 현대사회주의가 '비(非)스탈린화' 과정을 거칠 수밖에 없으며, 결국 사회민주주의 정당 역시 자본주의 체제로 귀속되는 우경화를 피할 수 없으리라 주장하고 있다.[106] 이원우 또한 폴란드와 헝가리의 민주화 요구 시위를 폭력적으로 진압한 소련 공산주의에 대한 국제 사회의 실망은 현대 사회주의가 매력을 상실했다는 증거라 볼 수 있고, 사회

---

105) 김상협, 「'타락한 전향자'의 고민-독일사회당과 기민동맹」; 탁희준, 「베바니즘의 종언과 노동주의로의 전락-영국노동당의 고민-」, 『사상계』, 1960.2.

106) 신상초, 「대중사회의 성립과 상황인식의 변모─현대사회주의의 변모와 그 사적 배경」, 『사상계』, 1960.2.

민주주의 정강(政綱) 또한 점진주의의 한계를 벗어나지 못할 것이므로 자유주의와의 차별성을 상실할 수밖에 없으며, 결국 사회민주주의의 존재 이유가 소멸할 것이라고 말한다.107)

사회주의의 몰락과 자본주의의 승리를 예견하는 듯한 이들의 주장과 달리, 양호민108)은 사회주의를 새로운 시각으로 바라본다. 양호민은 글의 서두에서 사회주의가 소비에트 공산주의와 근본적으로 다를 뿐만 아니라 오히려 대립한다는 입장을 피력하면서, 사회주의의 가치를 다음과 같이 진술한다.

> 각국의 사회주의자들이 내걸고 그리고 부분적으로 실천하고 있는 완전고용, 사회보장, 생활수준 향상, 생산증대, 소득의 공평한 분배 공동복지대책 등의 일련의 계획은 그들의 당면한 민주주의의 목표가 정치적-사회적 복지국가의 건설에 있음을 보여주고 있다.109)

사회주의 경제체제를 통해 자본주의의 폐해를 극복하려는 양호민은 "정치적-사회적 복지국가"의 수립이 사회주의의 궁극적 목표라고 말하고 있다. 이때의 사회주의는 물론 민주사회주의로 수렴된다. 비록 2차 세계대

---

107) 이원우, 「국제관계에서의 사회민주주의 노선-초석을 잃은 이데오로기로서의 사회주의」, 『사상계』, 1960.2.

108) 양호민은 1919년 평양 출생으로 일본 중앙대 법학과와 서울대 문리대를 나와 대구대와 서울대 법대 교수를 지내며 사상계 주간을 겸직했다. 1965년 한일협정 비준반대 성명을 발표한 대학교수단에 참여하면서 대학에서 해직됐다. 이후 1965년 말부터 1984년까지 조선일보 논설위원으로 재직하면서 북한학회 회장을 지냈다. 그는 사회민주주의자로 사회 변혁을 주장하는 진보적 지식인이면서도 '공산주의는 사이비 과학으로 위장된 하나의 신화'라는 입장을 견지한 것으로 평가받는다. 고은은 이와 같은 그를 두고 "민주주의보다/ 반공 이데올로기가 그의 임무였다"라고 썼다. 김종락, 「양호민씨 타계... 언론인·정치학자 격동의 세월 보내」, 『문화일보』, 2010.3.19, 35면; 고은, 「양호민」, 『고은 전집 제15권 시·14』, 창비, 2002, 331면.

109) 양호민, 「사회주의이론의 세대적 고찰-맑스주의, 수정주의, 영국사회주의, 민주사회주의」, 『사상계』, 1960.2, 52면.

전 이후 영국노동당과 독일사민당이 자본주의의 경제적 번영으로 인해 정
치적 약세를 면치 못하지만, 아시아·아프리카 후진국의 경우에는 민주사
회주의의 계획경제를 통한 인위적인 '산업혁명'이 필요하다고 역설하고 있
는 것이다. 양호민에 따르면, 민주사회주의의 계획경제야말로 오히려 후진
국에 적합한 경제모델이다.110) 서구 선진국의 경제가 자유경제를 기반으
로 하고 있지만, 후진국의 경제모델은 선진국을 따라잡기 위해서라도 "역
사의 발전 단계를 비약 내지 단축"시킬 수 있는 계획경제여야 한다는 것
이다.

　군부세력 역시 민주사회주의의 혁신세력과 마찬가지로 사회주의식 계
획경제를 추종했다는 사실은 흥미로운 일이다.111) 그러나 두 세력의 경제
정책 방향에는 결정적으로 재벌독점이냐 분배중심이냐라는 엄청난 차이
가 존재한다. 군부세력이 복지국가 건설을 공식적으로 천명했음에도 불구
하고, 민주사회주의의 '분배중심' 경제정책을 채택할 수 없었다. 당시 미국
을 중심으로 국제사회주의 동향에 대한 경계와 우려가 점증하고 있었고,

---

110) 실제로 이러한 관점에서 당시에 이종남의 『민주사회주의와 후진국』(일심사, 1963)이라
　　는 책이 발간되기도 했다. 이종남은 이 책에서 서구식 민주주의 제도가 독재 불법을 합
　　리화하려는 경향을 보여주었고 기초없는 민주 자유가 방종과 난동으로 극도의 혼란을
　　가져왔던 한계를 지적하면서, 한국과 같은 후진국은 국가가 국민을 교육·계몽·지도하
　　는 과도기적인 과정을 거쳐 자율적·자발적인 근대민주제도를 완성해야 한다고 주장한
　　다. 그리고 후진국은 서구사회의 장기간의 역사를 통하여 단계적으로 이루었던 민주체
　　제를 단기적으로 동시적으로 이루어야 하는 환경에 놓여 있는데, 이를 위해서는 민주적
　　방식으로 구성되고 민주적 본질을 가진 정치권력의 강력한 선도로서 국민의 정신적 유
　　대를 단결할 필요가 있다고 말한다. 이종남은 결정적으로 후진경제개발을 위해서는 국
　　가가 기업가와 개인 민간 기관에 일임한 자유의 일부를 인수함으로써 공평하고 진정한
　　자유를 향유케 하는 역할을 해야 한다고 주장한다. 따라서 이종남은 후진국에 적합한
　　정치이념으로서 민주사회주의를 강조한다. 민주사회주의의 기본이념은 실천적 민주주
　　의·선도적 민주주의로서 정치적·경제적·사회적 민주주의를 강력하게 추진할 선도적
　　역할로 완전을 기하자는 것인데, 이는 곧 후진국의 기본 이념과 일치한다는 것이다.
　　이종남, 『민주사회주의와 후진국下』, 일심사, 1963, 257-258면.

111) 일례로 군사쿠데타 직후 김종필은 "혁명정부의 경제정책은 사회주의"라는 발언을 한 바
　　있다. 한홍구, 「한홍구의 역사-'억울했던 빨갱이' 박정희를 기억하라」, 『한겨레신문』, 2015.
　　10.24, 10면.

공산주의와 자본주의에 동시적 비판을 가했음에도 불구하고 민주사회주의는 여전히 공산주의 체제로 넘어가는 과도기적 단계의 이념으로 의심의 대상이 되었기 때문이다. 따라서 노동자의 권익과 복지를 주장하는 민주사회주의는 용공 이념으로 간주될 여지가 상당했으며, 이로 인해 유럽 사민주의적 경제정책을 추진하는 것은 군부세력에 상당히 큰 부담으로 작용했다고 볼 수 있다.

『사상계』에 이어 『세계』지 또한 민주사회주의를 본격적으로 다룬다. 4월혁명 직후 정치적 민주주의에 집중하던 상황에서 『세계』지는 1960년 7월호 심포지움 주제로 '민주사회주의와 한국'을 제시하고 있다.112) 사회주의가 아닌 민주사회주의의 공표는 다분히 반공이데올로기를 의식한 결과다. 예컨대, 강상운은 레닌·스탈린식의 공산주의에 반대하는 '민주사회주의'를 강조하기에 분주했다. 왜냐하면 "표면상으로는 사회민주주의정치체제를 가장하고 있으면서도, 실질적으로는 완전히 맑스·레닌의 혁명주의 이론으로 무장된 정치체제를 갖추고 있는 이상 이북의 가장된 사회민주주의 정치체제와 뜻을 같이하는 정당이 대한민국내에 존재할 수는 없을 것"113)이라는 주장이 여전한 상황이었기 때문이다. 4월혁명 직후 혁신세력의 부활에도 불구하고 공산주의에 대한 경계는 최소한의 자기방어적 규율로 작동해야 했으며, 이러한 최소한의 규율조차 없이 사회주의의 필요성을 역설하는 글은 불가능했다. 따라서 민주사회주의는 자기규율의 형태로 정립된 이념이라 할 수 있을 것이다.

---

112) 사회주의 관련 글 중에서 중요한 것만 추리면 다음과 같다. 이동욱, 「자유경제냐 사회주의경제냐 -경제혁명의 과제-」; 조기준, 「미완성혁명의 경제사적고찰 -4월혁명과 경제사관-」; 강상운, 「사민당과 의회민주주의」; 신범식, 「한국사회주의세력의 진로 -정책의 당·인텔리의 당-」; 이방석, 「민주사회주의와 한국 - 굶주린 대중의 사회사상-」; 김철, 「혁신정당의 입을 달라 -언론자유와 한계-」; 김윤환, 「아시아의 경제적민주주의 : 빈곤한 아시아에는 정치적민주주의보다 경제적민주주의의 건설이 긴요하다」; 이동화 외, 「<토론> 민주사회주의를 말한다」

113) 강상운, 「사민당과 민주사회주의」, 『세계』(1960.7), 86면.

  흔히 四·一九혁명은 불의부패한 관권에 대한 민권의 쟁취를 구호로
한 민권혁명 또는 민주혁명이라고 한다. 그러나 사실 그것만일까? 결코
그렇지 않다. 학생들의 궐기가 전국민의 호응을 받고 학생들 뒤에는 전
시민이 군집한 이유는 단지 불의부패한 관권에 대한 분노만이 아니라
하루사리에 지칠대로 지친 무수한 국민의 분노가 뒤따른 때문이다. 실
업자——고용자문제야말로 한국경제의 최대문제이며 四·一九혁명의 본
질적인 동인이라고 하여도 과언은 아니다. 그럼에도 불구하고 우리는
아직 실업자문제——고용자문제에 관하여 보수정당들의 효과있는 정책
입안을 듣지 못하였고 설령 입안하였다한들 기대를 하지 못하고 있다.
이러한 것들은 모두 우리나라에 있어서 사회주의정당이 해결하지 않으
면 아니될 근본적인 과제의 하나이지만 사실은 이러한 과제들 때문에
우리나라에 있어서는 제타국과는 특수하게 사회주의정당이 요구되는
것이며 또 그 당은 정책의 당이지 않으며 안 되는 것이다.114)

  위에서 말하는 사회주의 정당은 민주사회주의 정당을 지칭한다. '정책
의 당'은 곧 의회주의를 전제로 하는 정당을 의미한다115)는 점에서, 그리
고 민주사회주의 정당이 바로 정책의 정당이자 인텔리의 당(프롤레타리아
독재가 아닌)이라는 점에서 위 인용에서 언급된 사회주의는 민주사회주의
를 함의한다. 4월혁명을 발생시킨 정치적 분노가 부패한 관권뿐만이 아니
라 경제적 불평등을 향해 있었다는 사실은 경제적 민주화를 실현할 수 있
는 이념으로서의 민주사회주의를 주목케 하는 정치사회적 배경이 된다.
즉 "형식적인 자유와 평등이 아니라 실질적인 자유와 평등이 어떻게 현실
적으로 보장될 것인가"116)에 대한 관심이 '굶주린 대중의 사회사상'으로서
의 민주사회주의를 가능케 했던 것이다.

---

114) 신범식, 「한국사회주의세력의 진로——정책의 당인텔리의 당」, 『세계』, 1960.7, 91면.
115) 신범식, 「한국사회주의세력의 진로——정책의 당인텔리의 당」, 89면.
116) 이방석, 「민주사회주의와 한국——굶주린 대중의 사회사상」, 『세계』, 1960.7, 99면.

2) 혁명완수의 조건 - "경제적 데모크라시의 확립"

4월혁명 직후의 거의 모든 매체들은 4월혁명의 '정치적' 의미에 집중하고 있었지만, 얼마되지 않아 4월혁명을 '경제혁명'으로 치환하는 담론이 생산되기 시작한다. 4월혁명의 정치적 민주화는 기필코 경제적 민주화로 귀결되어야 했으며, 이는 곧 경제혁명과 다를 바 없는 의미를 지녔다.

경제적('정치적'의 오기-인용자) 혁명으로서는 내각책임제개헌안의 추진, 경찰중립화의 입법, 보안법 및 地自法의 개정 등 필요한 과업이 착실이 진행되고 있는 것을 간과할 수 없다. 그러나 경제혁명을 위해서는 아무런 작업도 하지 않고 있다는 것이 숨김없는 사실이 아닐까 한다. 정치적 민주화의 길이 험준한 것처럼 경제적 민주화의 길도 이에 못지 않게 험한 것이 있는데 국민들은 정치혁명에만 눈이 팔려서 경제혁명에는 관심이 덜 가고 있는 한이 있다. 그러나 정치적 민주화가 제도적으로 아무리 잘 되더라도 경제적 민주화가 옳게 자리잡지 못한다고 하면 정치혁명도 역시 수포로 돌아갈 위험이 다분히 있다는 점은 종래의 정치적 반동이 경제적 부패와 표리일체가 되어서 발전하여 왔다는 사실에 의하여 입증될 만한 것이라고 하지 않을 수 없다.[117]

이동욱에게 4월혁명이 곧 '경제혁명'이어야 했던 이유는 이승만 정권의 20년이 "경제면에서는 관권발호의 발자취"였다는 사실에서 비롯된다. 즉 "기업가들의 창의·노력"과는 무관하게 오로지 '관권'에 기댄 기업만이 "기업경쟁의 무대에서 낙오"를 면할 수 있었다는 점에서 자유경제의 왜곡이 심각했으며, 바로 이 때문에 "경제민주화작업은 관권을 부수는 작업 이외에 아무것도 아니"라는 것이다.[118] 여기서 새롭게 대두되는 문제는 부정부패로 얼룩진 관권에서 벗어난 새로운 경제정책 방향이 자유주의와 사회

---

117) 이동욱, 「자유경제냐 사회주의경제냐-경제혁명의 과제-」, 『세계』, 1960.7, 66면.
118) 이동욱, 「자유경제냐 사회주의경제냐-경제혁명의 과제-」, 67-69면.

주의의 기로에 서게 된다는 점이다. 이동욱은 여기서 아담 스미스의 자유주의 경제이론과 사회주의 경제이론을 간략하게 소개하고 있지만, 기본적으로 자유주의 경제정책에 기댄다. 즉, 사회주의의 더욱 강한 "계획·통제"가 오히려 "이승만적 경제체제보다 더 잘 썩는 경제체제"를 초래할 것이기 때문에, 계획·통제를 "공익을 해치는 일이 없도록 하는 데만 국한"해야 하고 민영화가 불가능하거나 비효율적인 분야에 부분 적용할 것을 주장한다. 이동욱은 자유주의 경제정책을 옹호하지만 사회주의식 계획경제의 부분적 효용성을 승인한다. 한국 같은 후진국에서 자유경제체제의 한계는 국민복지의 악화라는 점을 강조하면서, 국민의 복지 향상을 위해 경제적 '계획·통제'의 필요성을 역설하고 있는 것이다.[119]

다시 한 번 강조하지만, 4월혁명 이후 요구된 경제민주화 문제는 민주사회주의 담론의 핵심적인 사안으로서 경제혁명의 위상을 부여받았다. 4월혁명을 전후로 급증한 노동 담론 역시 당연히 '경제민주화'를 지향하고 있었고, 이들의 요구를 아우를 수 있는 정치이념이 바로 민주사회주의였다. 4월혁명의 진정한 실현(경제혁명, 즉 경제민주화)을 위해서 민주사회주의의 필요성이 강조되고 있었던 것이다. 4월혁명 이후 보다 강화된 '민주사회주의' 담론은, 반공이데올로기의 억압에도 불구하고, 학생들의 분노뿐만 아니라 농민과 빈민노동자를 비롯한 하층민의 극한적 빈곤 문제야말로 4월혁명을 추동했던 근본적인 동력이라는 인식이 있었기 때문일 것이다. 다시 말해 당시의 지식인들은 빈곤 문제를 해결하지 않고는 진정한 민주주의는 실현 불가능한 것으로 파악하고 있었다. 그래서 "하루살이에 지칠 대로 지친 무수한 국민의 분노"에 직결된 경제문제는 보수정당이 아니라 "사회주의 정당이 해결하지 않으면 안될 근본적인 과제의 하나"이며, 따라서 "우리나라에 있어서는 諸타국과는 특수하게 사회주의정당이 적실하

---

119) 이동욱, 「자유경제냐 사회주의경제냐-경제혁명의 과제-」, 71-72면.

게 요구되는 것"120)이라고 주장했던 것이다. 민주사회주의는 곧 4월혁명 이후 경제민주의를 위해 매우 중요한 방편이었다. "인간의 기본적 권리로서의 궁핍으로부터의 자유를 획득하기 위해서 적극적으로 경제적, 사회적 민주주의를 요청"한 결과이면서, "경제적 데모크라시의 확립"에서 한 걸음 더 나아가 "경제적 민주주의를 추구하는 방법으로서의 사회주의를 어떻게 받아들이며 흡수할 것인가"121)의 문제이기도 했던 것이다.

> 한국에 있어서 사회주의운동이 그 진로를 민주사회주의로 정립한 것은 한국이 처한 객관적 입장 특히 국제적 입장에서도 극히 온당한 것임은 물론이요 그 주체적 입장에서도 극히 투명한 길을 택한 것으로 생각한다.122)

'민주사회주의'로의 이행은 당시의 혁신세력들이 택할 수밖에 없는 유일한 선택지였다. 민주사회주의를 통한 '사회주의' 정치이념의 요청은 4월혁명 직후 해결해야할 시급한 과제가 바로 경제문제였음을 의미한다. 그리고 이것은 경제발전 혹은 산업화로의 단순한 귀결이 아니라 '경제민주화'를 지향했음을 말해준다. "경제적 민주화가 옳게 자리잡지 못한다고 하면 정치 혁명도 역시 수포로 돌아갈 위험이 다분히 있다"123)는 이동욱의 인식은 바로 '경제적 민주화' 없이 진정한 혁명의 완수는 불가능하다는 위기의식의 산물인 것이다.

서구와 달리 근대산업화가 진전을 이루지 못한 상황에서, 1960년대 한국의 경제민주화는 헛된 구호에 지나지 않을 가능성이 존재했다. 경제민주화를 핵심과제로 하는 민주사회주의는 실제로 노동조합을 정치적 지지

---

120) 신범식, 「한국사회주의세력의 진로──정책의 당인텔리의 당」, 91면.
121) 이방석, 「민주사회주의와 한국」, 99-101면.
122) 강상운, 「사민당과 의회민주주의」, 『세계』, 1960.7, 89면.
123) 이동욱, 「자유경제냐 사회주의 경제냐-경제혁명의 과제-」, 66면.

세력으로 둘 수밖에 없다. 그러나 당시의 한국 사회는 변변한 노동조합단체를 두지 못한 상황이었다. 노동조합단체로서 유일했던 한국노총은 이승만 정권 아래서 우익을 대변하는 관변 성격의 노동단체에 불과했다. 즉, 민주사회주의를 표방한 혁신정당은 처음부터 두 가지 근본적인 결함을 내재할 수밖에 없었다. 첫째, 정치자금부족에 시달릴 수밖에 없는 현실, 둘째, 혁신정당을 지지해야할 노동조합단체의 부재였다.124) 관료재벌이 경제민주화를 표방한 혁신정당을 견제하기 위해 친재벌 경향의 보수정당을 전폭적으로 지원하고 노동조합 또한 우익 성향의 한국노총만이 존재하는 상황에서 혁신정당이 정치 현실에 뿌리를 내리기란 힘든 일이었다. 그럼에도 불구하고 수구정치세력과 관료재벌을 향한 비판의 수위는 매우 높았다.

> 이러한 정세하에 이박사가 정권을 잡았으나 그 정권은 국민으로부터는 유리된 하나의 상층지배기구에 불과했다. 그러나 이정권 앞에는 수많은 주인없는 재원이 굴러다녔다. 일제가 남겨 놓은 허다한 귀속재산, 미국으로부터 기대되는 막대한 원조자원 이러한 재원은 李정권과 결부되어 분배되기 시작한 것이다. 관권과 결부된 지배방식은 새로운 관료재벌을 창출해 냈으며 집권적 관료지배체제를 확립시켰다. 정부는 이 지배체제를 수호하기 위하여 경찰국가를 등장시켰고 특권의 분배를 미끼로 국민군을 산하에 장악함으로써 정당의 수호군을 만들어냈다.125)

이승만 정권과 유착된 재벌은 '관료재벌'로 개념화된다. 관료재벌의 형성은 이승만 정권이 계획적으로 의도한 산물이라기보다는 자본가를 통제하지 못한 무능의 결과물이다. "무능하여 관료독점자본을 형성할 수도 없었으려니와 원조자금이 흔하게 들어오는데 아무런 제한조치도 없이 방임하고 있었으니 눈치빠른 상인들이 졸지에 치부(致富)하는 것을 별로 놀랄

---

124) 좌담회(신상초 외), 「카오스의 미래를 향하여」, 『사상계』, 1960.7, 33면.
125) 조기준, 「미완성혁명의 경제사적 고찰」, 『세계』, 1960.7, 78-79면.

만한 일이 아니"었던 것이다.126) 4월혁명 이후 재벌들이 보수 정당인 민주
당을 지지하는 상황에서 혁신세력은 민주당과 재벌의 유착을 극복하고 궁
극적으로 경제적 민주주의를 실현해야 하는 과제를 떠안고 있었다. 그러
나 혁신세력은 재벌을 현실적으로 완전히 부정할 수만은 없는 딜레마에
직면한다. 경제민주화에 앞서 절대적 빈곤 해결이 먼저 요구되는 상황에
서 재벌의 역할을 무시할 수는 없었기 때문이다. 따라서 당장 요청되는
문제는 "재벌을 어떻게 다스리며 이것을 어떻게 정상적인 자본으로서 활
동할 수 있게 하느냐는 데"에 있었다.127) 혁신세력의 민주사회주의는 재
벌의 독점을 제도적으로 금지하고 자본의 사회적 공유 혹은 분배를 위한
방안을 마련해야 했으나, 당장 그 뚜렷한 해결책을 제시할 수 없었고 그
에 걸맞은 정치 권력도 없었다. 기껏 당위적 이념만을 제시했을 뿐이다.
이는 김철128) 또한 마찬가지였다.

> 「부패된 이권경제」로 시종한 해방후의 이 나라의 자본주의체제는, 그
> 고유의 논리로서, 항상 집권세력의 부정을 은폐하고 계속시키기 위하여
> 갖은 수단으로 정치상의 민주주의의 이를 뽑고 이를 허식화하려고 들었
> 으며, 사업에 종사하는 사람들에게는 손쉽게 큰 돈을 벌기 위하여서는

---

126) 박운대, 「매판자본과 관료독재──재벌의 횡포를 막아야 한다」, 『세계』, 1960.7, 128면.

127) 박운대, 「매판자본과 관료독재」, 130면.

128) 김철은 1926년 함흥 출신으로 일본동경대 역사철학과에서 연구생으로 수학하였다. 1957
년 민주혁신당(民主革新黨) 선전 부장이 되고 1960년 한국 사회당(韓國社會黨) 선전 부장
을 거쳐 1961년 혁신계의 『민족일보』의 논설위원을 지냈고, 1962년 통일 사회당(統一社
會黨) 국제연대 위원장에 취임, 1965년 오슬로에서 개최된 사회주의 인터내셔널 이사회,
1964년 브뤼셀에서 개최된 사회주의 인터내셔널 백년제(百年祭), 1965년 봄베이에서 열
린 아시아 청년 사회주의 지도자 회의·1966년 스톡홀름의 사회주의 인터내셔널 대회·
동년 빈의 국제 사회주의 청년 연맹 대회 등에 참석하는 등 한국 사회민주주의의 국제
적 연대에 힘썼다. 사회주의 인터내셔날에 정식 가입하기도 했다. 실제로 토마스 마이어
의 『민주사회주의』에서 사회주의 인터내셔날의 성원(成員)으로 한국이 언급되고 있다.
『인명사전』, 민중서관, 2002; 토마스 마이어, 이병희 역, 『민주사회주의』, 인간사랑, 1988,
150면.

건전한 기업가정신이 필요한 것이 아니라 협잡이나 매수의 수법이 뛰어나야 한다는 것을 가르침으로써, 민족의 긍지도 인간으로서의 양심도 없는 언제든지 외국자본의 앞재비를 매판화될 수 있는 수 많은 국민적 政商의 무리를 속출시켰다.

이러한 상황에서 국민대중의 장래의 복지를 보장할 자립적 공업화기반을 구축하는 국민경제의 견실한 발전이 이루어질 수 없을 것은 너무나 뻔한 일이요, 아직도 국민의 과반수가 종사하는 농업의 기아적 저소득은 여전하며 이들보다도 더 참담한 수백만의 실업인구는 완전히 국가시책에서 버림받고 있다. 다만 집권세력을 이루는 각분야의 소수그룹, 극소수의 이른바 재벌 및 정치권력의 주변을 싸고 도는 정상배들만이 「소비의 미덕」을 구가하는 것이다. 그러므로 이 나라의 대다수 국민은 이와 같은 자본주의 체제를 도저히 지지할 수 없다. 국민대중은 급속한 공업화를 성취하고 우리 모두가 복지를 누리며 잘 살 수 있는 새로운 체제를 갈망한다.[129]

김철은 매판자본의 망국적 폐해를 비판하면서 "국민대중의 장래의 복지를 보장할 자립적 공업화기반"의 구축과 더불어 "농업의 기아적 저소득"과 "수백만의 실업인구"를 구제할 방안의 필요성을 역설한다. 그러나 막상 그 구체적 방안이 마련되어 있지 않은 것은 다른 논자와 별다른 차이가 없다. 수백만의 빈곤 대중과 달리 화려한 '소비의 미덕'을 구가하는 정상배들의 자본주의 체제를 개혁하여 국민대중을 위한 "급속한 공업화"를 성취함으로써 국민 모두가 "복지를 누리며 잘 살 수 있는 새로운 체제"에 대한 갈망을 표출하고 있을 뿐이다. 다만 혁신세력 역시 보수세력과 마찬가지로 '급속한 공업화'를 강조했다는 사실을 주목해야겠다. 공업화 및 산업화의 신속한 성취는 보수와 혁신을 막론하고 절실하게 요청되는 국가적 사안이었던 것이다.

---

129) 김철, 「민주적 사회주의――반공과 「점진적 개혁」의 길」, 양호민 외 편, 『신생국 강좌2-신생국의 리더더쉽』,세계사, 1966, 50-51면.

　그러나 민주당이 공표하고 군사정권이 재전유한 경제제일주의[130)는 여러 문제점을 안고 있었다. 경제제일주의의 기본전제가 국민의 "내핍과 절제 그리고 창의와 노력"[131)이었음에도 불구하고, 정작 민주당과 재계의 부정부패를 끊어내지 못했을 뿐만 아니라[132) 오히려 절량농가의 궁핍과 실업난 문제를 심화시켰던 것이다. 민주당의 경제제일주의는 "부패가 철저히 제거되지 않"은 까닭에 '내용없는 경제제일주의'에 지나지 않았다.[133) 그래서 "자유기업주의의 보수정책으로서는 도저히 도저히 이 나라의 문제를 해결할 수 없고 과감한 사회주의적인 혁신정책으로써만이 민족의 운명을 타개할 수 있으리라"[134)는 주장이 반복되었던 것이다. 그러나 혁신세력은 반공 프레임과 자금부족에서 비롯되는 현실적 한계를 극복하지 못함으로써 대중의 지지를 받는 데 실패했고, 결국 5·16군사쿠데타 이후에 존립 기반을 대부분 상실하고 만다. 그리하여 군사정권 하에서 재벌은 더욱 비대해진 반면에 노동자의 피폭력과 피착취가 더 심화되었으며, 심지어 '근로애국'이라는 미명 하에 노동자의 수난이 봉합되고 마는 현실이 1960년대 내내 지속되고 말았다.

---

130) 이상록, 「경제제일주의의 사회적 구성과 '생산적 주체' 만들기-4·19~5·16 시기 혁명의 전유를 둘러싼 경합과 전략들」, 『역사문제연구』 제25호, 2011, 153면.

131) 윤보선, 「경제안정제일주의를 지향, 윤대통령 취임선서식서 연설」, 『동아일보』, 1960.8. 14, 1면.

132) 4월혁명 직후에도 민주당과 재벌의 유착관계는 근절되지 않았다. 혁신계 실패의 주요 원인 중 하나가 정치자금의 부족에 있었지만, 민주당은 재벌로부터 불법정치자금을 지속적으로 제공받았으며, 이에 대한 특검수사에서도 재벌은 경제 안정을 이유로 처벌을 면제받았다. 『민족일보』, 1961.2.26, 3면.

133) 김철, 「장내각의 중대책임·상」, 『민족일보』, 1961.2.26, 2면.

134) 김철, 「장내각의 중대책임·하」, 『민족일보』, 1961.2.27, 2면.

'민주사회주의'라는 유령을 위하여

자유의 밤이 없는 밤이다./ 무한히 죽고 싶은 구속의 위협 아래/ 神이 만든 인간의 뼈와 뼈가 부서진다./ 짓밟는 밤의, 없는 밤의 그 목적을 생각하며/ 허무의 법이 담긴 신문을 읽는 풀잎이여./ 貧과 富의 차이 끝에 군림하는 法에 떨며/ 불타는 내일과의 破婚을 의식하며/ 새끼처럼 비틀리는 살아있는 풀잎이여/ 어제까지 있었던, 내일을 위한 밤이 없다, 가슴에 없다./ 實驗의 밤의 생소한 눈보라에 휩싸여/ 흐느껴 울던 인간의 꿈과 꿈이/ 참사랑의 높은 언덕에서 굴러 떨어지고 있다./ 다 자란 세계의 커다란 꿈의 머리가 깨어진다./ 우연히 만난 겨울의 나라와 봄의 自己 사이에/ 꿈을 베는 칼날과 없는 밤이 숨어 있다./ 두렵고, 두려운 오늘이 숨어 있다, 法이 숨어 있다, 法이 숨어 있다./ 거친, 무질서의 보복의 손가락에/ 힘없이 시달리고 여월 풀잎이여/ 첫날밤을 기다리던 질서의 풀잎이여,/ 法 속의 풀잎이여/ 부자유의 밤이 있는 밤이다./ 무한히 살고 싶은 구속의 위협 아래/ 神이 만든 인간의 혼과 혼이 흩어진다./ 다 자란 세계의 커다란 꿈의, 아아, 머리가,/ 머리가 깨어진다.

-김철, 「신음」 전문, 『사상계』, 1969.3

1969년 3월 『사상계』에 발표된 김철의 시다. 사상의 검열과 탄압 속에서 민주사회주의자 김철은 '신음'에 가까운 육성을 내뱉고 있다. 그러나 그의 '신음'은 단순한 정치적 좌절이 아니라 그의 정치가 지향했던 세계의 불가능성에서 비롯되고 있다는 사실을 주목할 필요가 있다. 그리하여 이 시는 마치 고통스러운 유령의 목소리처럼 들린다. 김철 그 자신이 저항하고자 했던 박정희 군사정권의 정치체는 "貧과 富의 차이 끝에 군림하는 法"으로 암시된다. 박정희의 경제제일주의는 저임금·저곡가정책으로 하층민을 착취하는 체제로서 궁극적으로 "빈과 부의 차이 끝에 군림하는 법"이다. 4월혁명 직후 민주사회주의 체제를 실현하고자 했던 혁신세력 중 하나였던 김철의 '신음'은 정치적 민주주의의 좌초뿐만 아니라 경제적 민주주의의 불가능성을 동시에 읽어내고 있다. 그리고 중립주의를 통한 세계 질서의 재편, 즉 국제적 민주주의의 단계까지 나아갈 엄두조차 못내고 있다.

이 한 편의 시는 1960년대 후반 한 민주사회주의자의 정치적 고립감이 어떤 것인지를 충분히 말해준다. 정당 활동을 통해 정치적 민주주의뿐만 아니라 경제적 민주주의, 더 나아가 국제적 민주주의를 실현하고자 했던 혁신세력은 박정희 군사 정권 아래서 패퇴의 길을 걸을 수밖에 없었다. 엄혹했던 반공주의, 노동착취를 '산업근로', 혹은 '애국근로'라고 명명하는 경제제일주의, 그리고 한일협정 체결을 통한 미·일 블럭으로의 편입은 4월혁명 이후 잠시나마 발아했던 민주사회주의의 가능성을 거세하고 말았던 것이다.

군사정권의 경제정책은 초기만 하더라도 '경제계획'과 '복지'를 결합시키고자 했으며 1960년대 후반까지 자립경제(민족경제)를 지향하는 등의 사회민주주의 경향을 띠고 있었다.[135] 실제로 군사쿠데타 직후 "혁명정부의 경제정책은 사회주의"라는 김종필의 놀라운 발언[136]이 말해주듯이, 1960년대는 사회주의적인 경제정책이 우위를 차지했던 시대라고 할 수 있다. 다만, 군부정권은 재벌 중심의 자본축적을 지향함으로써 경제민주화의 반대 방향으로 나아갔을 뿐이다. 군사정권은 혁신세력을 중심으로 한 경제민주주의 담론을 폐기하고 민주당의 경제제일주의를 재벌 중심적으로 전유한다. 이른바 후진국 경제개발론의 일종이라고 할 수 있는 박정희의 '개발 독재'는 '경제민주화'와는 전혀 다른 방향으로 나아갔던 것이다. 결국 제3세계의 후진국에서 독재정권의 역할을 강조했던 로스토우의 논의[137]

---

135) 조석곤, 「4월혁명 직후 진행된 각 정파의 경제발전 지향을 둘러싼 제 논의」, 『4월혁명과 한국민주주의』, 선인, 2010, 303·325면.

136) 한홍구, 「한홍구의 역사-'억울했던 빨갱이' 박정희의 비명을 기억하라」, 『한겨레신문』, 2015.10.24., 10면.

137) 로스토우에 따르면 "전통적 사회 또는 후진국이 근대적 사회로 이행코자 할 때 「비약」

에서와 마찬가지로 군사정권은 한국의 경제개발에서 최종심급을 담당하면서, 노동자를 억압·통제하는 국가이데올로기의 주조(鑄造) 기관이 되고 말았다.

반공을 제1국시로 한 혁명공약이 말해주듯이, 경제민주화 주체로서의 노동자계급은 반공주의에 의해서 탈주체화 된다. 한국에서는 "반공주의야말로 노동자계급의 전도된 주체규정을 부여하는 핵심적인 이데올로기"로 기능해 왔기 때문이다. 그 결과 반공주의는 "기본적으로 반북주의 형식을 취하고 있으나 반노동자주의로 규정될 수 있"으며, "노동자계급의 저항적 실천을 규율하는 방식으로 국가와 자본에 기여하게 되"는 과정이 반복되어 왔던 것이다.138) 요컨대 5·16군사쿠데타 이후의 개발독재는 군부정권의 승공론에 기반하는 '경제재건론'으로 수렴됨으로써 경제민주화 담론은 자연스럽게 폐기되고 말았으며, 민주사회주의 담론 또한 적절한 정치 공간을 확보하기 힘들어졌다. 이로써 노동자에게 정치 언어를 제공할 수 있는 가능성이 사라지고 만 셈이다.

4·19혁명기 노동운동은 1950년대의 지배적인 대항정치 이데올로기인 "사회민주주의와 민주사회주의"를 넘어서지 못했으나,139) 5·16군사쿠데타 이후에는 아예 그 이념적 흔적마저 지울 수밖에 없었다. 이로써 노동자들은 근로대중으로서 순치되고 말며, 빈민노동자 역시 피고용인으로서의 지위를 획득하고자 하는 생존적 열망에 사로잡히고 만다. 농민들 역시 생산력 증대를 통한 빈곤 해방에 매달리게 되며 군부의 국가정책을 통해서 농

(Take-off)를 위한 「전제조건」을 정비하고 비약을 시작하여 진일보하여 「자율적 생장」에로 나아가는 유효한 국가조직이 필요한데 말약 민족주의가 이 조직화에 성공하지 못하면 공산주의가 이에 대체할 것"이라고 주장한다. 따라서 공산주의라는 과도기의 질병을 예방하기 위해서는 강력한 군부독재가 대안이 될 수 있음을 역설한다. 최문환, 「五·一六군사혁명과 경제사회문제」, 『최고회의보』, 1961.8, 24면.

138) 조희연, 「'반공규율사회'형 자본주의 발전과정에서의 노동자계급의 '구성'적 출현」, 이종구 외, 『1960-70년대 노동자의 생활세계와 정체성』, 한울아카데미. 2004, 141·143면.

139) 손호철, 『현대한국정치』, 사회평론, 2003, 169면.

촌 빈곤이 해결될 것이라는 믿음을 강요당하는 동시에 이를 조건반사적으로 승인하는 비민주적 합의에 동참한다. 경제발전이 곧 반공이자 승공이 되는 강압적 프레임140) 속에서 경제민주주의는 더 이상 설 자리를 잃고 말았으며, 이는 민주당이 주창한 경제제일주의의 변형이라 할 수 있는 '반공주의-발전주의'141)에 의해 축출당한 결과라고 할 수 있다.

이로써 하층계급을 포함한 빈민노동자의 언어는 정치적 이념의 토대를 상실하고 만 셈이다. 달리 말해 이것은 빈민노동자를 대변할 혁신적인 정치세력의 몰락을 의미하기도 한다. 따라서 "노동자들은 좌파적이고 혁신적인 정치세력이 제도권에 진입하지 못한 상황에서, 사회적으로 존재했던 정치적 존재기반의 모순을 비제도적인 투쟁으로 해소하려 하였"142)던 것이다. 노동자들의 지속적인 투쟁에도 불구하고 노동자들은 정치적 언어를 획득하지 못했다. 혁신세력을 중심으로 한 경제민주화, 혹은 경제민주주의 담론의 몰락은 노동자들에게 정치적 언어를 제공할 수 있는 가능성 자체를 제거해버리고 말았다. 4월혁명 직후 노동자의 정치 언어 획득 가능성은 5·16군사쿠데타 이후 파국을 맞이하고 말았던 것이다.

그럼에도 불구하고 민주사회주의는 1960년대 노동자의 고통을 야기한 일종의 '부재원인'(abscent cause)으로서의 의미를 지닌다. 민주사회주의는 곧 4월혁명이 실현하고자 했던 경제민주주의를 위한 중요한 방편이었기 때문이다. 노동자는 민주사회주의를 통한 정치적 언어의 획득에 실패한 채 1960년대를 견뎌내야만 했다. 그리고 노동자의 고통과 분노는 1970년

---

140) 성창환, 「승공을 위한 경제정책=혁명정부의 경제정책과 그 기본방향=」, 『최고회의보』 (1961.6) 참조. 무엇보다 이것은 "우리의 시급한 경제재건만이 道義 향상과 민주복지국가 건설의 방책이요, 나아가서는 공산위협을 제거하는 유일한 첩경"이라는 박정희의 공식적인 언급에서도 확인할 수 있다. 박정희, 「공산위협과 우리의 경제재건」, 『최고회의보』, 1961.12, 9면.

141) 조희연, 「'반공규율사회'형 자본주의 발전과정에서의 노동자계급의 '구성'적 출현」, 146면.

142) 김영수, 「4·19혁명 직후 노동운동과 민주주의 이행-투쟁과정을 중심으로-」, 『4월혁명과 한국민주주의』, 선인, 2010, 291면.

대 초반에 이르러 그 임계점을 넘어서게 되는 것이다. 혁신세력의 언어(민주사회주의)는 여전히 탄압과 통제 속에 있었고, 사회적 의제로 떠오를 수 없었다. 그러나 1970년에 이르러 전태일의 분신자살이라는 중대한 역사적 계기를 맞게 된다. 이것은 곧 1960년 민주사회주의라는 정치적 의제가 노동자의 몸을 통해서 구현되고 만 비극적 역사의 한 장면이 아닐 수 없다.

• 참고문헌 •

1. 기본자료

『경향신문』, 『고시계』, 『국제평론』, 『대화』, 『동아일보』, 『문화일보』, 『민족일
    보』, 『사상계』, 『새벽』, 『세계』, 『세대』, 『시단』, 『자유문학』, 『조선일보』,
    『청맥』, 『최고회의보』, 『한겨레신문』, 『한양』, 『현실』

2. 단행본

강만길 외, 『4월혁명론』, 한길사, 1983.
고 은, 「양호민」, 『고은 전집 제15권 시·14』, 창비, 2002.
교육평론사 편, 『학생혁명시집』, 효성문화사, 1960.
권보드래·천정환, 『1960년을 묻다』, 천년의 상상, 2012.
권윤혁, 『혁명노선의 모색』, 청구, 1962.
구해근, 신광영 역, 『한국노동계급의 형성』, 창작과비평사, 2002.
김낙중, 『한국노동운동사-해방후 편-』, 청사, 1982.
김삼웅, 『해방후 정치사 100장면』, 가람역사, 1994.
김상협, 『기독교민주주의·사회민주주의·교도민주주의』, 지문각, 1963.
김성환 외, 『1960년대』, 거름, 1984.
김판수, 『시인 신동문 평전』, 북스코프, 2011.
김학준, 『이동화 평전-한 민주사회주의자의 생애』, 민음사, 1987.
민주화운동기념사업회, 『한국민주화운동사·1-제1공화국부터 제3공화국까지』,
    돌베개, 2008.
박호성, 『사회민주주의의 역사와 전망』, 책세상, 2005.
박호성, 『사회민주주의와 민주사회주의』, 청람, 1991.
손호철, 『현대한국정치』, 사회평론, 2003.
양호민 외 편, 『신생국 강좌2-신생국의 리더쉽』, 세계사, 1966.
이원보, 『한국노동운동사 100년의 기록』, 한국노동사회연구소, 2013.
이종구 외, 『1960-70년대 노동자의 생활세계와 정체성』, 한울아카데미, 2004.
이종남, 『민주사회주의와 후진국-上』, 일심사, 1963.
_____, 『민주사회주의와 후진국-下』, 일심사, 1963.

정태영,『한국 사회민주주의 정당사』, 세명서관, 1995.
최영태,『베른슈타인의 민주적 사회주의론』, 전남대학교출판부, 2007.
한국사사전편찬회,『한국근현대사사전』, 가람기획, 2004.
한국노동조합총연맹,『한국노동조합운동사』, 1979.10.
한국민주노동자연합 엮음,『1970년대 이후 한국노동운동사』, 동녘, 1994.
한완상 외,『4·19혁명론Ⅰ』, 일월서각, 1983.
아담 쉐보르스키, 박호성 편역,『사회민주주의의 역사적 전개』, 청람, 1991.
E.F.M.더어빈, 조일문·김명진 역,『민주사회주의』, 일신사, 1967.
토마스 마이어, 이병희 역,『민주사회주의』, 인간사랑, 1988.

3. 논문
김경일,「1960년대 기층 민중의 가계와 빈곤의 가족 전략」,『민주사회와 정책
    연구』제28호, 2015.6.
김광식,「4·19시기 혁신세력의 정치활동과 그 한계」,『역사비평』2, 1988.3
김나현,「혁명과 기념 : 4·19혁명 기념시 연구」,『사이』16호. 2014.5.
김면회,「독일사회민주당(SPD) 기본강령 개정 논의 연구: 주요 내용과 전망」,『유
    럽연구』, 제24권, 2007.2
김명임,「『사상계』에 나타난 농촌인식」,『냉전과 혁명의 시대 그리고 사상계』,
    소명출판, 2013.
김영수,「4·19혁명 직후 노동운동과 민주주의 이행-투쟁과정을 중심으로-」,『4
    월혁명과 한국민주주의』, 선인, 2010.
박대현,「경제 민주화 담론의 몰락과 노동자 정치 언어의 파국-1960년대 민주
    사회주의 담론의 정치적 의미」,『코기토』제79호, 2016.2.
박상윤,「민주사회주의의 역사적 배경 연구」, 동국대 석사학위논문, 1964.
박순원,「신동문 시 연구-생애의 전환점을 중심으로」,『비평문학』제44호, 2012.6.
오제연,「4월혁명의 기억에서 사라진 사람들-고학생과 도시하층민」,『역사비
    평』106호, 2014.2.
오창은,「1960년대 도시 하위주체의 저항적 성격에 관한 연구 : 이문구의 도시
    소설을 중심으로」,『상허학보』12집, 2004.2.
이상록,「경제제일주의의 사회적 구성과 '생산적 주체' 만들기」,『역사문제연구』
    제25호, 2011.4.

이순욱, 「4월혁명시의 매체적 기반과 성격 연구」, 『한국문학논총』 제45집, 2007.4.

이승원, 「'하위주체'와 4월혁명-'하위주체'의 참여형태를 통해 본 민주화에 대한 반성」, 『기억과 전망』 제20호, 2009.6.

이우재, 「4월혁명과 농민운동」, 사월혁명연구소 편, 『한국사회변혁운동과 4월혁명 · 2』, 한길사, 1990.

이창렬, 「한국실업의 특수원인」, 『사상계』, 1961.2.

정진아, 「1950년대 후반~1960년대 초반 '사상계 경제팀'의 개발담론」, 『냉전과 혁명의 시대 그리고 사상계』, 소명출판, 2013.

정태영, 「5 · 16쿠데타 이후 혁신세력은 어떻게 존재하였나」, 『역사비평』 20호, 1992.8.

조석곤, 「4월혁명 직후 진행된 각 정파의 경제발전 지향을 둘러싼 제 논의」, 『4월혁명과 한국민주주의』, 선인, 2010.

한시준, 「대한민국 임시정부와 삼균주의」, 『사학지』 제49권, 2014.

제4장

1960년대 정치-경제의 구조와 식민지 역사 쓰기*

김 성 환

1 두 혁명이 남긴 과제

'두 혁명', 즉 4·19와 5·16은 한국 사회에 커다란 과제를 남겼다. 전후의 폐허를 극복하고 근대 국가를 완성하기 위해서 모든 영역에서 혁명적 변화를 겪어야만 했다. 국가 체제의 근본인 정치·경제의 영역은 물론, 문학장에서도 새로운 국가의 완성은 절체절명의 과제였다. 식민지에서 해방된 지 20여년, 여전히 잔존하는 식민성의 자장과 전후 세계체제의 위력 앞에서 한국은 자의적, 타의적으로 국가의 미래를 결정지을 여러 선택지들을 검토해야 했다. 식민지 역사의 극복과 세계체제로의 편입 등 여러 문제들이 한꺼번에 들이닥친 상황에서 정치체제만큼이나 문학적, 문화적 주체성도 혼란에 휩싸여 불투명한 미래의 운명을 현실의 갈등 속에서 점쳐야 하는 운명 속에 놓인 형국이었다.

두 혁명 이후 국가 권력은 민주주의와 경제발전을 구호로 내세워 비정상에서 정상으로, 주변부에서 세계 중심부로의 진입을 열망했다. 4·19와 5

---

* 이 글은 「식민지를 가로지르는 1970년대 글쓰기의 한 양식: 식민지 경험과 식민 이후의 『관부연락선』」(『한국현대문학연구』 46, 2015.8), 「일본이라는 타자와 1960년대 한국의 주체성: 한일회담에 관한 논의를 중심으로」(『어문론집』 61, 2015.3), 빌려온 국가와 국민의 책무: 1960-70년대 주변부 경제와 문화 주체」(『한국현대문학연구』 43, 2014.8)를 이 책의 취지와 형식에 맞도록 수정·보완한 것이다.

·16 모두 혁명의 기표를 전취한 것은 기존의 체제와 현실이 구조적인 후진성에서 기인했다고 판단했기 때문이었다. 두 혁명은 혁명적 변화 없이는 후진성을 해결할 수 없다는 점에는 동의를 얻을 수 있었지만 정작 그변화의 구체적 내용에 대해서는 설득력 있게 설파하지 못했다. 각각의 전망이 상이하다는 점에서 두 혁명은 굴곡을 드러내면서 대립할 수밖에 없었던 것이다. 물론 군사정권은 쿠데타를 정당화할 어젠다를 내세웠다. 여섯 항의 혁명공약은 반공과 구악일소와 같은 이데올로기적 과제를 맨 먼저 내세웠지만 구체적 실감을 얻은 부분은 제4항 "민생고를 시급히 해결하고 국가자주 경제의 재건에 총력을 경주할 것", 즉 경제 문제였다.[1] 학생혁명으로도 '빵의 문제'가 여전히 해결되지 않았다는 공감대가 형성되었기 때문에 경제에 대한 문제제기는 충분히 효과를 발휘했다.[2] 군사정권은 경제를 혁명의 대상으로 삼기 위해 "불 난, 도둑맞은 廢家"[3]라는 비유를 동원하기도 했다. 당시 냉전체제와 미국과의 관계를 고려할 때, 경제는 가장 실질적인 통치원리였다.

　그러나 빈곤 극복의 어젠다는 '빵의 문제'를 넘어서 국가 체제와 연결된

1) 5·16 혁명공약 중 1항 반공, 2항 국제관계, 5항 통일문제 등은 이데올로기의 범주에 포함될 수 있다. 3항은 부패척결이라는 사회적 상황과 연결된다. 1962년 대선과정에서 6항 민정이양이 폐기된 것을 감안하면, 남은 것은 4항의 경제 문제이다. 따라서 혁명공약의 핵심은 반공과 경제회복의 두 과제로 대별될 수 있다. 4항의 경제 문제가 5항의 통일문제에 앞서 제시된 점은 군사정권이 통일문제보다 경제 문제를 더 중요한 과제로 제시한 것으로 평가된다. 박태균, 「1950~60년대 경제개발 신화의 형성과 확산」, 『동향과전망』 55, 2002.12, 91~92면.

2) 4·19 이후의 대중의 반응에 관해서는 권보드래·천정환, 『1960년을 묻다』, 천년의상상, 2012, 1장 참조.

3) 박정희는 『국가와 혁명과 나』에서 쿠데타 직후 국가 권력을 접수했을 때의 심정을 "불 난, 도둑맞은 빈집"을 받아들인 것과 같다고 말한 바 있다. 이는 도둑맞은 상태에서 그마저 남은 것도 불이 나 폐허 상태의 극단적인 빈곤에 처해 있음을 강조한 것이다. 박정희, 『국가혁명과 나』, 향학사, 1963, 69면. 이 비유의 바탕에는 경제적 빈곤에 대한 인식이 깔려 있는데, 여기에는 5·16 이전의 혼란과 비정상성을 표나게 강조하려는 의도가 있음은 물론이다. 생산성이 없는 국내 경제, 왜곡된 소비풍조 등 경제 상황이 그 구체적인 사례로 설명되고 있다.

다는 점에서 문제적이다. 경제는 국가 내부의 문제가 아니라 냉전체제 속에서 세계체제와의 관계설정에서 핵심적 근거였기 때문이다. 미국 중심의 세계질서에 편입하지 않고서는 경제는 물론, 국가의 정체성 또한 기댈만한 근거를 찾기 어려웠던 것이 한국의 사정이었다. 군사정권이 제3세계 민족주의 혁명을 자처하면서 철저한 반공이라는 공통분모를 강조했던 것도 이와 관련 깊다.4) 1960년대 초반의 변혁만으로는 세계사의 변두리에서 세계의 중심으로 끌어올리기에는 역부족이었다. 한국의 정치적 역량은 전후 신생독립국, 혹은 후진국의 한계를 넘어서지 못했다. 그럴수록 군사정권의 내치의 방향은 경제 문제에 집중된다. 경제 문제는 4·19가 해결하지 못한 문제였기에 경제문제 해결을 통해 군사정권의 통치의 당위성의 확보할 수 있었으며, 쿠데타의 세계사적 보편성도 증명할 수 있었다. 이에 따라 경제발전의 기획과 실천 방식은 한국이 자신의 주변부성을 인식하고, 중심과 관계 맺는 결정적인 수단으로 부상했다.5) 이러한 이해는 군사정권의 권력의지와 일치했으며, 곧 선동에 동의한 대중의 의식으로 전이되었다. 주변부에서 중심으로의 지향의 당위성, 그리고 그것이 경제를 통해서 가능하다는 믿음은 이 시기의 변혁을 통해 드러난 침전물이었다.

그리고 경제문제와 더불어 또 하나의 본질적 문제가 불거졌다. 자본주의 세계체제로의 편입의 길목에 선 일본이라는 존재가 그것이다. 일본이란 한국에게는 매우 복잡한 고려의 대상이다. 일본은 역사적, 현실적으로 적대의 대상이었지만 세계체제 내에서는 미국의 대리인이자 아시아 반공

---

4) 『국가혁명과 나』의 4장 「세계사에 부각된 혁명의 각 대상」은 20세기 세계사 속에 존재한 혁명과 군사 쿠데타에 대한 견해를 담고 있다. 여기서 특히 강조되는 것은 2차세계대전 이후 발생한 터키, 이집트 등의 제3세계의 민족주의적 혁명의 타당성이다. 이 책에서 박정희는 제3세계 국가의 혁명이 민족자립과 경제발전을 위한 보편적 행위임을 강조한다.

5) 공임순에 따르면 빈곤에 대한 인식은 신생 후진제국들과의 특정한 관계망 하에서 이루어진 것으로, 빈곤 극복에 대한 논의를 통해 한국은 세계인식의 근거를 갖출 수 있었다.공임순, 「4·19와 5·16, 빈곤의 정치학과 리더십의 재의미화」, 『서강대인문논총』 38, 2013.12, 1장 참조.

국가의 가장 모범적인 사례였다. 그렇기에 일본에 대한 감정은 양가적일 수밖에 없었다. 양가적 감정의 모순이 폭발한 것은 군사정권이 한일회담을 추진하던 시기였다. 미국의 결정적인 역할에 따라 급진전된 한일회담은 1964년에 이르러 격렬한 반대운동을 불러일으켜 일본은 바야흐로 가장 민감한 국가적 논제가 되었다.6) 근본적으로 한일회담은 한국의 요구에 따른 것이 아니라 세계사적인 정세변동의 결과였다. 외형적인 반일의 포즈와는 별개로 한일회담의 논리에는 세계질서를 받아들이는 방식의 문제와 전후 신생독립국이 해결해야할 탈식민의 문제가 중층적으로 내재해 있었다. 한일회담은 한국의 내부에서 촉발되어 식민지 역사의 평가와 세계관계를 상기시킴으로서 한국의 정체성에 관해 다층적이며 도발적인 질문을 제기한 것이다.

한일회담 반대운동은 군사정권의 폭력적 탄압으로 일단락된다. 이후 유신체제로 전환되는 과정에서 한일회담 반대운동은 민주화라는 시대적 사명과 합류한다. 그러나 한일회담의 국면에서 제기된 문제들이 완전히 해결된 것은 아니었으며 오히려 수교 이후의 정세변화로 인해 중요한 논의들은 중단된 채로 유신체제를 맞이한다. 그럼에도 한일회담의 문제성은 쉽게 사라지지 않았다. 한국과 일본, 나아가 세계와의 교섭의 양상과 논의의 맥락들은 이후에도 지속되었고, 여러 층위의 반응이 등장함으로써 한일회담은 이후 한국 사회의 내부에 중요한 핵심으로 존치되었음을 이해할 필요가 있다. 가시적인 정치 투쟁의 이면에 가라앉은 한일관계의 문제는

---

6) 한일회담에서의 미국의 역할에 관해서는 다카사키 소우지, 김영진 역, 『검증 한일회담』, 청수서원, 1998, 이동준, 「한일청구권 교섭과 '미국해석'-회담 '공백기'를 중심으로」, 국민대학교 일본학연구소 편, 『한일회담과 국제사회』, 선인, 2010 등의 논의를 참고할 수 있다. 미국은 한일회담을 '알선'한 주체인 것은 물론 결렬 이후 오랜 공백기에도 미국은 회담에서 주도적 역할을 했다. 심지어 한국 내 한일회담 반대운동에도 미국은 적극적으로 개입할 만큼 한일회담은 미국의 기획에 따른 국제적 사건이라고 해도 무방하다. 박태균, 「한일협정 반대운동 시기 미국의 적극적인 개입정책」, 『한일회담과 국제사회』, 선인, 2010의 논의를 참조.

문화적, 문학적 담론으로 재현되어 대중적 사고의 기저에까지 자리 잡는
다. 한일회담이라는 사건으로 등장한 이 문제성은 어떤 과정을 거쳤으며,
그 과정에서 논의된 것들의 본질적인 의미는 어떤 맥락에서 생성되었는지
를 파악하는 것은, 1960년대 이후의 인식구조를 이해하는 데 중요한 역할
을 할 것이다.

　1960년대는 말 그대로 혁명적 변화의 시기였다. 그것은 4·19, 5·16이라
는 정치적 혁명을 의미하는 것이 아니다. 두 혁명이 이후 혁명완수를 위
한 여정에서 등장한 논제는 가히 혁명적 변화 없이는 해결할 수 없는 근
원적 문제를 제기했다는 사실을 가리킨다. 국가 정체성의 수립을 위해 한
국 내부의 문제와 세계질서라는 거대한 힘과 직면해야 했으며, 일본이라
는 이웃나라를 마주하며 과거 식민지 역사를 탈식민의 전망으로 해체해야
할 과제 또한 부여받았다. 이 문제에 대한 답을 제시하기 위한 유력한 상
수 중 하나는 경제였다. 그러나 경제의 문제만으로 모든 것이 해결되지
않는 이유는, 경제질서가 하나의 정치체제로 완결되는 것이 아니라 개개
인의 심성 속에서 고유한 내면을 형성했기 때문이다. 그 내면의 풍경이
각기 다름은 당연하다. 식민성의 문제도 마찬가지이다. 식민지를 관통해온
지식인의 내면은 1960년대 세계사적 변화의 국면에서 한국의 과거 식민성
을 어떻게 시대적 전망으로 전환하려 했을까. 문학을 포함한 다양한 텍스
트를 통해 경제가 만든 문화주체의 내면과 식민 이후의 문학적 글쓰기를
읽어내고자 한다.

2 ▶ 도약이론과 한국 경제의 주체성

  빈곤 극복의 어젠다는 민족주의 혁명의 완수와 세계 중심으로의 진입을 목표로 삼았지만 그 실현 가능성에는 의문이 제기되었다. 어떻게 빈곤을 극복할 것이며, 한국은 이를 실현할 능력을 가지고 있는가. 대답에 따라 1960년대 한국에 대한 이해지평은 다양한 국면으로 펼쳐질 수 있었다. 대중을 설득하기 위해서라면 당연히 긍정적 답변을 내놓아야 했지만, 객관적인 검증의 장에서는 대답이 즉각적이지 않았다. 이상적인 기대를 반영한 내재적 발전론은 학술적인 검토결과로 제출된 것으로, 등장 시점은 4·19, 5·16 두 혁명과 대체로 일치한다. 그 출발점이 18세기 경제사 연구라는 점에서 알 수 있듯, 내재적 발전론은 1960년대 초 혁명적 전환과 역사적 발전 전망을 공유하고 있었다. 조선후기에 발견된(될) 근대성의 '맹아'는 식민사관을 폐기시키고 국민국가, 혹은 민족국가의 발전 가능성을 증명하는 공리(公理)가 되기를 바랐던 것이다. 즉 경제의 관점은 근대성 이해의 프레임을 수립함으로써 1960년대 정권에 역사적 당위성의 근거를 제공했다. 군사정권이 이데올로기에 앞서 경제 문제를 제기하고, 담론의 첫 장에 경제 문제를 설파한 것은 이 때문이다. 국가의 근대성의 핵심을 경제에서 찾음으로써, 경제는 20세기 한국의 자본주의 발전과 국가의 정체, 그리고 계급과 주체의 일관된 해석을 이끌어 낼 수 있는 핵심적인 심급이 되었다.

  역사학적 논의 속에서도 경제성장이라는 목표는 변화하지 않았다. 경제성장의 '신화'에서는 성장의 방식만이 논의될 뿐이었다. 근대의 가능성이 조선후기에 배태되었든, 식민지가 토대가 마련하였든, 지금 근대성을 재확인하고 발전을 완수해야 한다는 정언명령은 변하지 않았다. 이런 이유로 내재적 발전론과 식민지 근대화론의 전망의 차이는 이데올로기적 성격을

지닌다. 식민지 근대화론이 식민지 체제의 역할을 인정하고 해방 이후 자
본축적에 강조점을 둔 것에 비해 내재적 발전론은 식민사관의 극복과 민
족 자주성 수립을 기획했기 때문이다. 달리 말해 내재적 발전론이 제시한
근대 기점론이 진보적, 좌파적 기획에도 불구하고 민족주의의 틀 속에서
공전했다는 점은 역사연구의 한국적 현실이었던 셈이다.[7] 군사정권이 내
세운 빈곤극복 구호에 담긴 정치적 함의도 이와 유사하다. 자립경제를 내
세우고, 민족적 주체성을 강조한 쿠데타 세력의 담론은 4·19가 강조한 자
유주의, 민주주의에 배치되기에, 민족의 기표를 전유한 선동에 가까웠다.[8]
두 논의는 근대성의 회복(수립)의 방법론으로서 한국의 역사발전 단계와
발전 요인에 관해 대립각을 이루고 있지만[9] 경제발전이라는 역사적 목표
에서는 내밀하게 조우했다. 내재적 발전론과 식민지 근대화론의 대립에서
논쟁을 이끄는 구심력은 발전과 성장이라는 공통된 목표였다.

　보편적인 경제발전을 지향하면서도 국가가 요구한 민족주의에도 한 발
을 디딘 내재적 발전론은 성장에 관한 논쟁적 주제였던 셈이다.[10] 내재적
발전론은 식민지 근대화론과는 달리 민족 내부에서 근대성의 기원을 발견
함으로써 경제성장, 혹은 민족의 부흥이라는 시대적 요구에 부응했다. 혁
명을 거쳐 정체(政體)가 변경되는 사이에도 성장에 대한 믿음은 변하지 않
았다. 성장이란 경제정책의 연속성의 근거이면서도 내재적 발전론의 대전

---

7) 김건우, 「국학, 국문학, 국사학과 세계사적 보편성」, 『한국현대문학연구』 36, 2012.4, 3장 참조.
8) 공임순, 앞의 논문, 190-192면.
9) 내재적 발전론은 1960년대 초부터 식민사관 극복과 민족사학 수립을 목표로 연구되기 시
　작하여, 김용섭, 『조선후기농업사연구1, 2』(1970, 1971), 강만길, 『조선후기 상업자본의 발
　달』(1973) 등의 성과를 제출했다. 이에 대한 반론으로서의 식민지 근대화론은 1990년대
　후반에 집중적으로 등장했지만, 1970년대 당시에도 안병직, 송찬식 등에 의해서 내재적
　발전론에 대한 반성적 문제제기가 있었다. 이 과정에 대해서는 이영호, 「'내재적 발전론'
　역사인식의 궤적과 전망」, 『한국사연구』 152, 2011.3의 논의를 참조.
10) 내재적 발전론에 근거하여 '민족사를 주체적 입장에서 발전적으로, 세계사의 보편성을 고
　려하면서 체계화한다'는 지침은 1970년대 국정 국사교과서의 지침으로 활용되었고 국사
　편찬위원회의 『한국사』 집필과정에도 영향을 끼친다. 이영호, 위의 논문, 247-249면.

제였던 것이다. 군정기의 박정희 정권이 장면 정부의 정책을 계승하고 실
험한 것, 그리고 그 기간의 실패를 합리적으로 인정하고 새로운 '개발계획'
을 수립한 사실은 성장이라는 신화를 뒷받침하는 요소였으며, 이를 근거
로 내재적 발전론은 성장 신화를 역사적으로 증명하려 했다. 성장 신화를
어떻게 해석하는가의 문제가 정권을 초월하는 한국 사회의 정체성을 구성
하는 것은 당연한 일이다. 따라서 1960년대 중반의 논의는 성장의 질적인
조건에 대한 논의로 이어진다. 성장과 개발이라는 당위 앞에서 어떻게 성
장하며, 누가 그 주체가 될 것인가에 대한 문제가 뒤따랐다.

경제성장이란 미증유의 과제였으므로 선택지는 공정했다. 박정희 정권
의 첫 번째 선택은 균형발전론이다. 후진성 극복을 위해 모든 경제 분야
를 체계적이고 균형 있게 발전시키자는 것이 균형발전론의 요체로, 1950
년대부터 군사정권에 이르기까지 균형발전론의 정책 기조는 유지되었다.[11]
이는 후진국 한국이 근대 자본주의 국가로 성장할 수 있다는 믿음에서 비
롯되었기에 저항은 드물었다.[12] 내재적 발전론의 기획도 식민성 극복과
경제 성장을 위하여 한국 경제의 능력을 성찰함으로써 균형발전의 가능성
을 인정했다. 만약 한국의 역사가 '내재적'이라는 조건 속에서 근대성을
담보하고 있다면, 자주적인 성장이 이를 증명할 수 있기 때문이다. 이러한
관점에서 내재적 발전론은 민족적 특수성과 세계사적 보편성을 동시에 겨
냥한 기획으로 평가된다.[13] 균형발전과 자립경제론은 국내의 자급자족 토

---

11) Ragnar Nurkse가 주장한 균형성장론에 따르면, 기술수준이 낮은 후진국에서는 국내 시장
규모를 확대하여 수요를 확대하고 수출보다는 수입대체가 중요한 개발 전략이 된다. 1차
산업의 소득 확대를 통해 수요를 증가시키고 2차 산업을 발전시켜 균형을 갖출 수 있다
는 그의 이론은 매력적이었다. 그의 이론은 인도에서 1950년대 수용되었거니와 『후진국
의 자본형성론』(대한재무협회출판부, 1957)으로 번역되어 널리 소개된 상태에서 한국에
서도 1960년 3개년 계획의 근거가 되기도 한다. 박태균, 위의 논문, 92-93면 참조.

12) 그런 점에서 내재적 발전론은 민족 스스로 근대 자본주의로 이행할 수 있을 것이라는 역
사의식이 투영된 선험적 연구라는 비판이 제기된다. 김정인, 「내재적 발전론과 민족주의」,
『역사와 현실』 77, 2010.9, 194면.

13) 내재적 발전론은 유물론적 사관을 바탕으로 논의의 외연을 갖추었지만 1970년대 후반에

대 구축과 더불어 제3세계의 민족주의적 자립, 혹은 중립적 자본주의의 이데올로기를 동시에 요구했던 것이다.

그러나 자립경제론은 곧 강력한 저항에 부딪힌다. 자립과 균형이라는 믿음에 균열을 낸 것은 로스토우의 도약이론이다. '반공산주의선언'라는 부제가 붙은 로스토우의『경제성장의 제단계』는 발표 직후 곧바로 한국에 소개되었다.14) 1960년대 들어 로스토우의 이론과 정책은 한국 경제정책 수립에 결정적인 영향을 끼친다.『경제성장의 제단계』에 따르면, 경제성장은 전통사회, 과도기 사회, 도약단계, 성숙 단계를 거쳐 대량소비단계에서 성장의 최종적인 목표를 달성한다. 이 단계는 세계 경제사의 보편적인 과정이며, 소련이 실험하는 공산주의로서는 이룰 수 없는 역사적 필연적 법칙이라는 것이 로스토우의 주장이다. 한국의 경제정책이 이에 동의한 것은 물론이다. 한국이 전근대적 전통에서 도약과 성숙을 거쳐 자본주의의 최고 단계에 이르기 위해서는 로스토우가 말한 단계를 충실히 밟아나가지 않으면 안 되었다.

문제는 로스토우의 역사적 보편법칙이 국가와 민족의 차이를 고려한 개별주의적 성격을 가진 듯이 보이지만,15) 실제로는 공산주의 경제권에 대한 대응논리를 내포한 전지구적 경제정책이었다는 사실이다. 로스토우

이르러 유물사관에서 이탈한 식민지 근대화론으로 분화된다. 식민지 근대화론의 등장 이후 내재적 발전론은 국가 이데올로기에 포섭되는 한계를 보인다. 김정인의 논의에 따르면 이는 내재적 발전론에 대한 저항이라기보다는 우파적으로 '분화'한 것이다. 김정인, 위의 논문, 3장 참조. 그만큼 1960-70년대의 내재적 발전론은 좌우의 넓은 폭을 아우르는 스펙트럼 상에 분포하고 있다고 봐야 할 것이다.

14) 1959년 로스토우의 글이 발표된 후,「경제성장의 제단계」를 비롯하여 로스토우의 논문과 관련된 논쟁적인 글들은『세계』1960년 2월호에 실렸으며, 그해에『반공산당선언-경제성장의 제단계』(진명문화사)라는 제목으로 출간된다. 이처럼 신속하게 번역·출간된 데에는 '반공산당선언'이라는 부제가 홍미를 끌었던 이유도 있었겠지만, 그가 미국정부의 대외경제부문의 유력한 고문이라는 정치적인 배경도 작용한 것으로 보인다.

15) 조기준,「맑스 경제사관에의 도전」, 로스토오, 이상구 역,『반공산주의선언-경제발전의 제단계』, 진명문화사, 1960, 119면.

이론의 수용은 한국 경제가 개별적인 경제성장의 과정을 거쳐 세계 경제의 일부로 편입된다는 것을 의미하며, 미국 주도의 자본주의 경제체제의 정책에 한국의 경제 개발을 동기화한다는 것을 의미했다.16) 로스토우가 설파한 이론에 따라 피상적으로 기대했던 균형성장, 자립경제의 전망은 곧 폐기된다. 그리고 미국과의 합의에 의한 경제협력 관계가 성립되었으며, 성장을 보증하기 위해 불균형 성장론이 그 뒤를 따랐다. 선진국과의 유대 관계를 전제로 한 정책 전환에는 미국 경제정책의 대변인이자 대리인이었던 로스토우의 영향이 결정적이었다.17) 균형과 자립을 포기하고 불균형을 택한 대가는 경제 성장에 대한 확신이었다. 불균형과 종속이 경제성장으로 가는 유일한 길이며, 이 길을 따라 한국의 근대성이 세계사적 보편성을 성취할 수 있다는 믿음이 로스토우가 제시한 청사진이었다. 이 청사진 속에서 한국 내부의 모순과 문제점은 당연한 것으로, 그리고 '제단계'를 거쳐 곧 극복될 것으로 여겨졌다. 1960년대 중반 이후 경제개발 계획은 로스토우의 전망을 바탕으로 수립된다. '제1차 경제개발 5개년계획'의 핵심은 민족주의적 자립경제를 포기하고 한국의 경제를 세계 경제의 일부로 편입시키며, 불균형 성장을 통한 비약을 이루자는 것이다. 이 성장을 도약이라 이름 붙였지만, 냉철하게 말하면 '종속발전'이 더 정확한 이름이었다.18) 독재에 의한 자본축적이 필연적이라는 설명 역시 로스토우에 기울게 한 주요한 원인 중 하나였다.19)

---

16) 월러스틴에 의하면, 자본주의 세계체제(world system)는 국가 단위의 경제를 이끌면서 구성하지만 동시에 국가 경제를 전세계적인 분업과 중심과 주변부의 종속에 둘 수밖에 없다. "즉 국가라는 것은 하나의 국가간 체제의 불가결한 일부로서 발전하고 형성된 것"이다. 월러스타인, 배손근 역, 『역사적 체제로서의 자본주의』, 나남, 1986, 66면. 그런 점에서 한국의 세계경제 속의 진입은 곧 중심과 주변의 종속관계를 받아들이는 것을 의미한다.

17) 박태균, 「로스토우 제3세계 근대화론과 한국」, 『역사비평』 66, 2004.2, 158면.

18) 가지무라는 한국사회를 주변부자본주의 사회로 규정하고 '전(前)자본주의 사회구성체→식민지반봉건 사회구성체→주변자본주의 사회구성체'라는 주변부의 종속발전의 법칙을 제시한다. 홍종욱, 「가지무라 히데키(梶村秀樹)의 한국 자본주의론」, 『아세아연구』 55권 3호, 2012.9 참조

물론 한국 자립과 균형성장을 경제학 논의에서 완전히 사라진 것은 아니다. 박현채의 '민족경제론'으로 대표되는 균형발전론은 1960-70년대 국가가 주도한 성장과 개발 논의에 대항담론으로 성장했다.[20] 이에 따르면 성장은 균형을 전제해야 하며, 한국사회의 주체인 노동자와 농민, 도시와 농촌, 그리고 산업구조의 상하관계에 있는 주체들의 점진적인 성장을 의미했다. 이는 내재적 발전론과 자립경제론에 내포된 민족주의적 성격이 경제학의 지평에서 다시금 재현된 것이다. 그러나 박정희 정권의 용어 역시, '자립경제', '자급자족', '민족자본' 등의 기표를 공유하고 있었다. 그만큼 민족경제론의 자립경제와는 기표의 전유를 둘러싼 투쟁의 양상으로 전개된다. 민족경제론 표면적으로는 민족적, 혹은 민중적 경제성장이라는 이념을 드러내고 있기는 하지만, 경제의 관점에서는 자본축적과 성장이라는 대전제를 공유하는 상황이었다. 두 경제담론은 접점은 자본의 출처와 성장의 방식이었다. 누구의 자본으로 어떻게 성장할 것인가. 그리고 경제의 주체는 누구이며, 궁극적으로 경제와 주체는 어떤 관계인가에 관한 논의가 접점에서 파열음을 내기 시작했다.

---

19) 도약이론의 문제성은 이상적인 완성단계를 설정했다는 점에 있다. 물질적 풍요를 의미하는 대량소비사회로 발전하기 위해 시행과정에서 발생하는 문제는 일시적인 혼란으로 여겼다. 특히 로스토우가 후진국의 초기 자본축적 과정에서 군인-엘리트집단의 역할을 강조함으로써 5·16군사 쿠데타로 집권한 박정희 정권에 우호적인 입장을 취했다. 박태균, 위의 논문, 148-150면. 그런 점에서 로스토우가 한국에 끼친 영향은 일방적인 것만은 아님을 짐작할 수 있다.

20) 민족경제론에 관한 연구로, 안현효, 「민족경제론과 신자유주의 시대의 한국경제학: '사회성격논쟁'의 재해석」, 『동향과전망』 72, 2008.2, 조석곤, 「민족경제론 형성의 사회경제적 배경과 그 이론화 과정」, 『동향과전망』 48, 2001.3, 박순성·김균, 「정치경제학자 박현채와 민족경제론-한국경제학사의 관점에서」, 『동향과전망』 48, 2001.3 등의 논문 참조.

3 빌려온 자본과 한국의 운명

1) 차관과 국민의 책무

5·16 직후 등장한 민족경제, 자립경제 등의 구호는 1970년대 내내 지속되었지만 탈종속의 이념은 제거된 채 내치(內治)의 수단으로만 활용되었다. 불균형 성장으로 전환하면서 경제성장의 토대는 외부에서 찾아야만 했는데, 이 점은 5·16을 거치면서 분명하게 드러난다.

> 첫째, 원조하는 미국측이 우리가 절실히 필요로 하는 내용과 거리가 먼 방식을 취하였다는 것과 둘째, 우리 한국측의 정책 빈곤과 노력의 부족 그리고 구정권의 부패 등이다.[21]

> 그러므로 이 문제의 조속한 해결은 어디까지나 미국의 새로운 이해와 적극적인 협조여하에 달려 있다고 하지 않을 수 없다. 그리고 꾸준하고 성실한 우리의 피나는 노력 여부에 매여있다. 어떻게 하면 보다 많은 원조를 우리의 희망하는 원칙에 입각한-그리고 우리 스스로가 자율적으로 집행할 수 있게 할 것인가에 총집약되지 않으면 안된다. [22]

위의 발언은 당시 한국 경제의 상황을 단적으로 보여준다. '자주'라는 구호에도 불구하고 경제발전을 위해서는 외자(外資) 공여국에게 정책 전환을 요구하는 수준 외에는 선택의 여지가 없었다. 이런 조건에서 불균형 성장론은 필연적이었다. 자본으로 묶인 선진국과의 관계가 확실해지자, 경제정책은 자본의 도입방식과 배분에 초점이 맞춰진다. 외부에서 도입된 자본, 즉 차관(借款)이 국가경제의 핵심이 된 시기는 1950년대 말 원조경제가 종결된 시점이다. 미국의 무상원조가 줄어들고 정당한 정책에 근거한

---

21) 박정희, 앞의 책, 40면.
22) 위의 책, 45면.

차관이 한국의 경제상황을 결정짓는 시기가 도래했다. 돈을 빌려 쓰고 갚아야 하는 만큼 경제정책은 나라의 운명을 좌우할 태세였다.

그러나 얼마 지나지 않아 차관에는 문제가 뒤따랐다.

재벌이란 말이 흔히 돈이 많은 부자란 뜻에서 달라 빚을 얼마나 지고 있느냐에 따라 평가되는 것이 오늘 우리 한국의 재벌 생태로 등장했다. 땅을 팔고 공장을 팔아도 도저히 엄두도 못낼만한 수천만달라의 차관을 얻어오기만 하면 일약 재벌행세를 할 수 있는 것이 오늘의 현실이다.[23]

차관의 문제점으로 우선 손꼽히는 것은 불합리한 분배였다. 『신동아』의 특집기사는 차관이 불균등 배분되어 독과점 기업을 만들고, 그 돈의 일부가 정치권으로 들어가는 정경유착의 악순환을 폭로한다. 이 기사는 정경유착의 실질적인 피해자로서 국민을 부각시켜 차관이 국가 전체의 문제라는 경각심을 불러일으켰다. "그 자체의 부작용을 가누지 못한 채 주인을 바꾸었지만 그 부담은 역시 국민에게 돌아가고 말았다는 점에서, 흥하면 업자가 부자 되고 망하면 국민이 망한다는 말은 실감 있는 말로 들릴 수밖에 없다."[24] 라는 비판에서 보듯이 차관은 국민과 국가 전체의 층위에서 인식된 것이다. 차관이 한 국가의 경제정책 이상의 층위에 있다는 사실은 차관 공여국의 문제에서도 확인된다. 문제가 된 것은 '일본 돈'이다. 1965년 한일회담을 기점으로 미국, 독일에 편중된 차관이 일본까지 확대되자 차관은 단순한 정책 운용의 차원을 넘어서서 민족/국민 전체의 문제

---

23) 김진배·박창래, 「차관」, 『신동아』, 1968.12, 76면.
24) 위의 글, 78면. 이 같은 차관의 속성은 결국 한국사회가 자본주의 세계경제로서의 세계체제에 편입되었음을 보여주는 증거다. 세계체제 내 주변부 국가의 차관의 이익은 특정 계급과 집단들에 연결되어 있는 반면, 그 채무를 갚는 것은 민중들의 몫이다. 차관이 어디에 쓰이든 채무의 상환은 사회 전체의 부담이 되는 것이다. 피터 드위터·제임스 페트라스, 「외채의 정치경제학」, I. 월러슈타인 외, 김영철 역, 『세계 자본주의체제와 주변부 사회구성체』, 인간사랑, 1987, 389면.

로 제기되었다.

그러나 도약이론에 따르면 차관은 불가피한 일이다. 누구의 돈이든, 그것이 경제 발전을 위한 것이라면 당연히 도입되어야 하며, 이 돈은 최종적으로 민족경제의 자본으로 축적된다. 이에 개입된 민족적인 특수성은 특별한 고려대상이 아니었다. 일본 자본에 대한 민족주의적 거부반응이 1960년대 후반에 이르러 무화된 것도 차관의 본질 탓이었다. 물론 일본 차관에 대한 대중적 거부반응은 오랫동안 지속되었지만, 권력의 중심에서 '일본 돈'에 대한 거부가 없었거니와, 지식인층에서도 일본 자본에 대한 거부는 희박한 편이었다. 경제개발을 위해서라면 일본과의 협력이 필요하다는 이해가 일반적이었다. "한일경제의 성장은 일본과의 경제제휴 여하에 달려 있다."25)라는 주장에는 한국의 실정을 잘 알고 있는 일본의 차관이 경제개발에 가장 현실적이라는 고려가 깔려 있었다. 1965년에 이르러서는 일본의 자본이라는 사실 자체가 아니라, 일본 자본을 도입한 후 그것을 어떻게 효율적으로 이용할 것인가가 문제로 대두된 것도 지식인의 '일본 돈'에 대한 인식을 잘 보여준다.

차관으로써 자본을 갖추게 되자 국민이 경제 주체로 호명되고, 자본 운용에 따라 국민 개개인의 행위와 인식에도 변화가 요구되었다. 제1차 경제개발 계획이 끝나가던 무렵 불분명한 민족 대신 국민이 경제 주체로 호명되기 시작한다. 정부는 1965년을 '일하는 해'로 정하고 "단결과 생산과 전진"을 구호로 채택했다.26) 그리고 국민 모두가 성실한 일꾼이 되기를 요구했다. 차관을 통해 산업자본의 기반을 마련하자, 국가는 이내 '일하는 국민'을 소환한 것이다. 국민에게 주어진 것은 성실한 노동뿐이었다. 대통령 연두교서에서 말한바, "1970년대는 소비가 미덕이 되는 시대"27), 즉 로

---

25) 이동욱, 「한일악수의 필요성」, 『사상계』, 1960.11, 126면.

26) 『동아일보』, 1964.12.28.

27) 『동아일보』, 1966.1.18. 대통령의 이러한 발언은 국가 전반의 사치풍조를 비판한 5·16 직

스토우가 제시한 자본주의의 최종단계인 대량소비단계에 다다르기 위해서 차관 도입은 필연적인 수순이었다.

외부에서 도입된 자본을 운용하기 위해서 첫 번째로 필요한 존재가 일하는 주체로서의 국민이었다. 차관 비리와 같은 정책상 과오가 해결된다면, 차관은 이제 전적으로 국민의 몫이었다. 즉 빚을 진 것은 국가이지만 빚을 갚는 주체는 국민이다. 빌려온 돈으로 일하게 된 국민들은 동시에 그 빚을 갚아야할 국민으로 호명된다. 일하는 국민은 차관의 호명으로부터 자유로울 수 없었다. 이 때 일하는 국민은 균질한 통치의 대상으로 인식된다. 1960년대 이전 통계기구와 산업생산의 토대가 미비한 상황은 경제개발계획을 통해 극복될 수 있었으며,[28] 개발 계획과 통계의 수립을 통해서 생산성을 가진 노동자와 노동력을 통제하고 규율하는 국가적 경제 시스템이 확립된다.[29] 또한 자본의 총량과 노동력이 경영학적으로 계산 가능해지자 노동의 가치는 계량적으로 평가되고 경제의 지표로서의 노동 단위가 측정되기 시작한다.[30] 국가의 경제성장을 위해 한 사람의 국민이 얼마나 어떻게 일해야 하는지에 대한 지표가 수립된 것이다.

후의 상황과는 상이한 것으로, 경제성과에 따른 자신감의 표현으로 볼 수 있다.

28) 1962년의 한 사설에서는 제1차 경제개발 계획은 "계획모체인 경제사회제도의 후진적인 이중구조와 기업자체의 계획기반의 취약성 속에서 계량경제적으로 이용할 수 있는 통계의 미비 등의 악조건을 무릅쓰고 작성된 것"으로 평가한다. 「제일차 5개년경제개발계획의 전모를 보고」, 『경향신문』, 1962.1.15.

29) 이 시기 노동력의 통제에 관한 연구로, 황병주, 「1950-1960년대 테일러리즘과 '대중관리'」, 『사이間SAI』 14, 2013 참조.

30) 경영학의 기본 개념인 '1인시'가 정착된 것도 1960년대 이후이다. 노동자가 한 시간 동안 수행할 수 있는 총량은 경영학의 대상으로서 측정된다. 이때 한시간당 생산된 수량을 UPH(Unit Per Hour)로 부르기도 하는데, 시간당 노동량은 생산성을 측정하는 기본 단위가 되어 임금의 책정과 이윤율을 계산의 근거로 자리잡는다. 이에 1960년대 경영학계는 택트 시스템(tact system)의 개념을 도입하여, 상품의 대량생산에 소비되는 작업시간을 작업조직의 원리로 받아들이고 있다. 이근희, 『최신 공업경영학』, 문운당, 1971. 노동량의 계량화는 1970년대 중반에 이르러 경영학의 산업심리학이 도입됨으로써 노동자의 육체와 심리 또한 '일하는 국민'의 자질로 측정되기에 이른다. 김예림, 「어떤 영혼들- 산업노동자의 '심리' 혹은 그 너머」, 『상허학보』 40, 2014.2 참조.

2) 차관과 국가의 정체성

외부에서 도입된 자본은 국가를 하나의 전체로 인식하는 계기를 제공했다. 국민 개개인이 노동을 통해 자신을 전체 경제의 지평 속으로 끌어들이는 사이, 국가는 노동을 계량 가능한 단위로 묶음으로써 국가 전체의 경제를 만든 것이다.

> 3천만노동력의 대가로 외자업자가 부익부의 선봉이 되고 있다는 논란점은 숙고의 문제다. 만일 자기 돈 들이지 않고 오천만 달라의 차관업자가 10년 이내에 차관업체의 완전소유자가 된다면 국민적인 물의의 대상이 될 것만은 틀림없다. 그러나 20세기 후반기에 자본주의가 완전히 그 재편성을 마쳤고 노자(勞資)가 공존하는 사회에서 있을 수 없는 일이다. (중략) 따라서 근로대중과 농업의 진흥만이 차관사업의 국민총유 gesamteigentum 를 가져올 것으로 확신하는 바이다.[31]

차관 비리에 대한 비판에도 불구하고, 국가는 '국민총유', 혹은 공동체적 소유의 주체라는 개념은 사라지지 않았다. 오히려 정상적인 차관 운용을 통해 이익을 공유할 '전체gesam'로서의 국가라는 인식은 더욱 강화된다. 이에 따라 빚을 갚아야할 주체와 이익을 소유해야할 주체의 상동성이 성립되면서 빚-자산의 책임 소재는 경제 문제를 넘어 국민과 국가의 층위로 확장된다. 자본이 국가의 경제주체의 문제를 제기하자, 경제는 4·19, 5·16에 등장한 정치적 이데올로기를 앞질러 나아간다.

또한 자본과 노동이 이익을 공유하는 관계는 국가 정체성 인식의 근거가 되었다. 국가 근대성의 토대가 된 만큼, 차관은 국가의 정체성을 결정짓는 자리에 오른 것이다. 이즈음 『사상계』에 실린 「인색한 양보 아쉬운 갈등」[32]은 차관이 국가 정체성과 관련된다는 이해를 바탕을 삼고 있다.

---

31) 김영선, 「외화전망 극히 암담하다」, 『신동아』, 1968.12, 109면.
32) 송형선, 「인색한 양보 아쉬운 갈등」, 『사상계』, 1964.11.

차관은 본질적으로 대일청구권과 관련되어 있기에, 차관 정책이 성공하기 위해서는 한일회담의 논란을 잠재울 수 있는 정치적 능력과 더불어 경제 제도의 정비가 선행되어야 했다. 이 때문에 차관은 국가 체제를 구성하는 심급으로까지 파악된다. 차관의 정치성은 여기에 있는데, 곧 누구의 돈을 빌릴 것인지의 문제는 한국이 어떻게 살아가야 할지에 대한 물음과 일치하는 것이다. 차관을 둘러싼 첫 번째 물음은 무상 원조에서 유상 차관으로의 전환이 끼친 영향이다. 이는 도약이론과 불균형 성장론을 수용하며 답을 얻은 듯이 보인다. 차관을 통해 한국이 세계 경제의 일부가 되었을 때, 노력 여하에 따라 한국은 주변부에서 중심으로 향할 수 있다.

히야발 샤흐트(Hjalwar Schacht)가 말한 바와 같이, '우리는 모두 한 배 속에 앉아 있습니다. 우리들은 아무도 내리거나 돛대를 떼어가는 것이 허용되지 않습니다.' 이와 같이 우리는 한배를 타고 험한 바다를 가고 있습니다. 모든 것은 오직 자기의 노력에 의해서만 일우어지고 노력이야말로 인간을 참다운 세계로 인도하는 것이라 할 것이다. 이 배의 부속품들이 자기돈으로 마련되지 않았드라도 우리는 능숙한 수완과 명쾌한 두뇌 그리고 뜨거운 애국심을 가지고 노를 겼는 것이 모두 즐거운 부속품도 내것으로 바꿀 수 있는 낙원의 피안에 도달할 수도 있으나 그렇지 않으면 지옥이 될 수 도 있는 것이다.33)

위의 인용에서 보듯이 차관은 민족을 경제의 낙원으로 인도할 원동력이며 합리적 투자와 상환계획 등의 경제체제가 필요조건으로 요구된다.34)

---

33) 송기철, 「3개년 서독차관의 선용책」, 『세대』 1965.2, 61면. 이 글에서는 차관을 대하는 자세 외에도, 미국과는 다른 서독 차관에 대한 기대가 담겨있다. 필자는 서독의 원조철학에는 공여대상국의 자립자조를 돕고, 지역의 안배는 물론 장기적인 전망이 담겨있다고 판단함으로써 미국, 일본에 비해 비교적 우호적인 태도를 취하고 있다.

34) 송기철은 차관 운용을 위해서 경제정책의 수립이 필요하다고 설명한다. 그에 따르면 차관은 약정 기간 내 상환이 중요한 만큼, 차관계획은 과학성을 가져야 한다. 그리고 차관의 투자순위를 신중히 고려해야 하며, 서독과 미국 차관의 특징을 고려하여 사업계획을 짜야 한다. 송기철, 위의 글, 60-61면.

로스토우의 진단에 따르면, 한국 경제는 주변부의 반낙원의 상태에 머물러 있지만, 머지않아 낙원에 도달할 것처럼 보였다.[35] 이는 5·16 직후 동원된 자립경제의 구호와는 사실상 배치되는 것이다. 한국은 세계체제로서의 '경제'를 도입함으로써 스스로를 주변부로 인식하고 중심을 지향하는 정책전환을 수립하기에 이른다.

이에 따라 한국 민족의 운명에 관한 두 번째 물음이 제기된다. 차관 공여국의 정체성은 한국 경제에 어떠한 영향을 끼칠 것인가. 서독 차관의 도입에는, 전후 분단국이며 전쟁의 폐허를 딛고 선 근면한 민족이라는 점, 그리고 국제적 반공 동맹국으로서의 안도감이 작용했다.[36] 이와 달리 일본 차관은 불안감을 불러일으켰다. 그러나 일본에 대한 경계는 막연한 민족주의적 적대감이 아니라 철저히 경제 논리 속에 있었다.

> 일본은 미국자본과의 제휴를 숙명적으로 받아들일 수밖에 없게 되었다. 이쯤되고 보면 우리가 일본자본을 도입하는 데도 미국과의 이해조정이 일본업계로서는 선결요건이 되지 않을 수 없고, 섬유 기타 공업시설의 도입도 자칫하면 시대낙후적인 낡은 시설의 배출이 될 가능성이 농후하다 하겠다. (중략) 이자율은 연 5%이하의 것이 없는 등 세계에서 가장 불리한 것이니만치 일본은 외자도입 대상국으로서는 최종순위가 되어야 할 것이다.[37]

---

35) 로스토우는 1965년 한국을 방문하여 서울대에서 가진 강연에서 이미 한국사회가 도약단계에 접어들었다고 선언했으며, 이에 대해 한국 경제계는 고무적인 반응을 보였다. 「로스토우'박사의 연설요지」, 『동아일보』, 1965.5.4.

36) 전목구, 『인간 박정희』, 교육평론사, 1966, 10장 「폐쇄에서 개방으로」에는 서독을 방문한 박정희의 심정이 잘 드러나 있다. 분단국인 서독에 대한 일방적인 호의는 물론, 그곳에서 조국을 위해 내뿜하는 파독 노동자에 대한 연민이 배어 있다. 이같은 인식은 서독 방문 후 박정희가 쓴 「근면과 부흥을 보고와서―방독소감」이라는 '특별수기'에서도 볼 수 있다. 『동아일보』, 1964.12.24~26 연재. 뿐만 아니라 송기철, 「3개년 서독차관의 선용책」, 『세대』 1965.2. 에서는 미국과는 다른 서독 차관에 대한 기대가 담겨있다. 이 글의 필자는 서독의 원조철학에는 공여대상국의 자립자조를 돕고, 지역의 안배는 물론 장기적인 전망이 담겨 있다고 판단함으로써 미국, 일본에 비해 비교적 우호적인 태도를 취하고 있다.

인용문에 나타난 일본 자본에 대한 경계의 핵심은 경제적 종속의 위험
이다. 이 관점에서 일본 차관은 산업 생산성과 효과 측면에서 재검토된다.
결국 '일본 돈'에 대한 두려움과 거부감은 경제적 차원을 벗어나지 않았다.
이처럼 차관의 영향은 국가의 경제정책의 범위를 넘어서서 한국 자본
주의의 방향을 결정짓는 분수령이 되었다. 동시에 이 돈은 국민 개개인의
정체성 형성에도 개입했다. 물론 차관이 한국 사회의 정체성의 핵심을 이
루는 것은 아니다. 차관은 국제적인 경제 문제에 국한된 것으로, 차관 말
고도 갖가지 경제 문제가 불거지는 상황에서 대중의 관심은 분산된다. 그
러나 차관이 문제적인 것은, 이를 통해 한국의 세계사적 의의가 결정되었
기 때문이다. 차관은 한국과 세계와의 관계를 고찰하는 통로였으며, 그 관
계를 통해서 한국 국민이 처한 위치를 이해할 수 있었다. 차관은 주체성
의 문제로 확대될 수 있는 여지가 충분했다.

4   윤리로서의 자본과 문학

경제의 중요성은 국민과 국가의 이해지평에서 나아가 윤리의 문제로까
지 인식되었다는 사실에서 재확인할 수 있다. 흥미로운 것은 후진성-주변
부성을 인식하는 방식이 차관의 논리와 유사하다는 점이다. 「근대화된 국
민은 차관 도입할 수 없다」라는 글에서 보듯 차관은 외부에서 빌려온 것
이지만 국가와 국민의 정체성의 근거가 된다는 함의를 가지게 되었다.[38]
민주주의적 교양과 애국심, 자주성과 주체성이라는 것은 차관처럼 함부로
빌려올 수 있는 것은 아니지만, 차관처럼 외부에서 도입되지 않을 수 없

37) 부완혁, 「얼마큼의 돈을 빌릴 수 있나」, 『사상계』, 1965.7, 50-51면.
38) 최보배, 「근대화된 국민은 차관 도입할 수 없다」, 『사상계』, 1970.5.

다는 패러독스가 여기에 포함되어 있다.

차관이 윤리적인 수사로 활용되는 사이, 문학에서도 '빌려온 것'의 문제성을 검토하기 시작한다. 차관과 더불어 세계체제의 논리를 접한 문학 주체는 한국의 주변부성을 발견한 것이다. 세계사적 전환 속에 놓인 한국의 정체성에 관한 고찰은 1960년대 후반 이후 최인훈 소설에서 볼 수 있다. 『소설가 구보씨의 일일』, 「주석의 소리」, 「총독의 소리」 등에 등장한 지식인-시인 화자는 한국의 후진성을 경험하고, 이를 감당하기 위한 윤리적 태도에 천착한다. 「주석의 소리」에서 주석은 국제질서 속의 한국이 본원적인 후진성으로 인해 위험에 빠져 있다고 진단한다.

> 이런 위험에 대해 자본이 약한 후진국의 기업이나, 정치적으로 미숙한 국민이나, 그런 조건에서 통치하는 정부가 효과적인 행동을 취할 힘이 부족하며, ⑨ 이 같은 사정은 정부의 부패, 기업의 매판성, 국민의 무력감의 요소를 지니고 있으며 ⑩ 이 무력감, 부패, 매판성이 이 방송의 맨 처음 우리가 지적한바, 우리시대의 환상성이라고 표현한 것의 조건이자 동시에 주관적 위험입니다.[39]

주석의 목소리를 통해 본 한국은 부패와 무기력, 매판성이 판을 치는 후진국이다. 이를 해결하기 위해 주석은 정부와 국민, 기업인, 지식인으로 나누어 해결책을 제시한다. 문제는 이 해결책이 구체적인 행위에 관한 것이 아니라 윤리적인 차원의 해결책이라는 점이다. 주석은 성명을 통해 기업인은 "경제의 능동적 주체로서의 기업의 합리적인 자기개선에 한정"하여 "근면과 창의를 그들의 식민지로 삼으라"로, 지식인에게는 "인간상을 자유롭게 묘사하기 위해서 헌법적 자유를 부단히 행사"하라고 권한다. 그리고 국민에게는 "자기를 남이 때리고 있을 때 거울에 비친 그 모습을 보

---

39) 최인훈, 「주석의 소리」, 『총독의 소리』, 문학과지성사, 2009, 58면.

고 어떤 친구가 얻어맞고 있군, 하는 소외"로부터 벗어나 우리를 소외시
키고 있는 그 누구를 찾아내고, 그와 투쟁하고 협상하고 거래하라고 요구
한다.40) 총독부가 엄존하고, 임시정부가 지하로 숨어둔 식민지 조선에서
식민성을 극복하기 위해서는 스스로 변화해야한다는 명제, 즉 윤리적인
태도가 우선적으로 요구된 것이다. 매판성에 맞서 자유를 행사하고 합리
적으로 개선하며, 소외에 투쟁해야 한다는 「주석의 소리」의 관념성은 중
심부 세계를 지향한 지식인의 윤리적 징표였다.41)

문제는 매판성 혐의가 뚜렷한 상황에서 최인훈의 윤리적 태도가 정치
이데올로기와 긴밀히 연관된다는 점이다. 근대적 통치의 핵심이 경제적
지식에 기반한 자기 통제를 생산하는 방식이라는 점을 상기하면42), 주석
이 강조한 근면과 창의 등의 태도는 전근대적 태만과 사치를 금하고 경제
적 규율을 내면화시킨 박정희 정권의 통치기술과 다를 바 없다.43) 경제에
근거한 기업, 자유의지를 가진 지식인, 그리고 소외에 저항하는 국민이 어
우러진 지향점이란 결국 근대적 경제체제를 내면화하는 윤리를 가리킨다.
달리 말해 주석의 언설은 빌려온 자본으로 성립된 국가 경제의 규범 속에
서 경제 주체에 부여된 윤리성을 확인하는 발화인 동시에, 현재의 정체성
이 이를 감당할 수 있을 것인지에 대한 회의적인 물음인 셈이다. 빌려온

---

40) 위의 책, 64-69면.
41) 식민지 상황을 가정한 「총독의 소리」연작과 「주석의 소리」는 60년대 중반 한일협정에 대
해 느낀 '위기의식'하에서 쓰인 작품이다. 최인훈, 『길에 관한 명상』, 솔과학, 2005, 35면.
작가의 진술에서 보듯이 한일협정의 위기상황이란, 작품에서와 같이 일본 차관을 매개로
한 한일간의 정치, 경제적 관계회복에서 비롯된다. 작가는 이에 대한 작가적 태도로서 관
념적인 소설쓰기로 나아갔다. 「주석의 소리」에서 지식인-시인에게 요구한 '인간상을 자
유롭게 묘사하기 위해서 헌법적 자유를 부단히 행사'하라는 사명은 작가의 소설쓰기와
일치한다. 이는 냉전적 질서를 거부한 탈식민의 정체성을 지향한 것으로 평가된다. 류동
규, 「탈식민적 정체성과 근대 민족국가 비판: 최인훈의 『총독의 소리』연작을 중심으로」,
『우리말글』 44, 2008.12.
42) 미셸 푸코, 오르트망 역, 『안전, 영토, 인구』, 난장, 2011, 116면.
43) 송은영, 「박정희 체제의 통치성, 인구, 도시」, 『현대문학의 연구』 52, 2014.2, 45-46면.

것이란 강제로 이식된 것과는 다르다. 필연적으로 도입되어야 하고, 빌려
썼다가 다시 갚아야하는 거대한 규범이 차관의 형식으로 등장하였을 때,
그 속에서 필요한 윤리적 태도가 무엇인지를 탐구한 것이 1960년대 이후
최인훈 문학의 주제였다.

그런데 빌려온 자본이 한국의 문제를 넘어서 세계체제의 문제라는 인
식이 뚜렷해지자 최인훈의 인식에도 변화가 생긴다. 1960년대 후반에서
1970년대 초 사이에 전개된 변화가 한국에도 전달된 것이다. 미국과 소련
간에 흐른 '데탕트'의 기류는 외견상 냉전의 고삐를 느슨하게 만든 것으로
보였다. 그러나 한국에서 냉전 체제는 완화된 바 없었다. 세계경제 구조의
필연적인 하강국면이라는 점44)에서 데탕트는 오히려 한국 경제가 처한
위기를 더욱 뚜렷하게 만들었다. 이는 한국전쟁 직후, 그리고 4월 혁명이
5월 쿠데타로 수습되는 1960년대 초반의 분위기와는 다른 형식의 위기였
다. 1960년대 이전의 혼란상은 세계사의 흐름에 동참하고 있다는 시야를
제공하지 못했지만 차관과 경제개발로 인해 세계와의 연결선을 가시화되
자 세계사적 국면전환은 한국에 고스란히 전달되어 불안을 야기했다. 데
탕트 시기 미국과 일본이 '중공'과 교류하면서 관계를 정상화하는 일련의
사태는 한국에게는 큰 혼란으로 비춰졌다. 방위의 그늘을 제공한 미국이
라는 우산이 데탕트의 기류 속에서 한국의 기대와는 다른 방향으로 흘러
가자 다수 한국인들은 위기와 배신감을 느낀다.

> 우리의 우방 미국은 중공에게 연애를 걸기 시작했고 그들의 힘을 일
> 본에게 분산시키고 있었다. 우리는 오히려 이북 공산당보다는 일본 친
> 구들을 생리적으로 더 싫어하고 있었는데도 몇 년 전에 우리는 바로 그
> 일본과 통상을 재개했고 곳곳에서 일본인들과 만나는 이상야릇한 꼬락
> 서니에서 봉착하게 되었던 것이다.

---

44) 이매뉴얼 월러스틴, 강문구 역, 『자유주의 이후』, 당대, 1996, 29-30면.

미국인들은 결코 언제까지나 우리를 사랑해주지 않을지도 모른다는 결론은 우리의 가슴을 실연당한 사춘기 소년처럼 달아오르게 하고 있었던 것이다. 미국은 중공과 열애에 빠졌으며 상상할 수 없는 현실이 하루아침에 다가왔던 것이다. 그러자 우리의 가치관은, 우리가 배워온 진리는 당황할 수밖에 없었다. 어제의 적은 우리 친구의 친구가 되었고 우리의 친구는 버림 받았다. 이런 불확실한 현상은 비단 정치적인 면뿐만이 아니고 사회적인 곳에서도 일어나고 있었다. 우리는 세계 열강들이 우리들을 우습게 취급하고 있구나 하는 느낌으로 가슴이 터질 듯한 분노에 차 있었고 때문에 오직 사회적인 것으로 눈을 돌릴 수밖에 없었던 것이다.[45]

1971년 한 청년 작가는 대학가 시위에서 벗어나 미국의 태도변화를 고찰하지만 세계사적 변화를 객관적으로 분석할만한 능력은 부족했다. 다만 우방국 미국의 변화와 일본에 대한 선험적인 거부감이 배신감이라는 감각으로 체험되고 있을 뿐이다. 이는 문학적인 촉수 없이도 두루 느꼈을법한 대중적 정서의 세계이다. 이 같은 정서를 겪은 청년 작가 최인호는 윤리적인 태도를 취한다. 데모를 하는 것이 얼마큼 타당한지, 그리고 그것이 개인의 삶에 어떤 영향을 끼치고 있는지를 그린 「무서운 복수」는 당시의 대중 주체의 내면과 윤리적 대응양상의 한 사례로 꼽을 만하다.

여기서 더 나아가 최인훈은 데탕트 기류의 현실과 그에 따른 불안의 정서를 최소한의 문학적 장치만을 거쳐 곧바로 작품 속에 등장시킨다.『소설가 구보씨의 일일』,「주석의 소리」,「총독의 소리」에는 예의 데탕트는 물론이며, 1960년대 말, 1970년대 초의 갖가지 사건들을 볼 수 있다. 실제 현실과 다름없는 배경 속에서 최인훈은 국제정세의 변화와 한국의 대응, 그리고 이를 담담하게 지켜보고 있는 지식인-시인 주체의 내면을 들여다본다.「주석의 소리」,「총독의 소리」의 언설들은 구 일본제국의 입장에서

---

45) 최인호,「무서운 복수」,『황진이: 최인호 중단편 소설전집2』, 문학동네, 2002, 269면.

발생한 가상의 발화이다. 지하 총독부 총독의 분석과 비판은 30여 년 전 대동아 전쟁의 이데올로기에서 출발하여 곧 1970년대 세계사의 흐름을 설 명할 수 있는 대항담론을 제시한다. 총독에 따르면 현재의 데탕트의 정세 는 '귀축미영(鬼畜米英)'과 '적마(赤魔) 러시아'가 세계의 이익을 나눠가지는 도둑들의 협정에 불과하다. 그래서 데탕트는 전후 세계의 패권 분할의 상 징인 포츠담 선언의 연장선이자 결정판일 수밖에 없다.[46] 이때 총독이 내 세운 제국의 목소리는, 데탕트의 혼란 속에 놓인 한국인의 환멸을 드러내 기 위한 반어적 장치이다.[47] 총독은 과거 팔굉일우(八紘一宇)의 동아시아 질서의 회복을 강조하는데, 이는 전후 세계질서에 대한 반성적 성찰의 효 과를 가진다. 즉 화자의 태도는 세계사의 흐름 속에서 한국의 위치를 성 찰하는 지식인의 내면과 윤리의 지평을 대변하는 것이다.

여기서 주목할 점은 지식인의 윤리에서도 내부와 외부를 연결하는 차 관의 논리가 유비적으로 반복되고 있다는 점이다. 1970년대 초 한국은 세 계 질서 속에 성공적으로 안착하던 상황이었기에 데탕트의 배신감, 당혹 감은 성찰의 계기가 될지언정 세계 질서에 대한 거부로까지는 나아갈 수 없었다. 따라서 지식인은 세계체제로서의 경제 질서에 대한 저항을 기획 하는 대신, 중심으로부터 빌려온 것에 대한 주변부 주체의 이질감을 포착 하는 데 주력한다.

> 서양 영화간판. 커다란 배우의 사진. 그 밑에서 황색인들이 표를 사느 라 바글바글 끓는다. 조계(租界)라는 느낌이다.[48]

> 노오란 몽고족의 대조가 조례라든지, 정청(政廳), 치외법권, 원주민 이 런 분위기를 풍기는 것이었다. 요즈음 높은 건물들이 들어서고부터 더

---

46) 『총독의 소리』, 146면.
47) 류동규, 앞의 논문, 16-19면.
48) 최인훈, 『소설가 구보씨의 일일』, 문학과지성사, 2009, 92면.

욱 엽서에서 보는 그 이국 도시의 모습을 닮아간다. 여자들의 화장은 아마 그런 닮아가는 모습의 으뜸이다. 모두 아리안계 여자의 모조품으로 보이게 하려고 피눈물을 흘린 성과를 얼굴이라고 들고 다닌다. 국산품에 외국 딱지를 붙이 가짜 박래품이다. (중략) 실상 알고 보면 이들은 영세 밀수업자, 양담배 팔이, 껌팔이 같은 규모에 지나지 않는다. 큰 업자들은 그보다 큰 덩치를 밀수입한다고들 한다.[49]

그런데 '용병'이라니. 돈 받고 전쟁을 하다니. 죽으면서 부를 이름도 없으면서 죽다니. 그리고 그런 사람들의 자손이 이 세상을 지배하고 '神軍'의 후손들은 저만치서 시중드는 신세가 되다니.[50]

소설가의 눈에 비친 한국은 전후 패권의 분할과정에서 떨어져 나온 주변부로, 서양을 모방하는 조계와 같은 모습을 하고 있다. 중심부의 경제 논리가 지배력을 발휘하는 사이 주변부에는 영화 관람이나 밀수 등을 통해 중심부를 상상한다. 중심부 질서의 견고함을 상기시키는 한국의 경제 행위란 서구의 것을 빌려와서 흉내 내는 행색에 불과하다. 「총독의 소리」와 「주석의 소리」가 정부와 국민, 지식인의 범주에서 국가 정체성을 요구한 관념적 언설을 생경하게 드러냈다면, 『소설가 구보씨의 일일』은 주변부의 일상을 현실적으로 묘사한다. 엽서 속의 그림만큼이나 한국의 성장은 괄목할만한 것이지만, 그것이 외부에서 빌려온 차관의 형식에 지나지 않는다는 사실과 더불어 돈을 주고 빌려온 용병이 절대적 가치에 목숨을 바친 '신군(神軍)'을 지배하는 아이러니가 구보씨를 우울하게 만든다. 구보씨의 우울은 주변부 경제가 만들어낸 윤리적 징표의 하나인 셈이다.

이 현실이 차관의 논리에 따른 결과라는 사실은 소설 텍스트와 실제 현실을 관통할 만큼 강력한 진실로 자리 잡는다. 5장 「홍콩 부기우기」의 마

---

49) 위의 책, 138면.
50) 위의 책, 145면

지막에는 1970년대 초의 변화가 무엇을 의미하는지 분명하게 드러난다.

> 美, 韓國을 極東의 '홍콩'化 구상. 美評論家 주장, 對中共交易中繼地役割,
> 朴-에그뉴 會談 때도 論議 -(워싱턴 21日 同和) 美國의 노련한 時事評論家
> 폴 스콧 씨는 닉슨 美國行政府가 中共과의 무역확대를 설장하고 韓國을
> 極東의 '홍콩'으로 만들 가능성이 있다고 주장했다.(중략) 이를 구체화하
> 기 위해서 닉슨 대통령은 앞으로 對美 교역을 지원하기 위해 中共에 비
> 밀리에 대규모 借款 및 軟性借款을 제의하고 있다. 韓國이 美國의 對中共
> 수출에 있어 중계 지점이 될 수 있는 條件은, 地理的으로 韓國은 中共의
> 商業 및 工業'센터'인 上海·南京地區에 근접해 있고 交通網이 좋기 때문
> 이다. 뿐만 아니라 韓國에 투자하고 있는 外國資本의 대부분이 美國資本
> 이라는 점에서 美國 생산품의 대규모 조립공장을 설치하고 또 對中共通
> 商을 지원할 수 있는 部分品 생산 공장의 설치 장소로 韓國이 理想的인
> 위치에 있기 때문이다.[51]

최인호가 보여준 불안감과 배신감에 비하면, 최인훈의 반응은 정세 변
화의 세계사적 의미에 좀 더 가깝게 접근하고 있다. 이데올로기 대립의
외피를 두른 냉전 체제는 데탕트를 계기로 미국의 경제적 패권의식을 드
러낸 것이다. 이 흐름에 올라탄 한국의 경제개발 계획이란, 자율적인 선택
이 아니라 세계체제의 요구에 따른 절차적 승인에 불과했다. 정권이 통치
체제를 동원하여 민족주의의 이데올로기를 생산했지만, 그 외피를 한 꺼
풀 벗기면 차관으로 연결된 세계체제의 견고함이 드러난다. 소설가 구보
씨의 불안과 환멸은 자본주의 세계경제와 한국의 지위에 대한 지식인의
반응을 의미했다.[52]

---

51) 위의 책, 139-141면. 소설 속 신문기사는 『매일경제신문』, 1971.7.22자 1면 기사를 전재한
    것이다.
52) 차관경제 위기론에 대응하여 민족경제론이 등장한 것이 이 시기이다. 민족경제론은 중공
    업론과 안정론, 재벌 규제 등의 논의를 포함하여, 세계경제 구조 내의 한국 경제의 위치
    를 조정함으로써 위기를 극복하고자 했다. 박태균, 「1950-60년대 경제개발 신화의 형성과

한국의 자립 가능성을 부인하는 총독의 목소리와 구보씨의 자조적 의식은 피난민 정서53)만으로는 설명되지 않는다. 총독의 반어적 언설의 맞은편에는 내재적 발전론의 흔적이 존재하기 때문이다. 전후 세계체제와 팔굉일우의 체제는 얼마든지 교환될 수 있는 등가의 것이다. 둘 중 하나를 선택할 것을 요구한 총독의 언설은 결과적으로 두 체제에 대한 거부, 즉 자립적이고 균형을 갖춘 국가체제를 상상하게 만든다. 이는 내재적 발전론과 일치하는 것으로, 최인훈의 윤리적 반응의 기원은 여기서 찾을 수 있다. 그러나 세계와의 결별을 통해 이를 이룰 수 있을지는 회의적이다. 이로 인해 지식인 화자의 불안과 우울은 계속될 수밖에 없다. 최인훈은 세계체제를 비판하는 언설과 불안의 내면을 가진 지식인의 윤리를 드러내는 것으로 대답을 대신한다. 최인훈은 이 문제의 해답을 가지지 않았다. 다만 그는 관념-소설의 형식으로 의문을 제기하는 것에 만족한다. 그리고 지식인-시인의 불안이라는 윤리로써 의문에 대응하는 것으로 글쓰기를 끝낸다. 도입된 이상 돌이킬 수 없는 차관의 논리에 대한 지식인 작가의 선택의 폭은 좁은 편이었다. 자본주의, 중공, 일본 등에 관한 단발적 정보에 선험적으로 반응을 보인 것을 제외하며, 최인훈이 보여준 반어적 성찰과 윤리적 대응은 문학 주체가 취할 수 있는 반응의 최대치라 할 수 있다.

『소설가 구보씨의 일일』의 구보씨의 태도는 무지의 전략으로 평가된다.54) 즉 환멸과 부정 속에서 극적인 전망을 제시하는 대신 무지의 포즈를 통해 부정성과 부조리를 폭로하는 전략이다. 그러나 이 무지의 전략은 '노동자'에 대한 인식에서는 작동하지 않는다. 구보씨는 자신을 근대의 노동자 일반과 구별하여 '소설노동자'로 지칭하는데, 스스로를 소설노동자로

확산」, 4장 참조

53) 박근예, 「피난민의 시학-최인훈의 『소설가 구보 씨의 일일』 연구」, 『한민족어문학』 66, 2014.4.

54) 구재진, 「최인훈의 고현학, '소설노동자'의 위치」, 『한국현대문학연구』 38, 2012.12, 4장 참조.

규정하는 태도에서 지식인의 특권의식을 내려놓고 사회적 책임을 떠안으려는 의지를 읽을 수 있기 때문이다.[55] 그러나 최인훈이 규정한 소설노동자는 실제 노동자와 등치되지 않기에 노동자 일반과는 다른 새로운 의미로 재정의된다. 제7장 「노래하는 蛇蝎」에서 작가는 노동자 일반과 소설노동자의 관습적 구분을 폐기하고 동질성을 논증한다. 예컨대 생산수단을 가지지 않았다는 점에서 소설가는 노동자이며, 기호와 물질의 차이에도 불구하고 물욕과 시심의 선택에 따라 구성되는 작품은 나사못으로 이루어진 상품과 동질적일 수 있다는 것이다.[56] 이런 진술은 짐짓 작가의 노동자 선언처럼 보인다. 그러나 진술이 진행될수록 초점은 유사성보다는 차이에 맞춰진다. 소설노동자의 본질은 '지식노동자', '예술노동자', 혹은 '생각노동자' 등으로 변주되면서 점차 동질성에서 이탈해가고 있기 때문이다. 소설노동자가 성립하기 위해서는 '시심(詩心)'으로 세상을 살펴야만 하며, '시전(詩田)'을 제대로 가꿀 수 있어야만 '수지아귀'가 맞는 소설이 나올 수 있다고 말하는 장면에 이르러서 '소설노동자'는 점차 비유적 표현의 차원에 고착된다. 생산조건이 부각될수록 소설노동자의 노동자로서의 정체성은 약화된다. 대신 부각되는 것은 자본주의 경제가 필요로 하는 자본과 육체노동의 성격이다.[57] 구보씨가 소설노동자임을 논증할수록 현실의 경제와 노동의 구조는 더욱 선명해지는 것이다. 즉 사업이란 정부보증을 통해 차관을 받아들임으로써 융성해지며, 그 돈의 출처에는 절대적으로 무

---

55) 위의 논문, 315-316면.

56) 최인훈, 앞의 책, 174-175면.

57) 나사못과 소설을 비교한 진술 외에도 가발을 만드는 과정과 소설을 창작하는 과정을 비교하는 부분에서도 두 노동의 차이를 볼 수 있다. 작가의 사변 속에서 강조된 유사성에도 불구하고 본질적으로 소설쓰기가 노동에 미치지 못한다는 점은 분명하다. "소설이라는 장삿물건은 그렇게 안되던 것"(최인훈, 앞의 책, 178면)에서 보듯이 소설 노동은 실제 노동과는 다른 차원에서 이루어지는 행위일 수밖에 없다. 물론, 소설노동자를 상정한 것이 지식인의 특권의식을 내려놓고 노동자와 민중에 대한 관심과 책임을 강조하는 작가정신의 구현인 것에는 틀림없다. 다만 그것이 반드시 소설노동자를 노동자 일반에 포함함으로써만 가능한 것이라고 보기는 어려울 뿐이다.

관심할 수밖에 없는 것이 제대로 된 경제, 노동의 원리이다.[58] 소설노동에
는 이 같은 원리가 작동하지 않으므로 항상 수지타산이 맞지 않는 '불경
기'이다.

『소설가 구보씨의 일일』에는 반어적으로 묘사된 소설노동과 실제 노동
과의 대비가 분명하지만 노동자의 정체성을 묘사하는 데는 소설적 관심이
가닿지 않았다. 차관 경제 하에서 노동통제와 생산성 관리를 통해 노동자
들은 정체성을 인식하기 시작했지만, 한국 사회에서 의미 있는 문화적, 문
학적 주체로 대두된 것은 차관 문제가 불거지고도 한참이 지난 후이다.
노동문학은 1980년대가 되어서나 문학양식으로 발견되기 시작했고, 계급
문화로서의 조직적 노동자 문화가 생겨난 것도 1970년대 후반의 일이다.
지식인의 윤리적 감각에 비한다면, 차관의 구조를 일상에서 실천하는 노
동자의 주체화는 오랜 시간이 걸린 셈이다. 최인훈 소설의 관념적 언설에
등장한 지식인 주체의 역할은 제한적이었다. 다만 객관적인 이해를 바탕
으로 체제의 속성을 이해한 주체의 가능성은 유사노동자, 혹은 소설노동
자인 구보씨를 통해 부각된 진짜 노동자에게서만 발견될 수 있었다.

5 일본이라는 타자, 혹은 경로

1) 한일회담과 민족감정

1960년대 두 혁명 이후 경제는 세계 보편성으로 향하는 유일한 길처럼
보였다. 경제를 통해 근대 민족국가를 수립하는 것이 혁명의 완수임은 누
구도 부정하지 않았다. 그러나 혁명을 완수하기 위해서는 세계체제의 입
구에서 마주한 일본이라는 존재를 감당해야만 했다. 이 낯설고도 익숙한

---

58) 최인훈, 앞의 책, 338면.

이웃나라는 한국의 과거와 미래, 그리고 내부와 외부 모두에 걸쳐 있는 곤란한 대상이 아닐 수 없었다. 한일회담의 문제성에서 보듯, 일본을 거치지 않고서는 미국 중심의 세계체제로의 편입은 불가능했다. 그리고 일제 식민지라는 과거를 해결하지 못한다면 한국의 미래는 여전히 식민이후의 모순 속에 빠질 것은 물론, 근대화의 기획 또한 의여치 않으리라는 점 또한 명백했다. 일본은 세계로 향하는 경로이자 민족의 타자였다. 이 딜레마가 1960년대 주체성 내부에 깊이 자리하고 있었다.

일본에 대한 거부감의 기원은 식민지 기억에 있다. 1950년대까지 일본은 철저하게 통제되었으며 1960년대 혁명의 상승효과 속에서도 일본은 특별한 관심의 대상이 되지 못했다.59) 그러나 한일수교가 눈앞에 닥친 현실로 제시되면서 바야흐로 일본은 협상의 대상이자 분노의 대상으로 등장한다. 회담의 안건마다 격렬한 논쟁을 불러일으켰으며, 굴욕적인 태도를 보인 군사정권은 매국정권으로 비판받기 시작한다. 각 쟁점들은 다양한 배경을 가지고 있었지만 각각이 고르게 관심을 받은 것은 아니다. 문화재 반환문제와 재일동포의 법적 지위 문제에는 관심이 비교적 덜했던 반면, 청구권과 어업협정, 평화선 등의 경제 문제는 한일회담의 핵심 의제로 떠올랐다. 유무상 차관 6억 달러라는 금액을 두고 정부의 입장과 반론들이 제시되었고, 그 입장의 차이는 대중의 정치적 수준과 일치했다. 청구 금액의 산정 방식이 나름의 경제적 셈법을 포함하고 있지만, 대부분은 대중의 감정적 태도와 차이를 보이지 않았다. 한일회담 반대운동을 정치적 근거로 삼은 야당의 주장도 어림짐작의 수준이었다.

---

59) 이승만 정권은 결과적으로 국민통합을 이끌만한 논의를 만들지 못했다는 것이 일반적 평가이다. 반공과 반일이 서로의 권위를 상쇄시키는 대립구도가 자리잡음으로써, 이승만 정권은 대일외교는 필연적으로 국민적 합의도출 능력을 상실했다. 장박진, 『식민지 관계 청산은 왜 이루어질 수 없었는가』, 논형, 2009, 137-141면.

　　이러한 피해를 생각할 때 최소한 우리에게 대하여 36억불 선의 배상이
있어야 할 것이나 이것을 우리들은 정치적으로 고려하더라도 그 삼분지
일에 해당하는 금액으로 요구하는 경우에도 12억불은 배상으로 청구해야
하는 것이다.(중략) 일본의 오늘의 경제부흥 토대가 한국동란에 있었음을
상기할 때 일본은 우리에 대한 태도에 있어 단순히 이해(利害)에 관한 교
섭에 앞서 일본이 우리에게 의당히 치루어야 할 성의 표시가 있어야 함은
한일국교의 정상화에 선행하는 문제라 하지 않을 수 없다.[60]

　36억불에는 식민지 지배 기간의 토지, 금융자산의 계상과 전쟁 피해, 귀
속 재산 등에 대한 청구금액은 물론, 3·1운동을 위시한 각종 정치적 탄압
에 대한 배상금액이 포함되어 있다. 그러나 야당은 경제적 계산에 앞서
감정적 판단과 이에 대한 정치적 입장을 먼저 내세운다. 인용에서 보듯,
일본에 요구한 것은 구체적 금액이 아니라 '성의 표시'였다. 청구 금액을
정치적 판단으로 줄일 수 있다는 발언이 가능한 것도 한일회담에서는 정
확한 계산에 앞서 국민감정의 충족이 우선되어야 한다는 인식이 있었기
때문이다. 감정적 보상은 식민지 시기의 손해는 물론 한국전쟁으로 인해
일본의 간접적 이익에 대한 보상까지 합산한 결과이다. 이 금액은 식민지
역사에 대한 보상을 상징적으로 드러내는 것이기에 객관적으로 평가될 수
없음은 당연했다. '김종필-오히라 밀약'에 기입된 '6억불'이 반대운동의 기
원 중 하나였지만, 대중의 분노의 기저에는 배상 총액보다도 협상을 둘러
싼 한일 양국의 태도에 대한 감정적인 불만이 있었던 것이다.

　반대운동을 이끌었던 『사상계』에서도 감정적 반응은 두드러진다. 『사
상계』가 1960년대 이후 군사정권에 대한 대립각을 유지한 접점은 한일회
담이었다. 『사상계』는 1964년 이후 매호 빠지지 않고 한일회담의 문제점
과 정부에 대한 비판을 이어나갔는데, 그 첫머리에 놓은 것인 것이 함석
헌의 격문(檄文)이었다. 함석헌의 격정적 수사는 학생 시위에서 볼 수 있는

60) 김영삼, 「흑막에 싸인 굴욕적 외교」, 『세대』, 1964.5, 120면.

감정적인 태도와 유사했다. 한일회담 반대국면에서 첫 번째로 제출된 글에서 함석헌은 한국사의 지난한 과거를 회고하며 문제점과 그 원인을 밝히려 했다. 함석헌은 한국사에서 자주성 상실을 발견했고 그 증거로 신라의 삼국통일, 고려의 김부식과 조선 사대부의 사대주의 등을 꼽았다. 그리고 그 원인의 핵심으로 일본을 든다. 함석헌의 일본인식은 고대사 평가와는 다른 역사성을 소환하고 있는데, 근대 일본만큼은 감정적 태도가 역사적 전망을 대신하는 태도를 보인다.

> 그러나 더러운 중에서도 가장 더럽고 분한 중에서도 가장 분한 것은 이 일본에게 맥히운 일이다. (중략) 우리가 이렇게 못살게 된 것은 주로 일본 때문이다. 신라를 늦도록 발전 못하게 한 것이 그들이요, 백제를 속인 것이 그들이요 고려를 약하게 만든 것도 그들이요. 李氏朝鮮을 망하게 한 것도 그들이다. (중략) 6·25 전쟁은 엊그제 일이요, 오늘 우리가 비참에 빠진 것도 그 때문인 줄을 모를 사람은 없으나, 그 원인도 사실을 따지고 올라가면 일본에 있다. 삼팔선 아니라 그 전쟁은 없었을 것이요, 일본의 만주침략, 관동군 아니었더라면 삼팔선은 그어질 리 없었을 것이요, 우리가 일찍이 서양 문물을 받아들여 근대국가로 일어설 수 있었더라면 일본의 식민지가 됐을 리는 없는데, 그 떨어진 까닭은 임진 왜란으로 인하여 국력이 여지없이 쇠진한데 있다.[61]

함석헌은 민족사의 고난에 결정적 원인을 제공한 것이 일본이었음을 강조한다. 일본이 없었더라면 한국은 발전했을 것이라는 가정과 상상은 감정적 거부감의 기원이자 역사성의 핵심을 이룬다. 일본과의 우호적 교섭은 매국이며 반민중적이라는 결론 역시 이와 같은 역사성에서 비롯된 것인 만큼, 감정의 세계를 넘어서지 않는다. 함석헌의 태도는 일본의 '성의 표시'를 요구한 야당의 주장과도 유사하다. 일본에 대한 감정적 거부감

---

61) 함석헌, 「매국외교를 반대한다」, 『사상계』, 1964.4, 13~14면.

과 적대적 반응이 상상적인 가정에 근거하고 있기에 반대의 논리는 이념
으로 승화할만한 내부를 갖지 못했다. 일본 때문에 우리가 못살게 되었고,
한국전쟁으로 일본이 부흥했다는 애탄은 글의 마지막에 등장하는 민중론
의 의의를 퇴색하게 만들 정도이다.[62] 함석헌의 애탄과 분노의 감정은 당
시 대중의 일반적 반응과는 일치했으며, 『사상계』의 논조를 대변하는 것
은 아니지만 군사정권에 대한 저항이라는 구도에서는 지식인의 감정선에
도 닿아 있음을 부정할 수 없다.

해방 후 20년, 일본은 실체대신 감정과 기억으로 전환되어 한국의 현실
에 등장했다. 반대운동의 주체는 일본을 선험적인 감정으로써 맞이할 수
밖에 없었다. 그러나 미국을 배후에 둔 한일회담의 파급력으로 인해 일본
에 대한 진지한 성찰과 물음은 시대의 피할 수 없는 과제가 되었다. 근대
성의 기획을 내세운 한국의 군사정권은 물론, 이와 대립한 지식인들 역시
일본을 새롭게 전유함으로써 정치적 주체성을 형성했다. 한일회담 국면의
일본은 한국에서 감정의 장을 먼저 형성했으며 감정의 대상인 일본을 통
해 정치적 주체가 만들어졌다. 달리 말해 일본에 대한 대중적 감정은 이
시기 정치성의 한 배경이었다. 그리고 이 감정은 한일회담의 국면에서 급
격히 부풀어 올랐다. 이때 일본은 '재침(再侵)'의 키워드로 해석되었다. 한
일회담의 가장 중요한 쟁점이었던 경제협력 문제는 일본의 경제적 침략으
로 해석되었고, 4·19 직후 붐을 일으켰던 일본문화는 한일회담 국면을 통
해 문화 침략, 문화 식민지라는 부정적 인식으로 전환되었다. 1960년대 초

---

62) 함석헌에 대한 반론의 하나로 이태영, 「낡은 붓은 꺾어야 한다 - 함석헌씨류의 창백한 지
성인들에게」, 『세대』, 1965.7가 제출된다. 반론의 필자는 함석헌의 민중론이 반대를 위한
반대이자, 패배주의에 불과하다고 비난한다. 물론 이글은 논거 없이 모욕적인 비난으로
만 구성된 한계가 분명하며, 정치적 의도를 의심하기에 충분하다. 그러나 이 비난은 함석
헌의 감정적 대립이 또 다른 감정적 대응을 낳은 사례로 볼 수도 있다. 이태영의 글은
'창백한 지성'을 거부하고 새로운 세대가 국가를 이끌어야 한다고 주장하는데, 이는 군사
정권이 내세운 진취성과 신세대론의 기호에 부합한다. 따라서 함석헌과 그에 대한 반론
을 통해 군사정권과 비판적 지식인의 대립 상황을 유추할 수도 있다.

일본문학에 대한 관심이 4·19의 부수적 효과라면, 일본의 문화적 침략이라는 감정은 한일회담 반대운동이 낳은 정치적 산물이었다.[63]

그러나 적대적 감정으로 한일관계를 설명할 수 있는 부분은 제한적이다. 군사정권이 한일회담의 경제적 성과를 내세워 권력 체제를 강화한 반면, 반대진영의 지식인은 한일수교라는 현실과 군사정권의 권력 앞에서 담론적 대응력을 소진하는 형국이었다. 한일회담의 최대 관심사인 경제문제, 즉 식민지 배상금은 정권의 경제정책의 토대가 되었으며 경제제일주의의 슬로건은 반론을 허락하지 않는 국가적 이데올로기로 자리 잡았기 때문이다.[64] 게다가 한일회담의 주선자인 미국의 존재 앞에서 『사상계』 중심의 지식인의 한계는 분명했다.[65] 한일회담이 일본을 대리인으로 하는 미국의 동아시아 정책에 편입됨을 의미할 때, 이 체제를 거부하기는 쉽지 않았다. 미국 중심의 '반공-자유주의-자본주의'에 대한 근원적인 의문을

---

63) 1950년대까지 일본문학을 포함한 해외 출판물 수입은 허가제로 통제되었다. 이승만 정권의 배일정책과 맞물려 일본문학은 1950년대까지 정식 번역되지 못했다(이봉범, 「1950년대 번역 장의 형성과 문학 번역-국가권력, 자본, 문학의 구조적 상관성을 중심으로」, 『대동문화연구』 79, 성균관대 대동문화연구원, 2012.9). 그러나 4·19 직후 해외도서의 수입, 번역이 비교적 자유로워졌으며, 대표적인 수혜자는 일본문학이었다. 1960년 고미카와 준페이의 『인간의 조건』을 시작으로 수많은 일본문학이 번역되기 시작했고, 신구문화사와 청운사에서 각기 『일본전후문제작품집』, 『일본문학선집』등의 전집이 기획·출판될 정도로 일본문학은 붐을 일으켰다. 『설국』, 『가정교사』, 『빙점』 등이 베스트셀러 목록에 오를 정도로 일본 소설은 1960년대 대중 독서시장을 휩쓸었다.1960년대 일본문학 번역 상황에 관해서는 윤상인 외, 『일본문학 번역 60년 현황과 분석: 1945-2005』(소명출판, 2008)을 참조.
64) 한일회담 이전부터 일본 자본은 한국 경제성장에 필수적인 동력으로 인식되었다. 한일회담 반대운동의 국면에서 일본 자본은 경제침략의 첨병으로 이해되었지만, 수교 이후 일본자본에 대한 반감은 줄어들고, 오히려 일본자본의 '선용(善用)' 방안을 논의하는 상황으로 전개되었다. 이 과정에 대해서는 김성환, 「일본이라는 타자와 1960년대 한국의 주체성-한일회담에 관한 논의를 중심으로」, 『어문논집』 61, 중앙어문학회, 2015, 3장 참조.
65) 『사상계』 지식인의 친미적 경향에 관해서는 박태균, 「한일협정 반대운동 시기 미국의 적극적인 개입정책」(국민대학교 일본학연구소 편, 『한일회담과 국제사회』, 선인, 2010.)의 논의를 참조. 제3세계론과 중립국 논의가 『청맥』을 중심으로 전개되었지만, 실질적인 힘을 발휘하지 못했다. 김주현, 「『청맥』지 아시아 국가 표상에 반영된 진보적 지식인 그룹의 탈냉전적 지향」, 『상허학보』 39, 상허학보, 2013.10 및 이동헌, 「1960년대 『청맥』 지식인 집단의 탈식민 민족주의 담론과 문화전략」, 『역사와 문화』 24, 문화사학회, 2012.11 참조.

제기하지 않는 상황에서 대중의 감정적 반응은 담론의 공간을 갖지 않은 채 소진되는 수순을 따른다.

감정적 대응이 소진된 이후 일본이라는 정치적 실체는 근대화의 기획에 활용되었다. 일본은 근대화의 성공모델이자 자유진영 반공블럭의 동반자로 한국의 모범이 되기에 충분했기 때문이다. 그러나 문제는 이 기획에 한국사의 특수성이 필연적으로 투영된다는 점이다. 군사정권은 20세기 후반 신생 독립국의 특수성을 인정함으로써 세계체제 상의 좌표를 확인할 수 있었는데, 이 지점에서 탈식민의 과제도 떠올랐다. 한국은 '트리컨티넨탈', 즉 식민 이후의 세 주변부의 일부로서 식민성의 주체적 해결을 민족-국가 수립의 필수적인 과제로 부여받은 것이다.[66] 따라서 한국은 일본을 세계체제의 편입의 준거로 삼는 동시에 식민지 역사의 기원으로서 극복의 대상을 맞이한다. 이때 가장 핵심적인 준거는 경제였다.[67] 제3세계의 지도자와 마찬가지로 한국의 군사정권은 경제제일주의를 표방했으며, 군사정권은 근대성의 핵심이 경제라는 정위[68]를 거쳐 근대적 보편성의 실천 가능성을 타진했다.

1960년대 이후 일본을 경유하는 보편성의 기획은 문학의 영역에서도 펼쳐졌다. 식민지의 기억을 형상화하는 글쓰기는 4·19세대의 신세대 문학론과 길항하면서 문학 담론을 형성한다. 이른바 학병세대 작가는 분단이후 단절된 듯 보이는 식민지 기억을 형상화함으로써 4·19세대 문학론과 다른 지점에서 글쓰기를 이어나갔다. 이를 대표하는 작가 이병주의 광포한

---

66) 트리컨티넨탈리즘이라는 용어는 로버트 J. C. 영의 제안에 따른 것이다. 포스트식민주의를 대신한 트리컨티넨탈리즘이라는 용어는 포스트 식민주의의 인식론의 원천뿐 아니라 그 국제주의적인 정치적 동일시까지도 정확하게 포착할 수 있다는 장점을 가진다. 로버트 J. C. 영, 김택현 역, 『포스트식민주의 또는 트리컨티넨탈리즘』, 박종철출판사, 2005, 24면.

67) 박정희는 『국가혁명과 나』(향학사, 1963)를 통해 군사혁명이 경제발전을 목표로 삼고 있다는 점을 천명했고, 이는 근대적 합리성의 핵심에 경제적 합리성이 있다는 의미로 재규명된다. 김경창, 「새 정치이념의 전개-민족적 민주주의 방향」, 『세대』, 1965.8, 58-59면.

68) 민족적 민주주의 이념과 경제 개념이 결합하는 양상에 관해 김성환, 앞의 글, 4장을 참조.

지적 경험과 글쓰기는 1960년대 고유의 정치-경제의 문제와 일정하게 대응한다. 식민지 경험을 1960년대의 지평에서 해석한 이병주는 정치-경제의 이면에서 이어진 역사의 연속성을 전제로 식민지 기억을 소환했다. 이병주의 소설은 독립 이후 한국이 세계체제에 진입하기 위한 정체성의 문제와 연결된다는 점에서 식민 이후의 범주에서 설명된다. 한일회담이 정치-경제의 투쟁의 장이라면, 그의 소설은 문학 장에서 담론의 공간을 형성한다. 이와 관련하여 식민지 경험과 이를 형상화한 문학 장의 결과물로서 이병주의 『관부연락선』을 주목한다. 『관부연락선』에서 식민 이후의 문학적 사유와 사상의 극명한 한 사례를 발견할 수 있기 때문이다. 주인공 유태림이 겪은 식민지-학병체험과 해방공간의 갈등과 분단이라는 사건은 1960년대 한국의 근대적인 민족-국가의 담론 장에서 하나의 사건으로 해석된다. 정확히 말해, 『관부연락선』은 한일회담이 선사한 민족의 타자이자 세계인식의 경로인 일본에 대한 분석을 통해 식민 이전과 이후가 동일한 지평에서 의미화될 수 있음을 증명했다. 『관부연락선』을 통해 식민과 분단, 두 사건을 관통하는 글쓰기가 어떻게 식민 이후의 한국의 정체성과 연결되는지, 혹은 식민 이후의 지평에서 해석되는지를 살피고자 한다.

2) 정치-경제와 민족주의의 행방

1960년대 들어 식민성의 문제가 제기된 데에는 일본의 역할이 결정적이었다. 과거의 식민종주국 일본은 세계질서의 수용을 요구했고 한국은 내적 변화에 직면했다. 그 과정에서 일본에 대한 반감과 수용의 양가적 태도는 식민 이후의 일반적 정황과 일치한다. 식민지배가 접목시킨 근대적 합리성의 환영은 식민 이후에도 여전히 피식민 민족-국가의 지배체제에 효과적으로 작동한다는 분석이 식민론의 핵심이다.[69] 식민지적 근대성은

---

69) 이 글에서는 postcolonial의 번역어로 '식민 이후'라는 용어를 사용하였다. 정치적 식민 종결 이후 피식민 민족에게서 재현되는 식민성의 양상을 설명하는 데 적합한 것으로 판단

1960년대 한국에서 경제라는 이름으로 부활했다. 상술한 바와 같이, 6억 달러에 달하는 차관(借款)이 촉발한 경제성장의 이데올로기는 정치적 대립을 초월한 지점에서 국가 정체성을 구성했다. 그러나 경제성장으로 성취되는 근대적 합리성은 식민지배보다 식민지배에 저항한 민족주의의 기획에 더 큰 영향력을 발휘한다. 식민지배에 대한의 저항논리가 식민지적 근대성에서 비롯되었기에 민족주의적 저항은 식민성을 강화하는 모순을 배태하고 있다. 이 모순은 식민 이후의 한국을 비껴나지 않았다. 근대적 보편성을 지배의 기제로 전유한 식민지 기제와 1960년대 군사정권의 근대화 기획의 차이는 분명하지 않았으며, 한일 두 나라가 차관으로 연결될 때 세계체제 내의 상동성이 부각되었다.

근대적 보편성이 식민의 역사를 거쳐 피식민 민족에 당도할 때 식민성은 피식민 민족의 특수성과 결합하여 새로운 양상으로 전개된다. 짯떼르지의 용어를 빌자면, 이는 식민성의 '도착국면'이라 할 수 있다. 해방 이후 한국은 일본을 통해 1960년대의 세계체제에 부합하는 새로운 식민성을 맞이했다. 피식민 민족이 정치적 독립과 문화적 민주주의를 기획할 때 첫 번째 과제는 세계사적 보편성에 의탁하여 민족사를 서술하는 일이다.[70] 민족사에서 보편성을 발견함으로써 식민지 역사를 일시적인 일탈로 처리할 수 있으며, 보편성을 박탈한 식민성으로부터의 해방도 기대할 수 있다. 그러나 식민 이후의 민족사가 지향한 보편성에 과거 식민성의 함정이 숨어 있었다. 짯떼르지는 인도 현대사에서 민족사 서술이 지향한 보편성과 과거 식민지 모국이 중계한 세계사적 보편성, 근대적 합리성을 구분하기란 쉽지 않다는 사실을 발견한다. 일본을 통해 한국에 도달한 보편성은

했다. 빠르타 짯떼르지는 식민국 이데올로기와 피식민 민족의 독립의 기획은 각기 다른 시공간의 역사성으로 인해 개별적인 문제틀(problematic)을 형성하지만 본질적인 주제틀(thematic)에서는 동일하다는 사실을 인도의 역사에서 확인한 바 있다. 빠르타 짯떼르지, 이광수 역, 『민족주의 사상과 식민지 세계』, 그린비, 2013, 2장 참조.

70) 빠르타 짯떼르지, 앞의 책, 286면.

어떠했을까. 한국이 보편성의 구축을 위해 제시한 민족과 민주의 두 담론은 과연 일본제국이 제기한의 식민성의 한계를 넘어섰던가.

일본과 미국을 경유한 냉전체제는 불가침의 이데올로기 형식으로 제출되었으며 그 중핵인 경제는 대중의 반일감정과는 차원을 달리했다. 이 시기 군사정권의 정치적인 수사로 고안된 '민족적 민주주의'의 구호는 반일감정에 대응하는 내치(內治)의 수단으로 활용되었다. 동시에 이 구호는 민주주의라는 보편성과 한국의 특수성이 결합하는 식민 이후의 담론공간이 되기도 했다. 민족과 민주를 결합한 '민족적 민주주의'라는 기표를 이해하기 위해서는 전후 일본의 정치 상황을 참조할 필요가 있다. 일본의 전후 사회운동은 민주주의의 '민족적', 혹은 '국가적' 가능성을 보여준 사례이면서 한국과 밀접하게 연결되어 있기 때문이다. 전후 세계질서가 내세운 민주주의의 기표는 일본에서도 보편적 가치로 실천된다. 안보투쟁, 한일회담 반대운동, 베트남전쟁 반대운동 등 1960년대의 사회운동은 한국을 수신자로 상정함으로써 일본의 특수성을 극복하려 했다. 즉 한국을 냉전적 제국주의의 희생자로 지목하여, 이를 근거로 진보세력의 국제적 연대를 시도했다. 민주주의라는 보편적 가치 내에서 일본의 특수성을 고려할 때 비로소 한국이 시야에 들어왔던 것이다. 일본 지식인의 인식은 필연적으로 한국 민주주의와 민족주의 비판으로 이어진다. 국제프롤레타리아 연대 혹은 반제국주의의 입장에 선 일본 좌파는 군사독재 정권과의 수교협상을 민주주의 가치에 대한 도전으로 평가하면서도, 한일회담 반대운동 과정에서 드러난 한국의 배타적 민족주의가 식민지적 한계에 머문다는 점 또한 냉철하게 비판했다.[71]

---

71) 국민대학교 일본학연구소 편, 『한일회담과 국제사회』, 선인, 2010, 최종길, 「전학련과 진보적 지신인의 한반도 인식-한일회담 반대 투쟁을 중심으로」, 『일본역사연구』 35, 일본사학회, 2012.6, 小熊英二, 『<民主>, <愛國>: 戰後日本のナショナリズムと公共性』, 東京: 新曜社, 2002, 13장 참조.

일본발 비판은 트리컨티넨탈의 모순이 여전히 잔존하는 한국의 상황에 맞춰진다. 일본의 좌파 지식인들은 식민 이후에도 식민성이 한일관계에서 반복된다는 사실을 발견한 것이다. 피식민 민족의 근대성의 기획 속에 내 재한 모순이란, "이성의 간계(Cunning of Reason)"가 남긴 함정이다.[72] 근대 이성의 간계는 식민성을 형성하는 것은 물론, 피식민 민족의 나라 만들기 에도 개입한 것인데, 한국의 민족적 민주주의 기획도 여기에서 자유롭지 않았다. 군사정권이 내세운 민족적 민주주의란, 근대적 합리성을 바탕으로 민족주의와 민주주의를 포괄하는 담론의 외형의 갖추었다. 그러나 담론에 내재한 식민성은 민족적 민주주의의 구호가 통치 이데올로기에 지나지 않 음을 증명했다. 이는 한일회담 국면에서 분명해졌다. 내부에서는 군사정권 의 폭력성이 드러났으며, 외부에서는 민족적 민주주의의 비판이 일본에서 부터 제출되었다. 이같은 상황은 일본을 경로 삼아 받아들인 세계체제의 본질적인 모순, 그리고 해방이후에도 지속되는 식민성의 곤란함을 보여준 다. 일본 자본을 통해 세계체제에 편입되었으며, 곧이어 불균형 성장론, 도약이론 등의 논리로 권력을 구축했을 때, 군사정권은 민족주의와 민주 주의의 양립불가능성을 스스로 실증한 셈이었다.[73]

식민성의 한계는 군사정권을 비판한 지식인의 논리에서도 발견된다. 한 일회담 반대운동이 한일간 국제적 협력으로 고양된 시점에서 한국의 비판 적 지식인은 일본측의 논리를 참조했다. 그러나 일본 좌파의 기획이 한국 에 당도했을 때, 그 내용과 형식은 한국적 특수성의 굴절을 거쳐야만 했 다. 일본측 비판이 사회당, 공산당 등의 좌파적 기획으로 제출되었다는 점

---

72) 빠르타 짯떼르지, 앞의 책, 54면.

73) 군사정권의 대표적인 대중동원의 사례인 새마을 운동에서 다수 대중의 삶의 근거인 농 촌의 전통문화는 전근대적 비효율과 후진성의 상징으로 비판받았다. 1970년대 이후 농 촌이 민족전통의 보고(寶庫)이자 타락한 근대성의 치유의 공간으로 급격히 전환되기까 지 군사정권의 대중동원의 기제는 대중적 감각의 민족 인식과는 거리가 먼 것이었다. 황병주, 「유신체제의 대중인식과 동원 담론」, 『상허학보』 32, 상허학회, 2011, 172면.

에서 비판적 지식인, 특히 『사상계』를 중심으로 한 비판론은 한계를 드러
낼 수밖에 없었다.

> 한일 제협정이 우리의 남북통일을 저해한다는 주장은 한일국교가 재
> 개되어 일본의 경제적 및 정치적 세력이 이 땅에 뿌리박는 날에는 그것
> 이 우리의 통일을 저해하는 작용을 하게 될 수 있다는 의미에서는 수긍
> 할만한 면이 있다. 그러나 이미 우리는 남북이 각각 미국이나 쏘련, 중
> 공과 맺고 있는 군사동맹관계와 같은 통일에 대한 제약적 조건들을 가
> 지고 있는 터이므로 대일본 국교가 각별히 통일에 대하여 결정적인 장
> 해를 구성하리라고는 생각할 수 없는 것이며 더욱이 일본 사회당이 참
> 으로 우리의 통일을 저해할까 염려하여 한일 제협정에 반대하는 것이라
> 고는 볼 수 없다.[74]

일본의 한일회담 반대 논리의 핵심은 미국의 제국주의적 책략이 한반
도 분단을 고착하고, 냉전적 위기를 고조시킨다는 점에 있었다. 따라서 한
반도 통일의 문제는 한일회담 반대의 중요한 논리적 거점이었다. 그러나
접점을 확인한 후에도 한국의 지식인은 미국이라는 구심점에서 벗어나지
못했다. 오히려 일본의 비판론이 좌파 진영에서 비롯되었다는 점만을 부
각하며 냉전 체제 속에 매몰되는 오류를 범한다. 일본 좌파 역시 진영논
리의 한계를 안고 있었지만, 냉전적 세계질서에 대한 반성을 포함했고, 무
엇보다 군사독재정권을 비판하며 민주주의의 본질을 공유할 가능성을 열
어놓았다. 그러나 친미-보수적 지식인의 시야는 여기에 미치지 못했다.

냉전체제 속에서 한국의 비판적 지성은 보편적 가치를 지향했지만, 이
는 냉전 체제를 인정하는 한에서 상상된 것에 불과했다. 민족주의 논의가
한일수교 이후 대응력을 상실하고, 권력에 의해 전유된 것은 당연한 귀결
이었다. 일본과의 관계 속에서 불거진 민족주의는 수행적인 가능성을 상

---

74) 김철, 「일본사회당의 대한정책」, 『사상계』, 1965.11, 69면.

실한 채75), 배제와 억압의 형식으로 변형되는 후기식민지의 한 전형으로 떨어진 셈이다. 세계질서가 일본에서 경제적 합리성의 외연으로 재현되고 다시 한국으로까지 확장되는 1960년대의 상황은 식민성의 본질이 민족의 주체성의 형식으로 귀착되는 식민성의 도착국면으로 평가할 수 있다. 동아시아의 구도가 냉전질서에 따라 재편되는 사이, 한국은 이에 대응하기 위한 민족과 민주의 두 과제를 떠안았다. 그러나 다각적으로 펼쳐진 가능성에도 불구하고 한국의 민족주의는 보편성 자체에 대한 의문을 제기하지 못한 채, 민족주의의 부정적인 한계 안에 머물렀다.76)

한일회담 국면에서 일본의 의의는 한국의 민족주의의 한계와 맞물리며 분명해진다. 일본이란 반대운동의 대상이자 동시에 반론의 기원, 혹은 참조지점의 하나였다. 일본을 통해 민족주의의 상상력이 시작되었으며, 민주주의의 가능성을 일본의 사례에서 확인했다. 그럼에도 한국의 민족주의는 분단을 야기한 냉전의 이데올로기를 넘지 못했다. 이 한계 속에서 일본을 타자화하는 민족주의는 공전을 거듭했다. 저항의 대상이자 보편성의 기원이라는 양가성은 보편성의 또 다른 기획인 민주주의 실현에서도 부정적인 원인이 되었다. 한국은 세계사적 보편성을 기획했지만, 일본이라는 경로가 남긴 식민 역사의 잔여에 묻히고 만다. 여기서 잔여란 일본에 대한 적대적 감정이기도 하며, 피식민국에 남겨진 역사적 특수성이기도 하다. 이는 정치-경제보다 더 복잡한 역사 문제를 제기한다. 4·19 이후 해빙기를 맞

---

75) 식민성에 대응한 수행적(performative) 언설/독법이란 발화와 담론을 사회적 실천으로 이해하는 방식을 말한다. 하정일의 경우 바흐친의 이론을 바탕으로 일의적 민족주의의 한계에 대응하여 수행적 독법의 의의를 강조한 바 있다. 하정일, 『탈식민의 미학』, 소명출판, 2008, 28-32면. 1960년대 민족주의 담론 또한 내재된 식민성에 맞서 사회적 실천으로서, 즉 수행적인 방식으로 대응할 가능성이 있었음은 물론이다.

76) 일본 내에서의 '일한회담 반대투쟁'은 일본공산당과 사회당의 협력 하에 제국주의적 확장에 대한 비판으로 시작되었지만, 투쟁 논리에 내재한 일본 민족주의에 대한 비판이 제기되며, 한국의 군사독재 및 민족주의 전반에 대한 투쟁으로 전환된다. 이에 따라 신좌익 및 비공산당계열 전학련을 중심으로 프롤레타리아 국제주의가 제출되어 국제관계 인식의 문제점을 노정했다(小熊英二, 앞의 책, 571-572면).

은 일본문화가 불과 몇 년 만에 다시 침략의 첨병으로 매도된 것은 이 때문이다. 일본은 그 자체로 식민의 상징이 되었다.

3) 양가적 대상으로서의 일본문화

정치-경제의 명료성으로 인해 민족주의 이행의 서사(transition narrative)[77]에서 주변부성이 가시화된 반면, 문화의 영역에서 근대성의 기원과 영향의 관계는 불투명한 상태로 남는다. 문화의 영역에서 주체성과 자율성의 복원이 시도되지만 식민성의 기원을 은폐하는 효과를 낳을 수도 있기 때문이다.[78] 일본을 청산하고 부정해야 할 대상으로 호명하는 작업은 일제 식민지라는 명백한 역사적 기원과 항상 부딪친다. 일본문화는 전면적으로 도입되지 못한 채, 저질, 왜색이라는 반대급부와 길항할 수밖에 없었다. 특히 문화침략이라는 키워드를 통해 일본문화에 대한 적대적 감정이 유통되면서, 1960년대 이후 일본문화는 한국 민족문화의 타자이자 적대의 대상이 되었다. 1960년대 이후 통념처럼 굳어진 왜색문화 비판론은 그 감정이 오해, 혹은 오독에 근거하고 있음을 잘 보여준다.

> 한국미술에 조예가 깊었던 柳宗悅씨는 중국의 미는 형(形)이요, 한국의 미는 선(線)에 있고 일본의 미는 색(色)이라고 했다. (중략) 색은 피상적이긴 하나 매혹의 유인(誘因)을 가진다. 색은 흔히 성(性)과 통한다. 일본의 외설소설, 외설잡지는 세계제일이요 성의 상품화에 있어서는 파렴치할 정도로 집요하다. 타락한 일본의 색적문화는 한국의 젊은이들을

---

77) 경제정책의 경우 한일회담의 구조에서 보듯이 발신과 수신의 주체가 비교적 분명하다. 한국은 미국 중심의 세계체제의 요구를 받아들여 피식민국가에서 독립국가로, 세계의 주변부에서 중심으로 향하는 민족적 이행을 선언할 수 있었다. 그러나 민족의 이행은 "제국주의가 선사한 서구적 근대성의 기획을 수용한 일종의 파생담론"의 한계를 벗어나기 어렵다. 김택현, 『트리컨티넨탈리즘과 역사』, 울력, 2012, 66면.

78) 전후 민족주의는 근대적 보편성에 기초한 민족문화의 독립을 통해 적법성을 갖는다. 근대적 보편성은 피식민 민족의 문화 정체성의 근거로 자리매김하지만, 그로 인해 보편성에 내재한 제국주의적 성격은 은폐된다. 빠르타 짯떼르지, 앞의 책, 1장.

녹여 다시 무명화(無名化)로 만들 것이 분명하며 이 성 매스콤이 벌써 보이지 않는 침략의 손을 뻗친지 오래이다. 선거 때나 입에 잠시 오르내리는 우리나라의 민족적 주체성쯤은 이 색정공세 앞에서 쉬이 굴복하고 말 것이다.[79]

신일철은 일본의 문화를 색(色)으로 파악한 야나기 무네요시(柳宗悅)에 기대어 일본문화의 특징을 색정(色情)의 왜색문화로 규정한다. '색'과 '색정'을 동의어로 이해한 신일철의 무논리성은 일본문화 경계론의 일반적 오류와 일치한다. 그러나 왜곡된 경계론은 일본문화에 대한 적대적 거부에 그치는 것은 아니다. 오히려 일본문화를 경계함으로써 한국 문화의 정체성을 확인하고, 문화적 국수(國粹)를 지킬 계기를 모색하게 된다. 이런 관점에서 신일철의 오독에 내포된 전략을 읽을 수 있다.

일본문화 전반과 비교한다면 문학의 사정은 나은 편이다. 1960년대 이후 독서시장에서의 비중과 더불어, 일본문학에 대한 인식은 문학 일반에 대한 인식의 범위 내로 들어와 있었다. 일본 대중소설에 대한 저질시비에도 불구하고 일본문학은 번역의 중요성과 함께 '좋은 문학'으로서 가지는 기대가 유지될 수 있었던 것도, 문학이 여타의 대중예술보다 우월한 지위에 있었기 때문이었다.

> 나로서는 한국작가 것보다 낫다면 제발 그것을 읽으라고 권하고 싶다. 물질은 국가경제를 위해 조잡하나마 국산을 써야 하지만, 정신계까지 국산이니까 하고 끌어내릴 수는 없다. 얼마든지 외국작품을 읽어야 한다. 다만 좋은 것을 말이다. (중략) 거듭 말하는데, 신문, 잡지, 출판의 일선 담당자들은 돈벌이에만 급급할 게 아니라 더 공부해서 자기를 높이고, 필자의 선정에 과감하고 신중해야 한다.[80]

---

79) 신일철, 「문화적 식민지화의 방비」, 『사상계』, 1964.4, 60-61면.
80) 한말숙, 「일본문학을 저격한다」, 『세대』, 1964. 2, 227면.

인용문에서 비판의 기준은 국적이 아니라 문학 그 자체이다. 여기에는 일본문학 역시 문학적으로 평가되어야 하며, 한국문학보다 뛰어날 수 있다는 인식이 전제되어 있다. 일본문학이 '정신계' 발전에 기여할 수 있다는 가정은 몇 해 뒤인 1968년 가와바타 야스나리의 노벨 문학상 수상으로써 증명된다. 노벨 문학상이 일본문학의 보편성을 확증하자 일본문학은 '예술적 감상물로서 시민권'을 얻는다. 능동적인 발의가 아니라 "국제적 공인에 대한 승복"이라는 형태로 이루어졌지만[81] 일본문학에 대한 도덕적, 정서적 비판을 무화시키기에는 충분했다. 그만큼 노벨 문학상의 권위는 절대적이었다.

타의에 의한 복권으로 인해 일본문학에는 이중의 잣대가 적용된다. 저급한 일본의 문화는 배제하되, 세계적으로 예술성을 인정받은 고급한 문학작품은 선별적으로 수입할 수 있다는 논리가 그것이다. 따라서 일본문학은 한국문학의 기원으로도 자리잡을 수 있게 된다. 김승옥은 일본문학의 영향에 관해 구체적으로 언급한 바 있는데, 이는 일본문학의 예술적 복권과 연관되어 있다.[82] 기원과 영향의 불가시성에도 불구하고 1960년대의 한국 문학/문화의 '혁명'의 배경에는 일본이 존재하고 있었다. 4·19이후 한국 문학의 감수성의 비밀은 일본이었다. 일본문학의 영향이 "청년문화의 중층성 내지는 민족주의의 다의성"을 시사하며, 68혁명과 같은 세계성과 접속하는 지점이었다는 분석은 타당한 것으로 보인다.[83] 이에 따른

---

81) 윤상인, 「한국에게 일본문학은 무엇인가」, 윤상인 외, 앞의 책, 20면.

82) 김승옥은 문리대 잡지 『형성』에서 "청준이는 뭐니뭐니 해도 토마스 만이고 나는 太宰治인데 작품 두 개를 쓰고서는 내가 왜 太宰를 승복할 수 없는가 하는 생각이 들더군. (중략) 太宰에서 얻은 것이 있다면 표현을 어떻게 이렇게 할 수 있을까? 이런 표현이 가능한가? 하는 것이지."라며 일본문학의 영향을 분명하게 언급했다. (『형성』 2-1, 1968.봄, 78면.) 그러나 이후 김승옥은 일본문학의 영향에 대해서는 적극적으로 발언하지는 않았다. 이런 사실이 김승옥의 감수성에 대한 기대를 배반하는 것으로 보였을 가능성이 컸기 때문일 것이다. 「4월혁명과 60년대를 다시 생각한다」(좌담, 최원식 외, 『4월혁명과 한국문학』, 창작과비평사, 1999.)에서 다시 언명하기까지 일본문학의 영향은 본격적인 논의의 대상에 오르지 않았다.

다면, 1960년대 초반 한국에 들어온 일본문학은 세계보편성에 대한 열망
이 한국적 맥락 속에서 수용된 사례이다. 일본문학은 한국의 역사적 특수
성 속에서 수용 가치를 가질 수 있었던 것이다. 이 열망의 행방에 따라
1960년대 문학적 감수성에는 분열증이라는 진단이 내려질 수도 있다. 분
열증이란 일본 대중문학에 대한 폭발적 수용─예컨대 「빙점」, 「가정교사」,
「청춘교실」 등의 번역, 번안을 포함하며, 1968년 가와바타 야스나리의 노
벨 문학상 수상 이후 일본문학의 위상 변이까지도 함께 고려할 수 있다─
과 민족주의적 저항/검열의 기제들이 공존한 사실을 가리킨다. 일본의 저
급한 대중문학/문화의 범람을 막아야 한다는 배타적 민족주의의 한편으
로, 고급한 일본 문화를 수용하려는 문화 생산자의 태도가 오랫동안 어색
하게 공존했다.[84]

　　그러나 문화금수의 정치적 아이러니가 낳은 두 결과를 문화적인 분열
증으로 진단하기에는 무리가 따른다. 전후 일본문화와 직면했을 때, 신구
세대가 각기 저항적, 보수적 민족주의로 나아간 이항대립적 상황으로 일
본과의 관계를 정확히 해명할 수 없기 때문이다. 이항대립을 확정할 경우,
기원과 영향으로서의 일본문학의 성격은 논의하기 어려워진다. 그만큼 일
본이라는 기표에는 식민지 역사와 1960년대의 세계체제의 구조, 그리고
이를 받아들이는 한국의 심성이 고루 엮여 있었다. 추종 혹은 거부의 대
상이 아니라 경로와 기원으로서의 일본을 상정한다면, 일본을 통해 도입
된 정치-경제의 문제성이 문화 영역에서도 재현될 수 있다. 즉 일본이라
는 경로를 거칠 때, 한국의 특수성과 세계사의 보편성의 충돌은 문화 영
역에서도 문제지점을 형성한다. 경제적 침략은 경계하되, 일본의 자본으로
한국의 근대화를 추진해야 했던 모순과 같이, 왜색 시비를 거쳐 일본의
보편적 문학성으로써 한국의 현대적 감수성을 갖출 수밖에 없는 것이

---

83) 권보드래·천정환, 『1960년을 묻다』, 529-530면.
84) 위의 책, 11장 참조.

1960년대의 문학 풍경이었다.

일본은 한국의 특수성을 인식하게 만드는 역할을 한다. 요컨대 일본은 싫지만 일본을 통해 보편성을 도입할 수 있다는 양가적인 태도는 '일본이라는 경로'의 소산이다. 민족의 타자인 동시에 보편성의 기원이 된 사례는 지식인의 일본 기행문에서도 볼 수 있다. 수교 이후 20년 만에 발 디딘 일본은 식민지 역사의 흔적과 함께 전후 부흥을 체현한 선진국의 겉모습을 갖추고 있었다. 전자가 과거사에 대한 분노를 촉발했다면 후자는 경제성장의 전망을 제시했다. 특히 한국전쟁의 참화가 고스란히 일본의 경제적 이익으로 전환되었기에 부러움과 배신감은 노골적일 수밖에 없었다.

> 별수없이 나도 재떨이氏한테 일금 십원을 빼앗겼다. 생각하면 일본까지 와서 기막힌 일이다. 우리나라에서 바꾼 딸러이기에…… 재떨이도 돈을 버는 나라, 아무리 생각해도 일본은 기계를 시켜 착취하는 나라만 같았다.[85]

> 길건너 저편은 화려한 문화생활과 주지육림의 세계이건만 이쪽은 굶주림과 질병과 신음의 연쇄세계이다. 슬럼가 釜崎에서는 茶川賞에 빛나는 문학가가 나왔다는 말도 들린다. 釜崎와 山谷의 큰 빈민가를 보지 않고 일본사회의 화려한 면만을 본다는 것은 매우 치우치기 쉽다.[86]

일본의 집요한 상업화의 이면에는 추악한 빈민가가 존재한다. '앵무새' 같은 상업적 친절이란 진실성이 의심되는 가식일 뿐이며, 돈이라면 수치심마저 던져버리는 곳이 일본이다.[87] 상업화 극복 가능성은 오히려 경제성장의 그늘을 겪지 않은 한국에서

---

85) 오소백, 「여권 4457호-닥치는대로 본 일본사회의 저변」, 『세대』, 1964.9, 180면.
86) 위의 글, 185면.
87) 오소백, 「스트립 쇼와 대학모-닥치는대로 본 일본사회의 저변」, 『세대』, 1964.11.

발견된다. 한국은 여전히 인간미가 살아 있는 곳이며, 미국의 영향으로 영어 간판 일색인 일본과는 달리 자주적인 문화가 살아 있는 곳이 한국이다.[88] 양가적 감정으로 전후 일본을 채색한 기행문은 민족적 이행을 위한 두 과제로 경제성상과 인간성 회복을 제안한다. 경제성장이라는 명제를 인정하면서도 그 부정성을 윤리로 극복하려는 태도는 식민지 시기의 저항 감정과도 유사하다. 식민지 체제 내에서 식민지의 부정성을 극복하려는 태도가 상상적인 보상으로 이어진 것과 같이[89] 일본의 경제성장은 한국에게 전망을 제시하는 동시에, 인간성 회복의 과제 또한 주문한다.

일본에 대한 양가적 감정은 민주주의 문제에서 더욱 분명하다. 기행문은 일본이 식민지의 원흉이지만 동시에 자유진영의 파트너이기도 하다는 사실을 발견하고 민주주의의 모범적 사례로 일본을 꼽는 데 주저함이 없다. 한일수교라는 사실을 수리한 결과 일본은 반공 체제의 일원임이 강조되고 전후 민주주의 체제는 긍정적으로 평가된다.

> 그는 하는 수 없이 역사의 방향을 간 것이니 중립적으로 취급해야 한다는 의견이 우세하였다. 그러나 우리는 그러한 구실이 바로 일본을 지배하기 시작한 복고조를 대변하는 것이라고 하였다. 東條가 아니라도 누군가 그 일을 담당하였을는지 모른다. 그렇다고 하여 윤리적인 판단을 포기할 수는 없다. 東條를 부정적으로 판단하려는 데 사실은 지난날을 비판하고 민주주의 적으로 결단하려고 하는 일본인의 결의가 있다고 보기에 우리는 교과서에 東條가 복귀하려는 데 의아스러운 생각을 가진다.[90]

---

88) 지명관, 「일본기행」, 『사상계』, 1966.2, 227면.
89) 식민지 체험을 다룬 1960년대 논픽션에는 윤리적 태도가 일본에 대한 저항의 중요한 기제로서 등장한다. 주인공의 동료는 차별적인 일본인 교사에 맞서, "廣島 高師를 나온 놈이 누구한테 함부로 떠들어, 흥, 우리 아버지는 그래도 동경제대 출신이야"(박숙정, 「만세혼」, 『신동아』, 1966.9, 387면)라고 말하는데, 여기서 제국의 기제로써 제국의 억압을 극복하는 윤리적 저항방식의 아이러니를 볼 수 있다.
90) 지명관, 「속 일본기행」, 『사상계』, 1966.9, 219면.

일본인들이 전범 도조 히데키(東條英機)를 '중립적'으로 이야기하는 풍경은 일견 의아스럽지만, 여기에는 진지한 반성이 전제되어 있으며 민주주의적 과정을 거쳤다는 점에서 충분히 인정할 만하다. 이 경우 식민지에 대한 반성 혹은 무관심은 결과적으로 일본의 전후 민주주의의 성과로 평가된다. 이에 따라 일본은 민주주의를 공유하는 가치 있는 협력대상이 될 수 있다.

> 한국사람들의 오인의 하나는 일본이라든가 일본사람을 완성된 나라사람들로 잠재적 인식을 갖고 있다는 점이다. 일본사람이란 아직 미숙한 우리들과 꼭 같은 사람들이다. 서구 사람들과 달리 이제부터 완성에의 길을 찾고자 하는 사람들이다. 이 일본에 대해 서구 사람들과 같이 대해서는 차이가 생긴다. 일본 실책(失策)에는 이것을 지적하고 충고를 하여 실수 없게 이웃 사람의 책임과 긍지를 가져야 한다. 적대와 반박을 버리고 도의의 선도역을 하여야 한다. 이러한 관점에 입각하여 일본이란 나라와 사람들을 우리는 대해주어야만 되겠다. 이것이 곧 우리가 일본사람들로부터 대등한 입장과 존경을 받게 되는 유일한 길이기 때문이다.91)

인용문에서 적대감정은 희박하다. 일본인은 한국과 마찬가지로 좋은 점과 나쁜 점을 모두 가진다. 그리고 일본의 세계성 역시 미완의 형태이기 때문에 그 완성은 한국에서 선취될 수도 있다. 다만 역사적 차이로 인해 완성의 가능성의 지점은 각기 다르다. 일본이 경제성장이라는 실체로서 완성했다면, 한국은 '도의'의 실현으로 역사성에 대응한다. 민주주의의 가능성은 일본보다 우위에 선 도의 속에서 형성된다. 전후 일본이 도조(東條)를 객관화할 정도의 민주주의에 이르렀다면, 한국은 그보다 더 성숙한 민주주의로써 일본을 선도해야 한다는 과제가 제출된 것이다.

---

91) 전준, 「일본교과서에 나타난 한국관─한국 민족사를 왜곡하는 일본인」, 『사상계』, 1965.5, 173면.

1960년대 이래 한국은 일본에 대한 추종과 거부의 양가적 감정을 통해 보편적 가치들을 실천할 수 있었다. 문학에서 일본의 영향을 거부하되, 기원으로 삼는 것, 일본을 경제성장의 모델로 삼되 그 부정성을 극복하는 일, 그리고 일본의 식민지 역사를 경계하되 그로부터 민주주의의 가능성을 확인하는 일 등, 일본은 양가적 감정 속에서 한국의 정치-경제와 문화의 참조지점이 되었던 것이다. 이는 일본이라는 경로, 혹은 한국과 일본 역사의 특수성에서 비롯된 것임은 상술한 바와 같다. 식민지 기억에도 불구하고 일본을 경유하여 보편성으로 접근할 때, 한국은 그 장점과 단점을 동시적으로 체현한 이중의 보편성을 떠안았다.

6 식민지 경험과 『관부연락선』 글쓰기의 기원

1) 보편으로서의 문학에 대한 열망

일본에 대한 양가적 태도는 민족 정체성의 위기를 불러일으킨다. 특히 문화와 문학의 영역에서 이 위기는 지식인 고유의 사상의 위기로 증폭된다. 한글세대와 달리 식민지 체험세대에게 일본이 정체성 위기의 기원이라는 사실은 분명했다. 그러나 식민지의 지적 체험이 식민 이후에 작동하는 구조를 파악하는 일은 자동적이지 않았다. 1960년대 근대화 기획 속에서 식민지의 기억을 정확히 재현하는 것은 물론, 이를 현재화된 상황으로 해석하는 작업을 담당할 작가는 많지 않았던 탓이다. 이른바 '학병세대'는 식민지 전후 체험을 기술할 수 있는 유일한 세대였으며, 이병주는 학병세대를 대표하는 작가였다. 『관부연락선』은 학병세대의 글쓰기의 총합으로서, 식민지 전후 시기, 즉 학병으로 동원된 태평양 전쟁기와 해방공간의 이데올로기 대립의 시기를 가장 적실하게 재현한 1960년대 말의 성과이다.

『관부연락선』에서 이병주는 특유의 박람강기(博覽强記)를 선보인다. 그가 체험한 1930년대 말 문헌들은 주인공 유태림의 행적을 서술하는 배경으로 충실히 활용된다. 식민지 유학생에서 학병, 그리고 좌우 이데올로기 대립의 희생자인 유태림의 사유의 근저에는 동서고금을 아우르는 방대한 독서 체험이 자리잡고 있다.[92] 『관부연락선』에 펼쳐진 지적인 풍요를 "쇼와 교양주의"라고 말할 수 있지만, 출세의 수단이 아니라는 점에서 일반적인 제국의 교양주의와 구분해야 한다.[93] 『관부연락선』에 인용된 문헌들은 당대의 쓰임새를 떠나 서술 시점에서 체험과 기억을 역사로 재구성하는 원동력이다.[94] 여기에는 식민지 경험을 역사화하는 것은 물론 작가가 직접 겪은 1960년대의 정치적 현실에 대응하는 글쓰기 전략이라는 의미도 포함된다.[95] 작가의 경험이 서사의 전면에 배치된 글쓰기는 이병주 고유의 글쓰기 전략으로 이해하는 것도 이 때문이다. 식민지와 1960년대를 가로지르는 이병주의 독서체험은 따라서 하나의 세계인식의 방법론으로 자리잡는다.[96] '세계책'이라는 개념을 상정했을 때 책읽기는 곧 세계인식이자 실천이며, 이를 통한 사유의 체계는 다시 글쓰기로 재생산된다. 소설 쓰기는

---

92) 『관부연락선』의 주인공 유태림은 작가와 주변 인물의 경험이 투영된 인물이다. 유학시절 에피소드는 작가와 친밀한 관계를 유지해온 황용주의 실화와 유사한 점이 많으며, 학병 체험과 한국전쟁기의 에피소드는 이병주와 거의 일치한다. 이병주의 식민지 경험에 대해서는 안경환, 『황용주, 그와 박정희의 시대』, 까치, 2013. 및 손혜숙, 「이병주 소설의 '역사인식' 연구」, 중앙대 박사논문, 2011, 2장을 참조.

93) 노현주, 「이병주 소설의 엑조티즘과 대중의 욕망」, 『한국문학이론과 비평』 55, 한국문학이론과비평학회, 2012, 105면.

94) 기억과 역사 서술의 관점에서 이병주의 소설을 분석한 연구로 손혜숙, 앞의 논문, 손혜숙, 「이병주 소설에 나타난 '식민지 기억'과 역사 다시 쓰기-『관부연락선』과 「변명」을 중심으로」, 『어문론집』 53 , 중앙어문학회, 2013.3, 손혜숙, 「이병주 소설의 역사서술 전략 연구-5·16소재 소설을 중심으로」, 『비평문학』 52, 한국비평문학회, 2014.6 등을 들 수 있다.

95) 고인환, 「이병주 중·단편 소설에 나타난 서사적 자의식 연구」, 『국제어문』 48, 국제어문학회, 2010.4, 이정석, 「이병주 소설의 역사성과 탈역사성」, 『한국문학이론과 비평』 50, 한국문학이론과비평학회, 2011.3 등을 참조.

96) 황호덕, 「끝나지 않는 전쟁의 산하, 끝낼 수 없는 겹쳐 일기 식민지에서 분단까지, 이병주의 독서편력과 글쓰기」, 『사이間SAI』 10, 국제한국문학문화학회, 2011.5.

온갖 책읽기로부터 촉발된 사건이기에 독서체험의 기원이 소설 속에 선명하게 침전된 것은 당연한 결과일 터이다.

여기서 중요한 과제는 이병주의 독서체험을 1960년대 후반의 시점에서 재의미화하는 작업이다. 한 개인의 문화적 역량으로 계량될 것이 아니라면,[97] 그의 독서체험은 식민지 전후의 사건을 매개하는 근거라는 점에서 주목해야 한다. 『관부연락선』에 등장하는 여러 작품들은 1930년대 말 실재한 텍스트로, 1960년대 한국의 일반적인 독서와는 다른 벡터에 존재한다. 작품 목록 중 몇몇은 당시까지 한국어로 번역되지 않았다. 무엇보다 학병이라는 특수한 식민지 경험을 의미화하고 있으며, 이로부터 분단의 문제까지도 확장시켜 이해하려 있다는 점에서 1960년대 대중교양의 독서와는 구분된다. 식민지 전후를 한데 묶는 시도는 이병주의 '책읽기'에 내재한 기획들 중 하나이다. 그런데 정작 문제는 그의 책읽기가 사상적, 정치적 의도를 가지지 않은 순수한 교양주의의 산물이라는 점이다. 스스로 '딜레탕티즘'이라고 말하고 긍정한바,[98] 그의 지적인 편력은 오히려 순수한 지성의 세계, 순수한 문학의 세계를 겨냥하고 있었다. 한국의 발자크가 되고자 공언했던 만큼[99] 그의 순문학적 태도가 어떻게 역사성을 담보하는 근거가 될 수 있는지를 살펴야 한다.

순문학 지향과 역사적 서술의 관계에서 먼저 고려해야 할 점은 책읽기가 형성된 식민지라는 시공간적 조건이다. 1930년대 말 조선 유학생들의

---

97) 『관부연락선』에는 방대한 문헌사항과 식민지 일본의 풍경과 관련한 고유명사들이 등장하는 만큼 오류도 빈번하다. '이무란(移賀亂)'을 '이하란(移賀亂)'으로 표기한 것(1권 247면)은 출판과정의 오식(誤植)일 가능성이 크다. 그러나 인명과 지명의 경우 작가의 착각이나 부주의에서 비롯된 오류도 흔히 발견된다. 『관부연락선』의 문헌적 기원을 찾는 일은 자칫 작가의 지식의 양과 질을 실제와 대비하여 계량하는 결과를 낳을 수 있다. 이 비교는 1968년 『월간중앙』연재본과 1971년의 단행본, 그리고 최근의 전집판을 비교했을 때에 좀 더 정밀할 수 있다. 본고의 작품인용은 2006년 한길사 판 『관부연락선1, 2』을 저본으로 삼았다. 이하 인용에서는 서명과 면수만 병기.

98) 이병주, 『허망과 진실1』, 생각의나무, 2008, 236면.

99) 안경환, 앞의 책, 89면.

문학적 소양은 일본인들과 유사하게 지식인의 자의식을 그려내는 데 유용하게 작용한 것으로 보인다.

> 고등학교는 엄두도 못내고 3류 대학의 예과에도 붙을 자신이 없는 패들이면서 법과나 상과쯤은 깔볼 줄 아는 오만만을 키워가지곤 학부에 진학할 때 방계입학할 수 있는 요행이라도 바라고 들어온 학생은 나은 편이고 거의 대부분은 그저 학교에 다닌다는 평계를 사기 위해 들어온 학생들이었다. (중략) 모파상의 단편 하나 원어로 읽지 못하면서도 프랑스 문학을 논하고 칸트와 콩트를 구별하지 못하면서 철학을 말하는 등, 시끄럽기는 했으나 소질과 능력은 없을망정 문학을 좋아하는 기풍만은 언제나 신선했기 때문에 불량학생은 있어도 악인은 없었다.[100]

유태림이 속한 '3류 대학 전문부 문학과'는 식민지 핵심기제의 변두리이다. 이들에게 문학이란 출세의 교양주의와는 거리가 먼 비현실적인 유희였다. 그러나 문학에 진지하게 접근할 경우 문제의 발단이 될 수 있다. 지방 부호의 아들 E와 중견작가의 아우 H의 등장은 이를 상기시킨다.

> 현재 일본문단의 대가이며 당시에도 명성이 높았던 중견작가 H씨의 아우라는 사실에다, M고등학교에 들어가자마자 불온사상 단체의 실제 운동에 뛰어들었다는 경력까지 겹친 후광이 있었고[101]

구제 고등학교 출신의 일본인 수재와 식민지 수재 유태림과의 만남은 전문부의 수준을 넘어 식민지 체제와 세계사를 논하는 지적인 유희로 이어진다. 이들의 담화는 프랑스로 대표되는 서구의 문학세계와 고바야시 히데오(小林秀雄), 미키 기요시(三木淸) 같은 당대의 지성을 포괄할 만큼 방

---

100) 『관부연락선1』, 13면.
101) 『관부연락선1』, 15면.

대하다. 고등학교-제국대학-고등문관의 출세가도를 포기한 청년들은 문학이라는 관심사를 공유하며 식민지 현실을 비판적으로 인식하기에 이른다.[102] 그 결과로 제출된 것이 '관부연락선'이라는 표제를 단 유태림의 수기이다. 이들은 관부연락선으로 대표되는 한일 관계사를 탐구하면서 문명론적인 핵심을 향해 나아가는 담론의 담지자의 위치에 설 수 있었다.

그렇다면 유태림의 문학은 식민지배에 대응하는 가치를 가질 수 있을까. 달리 말해 문학이 식민지에 대한 반성에 효과적일 수 있을까. 이 물음은 보편적 문명을 지향한 유태림의 문학적 열의와 관련된다. 유태림에게 서구문학은 인류보편의 가치를 담지하여 조선의 운명을 구원할 근거처럼 보인다. 이에 따르면 문학의 가치는 두 갈래에서 가능성을 가질 것이다. 문학의 성취가 인류 보편성을 통해 식민성을 비판하는 데 이른다면, 문학은 긍정적인 대응담론을 구축할 수 있다. 이와 반대로 문학이 식민지적 교양 내부에서 차이와 차별을 확정하는 경우라면, 문학이란 식민지의 동어반복이 될 수도 있다. 따라서 유태림-학병세대의 지적인 기원을 밝히는 일은 식민성 해석의 또 하나의 판본을 확인하는 작업이 될 것이다. 『관부연락선』에 풍성하게 삽입된 문학적, 문화적 기원은 당대의 일본의 대중 교양을 위시하여, 일본이 보유한 세계문학의 지평을 모두 망라한다. 그뿐만 아니라 당시 절정을 누렸던 제국의 물질문명과 대중문화들도 포함된다. 일본을 통해 경험한 선진 문화는 학병세대의 지적 자양분이자, 수기 '관부연락선'을 서술하게 만드는 원동력이다. 유태림의 수기는 일본은 통해 전수받은 보편성이 식민지 조선에서 재현될 가능성을 실험한 장이었다.

이 지점에서 유태림의 글쓰기는 근대적 보편성의 식민지적 번역이라고

102) 관부연락선에서 만난 조선인 '권'은 제국의 출세가도를 밟은 인물로 일본인보다 더 철저하게 제국에 충성한다. 그렇지만 권의 논리는 일본인 사내의 도의론 앞에서 힘을 잃을 수밖에 없다. 유태림은 권의 모습을 통해 제국의 체제에 불응하는 가능성을 확인할 수 있었다. 『관부연락선1』, 285-287면.

명명할 수 있다. 예컨대 프랑스 문학의 정수를 받아들이되, 이를 다시 조선의 상황으로 다시 쓰기는 작업은 조선을 인식하는 동시에 그 경로가 무엇인지를 노출하는 행위이다.[103] 관부연락선의 역사와 독립지사 원주신의 정체를 찾아 나선 도중 유태림과 E는 다시 문학과 만난다. E는 "사색의 훈련을 한답시고" 수학책을 읽은 반면, 유태림은 랭보를 읽는다. 수학과 랭보 사이에 격차가 존재하지만 근대적 학문이라는 범주 속에서는 하나로 묶인다. 차이가 있다면 E가 순수한 사유, 즉 철학을 상상한 반면, 유태림은 랭보의 시를 조선의 상황으로 번역함으로써 문학의 효용을 시험했다는 점이다. 유태림의 번역은 다음과 같다.

> 이 우상, 검은 눈, 검은 머리, 양친도 없고, 하인도 없고, 동화보다도 고상한 조선인이며 일본인. 그 영토는 오만하게 드높은 감벽의 하늘, 푸르른 들, 뱃길도 없는 파도를 헤쳐 당당하게도 일본, 조선, 중국의 이름으로 불리는 해변에서 해변으로 이른다.[104]

랭보의 「소년기」에 등장한 프랑스, 멕시코 등의 기호가 일본인, 조선인으로 번역되었을 때 식민지 현실은 더욱 분명해진다. 그러나 번역은 최종적으로 식민지에 대한 비판대신 원작의 고유한 가치를 재확인하는 지점에 머문다. 원시의 마지막 구절 "아아, 어쩌란 권태일까! '안타까운 육신'과 '안타까운 마음'의 시간"은 번역을 통해서도 변형되지 않았는데, 이는 랭보가 20세기 문명 앞에서 마주한 권태가 식민지 조선의 현실에서도 동일하게 유효했기 때문이다. 이것이 랭보와 프랑스 문학의 힘이다. 프랑스 문

---

103) 번역이론에서 번역은 타자의 언어를 전유하는 문화비평의 한 형식으로 정의된다. 문화비평으로서의 번역이란 번역불가능성에 근거한 다시 읽기, 혹은 다시 쓰기의 형식으로 성립된다. 앙드레 르페브르(André Lefèvre)에 따르면, 번역은 본질적으로 재기술(再起述)이며, 재기술의 과정에는 공시적 이데올로기에 따른 다중적인 의미 굴절(refraction)이 개입된다. 早川敦子, 『飜譯論とは何か』, 東京: 彩流社, 2013, 63~68면.

104) 『관부연락선2』, 33~34면.

학의 보편성은 조선의 근대사 탐구를 중단시킬 만큼 매력적이다. 랭보의 문명사적 보편성 앞에서 유태림이 발견한 것은 권태의 조선적 특수성이 아니라 권태 그 자체의 황홀감이다.

> 14세에 시작, 21세에 끝낸 시작으로 프랑스 문학사에 찬란한 광망을 던진 아르튀르 랭보는 우선 그 기구한 운명으로써 우리들을 사로잡을 마력을 지니고 있었다. 게다가 본인이 말한 대로 연금술사를 자처했듯이 그 황홀하고 유현한 시는 읽는 사람으로 하여금 일종의 치매상태에 빠지게 한다.105)

랭보의 시는 조선이 경험하지 못한 권태를 상상하게 만들어 '치매상태'에 빠뜨릴 정도로 황홀하다. 이처럼 위대한 랭보를 변역할 때 강조되는 것은 조선의 현실이 아니라 서구 문학의 위대함이다. 제국의 불문학을 통해 경험한 랭보를 읽는 일, '누런 머리'를 '검은 머리'로, '멕시코인'으로 '조선인'으로 고쳐 쓰는 행위는 서구 문학의 보편성을 식민지 청년의 내면에 장착하는 과정이다. 번역은 이를 위한 필수적인 절차였다.106) 서구 문학의 위대함을 확증하기 위해 식민지의 상황에서도 그 보편성이 재현된다는 사실을 실증해야 했기 때문이다. 식민지 학문 체제 속에서 수입한 서구 문학의 보편성을 증명하고 이를 식민지적 상황으로 번역하는 일련의 문학적 행위는 식민지 지식인, 특히 학병세대 내면형성의 필요조건이었다.

보편성을 지향한 피식민 민족의 문명사적 기획은 종종 식민성의 함정에 빠질 위험에 노출된다.107) 그들이 지향한 보편성이 결국 식민성의 범

---

105) 『관부연락선2』, 34면.
106) 이 장면에서 유태림은 프랑스어로 된 랭보를 읽고 자신의 언어로 번역했는데, 그 언어가 일본어인지 조선어인지는 명확하게 언급되지 않는다. 사실 여기서 번역의 도착어는 그다지 중요하지 않다. 유태림에게 랭보의 번역에서 언어는 문제시되지 않았으며, 조선과 검은머리라는 식민지의 상황으로 전환되었다는 사실만이 강조되었기 때문이다.
107) 김택현, 앞의 책, 61-63면.

주임이 드러날 때 식민지 비판의 가능성은 의심받는다. 랭보를 번역함으로써 서구 문학의 보편성이 조선의 현실에 의해 굴절되는 현장을 목격할 여지가 충분했지만, 유태림은 그와 정반대로 보편성이 담보한 황홀경에 매몰되고 만다. 서구 문학의 보편성을 상상하는 기제에 일본, 혹은 세계와의 관계가 내재해 있는 한 식민성의 함정을 피하기는 어렵다. 서구 중심의 세계문학이라는 상상 속에 내재한 일본과 서구와의 비대칭적인 관계는 조선에서도 반복된다. 일본이 상정한 세계문학은 조선에서도 여전히 보편성의 기원이 되며, 이를 수용한 지식인에게 세계문학은 불가침의 보편성을 의미하게 된다. 세계문학에 접근하는 지점에서 조선의 현실이 드러나더라도 이는 보편의 해석상의 결과일 뿐이다.

이처럼 『관부연락선』은 일본과 조선의 식민지적 관계를 드러내고 있다. 『관부연락선』의 서사는 일본을 통해 경험된 서구 문학의 가치를 인정하는 데서 시작된다. 유태림이 전쟁 중에도 좋은 어떤 보편성은 식민지의 부정성을 드러내기 위한 것이 아니라 체험과 인식의 경로를 드러내기 위한 것이었다. 학병체험 서술이 전쟁 그 자체가 아니라 전장에서 펼쳐진 지식인의 내면에 초점이 맞춰진 것은 이 때문이다.

> 60만 인의 잠이 눈 날리는 새벽의 고요를 이루고 있다는 사실에 태림의 의식이 미치자 빙판을 이룬 듯한 태림의 뇌수 한구석에 불이 켜지듯 보들레르의 시 한 구절이 떠올랐다. "너희들! 짐승의 잠을 잘지어다!" (중략) 유태림은 터무니없는 국면에서 보들레르의 이단을 모방한 스스로의 오만에 야릇한 감회를 느껴보면서 자기가 하잘 것 없는 일본군의 보초임을 깨닫고, 잠자지 못하는 하잘것없는 보초가 잠들어 있는 사람들에게 대해 깨어 있는 자의 오만을 모방해본다는 것은, 거리를 끌려가는 사형수가 그 뒤를 따르는 구경꾼에게 대해 느껴보는 허망한 오만과 비슷하지 않을까 하는 생각도 가져보았다.[108]

---

108) 『관부연락선1』, 108-109면.

유태림은 보초로서 전장을 지켜보면서 문득 보들레르를 떠올린다. 보들레르의 문학이란 학병이라는 현실을 극복하기 위해 소환된 것이 아니다. 오히려 사형수가 구경꾼을 대하듯, 현실과 동떨어진 심정적인 보상의 차원에서 전개된 지적인 사유의 한 단면이다. 유태림이 말한 '보초의 사상'에는 보들레르 외에도 괴테, 베토벤, 톨스토이, 도스토예프스키 등 서구 문화 전반이 개입해 들어온다. 이때 유태림의 학병체험을 완성시키는 조력자는 철학교수 이와사키이다. 이와사키의 식견과 윤리는 유태림에게 안도감과 존경의 대상이 될 만큼 결정적인 영향을 미친다.[109] 식민지 지식의 체계는 문학에서 철학에 이르기까지 폭넓은 스펙트럼으로 펼쳐져 있었다.

문제는 유태림의 식민지적 보편성이 식민 이후에도 여전히 유효하다는 사실이다. 두 번에 걸쳐 인용된 『루마니아 일기』[110]에서 보듯, 식민지 시기의 문화적 경험은 해방공간에서도 의미화의 준거로서 작동한다. 『루마니아 일기』는 학병지원의 순간에도 인용되지만[111] 해방공간에서 여운형 암살 사건의 평가에도 유효하게 활용된다. ""유산탄 하나면 없어져버리는 인간이 어째서 정신적 통일체일 수가 있단 말인가." 한스 크라비나의 외침이 나의 가슴속에서 고함을 질렀다."[112]라는 서술은 식민 이후의 사건이 식민지의 지적 경험에 의해 의미화될 수 있음을 보인다. 달리 말해 유태림이 인용한 『루마니아의 일기』란 일본이 수입한 서구 문화를 조선 지식인이 재번역한 판본이다.

식민지 지식체계는 『관부연락선』이 쓰인 1960년대 후반의 상황에도 적

---

109) 유태림은 "이와사키와의 대화를 생각하고 있으면 마음이 포근할 수가 있다"라고 말하며, 일사병환자에게 수통을 내어주는 이와사키의 윤리적인 태도에 감동을 받는다. 『관부연락선1』, 113면.
110) 『루마니아 일기』는 일본에서 1935년과 1941년에 두 종의 번역서가 나왔을 만큼 대중적이었다. 한국에서는 1970년대에 들어서 처음 번역된 사정을 고려한다면, 학병세대의 지적 기원이 어디에 있는지를 짐작할 수 있다.
111) 『관부연락선2』, 364면.
112) 『관부연락선2』, 135-136면.

용된다. 작품 속에서 불친절하게 등장하는 지적 배경은 작가 개인의 경험
의 차원을 넘어서서 소설이 서술되는 시점의 상황에 대입가능하다. 1960
년대 일본문화를 두고 펼쳐진 분열 양상은 세대론적인 차이와 겹친다. 이
분열이 접합되는 지점에서 이병주/유태림의 지적 환경을 찾을 수 있다. 일
본문화 수입에 중추적 역할을 한 이병주/학병세대의 문학적 경험이 비록
신세대 작가에 의해 소외되었지만,[113] 그것이 1960년대에 전적으로 단절
되었다고 단정하기는 어렵다. 1960년대 고급 일본문학의 번역자들이 주로
학병세대였으며, 중역된 세계 사상도 이들에 지적능력에 의거했을 가능성
이 크다. 이는 일본문학의 맥락들이 한국의 시공간에서 재조정됨을 뜻하
는 것으로, 일본문학의 분열이 아니라, 한국에서 문학적 분열이 일본을 통
해 가능했다는 점을 적시한다. 1960년대 이병주의 문학적 서술이란 곧 식
민지에서 경험된 문화 제도의 1960년식 전환, 혹은 번역의 한 양상으로 읽
을 수 있다. 이는 1960년대 한국 문학이 일본에 대응하는 한 지점이었다.

2) 식민 전후를 관통하는 역사 쓰기

일본이라는 경로를 거쳐 문학을 서술하는 행위, 식민지 경험을 바탕으
로 1960년대의 맥락에서 문학을 의미화하는 행위는 문학이라는 대상의 수
용과 전환, 즉 큰 의미에서의 번역의 차원으로 이해할 수 있다. 문학이라
는 대상이 일본을 통해 한국에 당도하는 과정을 번역의 차원으로 이해한
다면, 식민성을 관통한 1960년대 한국의 역사 서술의 방식도 마찬가지로
분석할 수 있다. 다음의 장면은 이와 관련하여 의미심장하다.

> "윤심덕이 직금 살아 있었으면?"
> "세키야 도시코關屋敏子 정도는 못되었을 게고 세키타네코關種子 쯤
> 이나 되었을까?"

---

113) 김윤식, 『한일 학병 세대의 빛과 어둠』, 소명출판, 2012, 144면.

"그렇다면." 하고 E는 말했다. "윤과 김의 자살사건은 그 원인이 어디
에 있었건 한갓 에피소드에 불과하다 이에 비하면 우리의 원주신은 바
로 역사다. 여기서 매력은 원주신에게 있다."114)

유태림과 E는 현해탄에서 자살한 원주신과 윤심덕을 비교한다. 윤심덕
은 통속, 원주신은 역사라는 말에는 30여년의 시차를 뛰어넘는 서술상황
이 드러나 있다. 둘의 대화는, 윤심덕이 당대의 일본 여가수와의 비교를
통해 평가되듯이, 원주신의 존재는 윤심덕을 소재로 삼은 현재의 시점에
서 평가될 때 비로소 역사로 성립될 수 있음을 암시한다. 『관부연락선』에
포함된 한일 관계사, 혹은 한국 근대사 서술은 이 지점에서 발생한다. 유
태림과 E가 관부연락선의 역사를 발굴하고 원주신의 정체를 규명하는 작
업은 식민지 내 학문으로서의 역사를 써나가는 행위이다.

『관부연락선』의 서술 층위는 몇 가지로 나뉜다. 첫 번째는 이선생이 서
술자의 위치에서 유태림 행적을 서사화한 글쓰기이며, 두 번째는 유태림
이 수기에 담긴 관부연락선의 역사, 그리고 한국 근대사의 서술이다. 그리
고 마지막으로는 E와 H의 서신으로부터 시작된 이선생의 발화로, 앞의
두 이야기의 외부인 1960년대 후반에 존재하는 이야기이다. 세 이야기가
액자형식으로 구성된 『관부연락선』은 각각의 층위에서 역사로서의 과거
와 현재를 서술한다. 첫 번째가 학병과 해방공간의 유태림의 행적을 담고
있다면, 두 번째 층위에서는 20세기 초의 조선의 역사와 1930년대말 동경
유학의 시간을 담고 있다. 그리고 세 번째 층위에서는 액자의 외부에서 20
세기 초에서 1960년대 후반에 이르는 시간의 격차를 아우르며 하나의 글
쓰기 주제를 형성한다. 그 주제의 핵심에는 식민성이 놓여 있다. 식민지를
관통한 유태림의 글쓰기를 통해 식민지 이전의 역사와 식민 이후 한국이
겪은 분단의 문제가 하나의 서사로서 갈무리 된다. 『관부연락선』의 두 화

114) 『관부연락선1』, 295면.

자인 유태림과 이선생은 연쇄적으로 과거의 사건을 자신의 시간에서 의미
화한다. 유태림이 20세기 초와 식민지 현실을 연결하고 있다면, 이선생은
1960년대의 시점에서 학병과 분단을 하나의 사건으로 엮는다. 이들은 현
재의 관점에서 과거를 해석함으로써 각자의 역사 쓰기를 진행한다.

우선 유태림의 역사 쓰기를 살펴보자. 유태림의 한일관계사는『대한매
일신보』에 실린 매국노 송병준 관련 기록으로부터 시작하여, 식민지로 떨
어질 수밖에 없는 조선의 운명을 파헤친다. 여기에는 조선의 문제점뿐 아
니라, 유태림의 역사 쓰기의 욕망, 즉 전쟁의 소용돌이 속에서 제국주의와
민족주의의 위기를 하나의 역사로 확정하려는 욕망이 내재해 있다. 이는
유태림 개인의 욕망을 넘어서 과거를 역사를 재구성하려는 민족적 시도로
확장될 수 있다.115) 민족의 과거를 보편의 역사로 재구성함으로써 식민지
를 특수한 사건으로 전환시키고, 민족의 역사를 인류보편성의 틀 속에서
재정립하려는 것이 민족사의 최종목표이다. 그러나 유태림의 역사 쓰기가
식민성을 극복할 수 있을지는 의문으로 남는다. 근대성과 보편성의 향한
민족사의 기획과 식민지 근대성은 뚜렷이 구분되지 않기 때문이다. 역사를
발견할수록 조선의 근대성과 합리성은 미달의 형태로 증명되고, 그 결과
식민의 함정, 혹은 간계 속에 조선의 역사는 고착된다. 유태림의 '관부연락
선사(史)'가 발견한 과거도 이 지점에 있다. 송병준의 정체성은 한 개인의
일탈과 인격적 결함으로 설명될 뿐, 전체 역사의 행방은 변하지 않는다.

송병준이 아니었다면 조선의 역사는 어떻게 되었을까.

> 한일합방은 불가피한 일이었다. 그렇다손 치더라도 송병준 같은 인간
> 의 활약으로 이루어졌다는 것은 한국으로서 치욕이며 일본을 위해서도
> 불행한 일이라고 생각한다. 이용구, 송병준, 이완용이 없었더라면 한일

---

115) 인류 보편에 부합하는 민족사 만들기는 식민지 과거를 에피소드적인 것으로 바꾸어 놓
는다. 그 결과 부정적인 과거는 민족의 본질과는 무관한 것으로 절하될 수 있다. 빠르타
짯떼르지, 앞의 책, 286-289면.

합방이 이루어지지 않았으리라곤 생각할 수 없다. 그러나 이런 분자가 없었더라면 이왕 합방이 되더라도 민족의 위신이 서는 방향으로 되지 않았을까 한다. 이들 가운데 송병준이 가장 비열하고 간사한 인물이었다는 것은 기록을 종합해보면 안다.[116]

유태림은 송병준의 인격과 한일합방을 아우르는 역사의 결론에 도달한다. 송병준에 비하면 이완용은 인간적인 면모, "한조각의 진실, 한 가닥 고민의 흔적"[117]을 갖춘 인물이다. 이완용의 인간적인 내면이 미국에서 겪은 모멸과 병치되어 한일합방은 필연적인 결과로 인식된다. 그리고 송병준의 인격은 식민지 역사의 외부로 밀려난다. 예외적인 악인을 제외하면 식민지 역사는 이완용의 내면처럼 역사적 보편성에서 벗어나지 않는다. 송병준에 대한 분노는 『대한매일신보』에 게재된 분노의 시가와 함께 원주신이라는 존재를 통해 심정적으로 해소됨으로써 역사 속에서 용해된다. 시가에 나타난 분노의 감정은 식민지에 대한 분노가 아니라 식민지 현실에 대응하는 보편적 감정이라는 점에서만 타당하다.

1930년대 말의 상황을 고려하더라도 유태림의 역사 쓰기의 한계는 분명하다. 제국주의 체제를 인정하고 송병준의 인격에 의문을 제기하는 데 그친 유태림의 인식은 식민성에 대한 반성으로 이어지지 않는다.

나 역시 그런 의문을 가졌다. 흔하게 난무한 테러가 어떻게 송병준을 칠십 가까운 나이까지 살다가 고이 천수를 다하도록 내버려두었을까하는 데 대한 의문이 없지 않을 수 없었다.[118]

유태림은 식민지 체제가 아니라 피식민 민족의 반응에 의문을 제기한다. 유태림이 발견한 송병준의 패악과 조선인의 대응은 감정적 대응-분노

116) 『관부연락선1』, 149면.
117) 『관부연락선1』, 155면.
118) 『관부연락선1』, 158면.

와 테러의 형식으로서만 인정받을 수 있다. 따라서 원주신이라는 저항조직은 조선인의 감정적 대응의 존재를 증명한 채 필연적으로 실패할 수밖에 없으며, 그 실패로써 조선인의 감정이 해소되는 식민지적 논리정합성이 다시금 확인된다. 이를 파헤치는 작업인 역사 쓰기는 유태림에게는 환멸과 우울을, E에게는 매력을 선사한다.

학문의 외피를 두른 제국의 지식체계는 조선인 유학생과 일본인 사이의 격차를 줄여주는 역할을 한다. 유태림은 제국의 교양을 통해 E, H와 우정을 쌓을 수 있었다.[119] 제국의 교양은 때로는 식민지 체제에 대응하는 미덕으로 작용하기도 한다. 일본 경찰의 사상적 통제에 맞선 "슬라브적 게마인샤프트와 게르만적 게젤샤프트"니, "핫코이치우(八紘一宇)의 정신은 곧 우주정신"이니 하는 현학적인 언설의 원천이 식민지 제도가 제공한 보편적 학문의 세계임은 충분히 짐작할 수 있다.[120] 유태림의 프랑스 편향이 교양주의의 결과이듯, 그의 역사 쓰기 또한 객관적 학문의 범주에서 벗어나지 않았다.

> "정열 없이 역사를 읽어서도 안 되지만 역사를 읽을 땐 어느 정도 주관을 객관화시키려는 마음먹이가 필요하지 않을까. (중략) 송병준이란 자의 인품이 비열하고 그자가 쓴 책략은 추잡하기 짝이 없지만 그자의 행동방향, 그자가 내세운 목적은 옳았다고까진 말할 수 없어도 불가피했던 것은 아니었을까 하고. 결과적으로 그렇게 되어 있지 않나, 이 말이다."
>
> 증거로서의 현실이 그렇게 되어 있는데야 내게 할 말이 있을 수가 없다. 그러나 뭔지 그 의견에 동조하기 싫은 기분이 솟았다. 나는 송병준 같은 놈들만 없었더라면 역사가 다르게 씌어질 수도 있었을 게라고 짤막하게 말했다.[121]

---

119) 유태림은 E와 H 사이에서 벌어진 고바야시-미키 논쟁에 대해 판정을 내릴 만큼 제국의 교양에 충실한 인물이다. 『관부연락선1』의 '유태림의 수기2' 에피소드는 유태림의 지적 역량을 과시하며 이를 통해 세 청년의 우의가 형성될 수 있음을 보여준다.

120) 『관부연락선2』, 172–173면.

유태림이 쉽사리 동조할 수는 없었지만 E가 내세운 역사성 인식, 즉 객관으로서의 역사라는 틀은 거부할 수 없다. E가 말한 객관성의 범주를 거부하서고는 유태림의 역사 쓰기는 중단될 처지이다. 이 때문에 유태림의 역사 쓰기는 친일의 논리를 비껴설 수 있었다. 한일합방이 합리성의 결과이듯, 이를 수용하는 유태림의 글쓰기의 흔적들은 역사의 객관성을 증명하는 해(解)인 셈이다.

대신 유태림의 역사 쓰기는 전근대 조선의 역사로 향한다. 조선 역사의 '프라이드'에 해당하는 다산 정약용은 역사의 객관성 내에서 평가된다. 이에 따르면 『목민심서』란 "어차피 망할 나라였으니까 민족이니 조국이니 하는 관념을 말쑥이 씻어버리라는 데 의도122)"를 가진 저술이다. "가혹한 정황 속에서도 예의를 지켜온 조선민족의 위대성"이라는 자조(自嘲)와 허무를 배제한다면, 정약용의 정신이란 개혁의 가능성을 가리킬 수 있다. 그러나 그 개혁의 방향도 역사성의 사고를 벗어나지 않는다. 다음과 같은 진술은 유학생들의 역사의식의 행방을 볼 수 있다.

> 정다산 같은 현실주의에 처한 사람이 허무주의자로서 낙착되지 않을 수 없을 것이란 확신도 들었다. 만일 스스로의 허무주의를 가슴 속에 숨겨두고 개혁의 가능을 믿는 척 목민심서를 썼다면 더욱 위대하다고 아니할 수 없다.
> 황도 최도 나의 의견에 동의하는 성싶었다.
> "목민심서를 읽고 있으니 동학란이 일어난 사정을 잘 알 수가 있어."
> 이 말에 최가 벌떡 일어났다.
> "그러면 정다산은 한국의 마르크스다. 그 목민심서라는 것은 자본론에 해당하는 거고…… 그렇다면 정다산은 결단코 허무주의자가 아니다."123)

121) 『관부연락선1』, 227면.
122) 『관부연락선1』, 245면.
123) 『관부연락선1』, 248-249면.

『목민심서』는 유학생들의 사유를 건너면서 각기 다른 국면 속에서 의미를 획득한다. 처음에는 조선의 몰락, 나아가 한일합방의 당위성을 증명하는 논리와 감정 속에 『목민심서』는 존재한다. 이 감정은 '황'이 말한바, 반어적, 자조적 태도와 연결된다. 반어적 의미의 위대함은 유태림식의 사유와 반성 속에서는 다시 허무주의의 사상으로 이어진다. 그리고 마지막으로 혁명론의 가능성으로도 확장된다. 유학생들의 대화는 과거로부터 의미를 추출하는 역사 쓰기의 한 사례이다. 이를 학문의 이름으로 연장한 지점에 유태림과 E의 글쓰기가 자리한다. 송병준, 원주신이 정념의 차원에 존재한다면, 이를 의미화하고 역사로서 서술하는 행위, 유학생들의 상념의 주고받음 속에서 허무주의와 혁명론이 돌출되는 방식은 여러 층위로 나뉜 『관부연락선』 글쓰기의 본질과 일치한다.

유태림의 식민지 역사 쓰기가 분단 역사 쓰기로 이어질 때 한국사 전체의 기획은 완성된다. 이를 실행하는 화자는 작가 이병주와 가장 가까운 서사적 거리를 유지한 이선생이다. 이선생은 유태림의 행적을 좇으며 해방공간의 상황을 식민지와 연결된 역사로 설명하려는 욕망을 드러낸 바 있다. 학병에서 만난 좌익분자의 기록, 그리고 해방공간에서의 대립과 대화의 기록은 이선생의 서술 시간인 1960년대 후반으로까지 끌어올려진다.124) 이선생은 1960년대말의 정치적 맥락을 안고 유태림의 기록에 접근한다. 이때는 군사정권이 민족적 민주주의를 시험하던 시점으로, 그에 대한 불온의 가능성도 이때 불거질 수 있었다.

---

124) 이선생은 유태림의 '관부연락선'을 직역한다고 진술한다(『관부연락선1』, 135면). 그러나 직역은 해방이전의 행적에 한정되는 것으로, 학병체험과 해방공간의 사건은 이선생의 서술에 의해 구성된다. 그리고 직역이라는 소설적 장치를 동원했지만, 유태림의 수기는 1960년대 말의 상황에 수렴된다. 이를 보여주는 증거로 몇 가지의 착오를 들 수 있는데, 식민지 시기 유태림의 서사의 시간에서 빈번히 등장하는 '한국', '한국인'이라는 오류가 한 예이다. 이와 같은 오류를 통해 서술의 시간의 준거가 1960년대에 있음을 짐작할 수 있다.

그 원고의 대부분이 한일합방과 한국 독립운동에 관한 새로운 해석으로 이루어져 있는데, 그것을 썼을 당시엔 일본측에서 불온시할 내용이었지만 귀국이 독립한 지금에 와서 보면 되레 귀국측에서 불온시할 수 있는 내용의 것이 더러는 있다는 점이다. 그러니 E의 간독성실(懇篤誠實)한 해설이 붙지 않으면 그 원고의 가치가 살아나지 않는다는 것이다.[125)]

'관부연락선'의 불온성에는 수기가 쓰인 1943년과 소설의 서술된 1960년대의 격차가 개입한다. 전자에 비하면 후자의 불온성은 불분명한 편이다. 해방 이후 이데올로기의 문제에서 온건함을 유지했던 작가의 상황을 고려했을 때, 1960년대의 불온이란 역사 해석의 문제와 연관시킬 수 있다. 식민지배의 역사를 서술하려는 민족사의 기획에 유태림, 혹은 이병주의 역사 쓰기가 개입할 경우, 민족사와 상충하는 해석의 지점이 돌출하기 때문이다. 유태림의 수기 '관부연락선'은 식민지 과거에 대해 "두 세줄 밖에" 서술하지 않은 공식적인 역사에 대립하는[126)] 역사를 꾀한 불온의 증거로 충분하다.

실상 1960년대의 불온의 혐의는 학병세대의 역사 쓰기의 시도 자체에 씌워져 있었다. 그렇기에 『관부연락선』의 작가는 1960년대의 상황에 민감하게 반응할 수밖에 없었다. 민감한 현실감각은 때로는 서사 밖에서 개입되기도 한다.

본문 중, 이름을 바꿔 놓았지만 그 안(安)이란 인물은 6·25 전후를 통해 묘한 역할로서 역사에 등장한 실재 인물이다. 그는 귀국하자 조선 공산당에 가입, 당 간부로 활약하다가 6·25 몇 달 전에 체포되어 전향하고 이주하, 김삼룡을 잡아 대한민국의 관헌에 넘겨주었다는 사실이 오제도라는 검사가 쓴 『붉은 군상』에 기록되어 있다.[127)]

125) 『관부연락선1』, 26-27면.
126) 『관부연락선2』, 57면.
127) 『관부연락선1』, 97면.

　　이만갑은 본명이다. 일제말기 관부연락선을 이용한 사람은 이 이름을
들으면 대강 기억할 것이다. 이만갑은 한국이 독립하기 직전, 고향인 경
남 창원군 진동면에서 살 수가 없어 밀선을 타고 일본으로 건너갔다고
들었다. 지금 버젓한 교포노릇을 하고 있을는지 모른다. 소설에 본명을
기입하는 것은 사도(邪道)인 줄 알지만 그자에게 화를 입은 많은 동포를
위해서 관부연락선의 필자로선 그렇게 하지 않을 수 없는 심정이 된 것
이다.128)

　　위 인용은 주석의 형태로 작가가 개입한 사례이다. 내포 화자 이선생과
실제 작가 이병주가 목소리가 혼재되어 있는 주석은 『관부연락선』의 중
요한 서술지점을 가리킨다. 『붉은 군상』은 실재하는 책으로 주석의 내용
과 일치한다.129) 가명 혹은 실명을 선택한 데에는 1960년대의 정치 감각이
작동했을 가능성이 크다. 실존인물 안영달에게는 전향의 문제가 민감하게
남은 반면 이만갑은 단죄의 과정 없이 한국을 떠난 사실이 서술에 영향을
끼친 것이다.130)

　　실제 작가에 근접한 화자는 체험과 지적 역량을 동원하여 식민지와 해
방공간을 하나의 역사로 연결한다. 식민지 전후를 연결하는 결정적인 매
개는 좌익 인물들이다. 유태림이 만난 선동가 안달영은 지도자적 영향력
에도 불구하고 좌익사상의 본질적인 문제를 드러내었으며, 해방공간에서
민족의 적이라는 점이 부각된다. 좌익의 이론은 본질적으로 허구적일 뿐

---

128) 『관부연락선2』, 77면.
129) 오제도, 『붉은 군상』, 희망출판사, 1953, 102면.
130) 1960년대의 현실이 개입한 사례는 학병을 도운 은인의 소개(『관부연락선1』, 134면), C시
　　의 출세한 동기들에 대한 자랑(『관부연락선1』, 107면.) 등을 들 수 있다. 이런 사례 중에
　　는 허구와 구분되지 않은 경우도 있다. 유태림 수기에는 박순근의 경우 "박순근은 경남
　　진양군 문산면 출신. 1943년 나카노 세이고 씨가 당시의 수상 도조의 헌병대에 강박당해
　　자인한 직후, 스가모의 하숙에서 자살했다. 나카노의 죽음과 더불어 그의 꿈이 깨진 것
　　을 깨닫고 절망한 탓이 아니었을까 한다."라고 서술되어 있다(『관부연락선2』, 185면). 하
　　지만 이 내용만으로 박순근이 실존인물인지는 판명하기 어렵다.

아니라 반민족적이라는 사실을 근거로 식민지와 해방공간은 민족사 구성
에서 가장 중요한 시기로 정위된다. 반공 이데올로기를 근간으로 좌파의
책략을 분쇄할 때 민족적 민주주의가 완성될 수 있다는 논리는 식민지와
해방공간의 시기를 관통한 이데올로기였다. 이선생의 서술전략은 식민지
전후를 하나의 민족사로 수렴하는 데 성공한 듯이 보인다. 좌우 이데올로
기의 대립이 이미 식민지 시기에 시작되었으며, 이 문제가 해방공간에서
불거졌을 때 유태림과 같은 학병세대 지식인이 주도적으로 사상투쟁을 전
개해 나갔다는 점을 강조함으로써 민족사의 핵심에 도달할 수 있었다.

결국 학병세대의 역사 쓰기는 1960년대 현실의 맥락에서 최종적인 의미
를 획득한다. 『관부연락선』의 비서사적인 토론은[131] 공산주의의 허구성을
비판하는 데 초점이 맞춰지는데, 이는 "공산주의 이론을 철저하게 연구"
하여 "그 생리와 병리에 대해 통달"[132]한 학병세대만의 고유한 지적 성과
이다. 공산주의의 문제점을 비판하고 분단의 역사를 사유할 수 있다는 자
신감은 이병주의 작가의식과 일치한다. 『관부연락선』 이후 『지리산』(1972)
과 『남로당』(1987)에 이르는 작품은 현대사를 사상사적으로 이해하고 평가
하려는 이병주 소설 쓰기의 사명이었다. 그리고 그 사명은 항상 현실과
길항하며 실천되었다. 『관부연락선』은 1960년대 이병주가 처한 정치적 입
지 속에서 쓰였다. 정치적 억압을 경험한 이병주는 소설로써 자신의 사상
을 증명하려 했다.[133] 정치적 포즈 대신 공산주의에 대한 탐구로써 정치

---

131) 『관부연락선』에는 전형적인 소설 형식과 거리가 있는 발화가 자주 등장한다. 화자의 서
    술 없이 직접인용된 대화를 연쇄적으로 병치하는 경우를 흔히 볼 수 있다. 이보다 더 일
    탈적인 경우는 '탁류 속에서', '불연속선' 등의 장에 등장한 극 형식의 토론이다.

132) 『관부연락선1』, 332면.

133) 5·16 직후 필화사건으로 옥고를 치른 이병주가 소설 양식으로써 정치현실에 맞서려 했
    다는 사실은 익히 알려진 바이다. 이병주는 「소설 알렉산드리아」를 필두로 군사정권의
    현실을 상기시킬 만한 작품들은 내 놓았다. 그의 소설은 알레고리의 장치를 활용하거나,
    환각으로써 현실에 대응했다.(손혜숙, 「이병주 소설의 역사서술 전략 연구-5·16소재 소
    설을 중심으로」, 2장 및 고인환, 앞의 글, 3장). 그러나 문학적 전략은 정치상황에 따라
    부침을 거듭하기도 했다. 1970년대 중반 이후 이병주는 군사정권에 친화적인 태도를 보

적 상황을 극복하려 한 이병주의 의지가 『관부연락선』에서 번다한 토론과 분석으로 나타나는 것은 당연한 일이다. 식민지와 분단을 지식인 청년으로서 체험한 이병주, 혹은 학병세대는 고유한 지적인 성과를 통해 역사 쓰기의 가능성을 『관부연락선』을 통해 증명하려 했으며, 이는 권력의 의지와 갈등을 빚을 수밖에 없었다.

『관부연락선』에는 여러 층위의 역사 쓰기가 혼재되어 있다. 유태림은 식민지의 한계 속에서 조선의 역사를 서술했으며, 이를 다시 해방공간의 갈등과 연결시켜 하나의 역사로 서술한 이가 이선생이다. 두 역사를 하나의 글쓰기로 묶는 것이 가능할 것인가. 결여로서의 조선의 역사, 이념 갈등에서 비롯한 한국사의 비극은 이병주의 『관부연락선』을 통해 하나의 역사로 통합된다. 두 역사를 엮은 글쓰기로 『관부연락선』이 유일한 것은 아니다. 이병주의 성취는, 두 역사를 당대의 시점으로 끌어올렸다는 점에 있을 것이다. 학병세대의 특수한 식민지 경험을 역사 쓰기로 재현하는 행위는 식민지 과거를 1960년의 정치성 속에서 해명하려는 의지의 표현이다. 이병주의 역사 쓰기는 식민성의 문제가 1960년대에서 비로소 유효한 주제가 된다는 사실을 증명한 것이다.

7 맺음말

1960년대는 혁명의 시대였다. 참혹한 전쟁을 겪은 한국이 근대국가의 틀을 갖추는 일은 혁명적 변화와 그에 따른 혼란을 겪지 않고서는 불가능했다. 정치-경제와 사회, 그리고 문학과 문화의 영역에서 국가적 정체성을

이며 초기 소설의 비판적 시각은 상당히 둔화되었다. 군사정권이 다시 소설에 등장한 것은 1982년 연재를 시작한 『그해 5월』이었다.

수립하기까지 수많은 변화가 중첩되어 하나의 종합적인 주체의 내면을 이루었다. 이른바 문화 주체의 내면은 단독으로 존재하는 것이 아니라 국가 정체성의 핵심과 상동적인 관계 속에서 의미를 가진다. 그런 점에서 이 시기 한국 사회의 논쟁과 담론의 중심에 있었던 정치-경제의 성격은 문화 및 문학의 주제로서 매우 중요한 심급이 되었다. 실질적으로 한국 사회를 재편한 것은 자본, 그것도 외부에서 빌려온 자본인 차관이었다. 정체(政體)가 바뀌는 동안에도 변함이 없었던 경제 성장의 신화는 국민과 국가를 자본주의의 요구에 맞게 변화시키면서 진정한 근대국가의 기틀을 마련했다. 이 과정에서 권력자의 의지나 로스토우 이론의 역할은 부분적이다. 세계체제로서의 경제는 개별적 주체의 노력에 큰 영향을 받지 않는다. 특히 박정희 정권에서 권력자의 의지와 역할은 정치적 의미로서는 심대하지만 그보다 상위에 있는 전지구적 체제를 떠나서는 평가될 수 없을 것이다. 1960-70년대 권력의 변화에서 가장 두드러지는 것은 세계체제로서의 경제이다.

중요한 것은 경제의 구조가 한국에 적용되는 과정에서 발생한 주체의 문제이다. 정해진 대로 국민과 국가가 자본주의로 재편되는 사이, 한국 문학은 이 상황을 인식하고 주체성의 문제에 대한 반성을 이끌어 내려 했다. 최인훈의 경우는 지식인 특유의 관념으로서 이에 접근해간 사례로 꼽을 수 있을 것이다. 1960년대의 작가 최인훈이 1970년대를 거쳐 오면서 경제로 매개된 한국과 세계와의 관계를 인식한 까닭은 그것이 전후와 1960년의 상상력을 폐기하고 새로운 주체를 요구했기 때문이다. 이 때 관념적인 언설 속에 등장한 지식인 주체의 역할은 제한적이었던 것으로 보인다. 객관적인 이해를 바탕으로 체제의 속성을 이해한 주체의 가능성은 오히려 유사노동자-소설노동자인 구보씨를 통해 부각된 진짜 노동자에게서 발견할 수 있다.

그리고 경제의 문제와 더불어 일본이라는 역사, 혹은 식민성의 문제가

1960년대 혁명적 변화의 매개로 등장했다. 일본은 양가적 감정의 대상이 었다. 선험적인 적대감정의 대상이었지만, 이를 통하지 않고서는 근대성에 다다르기 어려운 결정적인 경로로서 다가왔기 때문이다. 미래를 향한 길목에서 일본은 식민지 과거 역사를 상기시키며 식민 이후의 전망에 무거운 질문을 던진 셈이었다.

이에 가장 적극적으로 답한 작가는 이병주였으며, 『관부연락선』은 1960년대 한국이 감당해야 했던 식민성에 관한 문학적 해법이었다. 『관부연락선』이 상기시킨 식민성의 양상은 이병주가 읽어낸 문헌들만큼이나 다양하다. 문학은 물론, 사상과 철학, 역사 등 인문학적 지식을 망라하려는 시도가 『관부연락선』에서 펼쳐졌다. 그 지식은 서구의 보편성에 이끌린 한 식민지 지식인의 내면을 채웠으며, 이를 서술하는 글쓰기는 역사 쓰기의 양식으로 이어졌다. 유태림, 혹은 이병주가 서술한 지난 세기의 한국 역사의 단락들은 결국 1960년대의 역사성과 긴밀하게 조우했다. 그것이 식민지와 분단을 하나의 서사로 엮으려는 작가의 욕망이든 식민성을 근거로 정체성을 수립하려는 권력의 의지이든 1960년대 이후 한국의 주체성의 양식이라는 점에서는 다르지 않았다.

이처럼 다양한 지점에서 주체성의 기원을 발견하는 작업은 문학사 연구의 중요한 과제가 아닐 수 없다. 경제와 역사의 지평과 문학장이 단절되지 않았다는 점은 여러 작가들의 글쓰기에서 확인할 수 있다. 이 글쓰기들이 문학사의 중요한 양식으로 자리매김할 때, 한국 문학사가 실천된 복수의 지평들이 선명하게 펼쳐질 것이다.

• 참고문헌 •

1. 기본자료

박정희, 『국가와 혁명과 나』, 향학사, 1963.

이병주, 『관부연락선1·2』, 한길사, 2006.

_____, 『허망과 진실1』, 생각의나무, 2008.

최인훈, 『총독의 소리』, 문학과지성사, 2009.

_____, 『소설가 구보씨의 일일』, 문학과지성사, 2009.

_____, 『길에 관한 명상』, 솔과학, 2005.

W. W. 로스토오, 이상구 역, 『반공산주의선언-경제발전의 제단계』, 진명문화사, 1960.

『경향신문』, 『노동』, 『동아일보』, 『매일경제』, 『사상계』, 『산업과 노동』, 『세대』, 『신동아』, 『형성』

2. 단행본

국민대학교 일본학연구소 편, 『한일회담과 국제사회』, 선인, 2010.

권보드래·천정환, 『1960년을 묻다』, 천년의상상, 2012.

김택현, 『트리컨티넨탈리즘과 역사』, 울력, 2012.

윤상인 외, 『일본문학 번역 60년 현황과 분석: 1945-2005』, 소명출판, 2008.

이근희, 『최신 공업경영학』, 문운당, 1971.

안경환, 『황용주, 그와 박정희의 시대』, 까치, 2013.

전목구, 『인간 박정희』, 교육평론사, 1966.

최인호, 『황진이: 최인호 중단편 소설전집2』, 문학동네, 2002.

하정일, 『탈식민의 미학』, 소명출판, 2008.

최원식 외, 『4월혁명과 한국문학』, 창작과비평사, 1999.

R. 넉시, 박동섭 역, 『후진국의 자본형성론』, 대한재무협회출판부, 1957.

미셸 푸코, 오르트망 역, 『안전, 영토, 인구』, 난장, 2011.

I. 왈러슈타인 외, 김영철 역, 『세계 자본주의체제와 주변부 사회구성체』, 인간

사랑, 1987.

월러스타인, 배손근 역, 『역사적 체제로서의 자본주의』, 나남, 1986.

이매뉴얼 월러스틴, 강문구 역, 『자유주의 이후』, 당대, 1996.

빠르타 짯떼르지, 이광수 역, 『민족주의 사상과 식민지 세계』, 그린비, 2013.

로버트 J.C. 영, 김택현 역, 『포스트식민주의 또는 트리컨티넨탈리즘』, 박종철
출판사, 2005.

Richard Hoggart, *Uses of Literacy: Aspects of Working-Class Life*, Penguin
Books, 2009.

Jacques Ranciere, John Drury tans. *Proletarian Nights: The Workers' Dream
in Nineteenth-Century France*, Verso, 2012.

小熊英二, 『<民主>, <愛國>: 戰後日本のナショナリズムと公共性』, 東京: 新曜
社, 2002.

早川敦子, 『飜譯論とは何か』, 東京: 彩流社, 2013.

3. 논문

공임순, 「4·19와 5·16, 빈곤의 정치학과 리더십의 재의미화위의 논문」, 『서강
대인문논총』 38, 2013.12.

고인환, 「이병주 중·단편 소설에 나타난 서사적 자의식 연구」, 『국제어문』 48,
2010.4.

구재진, 「최인훈의 고현학, '소설노동자'의 위치」, 『한국현대문학연구』 38, 2012. 12.

김건우, 「국학, 국문학, 국사학과 세계사적 보편성」, 『한국현대문학연구』 36, 2012.4.

김예림, 「어떤 영혼들─ 산업노동자의 '심리' 혹은 그 너머」, 『상허학보』 40, 2014.2.

김정인, 「내재적 발전론과 민족주의」, 『역사와 현실』 77, 2010.9.

김주현, 「『청맥』지 아시아 국가 표상에 반영된 진보적 지식인 그룹의 탈냉전
적 지향」, 『상허학보』 39, 2013.10.

노현주, 「이병주 소설의 엑조티즘과 대중의 욕망」, 『한국문학이론과 비평』 55,
2012.

류동규, 「탈식민적 정체성과 근대 민족국가 비판: 최인훈의 『총독의 소리』 연작
을 중심으로」, 『우리말글』 44, 2008.12.

박근예, 「피난민의 시학─최인훈의 『소설가 구보 씨의 일일』 연구」, 『한민족어
문학』 66, 2014.4.

박순성·김균, 「정치경제학자 박현채와 민족경제론-한국경제학사의 관점에서」, 『동향과전망』 48, 2001.3.

박태균, 「1950-60년대 경제개발 신화의 형성과 확산」, 『동향과전망』 55, 2002.12..

_____, 「로스토우 제3세계 근대화론과 한국」, 『역사비평』 66, 2004.2.

손혜숙, 「이병주 소설의 '역사인식'연구」, 중앙대학교 박사학위논문, 2011.

_____, 「이병주 소설에 나타난 '식민지 기억'과 역사 다시 쓰기-『관부연락선』과 「변명」을 중심으로」, 『어문론집』 53, 2013.3.

_____, 「이병주 소설의 역사서술 전략 연구-5·16소재 소설을 중심으로」, 『비평문학』 52, 2014.6.

송은영, 「박정희 체제의 통치성, 인구, 도시」, 『현대문학의 연구』 52, 2014.2.

안현효, 「민족경제론'과 신자유주의 시대의 한국경제학: '사회성격논쟁'의 재해석」, 『동향과전망』 72, 2008.2.

이동헌, 「1960년대 『청맥』 지식인 집단의 탈식민 민족주의 담론과 문화전략」, 『역사와 문화』 24, 2012.11.

이봉범, 「1950년대 번역 장의 형성과 문학 번역-국가권력, 자본, 문학의 구조적 상관성을 중심으로」, 『대동문화연구』 79, 2012.9.

이영호, 「'내재적 발전론' 역사인식의 궤적과 전망」, 『한국사연구』 152, 2011.3.

이정석, 「이병주 소설의 역사성과 탈역사성」, 『한국문학이론과 비평』 50, 2011.3.

조석곤, 「민족경제론 형성의 사회경제적 배경과 그 이론화 과정」, 『동향과전망』 48, 2001.3.

천정환, 「그 많던 외치는 돌멩이들은 어디로 갔을까」, 『역사비평』 104, 2014.2.

_____, 「서발턴은 쓸 수 있는가」, 『민족문학사연구』 47, 2011.1.

최종길, 「전학련과 진보적 지신인의 한반도 인식-한일회담 반대 투쟁을 중심으로」, 『일본역사연구』 35, 2012.6.

홍종욱, 「가지무라 히데키(梶村秀樹)의 한국 자본주의론」, 『아세아연구』 제55권 3호, 2012.9.

황병주, 「유신체제의 대중인식과 동원 담론」, 『상허학보』 32, 2011.6.

_____, 「1950-1960년대 테일러리즘과 '대중관리'」, 『사이間SAI』 14, 2013.4.

황호덕, 「끝나지 않는 전쟁의 산하, 끝낼 수 없는 겹쳐 일기 식민지에서 분단까지, 이병주의 독서편력과 글쓰기」, 『사이間SAI』 10, 2011.5.

찾아보기

[ㄱ]

가와바타 야스나리 248
「가정교사」 125
강경애 21
강상운 187
개발 독재 197
경성 37
경성시가지계획 40
경성제대 62
「경영」 79
경제개발 5개년계획 214
경제개발 담론 140, 147
경제균등 155, 159, 167
경제민주주의 139, 145, 148, 150, 167,
　　168, 183
경제민주화 144, 145, 148, 149, 150,
　　154, 159, 167, 169, 171, 172, 173,
　　184, 190, 191, 192, 197
『경제성장의 제단계』 213
경제재건 145, 198
경제적 민주주의 135, 159, 160, 193, 196
경제적 민주화 189, 191
경제제일주의 141, 145, 146, 150, 195
경제주체 220
경제혁명 171, 172, 189
『경향신문』 97
계획경제 186
고데스베르크 강령 178, 183
『고향』 31, 32
고현학 46
「골목 안」 51
공공성 26

관료독재 174
관료재벌 184, 192
『관부연락선』 240, 253
교양주의 266
구자운 156, 157
국제적 민주주의 197
「군맹(群盲)」 53
군사쿠데타 161
권용태 162
권일송 152
규율권력 55
균형발전론 212, 215
근로대중 161
근로애국 195
김남 30
김남천 31, 72, 74, 81
김사량 38
김상협 184
김석주 158
김수영 150, 151, 163, 164
김승옥 88, 248
김용호 152, 153
김윤식 128
김재섭 161
김재순 94
김철 139, 193, 194, 196

[ㄴ]

「나라야마부시 考」 120
『남로당』 271
「낭비」 72, 81
내재적 발전론 210, 211

노가바(노래 가사 바꿔 부르기) 31
노동 담론 140, 142, 176
노동시 161
노동자 권익 141, 142
노동자 글쓰기 31
노동쟁의 170
노동쟁의조정법 160
노동조합 142, 167, 170, 191
노천명 157
누보로망 88

[ㄷ]

다자이 오사무 96
대일청구권 221
대중소설 126
데탕트 226, 228
도시 하층민 147
도시재개발 54
도약이론 213, 221
도착국면 241
독서대중 126
독서문화 87
독일사민당 173, 176, 183, 186
『동광』 94
동아출판사 91
『동천홍』 36
디아스포라 82

[ㄹ]

로스토우 197, 213, 214
『루마니아 일기』 261

[ㅁ]

마렉 플라스코 95
만주 판타지 56

「망향」 66
매판성 224, 225
「맥」 79
모더니즘 37
「무서운 복수」 227
『무정』 26, 27
「문예구락부」 30
문예면 95
문제성 87
문학청년 128
문화교류 120
문화매개자 91
문화매개적 실천 94, 100
문화상품 91
문화자본 24
문화침략 246
미국전후문제작품집 113
민족경제 197, 215
민족문학 92
『민족일보』 149, 150, 154, 155
민족적 민주주의 242, 243
민주사회주의 135, 138, 144, 148, 169,
    173, 174, 176, 180, 181, 182, 183,
    184, 185, 186, 187, 188, 191, 192,
    193, 196, 198
민주적 사회주의 173, 177, 178

[ㅂ]

박두진 159
박명훈 162
박범신 127
박송 156, 157
박정희 197
박태원 38, 46
박현채 215
반공임시특례법 135

반공주의 198
반노동자주의 198
반항적 창조주체 110
「방랑하는 엥거스의 노래(The song of Wandering Aengus)」 69
백철 106
번역문학 116
베른슈타인 175
「봄」 45
부재의식 75
분배 담론 147
불균형 성장론 214, 216, 221
불온성 269
비문해자 23, 30, 32
비트·제너레이션 88
빈곤 극복 206, 210
빈곤 담론 141, 176
빈민노동자 136

[ㅅ]
『사상계』 94, 138, 184, 187, 196, 237, 238
「斜陽」 96
4월혁명 136, 161, 196
4·19세대 89, 100
4·7그룹 88
사토 기요시 62
사회민주주의 144, 173, 174, 175, 176, 181, 182, 183, 185, 197
사회주의인터내셔널 177
삼균주의 180
3·15부정선거 169
상호텍스트성 59
『새벽』 94
서정주 157
선우휘 101, 109

「성난 얼굴로 돌아다 보라」 106
성저십리(城底十里) 48
세계문학 88, 260
세계전후문학전집 87
세계체제 207
『세계』 187
세대론 120
「소설가 구보씨의 일일」 38, 46
『소설가 구보씨의 일일』 227, 229, 231, 233
소설노동자 231, 232
송병수 109
송상옥 105
순수문학 126
「술 권하는 사회」 28
식민성 259, 272
식민지 근대화론 210, 211
식민지의 회색시대 55
식민지적 근대성 240
식민지적 번역 257
신경제질서 52
신구문화사 87
신동문 95, 164, 165, 166
신동엽 150, 158
신상초 184
신석정 152
신일철 247
신조사 99
실업자 147
심상지리 44

[ㅇ]
아일랜드 문학 61, 68, 69, 71
「애욕」 47
앵그리·영맨 88

야나기 무네요시(柳宗悅) 247
양호민 139, 185, 186
「여수」 66
여순사건 174
역사 쓰기 264, 269, 271, 272
영국 노동당 176
영국 사회주의 173
영국노동당 173, 177, 186
예이츠 68
오봉엽 158
오상원 101
오영수 109
용공성 173
월부외판 100
유진오 41, 45, 119
「은빛 송어」 66
「은은한 빛」 66
을유문화사 91
의회민주주의 174
이기영 31
이동욱 189, 190, 191
이동화 139, 179, 180, 181
이병주 239, 253
이상신인상 109
이성의 간계(Cunning of Reason) 243
이승만 153, 169, 192
이시라하 신타로 96
이시자카 요지로 125
이어령 92
이원우 184
이종익 92
이중도시 56
이중어 글쓰기 61, 67
이한직 158
이행의 서사(transition narrative) 246
이효석 60, 66

『인간문제』 21, 25
일본문학 248, 249, 262
일본문화 237, 246
일본이라는 경로 250, 253
『일본전후문제작품집』 100
임종국 100
임화 64

[ㅈ]

자립경제 197, 212, 213
장리욱 94
장면 152, 153
장소성 37
장용학 109
저임금노동자 147
저항적 청년주체 105, 109
전위적 독서주체 109
전유 58
전태일 136, 200
전후 87
『전후문제희곡·시나리오집』 127
전후문학 97
전후성 92
전후세대 문화매개자 129
절량농가 151, 152, 195
절량문제 149
정공채 162
정음사 91
정치적 민주주의 159, 196
「제8요일」 95
제국의 교양 266
제주 4·3항쟁 174
조계(租界) 228, 229
조병화 155
종속발전 214
주변부 주체 228

주변부성　246
「주석의 소리」　224, 227, 229
죽음충동　137
중립주의　197
중립통일론　136
『지리산』　271
집회시위규제법　135
짯떼르지　241

[ㅊ]

차관(借款)　216, 217, 218
참여시　149, 160, 167
「창랑정기」　41
『창작과 비평』　95
1950년대　100
1960년대　87
「천마」　38
청년 독자　93, 96
청년문화　94
「총독의 소리」　227, 229
최서해　35
최인호　227, 230
최인훈　224, 230, 231
최재서　62
출판시장　87

[ㅋ]

코민테른　174
코민포름　177
탁희준　143, 146, 184
「太陽의 季節」　96
통속문학　126

[ㅍ]

페비아니즘　176

폐기　58
포스트 콜로니얼리즘　29
「풀잎」　66
프랑크푸르트 선언　177, 178, 182
피터 유스티노프　101

[ㅎ]

하위주체　31, 139
하층민　136, 147, 156
하층민의 해방　159
학병세대　239, 253, 257, 271
학병체험　240, 260, 261
한국노총　192
한국독립당　180
<한국소설 12년>　108
『한국전후문제시집』　88
『한국전후문제작품집』　88, 100
한글세대　110
한말숙　125
한무학　157
한일협정　197
한일회담　208, 234, 244
한태수　181, 182
한흑구　82
함석헌　235
해외문학파　61
헨리 제임스　72, 73, 74, 81
혁신세력　134, 149, 193
혁신세력의 용공화　134
현덕　53
현진건　28
『호외시대』　35
혼종　58
후카사와 시치로　120

저자약력

장성규 _ 성균관대학교 인문학부와 서울대학교 대학원을 졸업했다. 현재 건국대학교 글로 컬캠퍼스에 재직 중이다. 주로 비문학적인 것으로 간주되어온 텍스트들을 통해 문학적인 것이라는 개념을 재구성하는 작업과, '아래로부터의 문학사' 인식과 관 련된 연구에 관심을 두고 공부하고자 한다. 저서로 『문(文)과 노벨(novel)의 장르 사회학』(2015), 『신성한 잉여』(2014), 『사막에서 리얼리즘』(2011) 등이 있다.

이종호 _ 동국대학교 국어국문학과를 졸업하고 같은 대학원에서 「1950~70년대 한국문 학전집의 발간과 소설의 정전화 과정」으로 박사학위를 받았으며, 현재 숭실대 학교에서 책읽기와 글쓰기를 가르치고 있다. 남한문단과 출판·입시·교육제 도, 독서대중, 번역 등의 키워드를 중심으로 한국 문학의 정전화 과정을 연구 중이다. 논문으로 「해방 이후 한국문학의 정전화 과정과 '배제'의 원리」(2012), 「1950~70년대 한국문학전집의 발간과 '단편소설'의 정전화 과정」(2017) 등이 있으며, 공저로 『식민지 검열, 제도·텍스트·실천』(2011)이 있다.

박대현 _ 부산대학교 국어국문학과를 졸업하고 같은 대학 박사 과정을 마쳤으며 현재 동아대학교에 출강 중이다. 역사와 정동의 문제에 관심을 가지고 있으며, 주 체와 언어 관계에 착목한 시론을 구상하고 있다. 주요 논문으로 「청년문화론에 서의 '문화/정치'의 경계 문제」(2012), 「'민주사회주의'의 유령과 중립통일론의 정치학」(2017) 등이 있다. 저서로 『헤르메스의 악몽』(2009), 『닿을 수 없는 혁 명』(2013), 『우울한 것의 추락』(2015), 『혁명과 죽음』(2015) 등이 있다.

김성환 _ 부산대학교 국어국문학과와 서울대학교 대학원을 졸업했으며 현재 부산대학 교 인문학연구소 HK연구교수로 재직 중이다. 한국 현대문학 및 문화를 다양 한 관점에서 재해석하는 작업에 관심을 기울이고 있다. 논문으로 「1960-70년 대 노동과 소비의 주체화 연구: 취미의 정치경제학을 위한 시론(試論)」(2017), 「하층민 서사와 주변부 양식의 가능성」(2016) 등이 있으며, 공저로 『1970 박 정희 모더니즘』(2015), 『현대사회와 인문학적 성찰』(2014) 등이 있다.

한국문학의 중심과 주변의 사상

초　판 **1쇄 인쇄** 2017년 8월 25일
초　판 **1쇄 발행** 2017년 8월 31일
저　자 장성규·이종호·박대현·김성환
펴낸이 이대현
편　집 박윤정
디자인 홍성권
펴낸곳 도서출판 역락 | **등록** 제303-2002-000014호(등록일 1999년 4월 19일)
주　소 서울시 서초구 반포4동 577-25 문창빌딩 2층
전　화 02-3409-2058(영업부), 2060(편집부) | **팩시밀리** 02-3409-2059
전자우편 youkrack@hanmail.net
I S B N 979-11-5686-969-6 93810